Neal Stephenson · Volles Rohr

Neal Stephenson

VOLLES ROHR

Roman

Aus dem Amerikanischen
von Götz Pommer

Goldmann Verlag

Die amerikanische Originalausgabe erschien unter dem Titel
»Zodiac. The Eco-Thriller«
bei The Atlantic Monthly Press, New York

Der Goldmann Verlag
ist ein Unternehmen der Verlagsgruppe Bertelsmann

1. Auflage

Printed in Germany · Mohndruck, Gütersloh
ISBN 3-442-30359-1

Für Ellen

Down by the river,
Down by the banks of the River Charles
That's where you'll find me
Along with lovers, muggers and thieves
Well I love that dirty water,
Oh Boston, you're my home.

Drunten am Fluß,
Drunten am Ufer des River Charles,
Da findet ihr mich
Bei den Liebespaaren, Räubern und Dieben
Ja, ich lieb' dies Schmuddelwasser,
Boston, du bist mein Zuhaus.

The Inmates

1

Roscommon kam eine Stunde nach Tagesanbruch und verwüstete meinen Garten. Das ist die Zeit, zu der ich normalerweise aufstehe und er normalerweise an irgendeinem Straßenrand wegtritt vor Suff. Mein Vermieter und ich haben eine Absprache. Er nimmt von mir und den Leuten, mit denen ich zusammenwohne, wenig Miete – überhaupt keine für Bostoner Verhältnisse –, und wir lassen ihn dafür Schindluder mit unserem Ökosystem treiben. Jedes Jahr um diese Zeit zerstört er den Garten. Er hat uns auch schon ohne Vorwarnung die Handwerker ins Haus geschickt, mitten in der Nacht Wände eingerissen, uns das Wasser abgestellt, wenn wir gerade beim Duschen waren, unbekannte Dämpfe in den Keller eingeleitet, Ulmen und Ahornbäume als Brennholz gefällt und unsere Zimmer frisch gestrichen. Dann behauptet er, er wolle dieses Loch zukünftigen Mietern zeigen und darum sollten wir gefälligst saubermachen. Und zwar sofort.

An diesem Morgen wachte ich davon auf, daß kleine grüne Kürbisse unter den Rädern seines Kombis zerplatzten. Anschließend stolperte Roscommon aus dem Wagen und riß unser Federballnetz runter. Als er wieder fort war, stand ich auf und ging los, um mir den *Globe* zu kaufen.

Bei meiner Rückkehr schmurgelte Frühstücksspeck in der Pfanne und erfüllte das Haus mit gasförmigen polyzyklischen Aromaten – bei weitem mein liebstes Karzinogen. Vor dem Herd stand Bartholomew. Mit dem seichten, schielenden Blick des unfreiwillig Wachen sah er sich in der Glotze ein Heavy-Metal-Video an. Er hatte einen aufgeblasenen Plastikbeutel in der Hand, der die halbe Küche einnahm. Mein Hausgenosse verwendete wieder mal Lachgas bei offener Flamme; kein Wunder, daß er keine Augenbrauen hatte. Als ich reinkam, hielt er mir einladend den Beutel entgegen. Normalerweise mag ich kein Lachgas auf nüchternen Magen, aber ich kann Bart nichts abschlagen, also nahm ich den Beutel und inhalierte, so tief ich konnte. Ich hatte einen süßen Geschmack im Mund, und fünf Sekunden später ging in meinem Hirn so was wie ein halber Orgasmus los.

Auf dem Bildschirm schnallten pudelköpfige Rocker einen Cheerleader auf eine Dämmplatte, die mit einem Pentagramm verziert war. Weit weg sagte Bartholomew: »Pöyzen Böyzen, Mann. Echt heiß.«

Es war noch zu früh für Gesellschaftskritik. Ich schnappte mir die Fernbedienung.

»Jetzt gibt's keine Stooges«, sagte Bart warnend. »Ich hab' schon nachgeschaut.« Aber ich hatte bereits ins Kabelfernsehen umgeschaltet, wo zwei priemende alte Knacker auf einem sauberen Fluß im Süden dahinschipperten und demonstrierten, wie man einem komatösen Fisch Starthilfe gibt.

Tess tauchte aus dem Teil des Hauses auf, in dem die Frauen wohnen und die Klos sauber sind. Sie kniff die Augen zusammen, weil es so hell war, und betrachtete mit finsterem Blick unser blubberndes Aas in der Pfanne und unseren Kubikmeter Lachgas. Sie wühlte im Kühlschrank nach selbstgemachtem Yoghurt. »Könnt ihr euch das Zeug nicht mal abgewöhnen?«

»Das Fleisch oder das Gas?«

»Am besten beides. Was ist denn giftiger?«

»Sangamons Prinzip«, sagte ich. »Je einfacher das Molekül, desto besser die Droge. Also ist Sauerstoff die beste Droge. Nur zwei Atome. Die zweitbeste ist Lachgas – nur drei Atome. Die drittbeste Äthylalkohol – neun Atome. Danach hast du's mit vielen Atomen zu tun.«

»Und?«

»Atome sind wie Menschen. Wenn sie in Massen auftreten, weißt du nie genau, was sie anstellen. Es ist mir zu Ohren gekommen, Tess, daß du mich in der ganzen Stadt als Müsli-James-Bond bezeichnest.«

Tess blieb unbeeindruckt. »Wer hat dir das gesagt?«

»Wenn jemand so glückliche Wendungen prägt, spricht sich das immer rum.«

»Ich hab' mir gedacht, es würde dir Spaß machen.«

»Sogar ein Vollidiot wie ich merkt, wenn was sarkastisch gemeint ist.«

»Wie möchtest du denn lieber genannt werden?«

»Toxin-Spiderman. Weil Spiderman chronisch pleite ist und nie jemand ins Bett kriegt.«

Tess sah mich schräg an, womit sie andeuten wollte, daß es für beide Probleme einen Grund gab. Bart brach das Schweigen. »Scheiße, Mann, Spiderman ist dafür wenigstens gesund. James Bond hat garantiert Aids.«

Ich ging nach draußen und folgte Roscommons Reifenspuren über den Hof. Alle Kürbisse waren zermanscht, aber das war mir egal. Was sollte ich mit Kürbissen? Die wichtigen Dinge – Mais und Tomaten – wuchsen an Zäunen oder hinter Schutthaufen, und da kam er mit seinem Kombi nicht ran.

Wir hatten Roscommon nie gefragt, ob wir hier, auf dem Größten Hinterhof von Boston, einen Garten anlegen durften. Was ihm, da dieser Garten eigentlich nicht existieren durfte, das Recht gab, querdurch zu fahren. Gärten brauchen bekanntlich Wasser, und die Wasserkosten sind in unserer Minimiete schon mit drin, also nehmen wir ihn praktisch aus mit unserem Garten.

Der Hof war mindestens viertausend Quadratmeter groß und lag versteckt in einer Art Nische, die durch Brightons hirnrissige Straßenführung entstanden war. Nicht mal Unkraut schaffte es, in dieser Wüste aus Beton und zerbröseltem Backstein zu wachsen. Als wir mit dem Garten anfingen, verbrachten Bartholomew, Ike und ich zwei Tage damit, uns da durchzuackern. Wir füllten unsere Parzelle mit Humus auf und warfen den Schutt auf Haufen. Weitere Haufen waren nach dem Zufallsprinzip über den Größten Hinterhof von Boston verteilt. Hin und wieder sprengte Roscommon eine seiner Besitzungen, tauchte mit einem geleasten Kipper auf, fuhr im Rückwärtsgang durch den Garten, durchs Federballnetz und über diverse Gartenmöbel und hinterließ einen neuen Haufen.

Ich hoffte nur, daß er nicht versuchte, hier Giftmüll zu deponieren. Ich hoffte, daß das nicht der Grund für unsere billige Miete war. Denn wenn er hier Giftmüll deponierte, würde ich mich gezwungen sehen, die Pest über ihn und sein Haus zu bringen. Ich würde seine Bankkonten plündern, seine Latifundien brandschatzen, seine Pferde notzüchtigen und seine Kinder in die Sklaverei verkaufen. Die komplette Toxin-Spiderman-Nummer. Und dann würde ich das abgebrannte Alter ego werden müssen, der Toxin-Peter-Parker. Ich würde eine richtige Bostoner Miete zahlen müssen, tausend Dollar im Monat, und keinen Platz zum Federballspielen haben.

Peter Parker ist der Typ, der von einer radioaktiven Spinne gebissen wurde – von der Toxin-Spinne, wenn man so will – und Spiderman wurde. Normalerweise ist er ein Nichts. Keine Mäuse, kein Prestige, keine Zukunft. Aber wenn du versuchst, ihn in einer dunklen Gasse auszurauben, macht er Hackfleisch aus dir. Die Frage, die er sich immer wieder stellt, ist: »Gleichen die Momente der Befriedigung, die ich als Spiderman erlebe, den ganzen Scheiß aus, den ich als Peter Parker über mich ergehen lassen muß?« In meinem Fall lautet die Antwort ja.

In der finsteren Frühzeit meines Lebens, als ich bei *Massachusetts Analytical Chemical Systems* – kurz *Mass Anal* – arbeitete, besaß ich noch den klassisch-elementaren vw-Bus. Aber ein Peter-Parker-Typ kann sich in dieser Stadt keine Kfz-Versicherung leisten, also bewege ich mich jetzt mit dem Fahrrad fort. Nachdem ich die Comics gelesen, Kaffee getrunken und Barts Speckkohle gebunkert hatte – nichts geht über ein schwarz in schwarzes Frühstück –, schwang ich mich auf mein kampferprobtes, geländegängiges Stahlroß und fuhr die paar Kilometer zur Arbeit.

Der Hurrikan Alison hatte vorgestern die Stadt Boston durchgeblasen, einen höllischen Wolkenbruch im Gefolge. Auf den Straßen waren abgerissene Äste und Seen von Regenwasser zu besichtigen. Wir nennen es Regenwasser; in Wirklichkeit sind es ungeklärte Abwässer. Die Ampel an der Kreuzung Comm Ave / Charlesgate West war kaputt. In Boston führt das nicht zu herzerwärmenden, regenbogenpressereifen Storys von Menschen wie du und ich, die aus ihrem Wagen steigen, um den Verkehr zu regeln. Statt dessen ist es ein willkommener Anlaß für uns, wie die tschadische Armee zu fahren. Wir hatten hier zwei Spuren, die von vier gekreuzt wurden, und die zwei kamen verdammt schlecht dabei weg. Die Comm Ave war dicht bis zur Boston University. Also strampelte ich zwischen den beiden Wagenreihen bis ganz nach vorn.

Wenn die zwei Fahrer am Anfang der Schlange nicht aggressiv genug sind, ist es völlig egal, wie knallhart die Leute hinter ihnen sind, das ist das Problem. Nichts rührt sich, bis die Avenue kollektiv überkocht vor Wut. Und da hilft auch kein Hupen, obwohl es an die hundert Autofahrer mal versuchten.

Als ich zur Charlesgate West kam, wo die Comm Ave durch den Blechschwall, der sich über diese vierspurige Einbahnstraße ergoß, vom Verkehr abgeschnitten wurde, entdeckte ich an der Spitze der einen Schlange einen PS-schwachen Kombi aus Maine, chauffiert von einer Mutti, die versuchte, ihre vier Kinder zu bändigen, und an der Spitze der anderen einen Vorkriegsmercedes mit einer alten Tante am Steuer, die so aussah, als hätte sie gerade ihre eigene Adresse vergessen. Dazu ein halbes Dutzend Radfahrer, die tatenlos rumstanden und darauf warteten, daß ein reinrassiges Arschloch die Initiative ergriff.

Man darf immer nur eine Spur auf einmal angehen. Ich wartete also auf eine fünf Meter breite Lücke in der ersten Spur und schob mich vorsichtig rein.

Der herannahende BMW machte einen vergeblichen Schlenker zur zweiten Spur, was zur Folge hatte, daß sich eine kleine Wellenbewegung über die Charlesgate ausbreitete, weil bis zum zehnten Wagen dahinter alle versuchten, an ihm vorbeizuziehen.

Dann kam der BMW ruckelnd zum Stehen (elektronisches Antiblockiersystem), und der Fahrer lehnte sich voll auf die Hupe. Mit der nächsten Spur ging es ganz einfach: Ein Erstsemester in einem Camaro aus New Jersey machte den Fehler, den Fuß vom Gas zu nehmen, und ich besetzte seine Spur. Der Arsch im BMW versuchte sich hinter mich zu drängen, aber die Hälfte der Radfahrer und die alte Tante im Benz hatten die Geistesgegenwart, vorzustoßen und ihm den Weg zu versperren.

Nach zehn Sekunden tat sich in der dritten Spur eine Lücke auf, und ich schob mich rein, bevor der Camaro ausscheren konnte. Ich schob mich so aggressiv rein, daß eine Tippdame, zweite Wahl, in einem Civic auf der vierten Spur ausreichend langsam wurde, um mich draufzulassen (auf die Spur, meine ich). Und dann brach der Damm. Die tschadische Armee schritt zum Angriff und räumte die Kreuzung ab. BMW, Camaro und Civic konnten getrost den Motor abstellen und einen kleinen Spaziergang machen.

Passanten und Penner applaudierten. Ein Anwalt mit sechsstelligem Einkommen, kaum alt genug zum Rasieren, kreuzte hinter mir auf und schrie zu seinem automatischen Schiebedach raus, ich hätte vielleicht Nerven.

Ich sagte: »Erzähl mir was Neues, du mistiger Androide aus der Hölle.«

Auf der Mass Ave Bridge rollte ich über den Charles. Ich stoppte auf halber Höhe, um einen Blick drauf zu werfen. Der Fluß und der Hafen sind mein Revier. Nicht viel Wind heute, und ich sog eine große Portion Luft in die Nüstern und überlegte mir, was für Dreck wohl in der Nacht in den Charles eingeleitet worden war. Klingt vielleicht primitiv, aber die menschliche Nase ist nun mal ein saugutes, höchst sensibles Analyseinstrument. Es gibt Verbindungen, für die dein Rüssel der beste Detektor ist, der je erfunden wurde. Zum Beispiel kann ich eine Menge über ein Auto sagen, wenn ich seine Auspuffgase rieche: wie gut der Motor eingestellt ist, ob es einen Katalysator hat, mit welchem Benzin es fährt.

Und so beschnuppere ich hin und wieder den Charles, um zu sehen, ob mir was entgangen ist. Für einen Fluß, der nicht mal fünfzig Kilometer lang ist, kann er es an Breite und Schadstofffracht durchaus mit dem Ohio oder dem Cuyahoga aufnehmen.

Dann über den Campus des *Massachusetts Institute of Technology*, zwischen den wuselnden Widerlingen mit den Fünfzigdollarlehrbüchern unterm Arm durch. Die Studenten sehen heutzutage so verdammt jung aus. Es ist noch nicht lange her, da ging ich auf der anderen Seite des Flusses zur B. U. und hielt diese Gartenzwerge für Kumpel beziehungsweise für Konkurrenten. Jetzt tun sie mir bloß leid. Und ich ihnen wahrscheinlich auch. Wenn man vom optischen Standard ausgeht, bin ich der Abschaum der Menschheit. Letzte Woche war ich auf einer Party, wo es nur so wimmelte von hundertprozentig echten Bostoner Yuppies, und die klagten alle darüber, wie aggressiv die Schnorrer im Common, unserem schönen Stadtpark, geworden seien. Mir war es nicht aufgefallen, denn mich schnorren sie nie an. Und dann ging mir plötzlich auf, warum: weil ich so aussehe wie einer von ihnen. Blue jeans mit Löchern in den Knien. Tennisschuhe mit Löchern über den großen Zehen, genau an der Stelle, wo meine ungeschnittenen Zehennägel gegen die Rennhaken an meinen Pedalen scheuern. Mehrere Schichten T-Shirts, lange Unterhemden und Sweatshirts zur mühelosen Regulierung meiner Innentemperatur. Blondes Zottelhaar, das vielleicht einmal im Jahr geschnitten wird. Formloser roter Bart, der vielleicht zweimal im Jahr gestutzt wird. Nicht direkt dick, aber mit der reifen, konvexen Körperlichkeit gesegnet, die für den Konsumenten von Bier und Junk food typisch ist. Keine Aktentasche, zielloser Blick, Tendenz zum Beschnuppern des Charles.

Ich fuhr mit einem schönen Rad durchs MIT-Gelände, aber ich hatte es mit billiger Goldfarbe angesprüht, damit es nicht mehr so schön war. Sogar das Schloß sah aus wie der letzte Dreck: ein Kryptonite, total zerschrammt von Bolzenschneidern. Wir hatten es voriges Jahr ans Tor zu einem verseuchten Bauplatz gehängt, und die Leute hatten versucht, es mit dem falschen Werkzeug zu knacken.

In Kalifornien hätte ich als Hacker durchgehen können, der zu irgendeiner High-Tech-Firma unterwegs war, aber in Massachusetts tragen sogar die Hacker Hemden mit Knöpfen. Ich strampelte durch Hacker-Territorium, an den kleinen High-Tech-Shops vorbei, die alle vom MIT leben, und dann weiter zu dem Platz, wo *mein* Laden sein regionales Büro hat.

GEA, *Group of Environmental Activists*, Die Umwelt-Aktivisten. Pardon: GEA *International.* Dort bin ich als professionelles Arschloch angestellt, ein Naturtalent, an dem ich schon seit der zweiten Klasse viel Freude habe – damals lernte ich, wie ich meinem Lehrer mit Hilfe einer Stablampe Migräneanfälle bescheren konnte. Ich könnte weitere Beispiele aufzählen, eine kleine Führung durch die Galerie der gebrochenen und erbosten Autoritäten veranstalten, die im Lauf der Jahre versucht haben, mich zu unterrichten, zu lenken, zu belehren, zu bessern und zu unterdrücken, aber das klänge nach Angabe. Ich bin gar nicht so furchtbar stolz darauf, eine geborene Nervensäge zu sein. Aber Geld nehme ich durchaus dafür.

Ich trug mein Rad vier Treppen hoch und tat damit das Meine, um fit zu bleiben. Die senkrechten Teile der Stufen waren mit GEA-Aufklebern bepflastert, und so hatte man immer in einem Meter achtzig Entfernung einen Spruch vor Augen: RETTET DIE WALE und irgendwas mit ROBBENBABYS. Wenn man's in den vierten Stock geschafft hatte, war man außer Atem und voll indoktriniert. Ich schloß mein Rad an einen Heizkörper, denn man weiß ja nie, und trat ein.

An der Rezeption saß Tricia. Leicht bescheuert, aber nett, hat komische Vorstellungen vom guten Ton am Telefon, findet mich okay. »Scheiße«, sagte sie.

»Was?«

»Also, das glaubst du nicht.«

»Was?«

»Der zweite Wagen.«

»Der Transporter?«

»Ja. Wyman.«

»Wie schlimm ist es denn?«

»Das wissen wir nicht. Er steht noch irgendwo am Straßenrand.«

Ich nahm der Einfachheit halber an, daß es ein Totalschaden war und daß Wyman rausgeschmissen oder wenigstens so weit degradiert werden mußte, daß er nicht mal mehr in einem GEA-Wagen sitzen durfte. Erst vor drei Tagen war er mit unserem Subaru losgefahren, um Isolierband zu kaufen, und hatte es geschafft, auf einer Parkfläche, die nicht größer war als ein Tennisplatz, den Betonsockel eines Lichtmasts mit solcher Wucht zu rammen, daß der Wagen im Arsch war. Seine fünfzehnminütige Erklärung war ernstgemeint, aber man konnte ihr leider nicht folgen, und als ich ihn bat, einfach ganz vorne anzufangen, hielt er mir vor, ich sei zu linear.

Jetzt hatte er also den zweiten Wagen zu Schrott gefahren. Das nationale Büro würde wahrscheinlich davon hören. Er tat mir fast leid.

»Wie ist das passiert?«

»Er glaubt, daß ihm auf der Schnellstraße der Gang rausgesprungen ist – jedenfalls fuhr er plötzlich rückwärts.«

»Wie das? Die Kiste hat doch Automatik?«

»Von so was läßt sich Wyman nicht entmündigen.«

»Wo ist er jetzt?«

»Keine Ahnung. Ich glaube, er hat Angst herzukommen.«

»Nie im Leben. Du hättest vielleicht Angst herzukommen. Ich hätte vielleicht Angst herzukommen. Aber Wyman nicht. Weißt du, was der macht? Der schneit demnächst putzmunter hier rein und fragt, ob er die Schlüssel vom Omni haben kann.«

Gott sei Dank hatte ich alle Schlüssel vom Omni, außer meinem eigenen, eingesackt und zu Klump geschlagen. Und wenn ich ihn parkte, machte ich die Motorhaube auf, nahm die Verteilerkappe raus und steckte sie in die Tasche.

Man könnte meinen, daß sich Mitglieder der GEA-Streitmacht – die Meister der Heimlichkeit, die Geißeln der Industrie – von einer fehlenden Verteilerkappe oder fehlenden Autoschlüsseln nicht allzulang daran hindern ließen, einen Wagen wieder flottzumachen. Waren das nicht die Leute, die die Sowjetunion mit einer kleinen Invasion überrascht hatten? Hatten sie nicht ein angeblich manövrierunfähiges, streng bewachtes Schiff aus Amsterdam geklaut? Sausten sie nicht mit PS-starken, von Ballonkaugummi und Haarklemmen zusammengehaltenen Zodiacs über die Ozeane, um unschuldigen Meeressäugern zu Hilfe zu kommen?

Nun, manchmal taten sie das. Aber nur ein paar von ihnen hatten diese Talente, und im Büro Nordost war ich der einzige. Die anderen – wie Wyman – tendierten dazu, Exstudenten der Anglistik zu sein, die angesichts von Objekten mit sich bewegenden Teilen eine hysterische Hilflosigkeit befällt. Sprich von Nocken oder Dichtmanschetten, und sie schmettern dir einen Protestsong entgegen. Für sie war es Schwarze Magie, daß ich die Verteilerkappe aus dem Omni nahm.

»Und *Fotex* hat dreimal angerufen. Die wollen echt mit dir reden.«

»Worüber?«

»Der Typ möchte wissen, ob sie den Betrieb heute einstellen sollen.«

Gestern hatte ich beim Gespräch mit irgendeinem Kriecher von *Fotex* genuschelt, daß ich sie lahmlegen würde. Aber in Wirklichkeit ging ich morgen nach New Jersey, um jemand anders lahmzulegen, und so konnte *Fotex* auch weiterhin nach Herzenslust Phenole, Phthalate, Aceton, diverse Lösungsmittel, Kupfer, Blei, Quecksilber und Zink in den Bostoner Hafen einleiten – wenigstens bis ich zurückkam.

»Sag ihnen, daß ich in Jersey bin.« Damit ließ ich sie im ungewissen; *Fotex* hat auch dort ein paar Betriebe.

Ich ging in mein Büro, wobei ich durch einen scheunenartigen Raum kam, in dem die meisten anderen GEA-Leute zwischen halbfertigen Transparenten und kaputten Zodiacteilen saßen, Kräutertee tranken und in Telefone sprachen:

»500 ppm, ja? Klingt gut.«

»Aber bringen Sie das bitte nicht ganz hinten unter Vermischtes.«

»Laichen die in Mündungsarmen?«

Ich war keiner von den GEA-Vertretern, die damit angefangen hatten, daß sie in Neufundland orange Farbe auf Robbenbabys sprühten oder im Südpazifik von französischen Kommandos bewußtlos geprügelt wurden. Ich bin so reingerutscht, arbeitete schwarz für GEA, als ich noch meinen Job bei *Mass Anal* hatte. Ich deckte – reines Glück zum Teil – eine große Umweltsauerei auf, bevor mein Boß merkte, was für eine ungeheure Nervensäge ich sein konnte. Ich flog bei *Mass Anal* und stieg bei GEA ein. Mein Gehalt reduzierte sich um die Hälfte, und meine Magengeschwüre verschwanden. Theoretisch konnte ich wieder Zwiebelringe bei IHOP essen, im sechsten Fast-food-Himmel, aber praktisch konnte ich es mir nicht leisten.

Meine Funktion bei *Mass Anal* hatte darin bestanden, das zu erledigen, was außer der Reihe anfiel. Manchmal war es echte Industriespionage – einen Laufschuh zerlegen, um zu sehen, welche Kleber verwendet wurden –, aber meistens lief es darauf hinaus, daß ich Leitungswasser für die ängstlichen Yuppies analysierte, die es nach Boston Mitte zog, heimlich Umweltbewußte, die ihre Babys nicht mit aromatischen Kohlenwasserstoffen und ihre Saabs nicht mit verbleitem Benzin vollfüllen wollten. Aber dann kam eines Tages dieser Typ im Jogginganzug und wurde an mich verwiesen; alles, was keinen Nadelstreifenanzug trug, wurde an mich verwiesen. Er schwenkte eine leere Frittentüte, und ich hatte einen Moment lang Angst, daß ich abchecken sollte, ob da Dioxin drin war oder irgendein anderer Öko-Alptraum. Mein Gesichtsausdruck entging ihm nicht. Ich sah wahrscheinlich skeptisch und gereizt aus. Ich sah wahrscheinlich wie ein Arschloch aus.

»Tut mir leid mit der Tüte. War das einzige, was ich unterwegs finden konnte.«

»Was ist da drin?«

»Das weiß ich nicht.«

»Ich meine, was ist da *ungefähr* drin?«

»Erde. Aber wirklich komische Erde.«

Ich nahm die Tüte und leerte sie über der Comic-Seite des *Globe* aus. Der Jogger gab eine Art verächtliches Schnauben von sich, als könne er es nicht fassen, daß ich *so* chemische Untersuchungen machte. Es sieht sehr beeindruckend aus, wenn man die Probe in ein frisches Becherglas kippt, aber es geht schneller, wenn man sie einfach auf Spiderman und Bloom County schüttet. Ich nahm den Zahnstocher aus dem Mund und begann die Klümpchen auseinanderzusortieren.

Aber das war nur eine Zugabe, denn ich wußte bereits, was mit dieser Erde nicht stimmte. Sie war grün und lila und rot und blau. Das wußte der Jogger auch; er wußte nur nicht, warum. Mir dagegen war es ziemlich klar: Boden verseucht mit Schwermetallen, dem Teufelszeug, aus dem Pigmente und Farben hergestellt werden.

»Joggen Sie in Sondermülldeponien, oder was?« fragte ich.

»Soll das heißen, daß das Zeug gesundheitsschädlich ist?«

»Das kann man wohl sagen. Sehen Sie das gelbe Klümpchen hier? Muß Cadmium sein. Das ist mal als Giftgas getestet worden, im Ersten Weltkrieg. Schmilzt schon bei 321 Grad, hat auch keinen hohen Siedepunkt, und den Dampf hat man ein paar Leute einatmen lassen.«

»Was passiert da?«

»Geht auf die Hoden. Die werden brandig.«

Der Jogger hielt die Luft an und trat samt seinem Hodenpaar von meinem Tisch zurück. Eins der Probleme, wenn man mit mir zusammen ist, besteht darin, daß ich aus jedem Thema eine toxische Horrorstory machen kann. Ich habe zwei Freundinnen und einen Job verloren, weil ich zur Unzeit ein Verzeichnis der Inhaltsstoffe vorgelesen und mit Anmerkungen versehen habe.

»Wo haben Sie das gefunden?« fragte ich.

»*Sweetvale College.* Direkt auf dem Campus. Da gibt's ein Wäldchen mit einem Teich und einem Joggingpfad.«

Ich, ein Absolvent der *Boston University*, versuchte mir das vorzustellen: einen Campus mit Bäumen und einem Teich.

»So sieht es dort aus«, fuhr der Jogger fort. »Die Erde, der Teich – alles.«

»Alles so bunt?«

»Ja. Es ist psychedelisch.«

Obwohl ich Chemiker bin, lehne ich psychedelische Drogen inzwischen ab, weil sie gegen Sangamons Prinzip verstoßen. Aber ich verstand, was der Typ meinte.

Also setzte ich mich am nächsten Tag auf mein Rad und fuhr zum *Sweetvale*. Der Jogger hatte, weiß Gott, nicht übertrieben. Am einen Ende des Campus lag dieses verkrautete Wäldchen, in ein Dreieck vorspringend, das von einigen nicht gerade billigen Vororten gebildet wurde. Es wurde kaum genutzt. Und das war gut so, denn die Gegend um den Teich war die reinste Schwermetallkloake. Alle Farben des Regenbogens. Sah ein bißchen so aus wie Wasser, auf dem Benzin schwimmt, bloß daß das hier nicht nur an der Oberfläche war. Die Farben gingen bis ganz tief runter. Sie waren alle verschieden, und sie waren alle – Verzeihung, falls ich mich wiederholen sollte – krebserregend.

Aus meinem Erstsemester-Grundkurs in physikalischer Geographie an der B. U. wußte ich verdammt genau, daß das kein natürlicher Teich war. Also lautete die Frage: Was war hier zuvor?

Das rauszukriegen, war meine erste Aktion als Giftdetektiv, und kompliziert wurde es nur dadurch, daß ich mich bei meinen Recherchen in der Stadtbibliothek so scheißdumm anstellte. Schließlich lieferte ich mich auf Gedeih und Verderb Esmerelda aus, einer schwarzen Bibliothekarin zwischen fünfzig und scheintot, die unter ihrer bionischen Frisur alles verfügbare Wissen gespeichert hatte oder zumindest das Know-how, wie man an es rankam. Sie grub ein paar alte Urkunden für mich aus.

Und natürlich hatte dort um die Jahrhundertwende eine Farbenfabrik prosperiert. Als sie später einging, vermachte der Besitzer das Gelände der Universität. Ein schönes Geschenk: zweieinhalb Quadratkilometer Gift.

Ich rief GEA an, und der Rest ging in die Geschichte ein. Zeitungsartikel, TV-Berichte, die in meinem Schwarzweißgerät nicht so toll wirkten, Abwiegelungsbemühungen von Staat und Bund und ein Rattenschwanz von Prozessen. Zwei Wochen später bat mich GEA, ein paar Abwasserproben zu analysieren. Einen Monat später stand ich auf den Stufen des Parlamentsgebäudes von Massachusetts, an ein Giftmüllfaß gekettet, und ein halbes Jahr später wurde ich bei GEA Koordinator Nordost für den Bereich chemische Verseuchung.

Mein Büro war so groß wie die Packkiste für ein Klavier, aber bitte – es war meins. Ich wollte einen Computer auf dem Schreibtisch haben, und keiner von den GEA-Oberen wollte mit so einem Teufelsding in einem Zimmer sitzen. Computer brauchen nämlich Chips, von denen einige PCBs enthalten, polychlorierte Biphenyle, die gern verdunsten und durch die Lüftungsschlitze des Computers entweichen, was zu Fehlgeburten und anderen mißlichen Dingen führt. Der Boß stellte mir sein Büro zur Verfügung und zog in den großen, scheunenartigen Raum um.

Als Gomez, unser Mann für alles, die Wände dieses Raumes zu streichen begann, nahmen dieselben vorsichtigen Leute kaum Notiz davon. Er setzte sie damit giftigen Dämpfen aus, die millionenfach höher konzentriert waren als das, was aus meinem Computer kam. Sie nahmen kaum Notiz davon, weil sie an Farbe gewöhnt sind. Sie malen ständig was auf oder an. Ist so ähnlich wie mit dem Zeug, das sie sich unter die Achseln sprühen und in ihre Tanks einfüllen. Gomez wollte jetzt auch mein Büro streichen, aber ich ließ ihn nicht.

Esmerelda, stets wachsam, hatte für mich gerade einiges aus dem Mikrofilmarchiv kopiert. Es handelte sich um Artikel aus dem *Lighthouse-Republican*, Erscheinungsort Blue Kills / New

Jersey, eine Kleinstadt an der Küste, die demnächst meinen Zorn zu spüren bekommen würde. Der *Lighthouse-Republican* war die Art Zeitung, die immer noch uralte, verstaubte Comics in maximaler Größe brachte. Ein Superprovinz- und Käseblatt.

Die Artikel waren aus dem Sportteil. Sport – wie Jagen und Angeln – findet im Freien statt, wo bekanntlich die Umwelt ist. Und deshalb erscheinen die Umweltnachrichten im Sportteil.

Esmerelda hatte vier Artikel mit vager Öko-Thematik für mich ausgegraben, alle von verschiedenen Reportern (kein Spezialist dafür in der Redaktion, wird nicht als wichtig betrachtet). Eine Müllkippe, von der irgendwelcher Dreck in einen Mündungstrichter sickerte; eine Schnellstraße, die ein Feuchtgebiet zerstören würde; mysteriöse Ölfilme auf dem Fluß; Sorgen wegen möglicherweise giftiger Abwässer aus einer Fabrik knapp außerhalb der Stadt, betrieben von einer Firma, die wir hier als die Schweizer Schweine bezeichnen wollen. Gemeinsam mit den Bostoner Bastarden, den Napalm-Halbmenschen, den Plutoniumfürsten, den Hindukillern, den Lungenattentätern, den Unaussprechlichen aus Buffalo und den Rheinvergewaltigern gehörten sie zu den größten Chemiemultis eines gewissen Planeten, dem dritten eines mediokren Fixsterns in einer durchschnittlichen Galaxie, die bei uns in den Staaten nach einem Schokoriegel mit Candy-Creme-Füllung benannt ist.

Alle Artikel hatten 2500 Wörter und waren in ein und demselben Stil geschrieben. Offenbar herrschte der Ressortleiter mit eiserner Hand. Die Ortsansässigen hießen »Blukers«. Nebensätze schienen verboten zu sein. Die PR-Leute, die für die Schweizer Schweine arbeiteten, wurden mit dem altmodischen Begriff »Kapazitäten« bezeichnet, statt mit dem neueren und fetzigeren »Quellen«.

Ich hatte nur die eine Sorge, daß dieser Ressortleiter schon so hochbetagt und klapprig war, daß er im Ruhestand lebte oder gar in der Kiste lag. Andererseits schien er ein begeisterter »Sportsfreund« zu sein, die Sorte Mensch, die im allgemeinen langlebig ist, es sei denn, sie planscht zuviel in kontaminierten

Sümpfen herum. Esmerelda, an meine Art gewöhnt, hatte eine Kopie vom letzten Impressum mitgeschickt. Der Ressortleiter Sport war Everett »Red« Grooten, und der für die Sportseite verantwortliche Redakteur war Alvin Goldberg.

Wahrscheinlich drang rauhes Gelächter aus meinem Büro. Jedenfalls hängte Tricia den PR-Chef von *Fotex* ab und schrie: »S. T., was machst du da drinnen?« Ich rief beim Blumenladen an und ließ das Übliche an Esmerelda schicken. Warf meine alte PCB-Schleuder an und ging meine Datei durch. »Fische, Hochsee, Schiffahrt, Wassersport; Auswirkungen von organischen Lösungsmitteln auf.« »Wasservogelpopulationen von Buchten, Flußmündungen, Meeresarmen; Auswirkungen von organischen Lösungsmitteln auf.« Das waren alte Sachen, die ich vor langer Zeit geschrieben hatte und immer wieder verwendete. Sie bezogen sich teils auf Studien der *Environmental Protection Agency*, kurz EPA, der Bundesbehörde für Umweltschutz, teils auf neuere Untersuchungen. Hin und wieder wurde eine »Quelle« bei GEA International, der bekannten Umweltorganisation, zitiert, meistens ich. Ich gab dem Computer den Befehl, »Quelle« zu löschen und »Kapazität« dafür einzusetzen.

Dann rief ich meine Presseerklärung zu dem ab, was die Schweizer Schweine in die Gewässer vor Blue Kills einleiteten – mein Gaschromatograph und ich hatten es bei meiner letzten Reise nach New Jersey entdeckt. Stellte das in den Mittelpunkt, schrieb einen ziemlich harten Artikel, in BASIC sozusagen, Hinz-und-Kunz-Idiom, keine Nebensätze, und kündigte an, die Blu-ker-Sportsfreunde würden wahrscheinlich die ersten sein, die die Auswirkungen der »zunehmenden Schadstoffprobleme«, verursacht durch die illegalen Einleitungen der Schweizer Schweine, zu spüren bekämen. Endete mit 2350 Wörtern und hängte noch einen Absatz an, in dem ich erwähnte, daß nun jeden Tag ein paar Leute von GEA, der bekannten Umweltorganisation, in Blue Kills vorbeischauen könnten.

Machte meinen Drucker auf und legte ein Typenrad mit einer Schriftart ein, die in den dreißiger Jahren außer Mode gekommen war. Druckte den Artikel auf schlichtem Papier aus, steckte ihn in einen Umschlag mitsamt zwei GEA-Standardfotos von krepierten Flundern und doppelköpfigen Enten, genau für die Spaltenbreite des *Lighthouse-Republican* passend. Schickte es als Eilsendung an die Privatadresse dieses Red Grooten, weil ich mir irgendwie dachte, daß er sich nicht mehr allzuoft in den Redaktionsräumen aufhielt.

2

Wyman rief an. Wyman, der Schrecken der Autos. Er wollte die Schlüssel vom Omni, damit er nach Erie / Pennsylvania, fahren konnte, um seine Freundin zu besuchen, die im Begriff war, nach Nicaragua aufzubrechen. Um Gottes willen, da konnte sie von Contras abgestochen werden, und er würde sie nie wiedersehen.

»Wo ist der Transporter, Wyman?«

»Das sag' ich dir erst, wenn ich die Schlüssel vom Omni habe.«

Also legte ich auf und rief bei der Stadtpolizei an, die mir folgendes mitteilte: Auf dem Bankett des Revere Beach Parkway, in westlicher Richtung, nahe der Brücke über den Everett River. Sollte jeden Moment abgeschleppt werden. Ich legte auf, als sie nach meinem Namen fragten, schnappte mir meinen Werkzeugkasten und machte mich auf den Weg.

Gomez hörte die Schraubenschlüssel im Kasten klappern, feuerte die letzte Hälfte seines Vollkorn-Croissants in den Abfalleimer mit der Aufschrift »Nicht für Kompostierung und Recycling geeignet«, wo es auch hingehörte, und fing mich an der Treppe ab. »Hast du was für mich zu tun?«

»Ja. Komm mit.«

Viele Leute draußen in der Welt bewundern GEA ganz einfach. Einer, beziehungsweise eine von diesen Leuten, hatte uns ein Auto gestiftet. Besser noch. In Massachusetts kann die Kfz-

Versicherung gut und gerne über tausend Dollar im Jahr kosten, und so hatte uns diese prachtvolle Lady den Omni leihweise zur Verfügung gestellt und zahlte auch noch die Versicherung. Wir wußten nicht mal, wer sie war.

Normalerweise ist ein Omni der letzte Scheiß, eine Rappelkiste mit 1,6-Liter-Motor. Aber für einen kleinen Aufpreis kann man einen Omni FWT kriegen, der aerodynamisch aufgemotzt ist und 2,2 Liter hat. Und wenn man noch ein paar Hunderter drauflegt, bekommt man einen Omni FWT Turbo, der obendrein ein Turbogebläse hat. FWT steht übrigens für »Fährt wie der Teufel«. Ehrlich. Wenn das Gebläse singt, entwickelt der Omni FWT Turbo eine geballte Power wie ein kleiner Rennwagen. Jetzt braucht man bloß noch dicke fette Rennreifen mit Sportfelgen, und fertig ist der Porsche des kleinen Mannes, die tödlichste Waffe, die je für die Bostoner Verkehrskriege entwickelt wurde. Sicher, wenn man dreimal soviel ausgibt, kann man einen Wagen kriegen, der ein bißchen mehr fetzt, aber wer wird ein Auto zu Schrott fahren, das so teuer ist? Wer wird da auch nur eine Delle riskieren? Aber wenn's bloß ein Omni ist, kratzt es niemand.

Ich setzte die Verteilerkappe wieder ein – eine Feinheit, die Gomez durchaus zu würdigen wußte –, und wir düsten los. Erst mußten wir einen Haufen Plunder aus dem Laderaum schmeißen, um Platz für das zu schaffen, was wir aus dem Transporter ausbauen würden. Die zwei Säcke hydraulischer Zement mußten raus. Wenn ich das dringende Bedürfnis bekommen würde, zwischen hier und dem Everett ein Abflußrohr dichtzumachen, würde ich es später befriedigen müssen. Die große, lange Rolle Nylon für Transparente, den Bergsteiger-Sicherungsgurt und die Kletterseile, einen Reservekanister, einen Zodiac-Blasebalg und das mobile Chemielabor warfen wir ebenfalls über Bord. Dann den Mikrocomputer, mit dem wir die Datenbanken von GEA International anzapfen konnten. Den Gaschromatographen für 5000 Dollar. Meine großen Magneten. Den Darth-Vader-Tauchanzug. Wir packten alles in den Kofferraum von Gomez' Impala, damit wir es nicht in den vierten Stock schleppen mußten.

GEA hatte Gomez einen neuen Job gegeben, nachdem ich unabsichtlich dafür gesorgt hatte, daß er aus seinem bisherigen Job als unterbezahlter Wachmann bei der Verwaltung geflogen war. Zum Pech von seinesgleichen verdiene ich mir mein Geld damit, daß ich Leute wie ihn ziemlich alt aussehen lasse.

Wir hatten damals wochenlang versucht, bei einem Bonzen von der staatlichen Umweltbehörde einen Termin zu kriegen, und er hatte nicht mal reagiert. Kurz vor dem Frohen Fest verkleidete ich mich als Weihnachtsmann und sagte Tricia und Debbie (einer von unseren Praktikantinnen), sie sollten sich als Elfen kostümieren. Ich fälschte einen Personalausweis, komplett mit Paßbild vom Weihnachtsmann und einer Adresse am Nordpol, stopfte meinen Gabensack mit GEA-Flugblättern voll, und wir kamen ungeschoren an Gomez vorbei; er war so richtig in Weihnachtsstimmung. Wir trafen auf eine Untersekretärin, die uns an eine Obersekretärin weiterreichte. Die wiederum reichte uns drei Stockwerke höher an eine Hauptsekretärin weiter, die uns ihrerseits zehn Stockwerke höher an eine Oberhauptsekretärin weiterreichte, an Thelma, und diese wackere Frau zuckte nicht mal mit der Wimper. Sie führte uns direkt in Corrigans Büro, den Ort, an den wir drei Monate lang hatten vorgelassen werden wollen, ohne daß man wenigstens den Anstand besessen hätte, uns eines fiesen Briefs zu würdigen.

»Ho ho ho!« sagte ich, und es war mir ernst.

»Na so was, der Weihnachtsmann!« sagte Corrigan, der alte Esel. »Was führt Euch hierher?«

»Bist nicht artig gewesen! Ich habe eine Überraschung für den bösen Buben! Ho ho ho!« Aus den Augenwinkeln sah ich, wie Strahlen hochenergetischen Lichts den Flur entlanghuschten. Das Kamerateam vom Fünften Kanal stürmte an Thelmas leerem Schreibtisch vorbei.

»Was für eine Überraschung?« fragte Corrigan. Ich drehte den Kopfkissenbezug um und ließ ihn genau in dem Moment in den Genuß eines Propaganda-Blizzards kommen, in dem der Kameramann die Linse auf ihn richtete. Wir bekamen ihn nicht nur dazu, sich mit einem Treffen einverstanden zu erklären, sondern die Einverständniserklärung wurde auch noch per Glotze in ganz Massachusetts verbreitet – was so ziemlich die einzige Möglichkeit ist, einen Umweltbeamten dazu zu vergattern, daß er sein Wort hält. Corrigan ist seitdem nicht gerade nett zu mir gewesen, aber ich habe den Sprung auf Thelmas Weihnachtskartenverteiler geschafft.

Wie auch immer, Gomez wurde gefeuert, weil er meinen falschen Personalausweis hatte durchgehen lassen. Wir beschäftigten ihn schließlich als freien Mitarbeiter, und er erledigte da und dort Arbeiten im Büro für uns. Nichts Illegales. Wenn es darum ging, Dinge zu finden, die repariert oder frisch gestrichen werden mußten, war er ein Mann der Initiative. Wenn man beobachtete, wie er wacklige Treppenstufen und abblätternde Farbe aufspürte, sah man den guten alten Unternehmungsgeist in voller Aktion. Nicht viel anders als bei mir.

Der Transporter stand genau da, wo Wyman ihn hatte stehenlassen, in der dreckigsten, der gefährlichsten, der kriminellsten Ecke von Boston. Ich spreche nicht von Crack-Dealern, Slums und Minderheiten. Ich spreche nicht von Roxbury. Sondern von dem Gebiet um den Mystic River, in dem der größte Teil der Schwerindustrie von Neuengland sitzt. Es ist fifty-fifty zwischen Everett und Charlestown aufgeteilt. Ich bin da recht oft. Die meisten »Flüsse«, die in den Mystic münden, sind Abwasserkanäle, nicht länger als ein paar Kilometer. Die Giftmischer der Nation versammeln sich an diesen Flüssen und pissen rein. Ich habe sie persönlich mit meinem Zodiac besucht, ihre gelben, braunen, weißen und roten Wässerchen gerochen und festgestellt, woraus sie sich zusammensetzen.

Wir konnten Wymans Fußspuren sehen, die durch die Schlammzone am Everett River zu einer Seitenstraße führten, in der es vielleicht irgendwo eine Telefonzelle gab. Ich wußte bereits, wie die Straße hieß: Alkali Lane. Wir sahen die Stelle, an der ihm chemische Dünste um die Nase geweht waren oder er nah genug dran war, um das Straßenschild lesen zu können. Jedenfalls war er dort herumgewirbelt und zum unverseuchten Bankett zurückgesprungen und hatte seine Schuhe wie verrückt am verdorrten Gras abgewischt. Dann war er getrampt.

Gomez schlachtete den Transporter aus wie ein Sioux, der einen Bison zerlegt. Ich konzentrierte mich auf die Räder mit den brandneuen Gürtelreifen für 600 Dollar, die Wyman glatt zurückgelassen hätte – ein Geschenk von GEA an einen x-beliebigen Autofriedhof. Ich sorgte auch dafür, daß wir unseren Kanaldekkelheber nicht vergaßen. Für mich ist der so wichtig wie der Universalschlüssel für einen Hausmeister. Gomez stellte die Batterie sicher, die Zündung, den Kassettenrecorder, die Autodecke, den Wagenheber, die Schraubenschlüssel, die Schneeketten, eine halbe Dose Schmierstoff, den Ersatzkeilriemen und drei Gallonen Benzin. Er machte sich gerade an den Starter ran, als ich den Transporter offiziell für tot erklärte.

Wir nahmen die Nummernschilder an uns, damit wir der Versicherung beweisen konnten, daß wir den Wagen nicht mehr fuhren, und dann holte ich das Thermit aus dem Handschuhfach. Es ist immer klug, welches in greifbarer Nähe zu haben. Kann ja sein, daß man ein paar Eisenbahnschienen verschweißen muß. Die Seriennummer des Transporters war an drei Stellen in die Karosserie und das Fahrgestell eingestanzt, und darauf tat ich jetzt Thermit. Dann zündete ich es mit meiner Zigarre an. Sofort Schlacke. Wie ein Mafia-Killer, der einer Leiche die Finger abhackt.

Die Seriennummern rauchten noch, als wir wieder in den Omni stiegen. Aber dann hielt gleich ein Wagen hinter uns an, ein Bronco II mit zuviel Antennen und Blinklicht auf dem Dach.

»Scheiß-Schmalspurcop«, sagte Gomez. Da er selbst einer gewesen war, war er sensibilisiert für das ganze absurde Konzept.

Ich ging zu dem Bronco, um die Schrift auf der Tür lesen zu können. BASCO SECURITY. Also der Sicherheitsdienst von

Basco. Ich kannte diese Firma nur zu gut. Ihr gehörte alles in der Alkali Lane und das meiste am Everett River. Wenn man vom Bankett des Parkway runterging, war man schon auf ihrem Gelände. Dann lösten sich auch die Schuhe von einem auf.

»Guten Morgen«, sagte der Schmalspurcop, der so jung und mager war wie Gomez. Diese Typen hatten nie die Autoritätswampe des echten Bostoner Cops.

»Mojn«, sagte ich und ließ es klingen, als wäre ich in Eile. »Kann ich was für Sie tun?«

Er betrachtete ein Bild von mir, das in ein Ding eingeklebt war, das verdammt nach Dossier aussah. Da waren außerdem Fotos von meinem Boß drin sowie von einem Rindvieh namens Dan Smirnoff und einem Mann auf der Flucht namens Boone.

»Sind Sie Sangamon Taylor?«

»Haben Sie vielleicht einen Haftbefehl? Sie sind doch gar kein richtiger Cop, oder?«

»Ich habe Zeugen. Ein paar von uns waren drüben beim Hauptgebäude und haben Sie beobachtet. Wir kennen diesen Transporter.«

»Ich weiß, wir sind alte Freunde.«

»Genau. Deswegen haben wir den Transporter sofort erkannt, als er gestern abend hier gestoppt hat. Wir haben beobachtet, wie Sie ihn ausgeschlachtet haben. Und vielleicht sogar an den Seriennummern rumgemacht haben, was?«

»Hören Sie. Bevor Sie hier Ärger machen, gehen Sie erst mal zu Ihrem Boß und sagen Sie ihm ›pH‹. Nichts weiter. Einfach ›pH‹.«

»Ist das nicht das, was ins Shampoo reinkommt?«

»Da liegen Sie ziemlich dicht dran. Also, sagen Sie ihm ›pH 13‹. Und tun Sie sich selbst einen Gefallen und suchen Sie sich einen anderen Job. Bleiben Sie weg von der Schlammzone, laufen Sie da nicht rum. Verstehen Sie mich? Da ist es gefährlich.«

»Jaja«, sagte er und schien sich königlich zu amüsieren, »da sind unheimlich kriminelle Elemente am Werk.«

»Richtig. Der Vorstand von Basco und die Familie Pleshy. Lassen Sie es nicht zu, daß die weiter die Leute umbringen.«

Als ich wieder im Omni saß, fragte Gomez: »Was hast du ihm gesagt?«

»Ihren pH-Wert. Ich war letzte Woche hier und hab' ihn gemessen. Er lag bei dreizehn.«

»Und?«

»Acht sind ihnen maximal erlaubt. Das heißt, die leiten hier den Dreck in einer Konzentration in den Fluß, die mehr als doppelt so hoch ist wie gesetzlich gestattet.«

»O Scheiße, Mann«, sagte Gomez empört. Das war eine weitere gute Eigenschaft von ihm. Er wurde nie gleichgültig.

Dabei hatte ich ihm nicht mal die volle Wahrheit gesagt. Tatsächlich hatte die Giftbrühe, die aus *Bascos* Abflußrohr kam, eine *hunderttausendfach* höhere Konzentration, als es erlaubt war. Die Differenz zwischen pH 13 und pH 8 war zwar 5, aber in Wirklichkeit war pH 13 10^5mal, also 100000mal alkalihaltiger als pH 8. Diese Dinge passieren ständig. Aber egal, wieviel Diplome du an der Wand hängen hast, wenn du den Leuten so eine Zahl nennst, halten sie dich für verrückt. Die meisten wollen einfach nicht wahrhaben, wie wild gegen die Umweltgesetze verstoßen wird. Aber wenn ich sage: »Mehr als doppelt so hoch wie gesetzlich gestattet«, dann entrüsten sie sich, daß es eine wahre Freude ist.

3

Ich ließ mich von Gomez am Harvard Square absetzen, um dortselbst mit einer Reporterin von der *Weekly* etwas Körnerfutter und Tofu zu speisen. Ich schmiß meine Zigarre weg, dann betrat ich das ein kleines Stück seitab vom Platz gelegene Restaurant, eine Orgie aus Naturholz, ließ mir von der Geschäftsführerin deren Nasenlöcher zeigen und entdeckte schließlich Rebecca, die in der hintersten Ecke saß.

»Wie geht's dem Müsli-James-Bond?«

Ich hätte ihr um ein Haar meine Toxin-Spiderman-Arie vorgesungen, besann mich dann aber darauf, daß manche Leute mich aufrichtig bewunderten, unter ihnen Rebecca, und daß wir dank Bewunderung und James-Bond-Legenden Dinge wie Gratiswagen und anonyme Hinweise auf Umweltverschmutzer bekamen. Also ließ ich es bleiben. Rebecca hatte sich den sonnigsten Teil des Raumes ausgesucht, und das Licht brachte ihre grünen Augen zum Leuchten wie Verkehrsampeln. Sie und ich waren ein paarmal miteinander ins Bett gesprungen. Die Tatsache, daß wir das in absehbarer Zeit nicht wieder tun würden, machte sie hunderttausendmal – nein, stop – mehr als doppelt so schön. Um mich abzulenken, knurrte ich dem Kellner zu, daß ich ein Bier wolle, und setzte mich.

»Wir haben ...«, sagte der Kellner und holte erschreckend tief Luft.

»Rauchbier.«

»Nein, das haben wir nicht.«

»Dann ein Beck's.« Ich ging davon aus, daß Rebecca zahlen würde.

»Die Spezialität des Hauses ist linksdrehendes Bitzelwasser«, sagte Rebecca.

»Ich brauch' was, um mir diesen ekelhaften Everett-Geschmack aus dem Mund zu spülen.«

»Warst du mit deinem Zode unterwegs?«

»Für dich heißt das immer noch Zodiac«, sagte ich. »Nein, ich war nicht mit meinem Zode unterwegs.«

Wir begannen unsere Gespräche immer mit so dummen Sprüchen. Rebecca war Journalistin und brachte den größten Teil ihres Lebens damit zu, mit Breimäulern und Schönschwätzern zu reden. Wenn sie mit jemandem sprach, der »Scheiße« sagte, und das auch noch auf Band, hatte es auf sie eine Wirkung wie Benzedrin. Und dann lief bei uns ja auch immer noch diese untergründige Flirt-Geschichte ab: »He, weißt du noch?« – »Ja, ich weiß noch.« – »War gut, nicht?« – »Ja, war gut.«

»Was macht Projekt Lobster?«

»Wow, du hast dich ja richtig auf dieses Interview vorbereitet. Es läuft wie geschmiert. Was macht die Zeitung?«

»Das Übliche. Bürgerkrieg, Aufstand, Finanzkrise. Aber die Leute lesen die Filmkritiken.«

»Statt deinen Sachen?«

»Kommt drauf an, was ich auf der Pfanne habe.«

»Und was hast du auf der Pfanne?«

Sie lächelte, beugte sich vor und sah mich listig an. »Pleshy ist im Rennen«, verkündete sie.

»Welcher Pleshy? Und seit wann ist er ein Gaul?«

»Der Große Pleshy.«

»Der Schleimer?«

»Ja. Er kandidiert für die Präsidentschaft.«

»Ogottogott. Jetzt kannst du allein essen. Mir ist der Appetit vergangen.«

»Ich wußte, daß du entzückt sein würdest.«

»Und was ist mit *Basco*? Muß er den ganzen Scheiß nicht zu treuen Händen geben?«

»Schon passiert. Deswegen weiß ich ja, daß er kandidiert. Ich hab' einen Freund bei der Bank.«

Die Familie Pleshy stellte die Geschäftsleitung von *Basco* – sie hatte diese Firma gegründet – und gehörte damit zu den führenden Verschmutzern des Bostoner Hafens. Den Verpestern von Vietnam. Der Avantgarde der Giftmüllbewegung. Ich versuchte schon seit Jahren, ihnen klarzumachen, welchen Mist sie bauten. Dann und wann kippte ich Zement in ihre Abflußrohre, um ihnen meine Argumente näherzubringen.

Dieses Jahr hatte Alvin Pleshy die Leitung der Firma inne; Alvin, genannt Der Schleimer, der früher ein maßgebliches Mitglied jenes Teams aus Managementcracks und außenpolitischen Genies gewesen war, dem wir den Sieg in Vietnam verdanken.

Rebecca zeigte mir Kostproben von der Arbeit seiner PR-Leute: »Viele Umweltschützer haben übertrieben auf die Existenz dieser Verbindungen reagiert« – nicht Chemikalien, nicht Schadstoffe, nein, Verbindungen –, »aber was genau ist 1 ppm, ein Teil pro Million?« Dem folgte eine nette kleine Graphik, die darstellte, wie auf einen Kesselwagen voll reinem Wasser ein Tropfen »Verbindungen« kam.

»Ja. Sie operieren mit dem NIMAPUGRO-System. Ein Tropfen im Kesselwagen. Klingt völlig harmlos. Aber du kannst es auch andersrum sehen. Ein Footballspielfeld hat eine Fläche von zirka 4200 Quadratmetern. Eine Bananenschale hat eine Fläche von vielleicht 10 Quadratzentimetern. Also beträgt die Fläche der Bananenschale, die jemand aufs Spielfeld geworfen hat, nur ein paar Teile pro Million. Aber wenn dein wichtigster Angriffsspieler in dem Moment auf der Bananenschale ausrutscht, wo die Spielzeit abläuft und du zwei Punkte zurückliegst ...«

»Was heißt NIMAPUGRO?«

»Hab' ich dir das nicht schon mal gesagt?«

»Nein. Erklär's mir.«

»Steht für ›Nicht mal punktgroß‹. Du erinnerst dich vielleicht, daß es in diesen Gesundheitsbroschüren an der High School immer hieß, man könne eine Stadt wie Dallas schon mit einem nicht mal punktgroßen Tropfen LSD stoned machen. Kann man sich wesentlich leichter vorstellen als, sagen wir, ein Mikrogramm.«

»Und was hat das mit Football zu tun?«

»Es ist unter anderem mein Job, Bernie Bierbauch technische Zusammenhänge zu erklären. Bernie hat vielleicht die Footballspielregeln im Kopf, aber er hat keine Ahnung von PCBs und kann ein Mikrogramm nicht von einem Cunnilingus unterscheiden. Also entspricht ein Mikrogramm etwa einem NIMAPUGRO. Ein Teil pro Million ist ein Tropfen im Kesselwagen – das sagen die Chemiefirmen immer, damit es nicht so gefährlich klingt. Wenn man alle Robbenbabys nebeneinanderlegen würde, die letztes Jahr totgeknüppelt worden sind, würden sie hundert Footballfelder bedecken. Die Tränen, die die Robbenmuttis vergossen haben, würden mindestens einen Kesselwagen füllen.

Und mit den Abwässern, die ungeklärt in den Hafen eingeleitet werden, könntest du jede Woche ein komplettes Footballstadion fluten.«

»Dan Smirnoff sagt, ihr arbeitet jetzt zusammen.«

Etwas Bier fand seinen Weg in meine Nebenhöhlen. Ich mußte es Rebecca lassen: sie verstand was von ihrem Job.

Smirnoff war der einzige Grund für dieses Gespräch. Der ganze Scheiß mit Pleshy und dem Geschwätz seiner PR-Leute hatte nur dazu gedient, daß ich auftaute. Und als ich mit meiner großen NIMAPUGRO-Rede loslegte, wußte Rebecca: jetzt konnte sie nach meinem Sack grabschen. Wie oft hatte ich ihr meine gesetzlich geschützte NIMAPUGRO-Rede schon gehalten? Mindestens zwei- oder dreimal. Ich mag gute Storys. Ich erzähle sie auch gern öfter. Mittlerweile wußte Rebecca: sag S. T. was von Tropfen und Kesselwagen, und er geht hoch wie ein Zündhütchen. Wenn ich mich über ein Öko-Thema aufregte und mich deshalb nicht vorsah, konnte sie plötzlich eine knallharte Frage einschieben, mein haariges und überaus ausdrucksvolles Gesicht auf Reaktionen hin beobachten und eine Ahnung von der Wahrheit bekommen. Oder eine Grundlage für ihre schwärzesten Vermutungen finden.

»Smirnoff gehört zu den Leuten, mit denen ich Kontakt haben muß, ob ich will oder nicht. Wie ein Gefängniswärter mit Häftlingen, die sich an Kindern vergangen haben.«

»In diese Kategorie würdest du ihn einordnen?«

»Nein, dafür ist er nicht schlau genug. Er ist bloß stinksauer und aufgeblasen wie ein Luftballon.«

»Kommt mir irgendwie bekannt vor.«

»Ja, aber ich habe einen Grund dafür, arrogant zu sein. Er nicht.«

»Patti Bowen von NEST hat gesagt...«

»Ich kann's mir schon denken. Smirnoff ist zu ihr gekommen und hat gesagt: ›He, ich bau' gerade 'ne Aktionsgruppe auf, direkte Aktionen, viel härter als GEA, und Sangamon Taylor arbeitet mit mir zusammen.‹«

»Genau das hat Patti Bowen gesagt.«

»Ja. Smirnoff hat mich neulich mal zu fassen gekriegt. Normalerweise lege ich einfach auf, wenn er anruft, weil ich nicht will, daß das FBI auch nur vermutet, wir hätten was miteinander zu tun. Also ist er mir ins Labor nachgeschlichen, wo ich Fisch zersäbelt habe. Er sagte: ›Patti Bowen und ich, wir arbeiten in 'ner knallharten Aktionsgruppe zusammen.‹ Stupsstups, zwinkerzwinker. Worauf ich ihm mein Messer unter die Nase hielt und sagte: ›Hör zu, du Wichser, wenn was ein Umweltgift ist, dann bist du's, und wenn du mich je wieder anrufst, dich je wieder bei GEA meldest, je wieder näher als drei Meter an mich rankommst, dann nehm' ich dich mit diesem Messer aus wie einen Thunfisch.‹ Seitdem hab' ich nichts mehr von ihm gehört.«

»Ist das dein Standpunkt? Daß er ein Terrorist ist?«

»Ja.«

Rebecca schrieb es auf, also fügte ich langsam und deutlich hinzu: »Und wir sind *keine* Terroristen.«

»Das heißt, du findest, daß er auf einer Ebene mit Hank Boone steht.«

Ich mußte mich ein bißchen verrenken. »Moralisch ja. Aber sonst ist eigentlich niemand so wie Boone.«

Boone hatte diesen Fimmel mit Walfangbooten. Er versenkte sie gern. Er gehörte zu den Gründern von GEA und zu den Helden der SU-Invasion, aber er war vor sieben Jahren rausgeflogen. Vor der Küste von Südafrika hatte er einen Zodiac mit Methan gefüllt, eine Zündschnur angezündet und ihn auf einen Walfänger zugesteuert. In letzter Minute war er abgesprungen. Das Methan explodierte, der Walfänger sank, und Boone tauchte in irgendeiner rührseligen europäischen Sozialdemokratie unter. Aber er verschwand immer wieder mal kurzfristig, und Walfänger bohrten sich immer wieder mal in den Grund der sieben Meere.

»Boone bringt was. Smirnoff ist nur lächerlich.«

»Du bewunderst Boone.«

»Du weißt, das ich das nicht sagen kann. Ich hab' was gegen Gewalt. Ehrlich.«

»Darum hast du Smirnoff auch mit dem Messer bedroht.«

»Das war Affekt. Was ich nicht ausstehen kann, ist vorsätzliche Gewalt. Sieh mal. Boone ist doch gar nicht nötig. Die Firmen haben sich ihre Bomben schon selbst gelegt. Wir müssen sie nur noch zünden.«

Rebecca lehnte sich zurück, die grünen Augen plötzlich schmal, und ich wußte, jetzt würde gleich eine tiefschürfende Bemerkung kommen. »Ich dachte, du hättest vor nichts Angst, aber vor Smirnoff *hast* du Angst, nicht?«

»Logisch. GEA macht selten was Illegales, und unsere Aktionen sind *immer* gewaltfrei. Das Äußerste, was wir tun, ist ein bißchen Sachbeschädigung – und das auch nur, um Schlimmeres zu verhüten. Trotzdem sind wir verwanzt und werden abgehört und observiert. Wir besprechen nie etwas Entscheidendes am Telefon. Wir sind Profis. Aber Smirnoff, dieser Trottel, versucht eine terroristische Gruppe zu organisieren – und das per Telefon! Er ist ungefähr so schlau wie ein New-Age-Freak mit Hirnschaden. Scheiße! Ich überlege mir, ob wir ihn wegen Verleumdung verklagen könnten, weil er unseren Namen erwähnt hat.«

»Ich bin keine Anwältin.«

»Ich könnte mir eine Verleumdungsklage vorstellen, wenn die Medien versuchen sollten, eine Verbindung zwischen ihm und uns zu konstruieren.«

Rebecca war eher amüsiert als wütend. Ich wußte, daß sie so reagieren würde; sie findet mich süß, wenn ich sauer bin. Wenn frau im Bostoner Hafen in der Mittagspause in einem Zodiac mit einem Mann gevögelt hat, ist es schwierig, sich von ihm zu distanzieren, Objektivität hin und Berufsethos her.

»S. T., ich bin sprachlos. Hast du wirklich gerade Drohungen gegen die *Weekly* ausgestoßen?«

»Nein, natürlich nicht. Ich versuche dir nur zu erklären, wie wichtig es für uns ist, daß wir in den Augen der Öffentlichkeit nichts mit Smirnoff und Boone zu tun haben. Andernfalls werde ich einen unserer ernsten jungen Öko-Anwälte mit Cents überschütten und sehen, ob wir Smirnoff den Quatsch per Verleumdungsklage austreiben können.«

Rebecca lächelte. »Ich will keinen Zusammenhang zwischen euch konstruieren. Es gibt keinen echten Zusammenhang. Aber das Thema interessiert mich. Ich meine, die Ike Walton League hat fließende Übergänge zum Sierra Club, und der zu GEA, und GEA zu NEST ...«

»Ja, und dann geht's weiter mit Smirnoff und Boone, und am Ende steht die Fatah. Das ist gefährliches Terrain, Baby. Du mußt definitiv einen Trennungsstrich zwischen uns und Smirnoff ziehen. Sogar zwischen uns und NEST.«

»Du hast kein Recht, mich Baby zu nennen.«

»Okay. *Du* kannst mich alles nennen – außer einen Terroristen.«

4

Ich fuhr mit der U-Bahn nach Boston Mitte und dann durchs Nordend zum Jachtclub. Zum größten Teil trieben sich dort Lifestylesklaven herum, die sich krampfhaft bemühten, sagenhaft kultivierte Neuengländer zu sein, aber es gab auch ein paar alte, mit Kotze gefleckte Rundfahrtbarkassen und ein Fischerboot, und es war der Heimathafen der Seestreitkräfte von GEA Nordost. Der Club hatte uns einen Liegeplatz gestiftet, ein kleines Trapez aus öligem Wasser zwischen mehreren Piers, und das aus demselben Grund, aus dem uns jemand den Omni gestiftet hatte. Oben im Clubhaus hatten wir ein Spind für unsere Sachen, und da strebte ich hin und trieb den Blutdruck all der Blödmänner mit ihren Segeltuchschuhen und Hornbrillen in die Höhe, die darauf warteten, in den Speisesalon eingelassen zu werden. Ich ging an ihnen vorbei und drehte mich nicht um, als irgendein prätentiöses Roß mich provozieren wollte.

»Hallo! Entschuldigung, Sir, sind Sie Mitglied dieses Clubs?«

Das erlebt man hin und wieder, meistens bei Leuten, die gerade ihre Weihnachtsgratifikation in die Aufnahmegebühr investiert haben. Ich reagiere da nicht drauf. Früher oder später kriegen die von selbst mit, was läuft.

Aber irgendwie kam mir diese gottverdammte Stimme bekannt vor. Ich konnte leider nicht an mich halten und drehte mich doch um. Und er war's tatsächlich, er stach hervor aus dieser einheitsbraunen Menge wie ein krepierter Millionenfisch in einem tropischen Aquarium, hochaufgeschossen und hängemäulig und alles andere als selbstsicher. Dolmacher. Er erkannte mich, und sein Nachtmahr wurde Wirklichkeit. Was nur gerecht war, da er auch zu meinen liebsten Alpträumen gehörte.

Unklugerweise ergriff er die Initiative. »Taylor!« sagte er höhnisch.

»Lumpy!« rief ich. Dolmacher blickte auf seinen Hosenstall nieder, während seine Freunde das Wort unhörbar hinter seinem Rücken flüsterten. Angesichts dieser grinsenden Yuppie-Hyänen wußte ich, daß ich Dolmacher für den Rest seines Lebens umgetauft hatte.

Er schien sich der Weiterungen nicht bewußt zu sein und tat einen Schritt vorwärts. »Wie geht's, wie steht's, Taylor?«

»Glänzend, Dolmacher. Und selbst? Hast du nach unserem Abgang von der B. U. einen neuen Akzent eingeübt?«

Seine baldigen Exfreunde begannen die Messer zu wetzen.

»Na, und was steht heute auf dem Programm, Sangamon? Bist du hierhergekommen, um eine magnetische Haftmine an der Jacht eines Industriellen anzubringen?«

Das war Dolmacher at his best. Nicht »in die Luft jagen«, sondern »eine magnetische Haftmine anbringen an«. Er pflegte die Buchhandlungen abzugrasen und diese großen Bilderbücher von internationalen Waffensystemen zu kaufen, die für 3 Dollar 98 verramscht werden. Er hatte ein ganzes Regal davon. Am Wochenende fuhr er regelmäßig nach New Hampshire und spielte Überleben, rannte im Wald rum und knallte mit Farbpatronen auf andere frustrierte Elemente.

»Jachten bestehen aus Fiberglas, Dolmacher. Infolgedessen haftet eine magnetische Haftmine nicht an ihnen.«

»Immer noch sarkastisch, was, S. T.?« Er sprach das Wort so aus, als handle es sich um eine Geisteskrankheit. »Nur daß du's jetzt professionell machst.«

»Kann ich was dafür, daß der Schleimer keinen Humor hat?«

»Ich arbeite nicht mehr für *Basco*.«

»Okay, ich staune. Für wen dann?«

»Für *Biotronics*.«

Eine revolutionäre Veränderung. *Biotronics* war eine hundertprozentige Tochter von *Basco*. Aber was sie da machten, war beeindruckend.

»Gentechnik. Nicht schlecht. Arbeitest du richtig mit Bakterien?«

»Manchmal.«

Dolmacher vernachlässigte seine Deckung in dem Moment, in dem ich mich nach seiner Arbeit erkundigte. Genau wie früher an der B. U. Er lag so platt auf dem Bauch vor der Coolness der Wissenschaft, daß sie auf ihn wirkte wie ein Endorphin.

»Nun«, sagte ich, »dann denk dran, nicht in der Nase zu bohren, wenn du die Pfoten im Bakterientank hattest, und laß dir das Mittagessen gut schmecken. Ich muß jetzt Proben nehmen.« Ich drehte mich um.

»Du solltest auch für Biotronics arbeiten, S. T. Du bist viel zu intelligent für deinen Job.«

Ich drehte mich wieder um, weil ich sauer war. Er hatte keine Ahnung, wie schwierig..., aber dann merkte ich, daß er ganz ernst guckte. Er wollte tatsächlich, daß ich mit ihm zusammenarbeitete.

Die alten Unibande sind scheint's doch unverwüstlich. Wir hatten vier Jahre an der B. U. damit verbracht, so miteinander zu reden, und dann noch ein paar Jahre auf den entgegengesetzten Seiten der Ökobarrikade. Und jetzt wollte er, daß ich mit ihm zusammen Gene manipulierte. Ich nehme an, wenn man so weit gekommen ist wie er, fühlt man sich ein bißchen einsam. Da draußen auf vorgeschobenem Posten an der Wissenschaftsfront tut es ziemlich weh, wenn einem ein Exkommilitone ständig Steinsalz in den Hintern pfeffert.

»Wir arbeiten an einem Verfahren, das dich bestimmt interessieren würde«, fuhr Dolmacher fort. »Für dich müßte das so was wie der Heilige Gral sein.«

»Dolmacher? Vier Plätze?« tönte der Oberkellner.

»Wenn du mal mit mir drüber reden willst – ich stehe im Telefonbuch. Ich wohne jetzt in Medford.« Dolmacher wich zurück und verschwand im Speisesalon. Ich starrte ihn bloß an.

Oben schnappte ich mir eine leere Kühlbox aus unserem Spind. Ich hatte eine Absprache mit dem Koch. Er tat mir gratis Eis rein, und ich erzählte ihm dafür einen dreckigen Witz. Funktionierte blendend. Dann nichts wie raus und über die Piers zu unserem kleinen Ölfleck.

Es war Ebbe, also mußte ich über eine Strickleiter in das Zodiac klettern. Sobald man unterm Level der Piers ist, verschwinden Stadt und Sonne, und man baumelt in einem Dschungel aus veralgtem Pfahlwerk – wie Tarzan, der eine Liane runter in den Sumpf glitscht.

Man wird einem Zodiac nicht gerecht, wenn man es als Schlauchboot bezeichnet. Es sieht klasse aus, hat eine schlaue Hydrodynamik und ist voll seetüchtig. Der aufblasbare Teil ist hufeisenförmig, und der Boden besteht aus massiven, miteinander verfugten Planken. Hinten ist ein Heckspiegel, der kein Wasser reinläßt und an dem der Motor hängt. Wenn du dir die Unterseite von einem Zodiac ansiehst – die ist nicht einfach flach. Sie hat eine Andeutung von Kiel. Das verbessert die Manövrierbarkeit.

Genau betrachtet hat ein Zodiac gar keinen richtigen Rumpf. Die Rumpfkonstruktion ist eine höhere Wissenschaft. Zur Zeit der Segelschiffe war sie für die nationale Sicherheit so wichtig wie heute die Aerodynamik. Der Rumpf war ein notwendiges

Übel: der Unterwasserteil des Schiffs hatte viel Reibungswiderstand zur Folge, der überwunden werden mußte, aber ohne den Rumpf schwamm das Schiff nun mal nicht.

Dann wurde der Außenbordmotor erfunden, und diese höhere Wissenschaft war nun dank brachialer Power überholt. Man konnte aus einer Badewanne ein High-Performance-Speedboat machen, indem man den entsprechenden Motor dranmontierte. Wenn das Ding mit Vollgas fährt, hebt es der Druck des Wassers glatt aus den Wellen. Es flitzt dahin wie ein geschlenzter Kiesel, und die Hydrodynamik kann einem scheißegal sein. Wenn man das Gas wegnimmt, sinkt es wieder ins Wasser und rollt hin und her wie eine Wildsau in der Suhle.

Das ist meines Wissens das dem Zodiac zugrundeliegende Prinzip. Du setzt dich in ein Fahrzeug, das wahrscheinlich weniger wiegt als sein Motor, du funkst den Kontrollturm vom Logan Airport an, und dann hebst du ab.

Wir hatten an diesem Zodiac einen 40-PS-Motor – ein Geschenk –, und ich hatte mich nie getraut, ihn bis zum Maximum hochzujagen. Man bedenke, daß ein VW-Käfer keine 30 PS hat. Wenn du das Zodiac also mit Vollgas fährst und die See nicht zu rauh ist, hebt es sich aus dem Wasser, und das einzige nasse Teil daran ist dann die Schraube.

Es ist das optimale Bostoner Transportmittel. An Land gibt's den Omni, aber da kommen einem all die langsamen Wagen in die Quere. Wir haben auch öffentliche Verkehrsmittel – die U-Bahn –, aber wenn man gut in Form ist, kommt man zu Fuß schneller vorwärts. Das Fahrrad ist auch nicht schlecht. Aber auf dem Wasser hält dich nichts auf, und es gibt nichts Wichtiges in Boston, das weiter als zwei Wasserstraßen voneinander entfernt ist. Der Hafen und die City sind wie kämpfende Tintenfische miteinander verbunden – überall schlängeln sich Wasser- und Landtentakel.

Anders als jeder Schwachkopf glaubt, sind die Entfernungen durch die Zivilisation nicht geringer geworden. Sieh dir irgendeine Innenstadt an: Was auf einer Rucksacktour eine kleine

Distanz wäre, wächst sich zur Weltreise aus. Du verbringst Stunden damit, ein paar läppische Kilometer zu fahren. Der Stadtplan, den du im Kopf hast, wird immer größer, bis alles endlos weit scheint. Aber steig in ein Zodiac, und die Entfernungen schnurren wieder zusammen wie ein überdehntes Gummiband. Du willst zum Airport? Schwupp. Ist gleich da drüben. Du willst über den Fluß? Okay, da sind wir. Du willst vom Common zur B. U., dreikommazwo Kilometer, während der Rush-hour und unmittelbar vor einem Entscheidungsspiel im Fenway Park? Die meisten Leute würden das nicht mal versuchen. Mit dem Zodiac sind es wirklich nur dreikommazwo Kilometer. Fünf Minuten. Die authentische Entfernung, die natürliche Entfernung. Ich bin kein weggetretener Naturfreak, aber das ist ein Fakt.

Der Mercury war brandneu, noch nicht mal eingefahren. Irgendein schlauer Sales-Promotion-Typ aus der Außenbordmotorbranche hatte festgestellt, daß unsere Zodiacs ziemlich oft im Fernsehen kamen. Und so kriegen wir unsere Motoren jetzt alle umsonst dafür, daß wir nichts weiter sind als wir selbst – herrlich extravertiert. Wir verschleißen die Motoren, wir versenken sie, zünden sie an und schlagen sie kaputt, und immer wieder tauchen neue auf. Ich steckte die Benzinleitung an, pumpte sie voll, und der Motor sprang beim ersten Versuch an. Der Mief der Piers wurde von Abgasgestank überlagert. Ich drosselte zum asthmafördernden Leerlauf, schaltete auf Vorwärts und begann mich zwischen den Pfählen durchzuschlängeln. Wenn ich hier Selbstmord begehen wollte, mußte ich nur einmal mit der Hand zucken, und schon würde ich mit Schallgeschwindigkeit gegen einen muschelüberkrusteten ehemaligen Baumstamm knallen.

Dann hinaus in eine schmale Fahrrinne zwischen den Piers, dann in eine breitere Fahrrinne zwischen den großen Piers, dann in einen Kanal und von dort zu einem Hafen-Tentakel, aus dem der Kanal sein Wasser bekam.

An irgendeinem Punkt durfte ich schließlich sagen, daß ich jetzt im Bostoner Hafen war, der Toilette des Nordostens.

Indem ich den Motor zur Seite schwenkte, konnte ich mit dem Zode in engen Kreisen fahren und einen Blick auf die vielen mit Kacke gesalbten Schließmuskeln der Holden auf dem Hügel werfen, des Nabels der Welt, der Wiege der Toxine – meiner Heimatstadt. Der Bostoner Hafen ist mein Bier. Es gibt Biologen, die wissen mehr über seine Fische, und Geographen, die Statistiken über seinen Schiffsbestand führen, aber ich weiß mehr über seine dunklen, karzinogenen Seiten als jeder andere. In vierjähriger Arbeit bin ich mit meinem Zodiac in jede von seinen tausend schmalen Buchten geschippert, habe mir jeden beschissenen Zentimeter seiner ausgefransten Ufer angesehen und jedes gottverdammte Abflußrohr gefunden, das sich in ihn ergießt. Manche sind so groß, daß man einen Wagen darin parken kann, andere sind nur fingerdick, aber sie alle haben meinem Gaschromatographen ihre Geheimnisse erzählt. Und oft sind es die kleinsten Rohre, die den größten Schaden verursachen. Wenn ich ein dickes fettes Abflußrohr direkt aus einer Fabrik kommen sehe, mache ich jede Wette, daß die Einleiter wenigstens die EPA-Bestimmungen gelesen haben. Aber wenn ich so eine kleine, unter Wasser versteckte Kanüle entdecke, die von einem kilometerbreiten Vergnügungspark der Industrie ausgeht, dann ziehe ich mir Handschuhe an, bevor ich meine Probe nehme. Und manchmal schmelzen die Handschuhe wie Butter in der Sonne.

In einem wasserdichten Kasten habe ich etliche große gelbe Aufkleber liegen: ACHTUNG! DIESES ABFLUSSROHR WIRD REGELMÄSSIG VON GEA INTERNATIONAL KONTROLLIERT. BEI ÜBERTRETUNG DER EPA-BESTIMMUNGEN KANN ES JEDERZEIT VERSTOPFT WERDEN. WEITERE INFORMATIONEN BEI (in einen freien Zwischenraum geschrieben) SANGAMON TAYLOR (und darunter unsere Telefonnummer).

Ich kann's selbst nicht fassen, wieviel Umweltkriminelle ich mit diesen Aufklebern schnappe. Wenn ich ein Abflußrohr entdecke, das nicht gekennzeichnet ist, weil die Besitzer nicht ausfindig gemacht werden wollen, bringe ich in der Nähe einen von meinen Aufklebern an. Nach spätestens vierzehn Tagen läutet das Telefon.

»GEA«, sage ich.

»Spreche ich mit Sangamon Taylor?«

»Der ist gerade auf dem Lokus. Soll er zurückrufen?«

»Äh – ja, bitte.«

»Worüber wollten Sie denn mit ihm reden?«

»Über diesen Aufkleber.«

»Welchen?«

»Den am Island End River, auf halber Höhe etwa.«

»Okay.« Dann lasse ich mir die Nummer geben, lege auf und rufe sofort zurück.

Es klingelt einmal, es klingelt zweimal, und schon wird abgehoben. »*Chelsea Electroplating*, guten Tag. Was kann ich für Sie tun?«

Fall erledigt.

Ein paar Jahre in dieser Richtung, und ich hatte den Hafen sozusagen in der Tasche. Die EPA nannte mich an den geraden Tagen verantwortungslos und rief mich an den ungeraden an, um Informationen zu erbitten. Hin und wieder stellten Ämter oder Politiker eine mit Millionen dotierte Studie in Aussicht, mit deren Hilfe ergründet werden sollte, woher all der Dreck im Hafen kam, und ich schickte den Leuten meinen Report. Jedes Jahr veröffentlichte die *Weekly* meine Liste der zehn schlimmsten Hafenverschmutzer:

(1) Die Einwohner von Boston (Fäkalien).

(2–3) *Basco* und *Fotex*, die immer miteinander um den zweiten Platz wetteiferten (die ganze Schadstoffpalette).

(4–7) Großlieferanten der Rüstung (diverse Lösungsmittel).

(8–10) Kleine, aber üble Schwermetalleinleiter wie *Dernisov Tanning* (eine Gerberei) und verschiedene galvanotechnische Betriebe.

Mit Abwässern wird in Boston umgegangen wie im tiefsten Mittelalter. Das meiste von dem, was die Toiletten runtergespült wird, geht direkt in den Hafen – hundertprozentig ungeklärt. Wenn man südlich der Stadt am Ufer entlangjoggt und die Strömung würzige Düfte heranträgt, kann man es überall bräunlich glänzen sehen: das sind Scheißhaufen. Aber im allgemeinen sinken sie auf den Grund und vereinigen sich innig miteinander.

Heute war ich aus zwei Gründen mit dem Zodiac unterwegs. Erstens, um von der Stadt und meinem Job wegzukommen und draußen auf dem Wasser zu sein. Zweitens, Projekt Lobster. Nummer eins muß ich nicht weiter erklären. Nummer zwei beschäftigte mich seit einem guten halben Jahr.

Normalerweise ziehe ich meine Proben direkt aus den Abflußrohren. Aber das genügt keinem. Ich sage den Leuten, was eingeleitet wird, und sie sagen: Okay, aber wo bleibt es? Denn Strömungen und Gezeiten können die Schadstoffe ziemlich breit verteilen.

Theoretisch würde ich gern eine Karte vom Hafen nehmen, sie mit einem Gitternetz versehen, dessen Schnittpunkte etwa hundert Meter voneinander entfernt sind, und an jedem dieser Punkte eine Probe von dem ziehen, was unten auf dem Grund ist. Die Analyse der Proben würde zeigen, wieviel Dreck wir an jeder einzelnen Stelle haben, und dann wüßte ich auch, wie er genau verteilt ist.

Aber praktisch kann ich das nicht machen. Wir haben einfach nicht die technischen Mittel, um in diesem Ausmaß Proben zu nehmen.

Aber es gibt für alles eine Lösung. Im Hafen sind Hummerfischer zugange. Ihre ganze Arbeit besteht darin, daß sie Geräte zur Probenentnahme (Hummerkörbe) versenken und sie dann, mit Proben (Hummern) bestückt, wieder hochhieven. Ich habe eine Absprache mit ein paar Booten. Sie geben mir die miesesten Exemplare aus ihrem Fang, und ich halte fest, wo sie herkommen. Hummer sind einigermaßen mobil, mehr als Austern, aber weniger als Fische. Sie bleiben im wesentlichen in einer bestimmten Zone des Hafens. Und dort tun sie etwas, das für mich sehr praktisch ist: Sie reichern Stoffe an, die mit der Nahrung in ihren Organismus gelangen. Am einen Ende fressen sie, am anderen scheißen sie's wieder aus, aber ein Teil bleibt drin, meistens der übelste. Eine Spur von, sagen wir mal, PCBs in ihrer Umgebung zeigt sich an der wesentlich höheren PCB-Konzentration in ihrer Leber. Wenn ich also einen Hummer in die Hand kriege und analysiere, welche Toxine in seinem Organismus sind, bekomme ich eine ziemlich genaue Vorstellung davon, wie es auf dem Grund des Hafens so aussieht.

Dann gebe ich alle meine Daten in den Computer und lasse mir eine Karte von ihm machen, die die Verteilung der Schadstoffe zeigt. Wenn ich zum Beispiel *Basco* in die Eier treten will, werde ich wahrscheinlich nach PCBs schauen. Also zeichnet der Computer erst mal das Land und malt es schwarz aus. Dann koloriert er das Wasser. Er fängt draußen auf dem Atlantik an, der ein schönes Stahlblau kriegt. Man braucht nicht extra die Legende zu lesen, um zu wissen, daß dieses Wasser sauber ist. Wenn wir uns Boston nähern, werden die Farben zunehmend wärmer. Der größte Teil des Hafens ist gelb. Da und dort sehen wir orangefarbene Kreise. Zur Mitte hin werden sie dunkler, bis sie an böse entzündete rote Furunkel erinnern, die in Ufernähe Cluster bilden. Neben jedes Furunkel schreibe ich eine kurze Erläuterung: »Hauptabflußrohr *Basco*.« – »Zwischenlager *Basco*.« – »Grundstück *Basco* (EPA-Untersuchung läuft).« – »Grundstück *Basco*-Tochter (EPA-Untersuchung läuft).«

Bring das auf ein Dia, nimm es mit zu einem Hearing, zieh die Vorhänge zu, projiziere es auf eine Leinwand – und du hast ein absolut lynchbereites Publikum. Dann geht das Licht an, und ein brandneuer Basco-Lakai, frisch von der B. U. oder von der Northeastern, tritt ans Rednerpult und beginnt von Tropfen in Kesselwagen zu sprechen. Worauf seine Firma von den Medien geschlachtet wird.

An so was denke ich, wenn ich durch den Hafen tuckere und

Gallagher, den Hummerfischer, suche. Oder ich träume davon, daß ein stinkreicher Koksschmuggler aus Miami umweltbewußt wird und uns eins von seinen Booten schenkt, eine Cigarette. Natürlich wird das nie passieren. Trotzdem spielte ich auch diesmal wieder mit dem Gedanken, irgendwann mal mit so einem Boot rumzutuckern, als ich plötzlich zwischen Charlestown und Eastie, knapp drei Kilometer nördlich, eine zehn Meter lange Cigarette im Wasser liegen sah. So was Ähnliches wäre bei meinem Zodiac rausgekommen, wenn es ein Rüstungsbetrieb gebaut hätte: viel zu groß, viel zu schnell und hundertmal zu teuer. Die größeren Cigarette-Modelle haben vorne eine Kabine, aber die hier hatte nicht mal diesen Minimalkomfort. Sie hatte ein offenes Cockpit und keinen anderen Zweck als den, höllisch schnell zu sein. Gestern hatte ich sie auch schon da liegen sehen. Ich fragte mich, ob es furchtbar eingebildet war, wenn ich ihre Gegenwart auf meine zurückführte. Die übelste Fabrik von *Fotex* lag in dieser Richtung, und vielleicht rechneten sie mit einem Überraschungsangriff.

Unwahrscheinlich. Ihre Sicherheitsleute waren doch angeblich so gut, also würden sie wohl wissen, daß unsere Ketsch, die *Blowfish*, vor der Küste von New Jersey kreuzte, um demnächst (aber das wußten sie nicht) das arme, ahnungslose Blue Kills heimzusuchen. Und ohne die *Blowfish* hatten wir nicht genug Zodiacs und nicht genug Taucher, um in einer Überraschungsaktion die Rohre dichtzumachen. Vielleicht war's also irgendein Reicher, der an seiner Bräunung arbeitete. Aber wenn er ein Boot hatte, das über hundert fuhr, warum machte er dann nicht, daß er aus diesen syphilitischen Gewässern rauskam? Er war im Mystic River, um Gottes willen.

Ich erwischte die *Scoundrel* vor Eastie, nicht weit von dem künstlichen Plateau entfernt, auf dem der Flughafen liegt. Die Jungs waren die ersten, die bei Projekt Lobster mitgemacht hatten, und darum meine Favoriten. Am Anfang hatten mir die Hummerfischer nicht getraut. Sie hatten Angst gehabt, ich würde ihnen mit meinem Statement, daß es fünf vor zwölf war, das Geschäft versauen. Aber als der Hafen dann wirklich umzukippen drohte und die Leute laut darüber nachzudenken begannen, ob sie überhaupt noch was essen sollten, das aus dem Wasser kam, sahen die Hummerfischer allmählich, daß ich auf ihrer Seite war. Ein sauberer Hafen war auch in ihrem Interesse.

Gallagher, der Kapitän der *Scoundrel*, hätte eigentlich besonders verbiestert sein müssen, weil ich die Tendenz hatte, ihn wegen Spectacle Island zu foppen. Das war keine richtige Insel, sondern eine riesige Müllkippe, die einer seiner Vorfahren im Hafen aufgeschüttet hatte. Der Mann war Eigentümer eines Schleppdampfers gewesen und hatte um 1890 das Glück gehabt, von der Stadt Boston eine Müllbeseitigungskonzession zu kriegen. Wie mir Rory allerdings oft und laut erklärte, handelte es sich da um die Charlestown-Gallaghers, den reichen, arroganten, halb anglisierten Zweig der aus Irland gebürtigen Familie. Irgendwann in den zwanziger Jahren hatte sich ein Charlestown-Gallagher bei einer Schlägerei anläßlich einer Hochzeit eine blutige Nase geholt, und so war es zum Bruch zwischen seinem Zweig und dem von Rory gekommen – den Southie-Gallaghers, den bescheidenen Farmern des Meers.

»Achtung, Achtung, alle Mann an Bord, da kommt 'n Umweltschützer mit lange Haare, der will uns entern!« rief Rory. Sein Southie-Akzent war so atemberaubend wie Senfgas. Die Leute sprachen alle so. Manche Rs von ihnen konnten Stahlbeton in Staub verwandeln. Ich war ein paarmal mit ihnen beim Baseball gewesen; wir hatten auf der unüberdachten Tribüne gesessen, dünnes Bier getrunken und dem inzwischen verstorbenen, vielbeweinten Dave Henderson Zigarren zugeworfen. Sie mußten einfach laut sein und Scheiß reden, also ließen sie sich über meine Haare aus, die kaum bis zum Kragen reichten. Ich hielt das ein paar Minuten aus, aber dann mußte ich in ein nettes, steriles Einkaufszentrum, um mich abzuregen.

»Tschaa, wir haben heute was Schönes für dich, Käptn Taylor – 'n paar ganz lütte, ganz ölige.«

»Geht ihr heute abend zum Baseball, Rory?«

»Ja. Warum, willst du mit?«

»Kann nicht. Ich fahr' morgen nach Jersey.«

»Nach Jersey! Sach bloß!« Alle Mann an Bord machten »Ts, ts, ts«. Sie verstanden nicht, wie jemand so bekloppt sein konnte, nach New Jersey zu fahren.

Sie schmissen mir ein paar halbtote Hummer rüber und zeigten mir auf der Karte, wo sie sie gefangen hatten. Ich notierte es mir und legte die Tiere auf Eis. Wenn ich aus New Jersey zurück war, würde ich sie auseinandernehmen und untersuchen müssen.

Wir spekulierten darüber, was Sam Horn gegen die Yanks tun würde. Diese Typen waren alle rassistisch bis zum Exzeß, aber ihre Helden waren schwarze Hünen mit Schlaghölzern – ein Widerspruch, auf den hinzuweisen ich nicht mutig genug war.

Dann machte ich mich auf den Weg, um mich dem deprimierendsten Teil meines Jobs zu widmen. Die Armen haben nach einer Weile den Käse von der Sozialhilfe satt und sehen sich nach anderen Proteinquellen um. Zum Beispiel nach Fisch. Aber sie können sich kein Boot mieten, um rauszufahren und Schwertfisch zu fangen, also angeln sie auf den Piers. Das heißt, sie fangen Grundfische. Wer über den Bostoner Hafen Bescheid weiß, dem wird schon übel, wenn von Grundfisch auch nur die Rede ist, aber diese Leute machen sich über was zu fressen Gedanken und nicht über Krebs. Dreiviertel von ihnen kommen aus Südostasien.

Also hatte ich vor einem Monat eine Warnung getippt, was für Auswirkungen Grundfisch aus dem Hafen auf die Gesundheit haben kann, besonders auf die von Kindern im Mutterleib. Ich hielt es für ganz allgemeinverständlich: keine chemischen Fachausdrücke, keine Fremdwörter wie »karzinogen«. Nahm den Zettel mit ins *Pearl*, mein Stammlokal, und bat Hoa, ihn ins Vietnamesische zu übersetzen. Trug ihn zu einer Dolmetscherin im City Hospital und bat sie, ihn ins Kambodschanische zu übersetzen. Ließ ihn von einem Freund ins Spanische übersetzen. Faßte alles auf einer Tafel zusammen – eine Art toxischer

Rosette-Stein –, ließ einen ganzen Schwung davon anfertigen und machte dann ein paar Fahrten um Mitternacht zu den Piers, wo die Leute gern angelten. Wir brachten die Tafeln an auffälligen Stellen an, befestigten sie mit Vierkantschrauben, verleimten sie mit Epoxydkleber und sägten die Schraubenköpfe ab.

Und als ich nun um die Biegung beim Nordend kam, und zwar mit ziemlichem Tempo, weil ich noch viel erledigen mußte, bevor ich schlafen gehen konnte, sah ich die Pier dort, stachlig von Angelruten.

Irgendwie konnte ich nicht glauben, daß die Leute alle Sportangler waren. Sie holten die Fische nicht aus dem Wasser, um sie wieder reinzuschmeißen wie diese komischen Typen im Fernsehen. Sie kämpften ums blanke Überleben.

Die alte Etikette ist nicht so leicht totzukriegen. Ich bin in einer Familie aufgewachsen, die gern geangelt hat, und ich konnte mich nicht dazu überwinden, ein Spielverderber zu sein. Ich drosselte den Motor und blieb auf Distanz, damit ich keinen von den kostbaren Kackefressern unter der Pier verjagte. Fuhr langsam um sie herum, schaute die Angler an, und sie schauten mich an. Der Name meiner Organisation stand groß mit orangem Klebeband auf dem Zodiac. Ich fragte mich, ob sie ihn lasen und eine Verbindung zu den Warntafeln über ihrem Kopf herstellten.

Es waren Vietnamesen, Schwarze und ein paar Latinos. Wegen der Schwarzen machte ich mir keine so großen Sorgen. Nicht weil sie schwarz waren, sondern weil sie nur zur Entspannung zu angeln schienen. Sie hatten hier schon immer geangelt. In Boston sah man überall, wo es Wasser gab, alte Schwarze mit Filzhüten sitzen, ins Wasser starren und warten. Kein Mensch hat je erlebt, daß sie etwas gefangen haben. Aber die Vietnamesen gingen das Ganze mit einer Leidenschaft an, die aus permanentem Eiweißmangel geboren war.

Jetzt rührte sich was an einer Ecke der Pier. Die Menge machte Platz für einen Vietnamesen und räumte ihre Angeln weg, damit er einen Fisch aus dem Wasser ziehen konnte. Eine zappelnde, ziemlich große Flunder tauchte auf und schien, da man die Schnur nicht sehen konnte, in der Luft zu schweben. Viel Fleisch würde sie nicht hergeben, aber dafür würde die Konzentration von PCBs und Schwermetallen in diesem Fleisch tausendmal höher sein als im Wasser des Hafens.

Ich beobachtete deprimiert, wie die Flunder aufstieg. Dann grabschte der glückliche Angler nach seinem Fang, und unsere Blicke begegneten sich. Eine Sekunde vielleicht. Den hatte ich schon mal wo gesehen; er war Hilfskellner im *Pearl*.

Na schön. Ich gab Gas und drehte um. Scheißflunder. Wenn es um diese Dinge ging, war GEA doppelt angeschmiert. Entweder läßt du die Leute in Ruhe, und das kannst du nicht machen, oder du versuchst zu verhindern, daß sie sich selbst vergiften, und dann sieht es so aus, als wolltest du dynamischen Einwanderern Knüppel zwischen die Beine werfen. Aber jetzt hatte ich wenigstens jemanden, den ich kannte. Ich wollte diesem kleinen Hilfskellner nicht zu nahe treten. Aber ich hatte gute Beziehungen zu Hoa, und vielleicht konnte ich über ihn Kontakt zu den Leuten bekommen. Vielleicht konnte GEA ein Schiff chartern und mit ihnen auf den Atlantik hinausfahren. Da konnten sie dann richtige Fische fangen. Tja. Und jetzt überleg dir mal, was allein die Haftpflichtversicherung dafür kosten würde.

Plötzlich kam aus dem Nichts die Erleuchtung über mich: Was ich brauchte, war ein bitterkaltes Bier und wirklich lauter, trommelfellzerfetzender Rock. Vielleicht ein bißchen Lachgas dazu. Ich zündete mir eine Zigarre an, brachte den Mercury auf Touren und brauste unserer Flottenbasis entgegen.

5

Bartholomew wartete in seinem Transporter vor dem Büro von GEA, als ich zurückkam. Er sah mich die U-Bahn-Treppe hochsteigen und lehnte sich sofort auf die Hupe. Um den ganzen Platz herum strömten Rüstungslieferanten an die bedampften

Fenster, um festzustellen, ob ihren BMWs was passiert war, und zogen sich dann wieder zurück, weil sie das Geräusch nicht lokalisieren konnten. Ich lief mit Absicht langsam, tat so, als würde ich Bartholomew nicht sehen, und stieg die Treppe zum Büro rauf, um mein Rad zu holen. Ich hätte es wissen müssen. Wenn ich Erholung brauchte, würde es meinem Zimmergenossen genauso gehen. Deswegen lebten wir ja auch trotz etlicher Unvereinbarkeiten zusammen: irgendwo dachten wir in parallelen Bahnen.

»He!« rief Tricia, als ich mein Fahrradschloß aufsperrte. »Was machst du da?«

»Ich verpisse mich«, sagte ich.

»Jim hat angerufen«, sagte sie, also tat ich einen halben Schritt über die Schwelle.

»Was ist?«

»Sie sind soweit.«

»Haben sie einen Brückenkopf?«

»Ja.« Und jetzt las Tricia von einem Zettel ab: »Staatspark Dutch Marshes, fünfzehn Kilometer nördlich von Blue Kills. Du mußt über den Garden State Parkway in südlicher Richtung bis zur Ausfahrt auf die Route 88 fahren... das geht noch 'ne ganze Weile so weiter. Hier.« Sie hielt mir den Zettel entgegen.

»Nein.«

»Sangamon«, sagte sie mit ihrem neckischsten Quengeln, das manche Männer in die Stimmung versetzte, sich und ihr die Kleider vom Leib zu reißen, »ich habe zehn Minuten gebraucht, um das aufzuschreiben. Und ich lasse mir nicht gern was diktieren.«

»Ich werde nie begreifen, warum Leute solche Anweisungen geben oder wollen. Für so was sind doch Straßenkarten da.«

Draußen spielte Bart ein paar Takte auf der Hupe.

»Wenn du's auf der Karte gefunden hast, kommst du immer hin. Aber wenn du versuchst, dich an die schwachsinnigen Anweisungen von jemandem zu halten, und dich nur ein einziges Mal verfährst, bist du verratzt. Ich hab' einen ganzen Stapel Karten von diesem Scheißstaat.«

»Okay.« Tricia flunschte, und ich mußte mich sehr beherrschen, um nicht zu explodieren.

»Verrätst du mir auch, wann sie mich erwarten?«

»Das hat er nicht gesagt. Irgendwann heute nachmittag. Folge dem Rauch des Holzkohlengrills.«

»Worauf du dich verlassen kannst. Und jetzt verpiss' ich mich wirklich.«

Ich warf mein Rad in Bartholomews großen schwarzen Transporter, und wir fuhren los in Richtung Westen. Bevor er am Morgen zur Arbeit gegangen war, hatte er den Weitblick besessen, einen Zwischenstopp bei dem Kanister im Wohnzimmer einzulegen und ein paar Plastikbeutel mit Lachgas zu füllen. Also zog ich mich hinter den Vorhang zurück und behämmerte mein Gehirn. Bart behauptete, er könne mit Lachgas völlig wegtreten, aber wenn man völlig wegtritt, läßt man den Beutel los, und dann entweicht das Gas.

Er machte die Stereoanlage ein bißchen leiser und schrie: »He, laß die Dinger platzen, und wir haben wieder 'ne schöne Halloween-Party!«

Letztes Jahr an Halloween hatten wir Stickstoff- und Sauerstoffbehälter in einem unserer Räume aufgestellt, alle Fenster und Türen verrammelt und eine, sagen wir mal, traumhafte Partyatmosphäre geschaffen. War das erste Mal, daß ich mit einer Journalistin geschlafen hatte, die nicht für die Printmedien arbeitete. Aber es war eine teure Methode, jemanden zu verführen.

Als wir glücklich über den Harvard Square geschlichen waren, saß ich wieder vorn und beobachtete, wie die Kolonialstilhäuser an uns vorbeizogen.

»Die Yankees«, sagte Bart.

Übersetzung: »Die Yankees spielen heute abend im Fernsehen gegen die Red Sox; bleiben wir im *Arsenal* und schauen wir's uns an.«

»Kann nicht«, sagte ich. »Ich muß mit diesem Taucher im *Pearl* zu Abend essen. Er macht die Sache in Blue Kills für uns. Keine Sorge, du kannst bleiben, solang du willst, und ich fahr' nachher mit dem Rad nach Hause.«

»Du hast doch gar kein Licht dran.«

Ich lachte. »Seit wann machst du dir wegen so was Gedanken?«

»Das ist gefährlich, Mann. Da sieht dich doch kein Schwein.«

»Ich pass' schon auf. Ich stell' mir einfach vor, daß ich reflektierende Kleidung trage und daß der Autofahrer, der es als erster schafft, mich umzunieten, eine Million Dollar Kopfgeld kriegt.«

Manchmal ist es ganz schön, von der Ost-Beiruter Atmosphäre der City wegzukommen und in einer Bar zu sitzen, wo die Toilettenspülung schon beim ersten Versuch funktioniert und kein Mensch je gestorben ist. Wir gehen immer nach Watertown, auf der anderen Seite des Flusses, nicht weit von unserem Haus entfernt. Da gibt es ein Einkaufszentrum mit einer Bar, die *Arsenal* heißt. Völlig charakterlos, wie es sich für ein Einkaufszentrum gehört. Aber eine Bar kann auch zuviel Charakter haben, und Boston hat eine Menge Bars von der Art. Direkt gegenüber vom Einkaufszentrum war ein Spielsalon, was das *Arsenal* noch besser machte. In die Bar auf ein Bier, durchs Einkaufszentrum zum Flippern, wieder zurück auf ein Bier und so weiter. Auf diese Weise konnte man einen herrlich stumpfsinnigen Abend verbringen.

Wir amüsierten uns ein paar Stunden so. Ich hatte eine Gewinnsträhne beim Flippern. Ging die Post durch, die ich mir aus dem Büro mitgenommen hatte. Ich bekomme eine Menge Post für den Papierkorb, weil ich bei Hunderten von Firmen Aktionär bin – meistens nur mit einer Aktie. Aber damit stehe ich auf der Adressenliste der Aktionäre, und das kann ab und zu recht nützlich sein. Ist nur ein bißchen umständlich. Ich muß es unter falschem Namen über ein Postfach machen, damit mir die Leute im Fernsehen oder sonstwo nicht ans Bein pinkeln können – von wegen Firmen angreifen und gleichzeitig Aktionär bei ihnen sein.

Ich blätterte den Jahresbericht von *Fotex* durch; eine Menge über ihre prächtigen neuen Kameras, aber absolut nichts über ihren Giftmüll. Entnahm einem Rundschreiben aktuelle Firmennachrichten: anscheinend hatte Dolmacher einen neuen Boß. Der Gründer und Geschäftsführer von *Biotronics* war »zurückgetreten« und durch ein Transplantat aus den Reihen von *Basco* ersetzt worden. Man konnte Fotos des Gründers – jung, drahtig, bärtig – und des neuen Manns besichtigen, eines Herbert-Hornochs-Typs mit Yuppiebrille. Typischer Ablauf. Die Leute, die *Biotronics* gegründet hatten, helle Jungs vom MIT und von der B. U., wurden gegangen, um Platz für jemand vom alten Schrot und Korn zu machen.

Bartholomew startete einen Fernflirt mit einer kleinen Schnippe, Typus Soziologiestudentin, die wahrscheinlich mit ihrem Sprint vom *Sweetvale College* zur Ausschau nach Harvard-Studenten oder Chip-Designern hier rübergefahren war, aber die Romanze fand ein jähes Ende, als sie feststellte, daß er über und über mit etwas bedeckt war, das nach veritablem Dreck aussah. Bart arbeitete in einem Runderneuerungsbetrieb. Er hob den lieben langen Tag Reifen vom Boden auf und schmiß sie auf große Haufen. Um fünf war er dann vollständig vulkanisiert.

Als es für mich Zeit wurde, holte ich mein Rad aus Barts Transporter und fuhr über den Fluß nach Brighton, wo viele Iren wohnen, und dann weiter über Seitenstraßen und Bürgersteige nach Allston, wo die Asiaten wohnen.

Hoas Geschäftslage war furchtbar. Das Haus, in dem er sein Lokal hatte, auch. In Boston, wo die Hausbesitzer ebensooft mit dem Benzinkanister zu Gange sind wie mit dem Farbkübel, waren alle anderen Gebäude dieser Art längst Schutt und Asche. Es handelte sich um eine frei stehende, italienisch aufgemotzte Scheußlichkeit, die wie ein Grabstein an der Mass Pike aufragte, Front zur Harvard Street. Parken war kein Problem, es stellte sich nur die Frage, ob der Wagen noch da war, wenn man wieder aus dem Lokal kam. Drinnen war es so kahl und hell wie in einer Turnhalle. Ein Dutzend nicht zueinander passender Tische stand im Raum, mit orangem Wachstuch bedeckt, das mit Reißzwecken festgepinnt war. Als Wandschmuck dienten Bierreklamen, deprimierende Fotos vom alten Saigon und gerahmte Freßkritiken aus diversen Zeitungen mit Wendungen wie »Das *Pearl* ist ein Rohdiamant« – »Überraschende Entdeckung an der Pike« oder »Der Umweg lohnt sich«.

Als das *Pearl* frisch aufmachte, hatte ich anfangs das Gefühl, daß ich es allein erhielt, indem ich dafür sorgte, daß die großen GEA-Arbeitsessen dort stattfanden. Dann erschienen Freßkritiken, und das *Pearl* wurde prompt von *Harvard-Business-School*-Leuten »entdeckt«, die hierherkamen, um ihre Gebete am Schrein von Hoas Unternehmungsgeist zu verrichten. Also hatte ich nicht mehr den Eindruck, daß Hoas Kinder hungern mußten, wenn ich nicht dreimal in der Woche bei ihm aß. Aber wenn jemand nicht so recht wußte, wo man essen gehen sollte, war das *Pearl* immer noch meine erste Wahl.

Ich trug mein Rad nach drinnen, in den Vorraum – ein Privileg, das ich mir durch fortgesetztes Mäzenatentum erworben hatte. Hoa und sein Bruder fanden es exotisch, daß ich, ein relativ betuchter Amerikaner, mit dem Rad durch die Gegend strampelte. Sie fuhren nur Auto – geschmacklose Angeberschlitten, die ein paarmal im Jahr geklaut oder angezündet wurden.

Als ich durch den Vorraum war, sah ich mir die anderen Gäste an. Der Mann da mit der runden Brille und der zweieinhalb Zentimeter dicken Kroko-Aktentasche? Nein, das war nicht der GEA-Taucher. Er befand sich auch nicht unter den fünf Asiaten, die etwas wegputzten, das nicht auf der Speisekarte stand. Und ebensowenig unter den drei blauhaarigen irischen Ladys aus Brighton, die immer noch platt waren über das Fehlen der Henkel an ihren Teetassen. Aber der Mittdreißiger unter dem verwackelten Foto eines Marineinfanteristen, Haare bis zu den Schultern, nicaraguanische Bauernhalskette, Fahrradhelm auf dem Tisch – das mußte der GEA-Taucher sein. Er erkundigte sich gerade bei Hoas Bruder, was für Tee die irischen Ladys tranken.

»He, Mann«, sagte er, als er mich sah, »ich kenn' dich vom Fernsehen. Wie geht's?«

»Danke, danke. Du bist Tom Akers, ja?« Ich setzte mich und legte seinen Helm auf den Boden.

»Genau. He, das ist toll hier. Bist du öfter hier?«

»Ständig.«

»Dann weißt du ja, was gut ist.«

»Alles. Aber fang mit den Imperial Rolls an.«

»Die sind ganz schön teuer.«

»Aber gut. Hier werden sie mit Reispapier gemacht, nicht bloß mit Frühlingsrollenteig wie anderswo. Das Reispapier ist so fein, daß sich die meisten Restaurants da nicht rantrauen. Aber Hoas Frau, die hat's im Griff. Die kann das mit den Zehenspitzen.«

»Und wie ist der Fisch?«

Meine Empfehlung – Fisch mit Ingwer – blieb mir im Hals stecken. Es wurde gerade welcher vorbeigetragen. War ein Haufen weißes, nicht identifizierbares Zeug in einem Soßetümpel.

Ich schämte mich für meinen Verdacht. Hoa, der Mann, der Frühlingsrollen aus Reispapier auf den Tisch brachte, obwohl er damit kaum seine Kosten decken konnte, würde seinen Gästen doch keinen Grundfisch aus dem Hafen vorsetzen. Dann dachte ich noch mal nach. Und der Schluß, zu dem ich kam, war: *Ich bin ein Arschloch.*

»Hier ist alles gut«, sagte ich. »Alles.«

Tom Akers war ein freiberuflicher Taucher, der in Seattle wohnte und für GEA Jobs machte, sooft er konnte. Wenn ich Taucher außer der Reihe brauchte, klingelte ihn das nationale Büro an und ließ ihn einfliegen. Das machen wir immer so. Wir nehmen möglichst keine Freiwilligen bei unseren Aktionen, weil diese Leute dazu tendieren, übereifrig zu sein. Wir wenden uns lieber an Profis.

Normalerweise hätten wir ihn direkt nach New Jersey gebracht, aber er wollte sowieso Freunde in Boston besuchen. Er hatte ein paar Tage bei ihnen gewohnt, und heute würde er bei mir übernachten, damit wir morgen früh loskamen.

»Nett, daß du dich wieder mal sehen läßt«, sagte Hoa. Er hatte sich von hinten an mich rangeschlichen, und ich hatte Schuldgefühle. Er bewegte sich völlig lautlos. Er war in den Vierzigern, groß für einen Vietnamesen und ziemlich dünn. Sein Bruder war kleiner und runder, aber er sprach schlecht Englisch, und ich konnte seinen Namen nicht aussprechen. Und ich behalte keine Namen, die ich nicht aussprechen kann.

»Guten Abend, Hoa.«

»Ihr fahrt beide Rad?« Er streckte die Hände aus, schloß sie nachsichtig lächelnd um einen imaginären Lenker und schielte nach Toms Helm. Doppelt ungläubig: nicht nur einer, sondern zwei ausgewachsene Amerikaner, die radfuhren.

Wie sich herausstellte, wollte er Tom dazu auffordern, daß er sein Rad nach drinnen holte, wo es niemand mitgehen lassen konnte. Im Vorraum war kein Platz mehr, also brachte Tom es hinter die Küchentür.

»Viel los da draußen auf dem Hof, Mann«, sagte Tom, als er zurückkam.

»Vietnamesen?«

»Ich glaube schon.«

»Die kommen immer an die Hintertür und holen sich Reis. Den kriegen sie bei Hoa umsonst oder für soviel, wie sie eben zahlen können.«

»Schwer in Ordnung, Mann!«

Wir bekamen ein Fünf-Sterne-Essen für einen Dollar pro Stern. Ich trank ein Budweiser und Tom ein Singha aus Thailand. Das habe ich früher auch gemacht – in mexikanischen Kneipen mexikanisches Bier bestellt, in asiatischen asiatisches. Dann setzten Debbie, Bart und ich uns eines Nachmittags zusammen, und Debbie führte mit uns einen kontrollierten Geschmackstest durch, bei dem etwa zwölf Importbiermarken verkostet wurden. Es handelte sich um einen Doppelblindversuch – als Bart und ich durch waren, konnten wir beide nichts mehr sehen –, aber wir kamen zu dem Schluß, daß es keinen Unterschied zwischen den Marken gab. Schlechtes Bier war schlechtes Bier. Kein Grund, fürs Authentische noch einen Dollar draufzulegen.

Hoas Bruder bediente uns. Das war ungewöhnlich, aber Hoa hatte alle Hände voll zu tun. Er mußte sich um die drei irischen Ladys kümmern. Außerdem mußte er in der Küche einen Angestellten anfegen; wild genäseltes Vietnamesisch drang durchs Rauschen der Spülmaschinen. Das Essen schmeckte Tom, aber er war bald satt.

»Du wollen Beutel zum Mitnehmen?« fragte Hoas Bruder.

»Äh – ja, warum nicht.«

»Gut.« Hoas Bruder sah uns eine Weile an und kämpfte mit seiner Schüchternheit. »Ich hasse, wenn Leute kommen und wenig essen. Dann ich muß Essen wegwerfen. Dann ich werde böse. Viele Leute könnten brauchen. Die Schwarzen. Sie könnten brauchen. So ich werde böse manchmal, und ich rede mit sie. Manchmal ich rede von Äthiopien.«

Er ließ uns völlig verblüfft zurück. »Mann«, sagte Tom, »der ist ja echt engagiert.«

Den Hilfskellner, der nun aus dem hinteren Teil des Lokals auftauchte, hatte Hoas Zorn offenbar nicht getroffen. Ich nahm an, daß er den größten Teil seines Lebens in den Staaten verbracht hatte: Er blickte mürrisch drein und tänzelte zwischen den Tischen herum, als wollte er für den Werbefilm entdeckt werden. Unsere Blicke begegneten sich wieder, zum zweiten Mal an diesem Tag. Dann schaute er weg, und seine Mundwinkel kräuselten sich.

Es gibt einen bestimmten Blick, mit dem mich Leute ansehen, wenn sie meinen, ich sei ein überängstlicher Schlaffi. Das war der Blick. Um zu diesem Typ durchzudringen, würde ich meine

Männlichkeit unter Beweis stellen müssen. In einer lebensgefährlichen Situation ganz cool bleiben, zum Beispiel. Nur lassen sich solche Ereignisse schlecht inszenieren.

Wir inszenierten zwar eins in Blue Kills, aber das würde nicht den Sprung in die Bostoner Zeitungen schaffen. Es gehörte zum Image von GEA, Risiken einzugehen, hart und mutig zu sein, damit uns die Leute keine solchen Blicke zuwerfen konnten wie Hoas Hilfskellner mir gerade.

Er wußte nicht, daß er am laufenden Band beschissen wurde. *Basco* und ein paar andere Firmen hatten Vietnam jahrelang mit Toxinen berieselt. In den Staaten fraß er die gleichen Gifte von der gleichen Firma vom Grund des Hafens. Und *Basco* hatte hier wie dort Geld gescheffelt.

»Was denkst du?« fragte Tom.

»Ich hasse diese Scheißfrage«, sagte ich. Aber ich sagte es so nett wie möglich.

»Du hast echt ernst ausgesehen.«

»Ich hab' an dieses gottverdammte Entlaubungsmittel gedacht«, sagte ich. »Agent Orange.«

»Wow«, sagte er leise. »Ich auch.«

Tom folgte mir durch Allston und Brighton nach Hause. Ich mußte langsam fahren, weil ich auf meiner Guerilla-Route war, dem Weg, den ich immer nehme, wenn ich fürchte, daß alle Leute, die in einem Auto sitzen, ganz wild drauf sind, mich dranzukriegen.

Nachts kann einen jeder umnieten und ungeschoren davonkommen. Deswegen habe ich kein Licht am Rad und auch keinen von diesen idiotischen reflektierenden Anzügen. Denn wenn du dich in eine Lage bringst, in der dich jemand sehen muß, damit du sicher bist, hast du's schon versiebt.

Tom murmelte was von Paranoia, und dann war ich so weit voraus, daß ich ihn nicht mehr verstehen konnte. Wir hatten eine angenehme Fahrt durch die Dunkelheit. Mit unseren Rädern waren wir schwach und verletzlich, aber auch unsichtbar und schwer zu fassen: Wir kriegten alles mit, was sich zwei Straßen vor und hinter uns abspielte. Zwei Umweltaktivisten in einer toxischen Welt, die auf einen Plastikbeutel Lachgas und eine warme Koje zusteuerten.

6

Wir fielen kurz vor Morgengrauen ins Territorium der Schweizer Schweine ein. Zu Wasser hatten wir drei Zodiacs, zwei Taucher, einen Mann im Raumanzug und unser Mutterschiff, die *Blowfish*. Zu Lande hatten wir ein paar Leute, die vom Omni und einigen Mietwagen aus operierten. Verstärkt wurden unsere Reihen durch Journalisten, hauptsächlich aus Blue Kills und Umgebung, aber es waren auch zwei Kamerateams aus New York dabei. Gegen 3 Uhr früh mußte Debbie zwei Privatdetektive der Schweizer Schweine abschütteln, die sich auf ihre Spur gesetzt hatten. Es war in keiner Weise subtil; sie versuchten nur, uns einzuschüchtern. Tanya, unsere zweite Frau aus Boston, saß am Steuer, und Debbie machte sich auf dem Rücksitz klein. Tanya bog in eine kurvenreiche Straße ein, die dem Lincoln Town Car der Verfolger nicht besonders lag. Sie fuhr an die fünf Minuten mit Bleifuß, legte einen knappen Kilometer zwischen sich und die Schnüffler und machte dann eine Wende um 180 Grad. Das hatte sie letzten Februar auf verschneiten Straßen in Maine gelernt, als wir nach Montreal unterwegs gewesen waren, um einigen französischen Toxinfilous das Geschäft zu vermasseln. Debbie sprang aus dem Omni und versteckte sich im Straßengraben. Tanya jagte los und kam bald an dem Lincoln vorbei, der noch in Gegenrichtung fuhr. Die Schnüffler waren gezwungen, ebenfalls eine Wende um 180 Grad zu machen, die ein bißchen sehr danebenging. Dann legten sie einen tollen Kavalierstart hin und sausten Tanya nach.

Debbie lief ein paar hundert Meter und entdeckte das Geländefahrrad, das wir in einem Busch für sie versteckt hatten. Es war mit einem halben Dutzend Kryptonite-Fahrradschlössern beladen, großen, U-förmigen, schwer zu knackenden Dingern. Debbie fuhr ein paar Kilometer, teils auf der Straße, teils querfeldein, bis sie zu einem Tor am Ende eines Privatwegs kam. Hinter dem Tor befand sich eine Giftmülldeponie, die den Schweizer Schweinen gehörte, ein sumpfiges Stück Land. Es fiel zu einem Mündungstrichter ab, der nach knapp vier Kilometern das Meer erreichte. Die Deponie war von zwei schlichten Drahtzäunen umgeben, und das Tor war ein großes, klotziges Ding, mit Kette und Vorhängeschloß abgesperrt. Debbie hängte zwei Kryptonites in die Mitte und verstärkte so das Sicherungssystem der Schweizer Schweine. Dann hängte sie noch mal je zwei an die Angeln und machte auf diese Weise die Torflügel an den Torpfosten fest. Für den unwahrscheinlichen Fall eines plötzlich auf der Müllkippe ausbrechenden Notstands blieb Debbie mit den Schlüsseln in der Nähe, um die Schlösser für Krankenwagen oder Feuerwehrautos aufsperren zu können. Wir sind keine gedankenlosen Fanatiker, und wir sehen auch nicht gern so aus.

Ich war auf der *Blowfish* und erklärte der Crew die Aktion. Jim, der Kapitän und damit der Boß der Leute, blieb im Hintergrund.

Jim lebt von dem Job. Er wohnt auf dem Schiff und fährt zwischen Texas und Duluth hin und her: die Golfküste entlang, um Florida herum, die Atlantikküste rauf, über den Sankt-Lorenz-Strom zu den Großen Seen und weiter nach Westen. Dann zurück. Überall, wo er hinkommt, ist der Teufel los. Wenn GEA will, daß der Teufel ganz besonders los ist, werden professionelle Nervensägen wie ich eingesetzt.

Jim und seine Crew – ein Dutzend Leute vielleicht – sind auf laute, gefühlige Publicity spezialisiert. Sie ankern an auffälligen Orten und hängen Transparente an ihre Masten. Sie kippen fluoreszierende grüne Farbe in die Abflußrohre der Industrie, damit die Journalisten mit Hubschrauber darüber kreisen und spektakuläre Aufnahmen machen können – seht, so breitet sich die Umweltverschmutzung aus! Sie blockieren Atom-U-Boote.

Sie machen viel auf dem Anti-Atom-Sektor. Ihr Ziel ist es, wie gesagt, laut zu sein. Und sichtbar.

Ich dagegen mag es leise, sozusagen mit dem Stilett in finsterer Nacht. Liegt teils daran, daß ich jünger bin, ein Post-68er, und teils daran, daß mein Ding Toxine sind, nicht Atomwaffen oder Säugetiere. Es gibt keine direkte Aktion, mit der man die Weitergabe von Atomwaffen verhindern kann, und direkte Aktionen zur Rettung der Säugetiere sind manchmal scheißunangenehm. Ich hab' keine Lust, mich wegen eines Robbenbabys zusammenschlagen zu lassen. Aber es gibt alle möglichen unaufwendigen direkten Wege, Umweltverbrechern auf den Pelz zu rücken. Du machst einfach ihre Abflußrohre dicht. Zu diesem Zweck müssen die Aktionen natürlich koordiniert sein, und das bezeichnen die Medien gern als »militärische Präzision«.

Für die Crew der *Blowfish* war alles Militärische ein Horror. In den Sechzigern hätten oder haben sie wohl den Nationalgardisten Blumen in die Gewehrläufe gesteckt, während ich irgendwo in einem Keller gesessen und Bomben gebastelt hätte. Sie haben keinen technischen Background. Nicht weil sie doof sind, sondern weil sie strenges, diszipliniertes Denken hassen. Andererseits waren sie mit ihrem Kahn bei jedem Wetter Zehntausende von Seemeilen geschippert. Sie hatten eine Entmastung vor Feuerland überstanden, sich mit ihren Zodiacs vor Harpunenkanonen gesetzt, monatelang in der Antarktis gelebt, einen Brückenkopf an der sibirischen Küste errichtet. Sie konnten *alles*, und sie würden es tun, wenn ich es ihnen sagte; aber mir ging es darum, daß sie Spaß an der Aktion hatten.

»Die Leute hier sind in Sachen Umweltschutz völlig unbeleckt«, sagte ich. Wir saßen an Deck und aßen Tofu-Omeletten. Es war ein warmer, stiller Sommermorgen, und der Himmel begann seine stumpfe Dunkelheit zu verlieren und ein marineblaues Leuchten anzunehmen. »Sie meinen, Giftmüll fällt immer nur woanders an. Sie sind schockiert über Bhopal und Times Beach, aber sie beginnen bestenfalls erst zu ahnen, daß sie vielleicht auch hier Probleme haben könnten. Die Schweizer Schweine setzen dick und fett auf diese Ignoranz. Wir werden sie schlachten.«

Die Mitglieder der Crew tauschten düstere Blicke und schüttelten den Kopf. Den Leuten war es wirklich ernst mit ihrer Gewaltlosigkeit, und sie hatten keine Freude daran, daß ich von »schlachten« sprach.

»Okay, tut mir leid. Ich bin ein bißchen zu weit gegangen. Der entscheidende Punkt ist, daß diese Stadt total von einer Firma abhängig ist. Alle arbeiten in dieser Chemiefabrik. Und sie mögen ihren Job. Es ist nicht so wie in Buffalo, wo jeder die Chemiefirmen haßt. Hier müssen wir für die Leute erst mal glaubwürdig werden.«

»Ich hab' meinen Anzug leider zu Hause vergessen, Mann«, sagte einer von der Anti-Schlachtungs-Fraktion.

»Kein Problem. Ich hab' meinen mit.« Ich habe tatsächlich einen Anzug, einen schönen Dreiteiler, den ich kombiniert mit einer Krawatte trage, die wie ein toter Fisch aussieht, und mit grünen Turnschuhen, die mit Schadstoffen besprenkelt sind. Das schlägt immer voll ein, besonders bei der Spendenwerbung für GEA und in der explosiven Atmosphäre der Sitzungssäle der Chemiemultis. »Die Leute erwarten im Grunde Typen, die so aussehen wie du.« Ich zeigte auf den Langhaarigsten der *Blowfish*-Crew. »Und sie erwarten, daß wir uns wie Geisteskranke aufführen und furchtbar rumjammern. Also müssen wir handeln, bevor wir jammern. Wir dürfen ihnen keinen Anlaß dafür geben, daß sie uns als Schlaffis abtun können.«

Man funkelte mich da und dort passiv-aggressiv an.

»Wie immer müßt ihr nicht mitmachen, wenn ihr nicht wollt«, fuhr ich fort. »Ihr könnt auch in der Stadt bleiben oder sonstwas. Aber ich werde möglichst viele Leute brauchen, die mit Begeisterung dabei sind.«

»Ich mach' mit«, sagte eine Stimme aus der Kombüse. Es war Artemis, kurz Arty, die Schöpferin der Omeletten und beste Zodiac-Steuerfrau von GEA. Natürlich machte sie mit; es handelte sich um eine mit Zodiacs gespickte Aktion; sie war spannend, sie war eine Art Kommandounternehmen. Artemis war noch jünger als ich, und militärische Präzision war für sie nicht mit soviel emotionalem Ballast befrachtet wie für die mittelalterliche *Blowfish*-Crew.

Um 4 Uhr morgens stieg Artemis in ihr Lieblingszodiac und brauste so auffällig, wie es nur ging, davon, ein paar matten, vielleicht einen Kilometer entfernten Lichtern entgegen. Sie gehörten zu einem sieben Meter langen Küstenwachboot, das auf uns aufpassen sollte. Wie es sich so trifft, haben Boote dieser Größe keine Kombüse, also hatte Artemis noch ein paar Omeletten extra gemacht und sie in eine Warmhaltebox getan – und nun brachte sie den Typen von der Küstenwache ein kleines Frühstück. Sie legte los wie ein UFO, rasend, strahlend und rauchend, und ein paar Minuten später hörten wir, wie sie die Typen mit einer Munterkeit begrüßte, die so früh am Morgen geradezu obszön war. Die Typen grüßten zurück. Sie kannten Artemis von früheren *Blowfish*-Aktionen, und Artemis flirtete gern über Funk mit ihnen. Für die Typen war sie eine Legende, so ähnlich wie eine Meerjungfrau.

Und nun fuhren Tom und ich mit einem der anderen Zodes los. Das hier hatte einen kleinen, exzellent schallgedämpften Motor, und wir hatten das orange Klebeband und alles andere, was im Dunkeln leicht zu sehen war, entfernt.

Die *Blowfish* lag fünf Kilometer vor der Küste, an die acht Kilometer südlich von der Giftmülldeponie, an deren Tor Debbie soeben die Schlösser gehängt hatte. Jim wartete eine Viertelstunde, damit die Typen von der Küstenwache essen und wir uns in aller Ruhe davonstehlen konnten. Dann warf er den großen Dieselmotor der *Blowfish* an: *wamm wamm wamm wamm.* Wir konnten es vom Zode aus hören, und wenn jemand am Strand die Ohren aufsperrte, hörte er es wahrscheinlich auch. Normalerweise fuhr Jim aus Umweltschutzgründen nur mit Segelkraft, aber es wehte kein Wind. Außerdem ging es hier um militärische Präzision.

Gegen 6 Uhr begann der ablenkende Funkverkehr zwischen der *Blowfish*, GEA 1, GEA 2 und Tainted Meat – vergammeltes Fleisch –, was mein gegenwärtiger Deckname war. Allerhand lose Sprüche über Transparente und Rauchbomben schwirrten durch die Luft. Wir wußten, daß die Privatdetektive diese Frequenz abhörten. Tanya war mittlerweile in Blue Kills angelangt, einen Korso von Lincoln Town Cars hinter sich, scheuchte die Medienleute aus ihren Betten und verteilte Umgebungspläne und Pressemitteilungen.

Der Tenor der Pressemitteilungen war, daß wir stocksauer waren über diesen Giftsumpf im Norden der Stadt. Eben den, auf den sich im Moment zwei Zodiacs zubewegten. Ich stellte es mir vor: Artemis vorn, ihr Stachelhaar schlitzte den Wind, und sie nagelte mit 60 Stundenkilometern durch die Brandung, während ein weniger guter Zodiac-Steuermann verzweifelt versuchte, mit ihr mitzuhalten. Sie war bei einem GEA-Spezialkurs in Europa gewesen und hatte dort gelernt, wie man große Müllverbrennungsschiffe stört, indem man immer wieder in ihre Bugwelle dippt, ohne in die Tiefe gerissen oder übergemangelt zu werden. Sie wußte, wie man mit einem Mercury gegen große Brecher ankommt; sie wußte, wie man in Wellentäler rauscht und sich auf Wellenkämme katapultieren läßt, ohne in die Luft zu fliegen.

Tom und ich hörten auch mit, aber wir wußten ja schon, was gespielt wurde. Die ganze Flottille hielt auf den Mündungstrichter zu. Die Küstenwache konnte nichts tun als wachen, denn es ist nicht verboten, mit Wasserfahrzeugen einen Fluß hochzuschippern. Inzwischen hatten die Schweizer Schweine wohl alle verfügbaren Sicherheitskräfte und Privatdetektive angewiesen, zu jener Mülldeponie zu eilen, sich Schulter an Schulter am Ufer aufzureihen und die GEA-Invasionstruppen an der Errichtung eines Brückenkopfs zu hindern.

Wenn die Schweizer-Schweine-Streitkräfte eintrafen und sich

durch die Medienhorden drängten, würden sie entdecken, daß das Tor auf eine sehr unleidliche Weise zu war. Wie immer würden sie feststellen, daß kein Bolzenschneider der Welt sich weit genug öffnen läßt, um ein Kryptonite-Schloß durchzuzwakken. Dann würden sie feststellen, daß ihre Bügelsägen an dem getemperten Stahl stumpf wurden. Wenn sie ungewöhnlich schlau waren, würden sie sich eine Lötlampe besorgen und das Metall tüchtig erhitzen; dann konnten sie es nämlich durchsägen und schon nach wenigen Stunden auf ihre Müllkippe gelangen. Unterdessen würden die Kameras surren, und die GEA-Demo würde jenseits des Zauns ohne Zwischenfälle über die Bühne gehen. Es sei denn, die Schweizer-Schweine-Streitkräfte wollten vor den Teams aus New York über ihre eigenen Zäune klettern oder sie mit Drahtscheren zerschneiden.

Tanya und Debbie hatten den Omni direkt vor dem Tor geparkt und sprachen durchs Megaphon. Ich bekam über Funk gelegentlich ein, zwei Worte mit. Im wesentlichen redeten sie allen gut zu, ganz cool zu bleiben – was immer ein wichtiger Bestandteil unserer Aktionen ist, besonders wenn Staatspolizisten aufmarschiert sind.

In einem der Zodiacs fuhr ein Mann mit, der einen Raumanzug trug, eins von diesen dioxinundurchlässigen Dingern mit Helm und Schutzscheibe vor dem Gesicht. Nichts sieht gefilmt so gruselig aus. Sein Zodiac war etwa zehn Zentimeter vom Ufer entfernt – also konnte keine Rede von unbefugtem Betreten von Privatgrund sein. Der Mann im Raumanzug hatte ein paar lange Stangen dabei, an denen primitives Gerät zur Entnahme von Bodenproben befestigt war, so daß er an die Müllkippe rankommen und pseudowissenschaftlich darin rumstochern konnte.

In Artys Zodiac saß ein Taucher mit Maske, der am Ort des Geschehens sofort ins Wasser sprang und verschwand. Alle paar Minuten erschien er wieder und reichte Artemis eine Flasche voll häßlich brauner Brühe. Sie nahm die Flasche entgegen – natürlich trug sie Handschuhe – und gab ihm eine neue. Dann verschwand er wieder.

Die Leute haßten es, wenn wir so was machten. Es trieb sie einfach an die Decke. Von früheren Zusammenstößen mit mir war ihnen bekannt, daß die Organisation einen Chemie-Experten hatte, daß wir wußten, wovon wir sprachen. Weder der Mann im Raumanzug noch der Taucher zeigte sein Gesicht, also konnten sie nicht sagen, wer von ihnen Sangamon Taylor war. Diese Probenentnahme war keine Show. Dachten sie zumindest. All dieser Dreck würde analysiert werden, und die Zeitungen würden, mit Verlaub, eine Menge peinlicher Fakten ausschlachten.

Das hatte schon am Tag zuvor begonnen, und zwar mit einem Artikel auf der Sportseite des *Lighthouse-Republican*, verfaßt von dem hochgeachteten Journalisten und Sportsfreund Red Grooten, der detailliert und mit verblüffender Sachkenntnis die Auswirkungen der Gifte in diesem Sumpf auf den Angelsport beschrieb. Begleitet war der Artikel von einem schockierenden Foto, das eine tote Flunder zeigte. GEA-Kapazitäten wurden zitiert: sie vermuteten, daß das Angeln im ganzen Mündungstrichter demnächst verboten werden würde.

In einer halben Stunde würde die *Blowfish* in Sicht kommen, und ernste GEA-Leute würden die Ufer des Flusses nach Zeichen von Toxizität absuchen. Wenn sie Glück hatten, fanden sie vielleicht eine doppelköpfige Ente. Und selbst wenn sie nichts fanden, würde über die Tatsache, daß sie gesucht hatten, berichtet werden.

Tom und ich hielten langsam und leise auf das wirkliche Ziel zu.

7

Ein Großteil der Küste von New Jersey wird durch eine anderthalb bis drei Kilometer davor verlaufende lange, schmale Barriere vor dem offenen Meer geschützt. An einigen Stellen ist sie mit dem Festland verbunden, an anderen ist sie ziemlich kompakt, an wieder anderen (wie vor Blue Kills zum Beispiel) verliert sie sich in Inseln und Sandbänken.

»Kill« ist das niederländische Wort für »Bach«. Wir haben hier ein kurzes, breites Flüßchen, das sich in Meeresnähe zu einem Netz von kleinen Wasserläufen mit Sümpfen dazwischen verzweigt. Die Kills umspinnen einen Mündungstrichter, der, zumindest auf dem Papier, ein Naturparadies ist.

Dieser Mündungstrichter lag nördlich von uns. Die Stadt Blue Kills und das Duodezfürstentum Blue Kills Beach lagen südlich davon auf höherem und trockenerem Gelände. Der ganze Küstenstrich wurde durch Inselchen und Sandbänke einigermaßen vor dem Atlantik abgeschirmt. Wir waren in der toxischen Lagune dahinter.

Ich hatte mir meine LANDSAT-Infrarot-Fotos genau angesehen, also wußte ich, wo recht nah bei unserem Ziel – etwa anderthalb Kilometer von Blue Kills Beach entfernt – eine baum- und buschbewachsene Insel war. Wir zogen unser Zodiac zwischen dem üblichen Abfall an Land, den Teens bei Saufausflügen zurücklassen. Tom checkte sein Tauchgerät und stieg in den Darth-Vader-Anzug.

Normalerweise tragen Taucher Naßtauchanzüge, die dick und porös sind. Es kommt Wasser durch, der Körper erwärmt es, der Anzug hat isolierende Wirkung. Aber man möchte schließlich nicht draufgehen, weil man mit Schadstoffen rummacht und dabei so ein Ding trägt. Deshalb hatte ich in den Darth Vader einen wasserdichten Trockentauchanzug eingebaut. Außerdem hatte ich aus einer Taucherbrille, alten Schläuchen, einem Fahrradflickzeugkästchen und Gummilösung eine Maske gebastelt. Wenn man die übers Gesicht zog, paßte das Mundstück des Tauchgeräts in die richtige Öffnung, und man hatte so was wie ein Ventil zum Ausatmen über der Nase. Wenn man die Maske richtig anlegte, schützte sie einen vor dem Dreck, durch den man schwamm – zumindest ein Weilchen.

Tom mochte keine Trockentauchanzüge, aber er meckerte nicht. Bevor er in den Darth Vader gestiegen war, hatten wir noch die Partien seiner Haut, die mit undichten Stellen oder Nähten im Anzug in Berührung kommen konnten, eingeschmiert. Dafür gibt es ein Mittel aus Silikon. Wenn man es aufträgt, ist man geschützt – zumindest halb. Der Anzug paßt auch noch drüber. Tom wurde außerdem mit einem Maßband, einem Unterwasser-Notizblock und einer Unterwasser-Videokamera ausgerüstet.

»Eine Frage. Was kommt da raus aus dem Ding?«

»Erstaunliches. Die stellen Farben und Pigmente her. Also haben wir's mit Lösungsmitteln zu tun. Und mit Metallen. Und mit Massen von üblen Phthalaten und Hydrazinen.«

»Was heißt das?«

»Trink nicht davon. Und wenn du fertig bist, dann schwimm erst mal 'ne Runde hier draußen. Hier ist das Wasser sauberer.«

»So Sachen nerven mich.«

»Sieh's doch mal so. Etliche Toxine werden über die Lunge in den Körper aufgenommen. Aber du hast in deinen Sauerstoffflaschen wirklich saubere Luft. Sehr viel mehr Toxine werden über die Haut aufgenommen. Aber aus diesem Abflußrohr kommen, glaube ich, nicht soviel Lösungsmittel, daß dein Tauchanzug angegriffen wird.«

»Das haben sie uns bei Agent Orange auch gesagt.«

»Scheiße.« Ich hatte eigentlich keinen Grund, überrascht zu sein. Ich hatte nur nicht daran gedacht. »Haben sie dich mit dem Zeug begossen?«

»Nein, ich bin durchgeschwommen.«

»Du warst Kampfschwimmer?«

»Ja. Spezialgebiet Sprengungen. Aber der Vietcong hatte keine allzu großartige Marine, also fielen meistens nur Wartungs- und Räumungsarbeiten an. Verreckte Büffel aus der Kanalisation holen und so.«

»Das hier ist mit Agent Orange nicht zu vergleichen. Da ist kein Dioxin drin.«

»Okay. Du hast deine Paranoia, und ich hab' meine.«

Wir waren tatsächlich paranoid. Ich habe es ja schon zugegeben. Und nach unserer nächtlichen Fahrt durch Brighton wußte Tom, wie ich tickte.

»Wenn die Leute mitkriegen, daß ich mir *über* der Wasseroberfläche ihr Abflußrohr ansehe, dann ist mir das egal, Tom. Es ist mir auch egal, wenn sie mich dabei erkennen. Aber wenn sie einen Taucher sehen, verraten wir ihnen zuviel. Dann wissen sie, daß es Ärger gibt. Also laß dich einfach von mir ziehen.«

Tom stieg ins Wasser, tauchte, und ich nahm ihn in Schlepptau, bis das Wasser schwarz wurde. Dann stellte ich den Motor ab. Tom klopfte von unten gegen den Boden des Zode.

Ich gab ihm eine Minute zum Klarkommen. Dann ließ ich den Motor wieder an und fuhr eine Weile hin und her. Ich hatte schon recht zuverlässige Karten, aber das war eine Möglichkeit, sie noch wesentlich zu bereichern, Baumgruppen einzuzeichnen, Anlegestellen, versteckte Sandbänke und Standplätze für die Medienleute. Etwa achthundert Meter südlich war ein öffentlicher Bootssteg, der zu einem Staatspark gehörte; in nördlicher Richtung verlief ein Drahtzaun, der bis ans Wasser reichte und das Parkgelände von dem der Schweizer Schweine trennte. Ein Stück weiter kam noch ein Zaun, dahinter Häuser von irgendwelchen alten Fischern, die sich hier zur Ruhe gesetzt hatten.

Das Gelände der Schweizer Schweine war betrügerisch bewaldet. Wenn der Wind ein bißchen auffrischte, ächzten die Bäume, und dieses Geräusch überlagerte fast den Lärm des Berufsverkehrs auf der Straße. Aus reiner Neugier ging ich mit dem Zode näher ans Ufer und sah mit dem Feldstecher nach, ob sich was unter den Bäumen tat. Einer von den Sicherheitsleuten, die da herumlungerten, verriet sich durch den Rauch seiner Marihuanazigarette. Oder vielleicht war es auch, unter Berücksichtigung der Eigenarten von Sicherheitsleuten, Oregano pur, den ihm jemand als Reefer angedreht hatte.

Ich wußte, in welche Richtung das Abflußrohr führte, also konnte ich ihm mit Hilfe meines Kompasses landeinwärts folgen, seinen Weg unter sumpfigen Wäldern und schuhkartongroßen Eigenheimen bis zur Straße nachvollziehen, die ein paar

Kilometer vom Wasser entfernt war. Dann ragte hinter dem richtigen Wald ein Wald von Rohren auf. Wenn der Wind von dort wehte, bekam ich einen Hauch von organischen Lösungsmitteln und gasförmigen Nebenprodukten mit. Die Fabrik wachte gerade auf – Frühschicht, deshalb auch der Berufsverkehr. Morgen würde ich ein Telefonat führen und den Betrieb schließen.

Die große Lüge des amerikanischen Kapitalismus ist die, daß die Firmen in ihrem eigenen wohlverstandenen Interesse arbeiten. In Wirklichkeit tun sie ständig Dinge, die sie in die Knie zwingen. Die meisten Schnitzer dieser Art betreffen Toxine, von denen jeder Chemiker weiß, daß sie gefährlich sind. Die Firmen verpesten die Umwelt mit ihnen und versuchen nicht mal, sich selbst zu schützen. Die Zeichen sind sichtbar, und das fast so gut, als würden die Leute Geständnisse drucken, sie unterschreiben und vom Flugzeug aus abwerfen. Früher oder später taucht jemand mit einem Zodiac auf und weist auf die Zeichen hin, und das Resultat ist weitaus verheerender, als es ein Terrorist, ein Boone, mit Bomben und Granaten bewirken könnte. All die alten Männer im Umkreis von dreißig Kilometern, die an Tumoren erkrankt sind, werden unversöhnliche Feinde. Ebenso ihre Frauen. Ebenso die Mütter von umweltgeschädigten Kindern. Selbst die von völlig gesunden Kindern. Die Politiker und die Medien trampeln sich gegenseitig nieder in ihrem Eifer, Feuer und Schwefel auf die Firma regnen zu lassen. Der Umschwung kann über Nacht kommen und ist leicht herbeizuführen. Man muß nur den Finger auf den wunden Punkt legen.

Kein Umweltverbrechen ist perfekt. Bei chemischen Reaktionen gibt es einen Input und einen Output, und es ist unmöglich, den Output verschwinden zu lassen. Man kann versuchen, ihn mit einer anderen Reaktion zu tarnen, aber die hat auch wieder einen Output. Man kann versuchen, ihn zu verstecken, nur haben Outputs die häßliche Eigenschaft, da nicht mitzumachen. Die einzig vernünftige Lösung ist also, kein Chemieganove zu sein. Als Chemieganove setzt man seine ganze Zukunft auf die

Hoffnung, daß einem kein Chemiedetektiv auf die Schliche kommt. Und diese Hoffnung ist inzwischen eine Fehlspekulation.

Nicht wegen der EPA, diesem Witzfigurenkabinett. Eine Behörde voll mediokren Chemikern mit Bossen aus der untersten Ordnung der Schlammaale: von Politikern aus politischen Gründen ernannt. Von denen zu erwarten, daß sie wo anecken, ist so ähnlich, als würde man von jemandem mit Heuschnupfen erwarten, daß er leidenschaftlich gern blühende Wiesen mäht. Um Gottes willen, die geben ja nicht mal zu, daß Insektenvertilgungsmittel gefährlich sind. Da sie nicht den Mut haben, Präventivmaßnahmen zu ergreifen, kommen ihnen Strafmaßnahmen erst recht nicht in den Sinn. Die Gesetze werden so universal übertreten, daß sie nicht wissen, was sie tun sollen. Sie halten nicht mal die Augen nach Gesetzesbrechern offen. Ich schon.

Eine mit Gummi umkleidete Hand kam vor mir aus dem Wasser, und ich stellte den Motor ab. Dann tauchte Toms Kopf auf, und er schob die Maske zurück, um zu sprechen. Sein Mund stand weit offen. Er schnitt Grimassen; er war verdattert. »*Das* ist vielleicht 'n Ding!«

»Wie lang?«

»So lang, daß ich nicht bis ans Ende schwimmen kann. Du mußt mich ziehen.«

»Und es kommt schwarze Brühe raus?«

»Genau.« Tom stellte die kleine Videokamera auf den Boden des Zode. Ich hob sie hoch, spulte das Band zurück und ließ es dann ablaufen, wobei ich durch den Sucher blickte. »Das sind die Austrittsöffnungen«, erklärte Tom. »Haben alle achtkommazwofünf Zentimeter Durchmesser. Die Querstreben nullkommaneunfünf Zentimeter.«

»Gute Arbeit.«

»War nicht viel los, als ich angefangen habe. Aber dann kam das Zeug in Schwaden raus.«

»Frühschicht. Du hast den Berufsverkehr nicht mitgekriegt, weil du unten warst. Schauen wir's uns mal an.«

Durch den Sucher betrachtete ich die gleichmäßige, unnatürliche Krümmung eines großen Abflußrohrs auf dem Meeresgrund. Es war rostbedeckt, und auf dem Rost wucherte büscheliges grünes Zeug. Die Kamera holte ein schwarzes Loch im Rohr heran; verständlicherweise wuchs da gar nichts. Über der Mitte des Lochs verlief eine Querstrebe.

»Erinnert dich das an was?«

»Wie meinst du das?« fragte Tom.

»Sieht aus wie der griechische Buchstabe Theta. Kennst du, ja? Das Öko-Symbol.« Ich hielt eine Pressemitteilung mit dem Logo von GEA hoch, und Tom lachte.

»Ich nehme an, es soll heißen: Zum Teufel mit der Geheimniskrämerei«, sagte ich. »Halt dich fest, ich zieh' dich weiter raus.«

Wir bewegten uns vom Land weg, immer hundert Meter am Stück, und als wir es langweilig fanden und anfingen, ans Mittagessen zu denken, vergrößerten wir die Distanz auf zweihundert Meter. Der Grund fiel sacht ab, und das Wasser war nirgendwo tiefer als fünfzehn Meter. Ich folgte dem Abflußrohr mit meinem Kompaß, Tom im Schlepptau, und er sah unten nach, ob das Ding immer noch da war. Als er das Ende gefunden hatte, waren wir fast wieder bei unserem Ausgangspunkt, der kleinen baum- und buschbewachsenen Insel. Das Scheißding war über anderthalb Kilometer lang.

Ich hatte bisher noch nicht mit Tom zusammengearbeitet, aber er war gut. Wenn man sich seine Kohle mit Tauchen verdient, zahlt es sich wahrscheinlich aus, genau zu sein. Ich kannte ein paar andere GEA-Taucher, die »Mann, ist das ein Riesenapparat« gesagt und dann die Arme ausgebreitet hätten: »So dick ungefähr.« Tom dagegen war ein Präzisionsfanatiker und kam mit genauen Maßen nach oben.

Wir blieben eine Stunde auf der Insel, tranken ein paar Bier und sprachen die Sache durch.

»Die Löcher sind alle gleich groß«, sagte Tom. »Und ungefähr sechzehn Meter voneinander entfernt. Das Maßband ist bloß sechs Meter lang, also mußte ich's ziemlich grob überschlagen.«

»Sind alle Löcher auf der gleichen Seite?«

»Nein. Mal auf der einen, mal auf der anderen.«

»Also, wenn das Ding ungefähr sechzehnhundert Meter lang ist... Dann haben wir hundert Löcher mit etwas mehr als acht Zentimeter Durchmesser, die wir dichtmachen müssen.«

»Ein sagenhafter Aufwand, Mann. Warum haben die das überhaupt so gemacht? Warum haben sie nicht ein ganz normales dickes Abflußrohr gebaut, das das Zeug durch *eine* Öffnung ausspuckt?«

»Sie haben sich wohl gedacht, das wäre die Lösung. Feinverteilter Dreck. Hier vor der Küste gibt's eine starke Strömung. Sie haben sich wohl gedacht, wenn die Strömung ihren Dreck vor der Küste verteilt, würde er mehr oder weniger verschwinden. Außerdem ist ein dickes fettes Abflußrohr, aus dem der Dreck auf die übliche Weise gurgelt, ein gefundenes Fressen für die Medien.«

»Und du bist sicher, daß es illegal ist?«

»Ja. Nicht nur doppelt und dreifach, sondern sechsfach. Deswegen will ich dieses Scheißding dichtmachen.«

»Glaubst du, daß du sie bluffen kannst?«

»Wie meinst du das?«

»Na, indem du anrufst und sagst: ›Hier GEA, wir machen jetzt Ihr Abflußrohr dicht, also schließen Sie den Betrieb.‹«

»Woanders könnte ich das vielleicht, aber hier nicht. Die Leute wissen genau, wie schwierig es ist, dieses Abflußrohr dichtzumachen. Außerdem will ich nicht bloß bluffen. Ich will die Umweltverschmutzung stoppen.«

Tom grinste. Ich auch. Das war ein Satz, den wir oft sagten, wenn wir frustriert vor einer fast unlösbaren Aufgabe standen: »Ich will die Umweltverschmutzung stoppen, Mann!«

»Also, was ist? Vertagen wir's?«

»Nein.« Ich spulte das Band zum drittenmal zurück. »Not lehrt basteln.«

8

Tom lud sein Gerät in das Zode, und wir fuhren nach Norden, um uns mit der *Blowfish* zu treffen. Wie sich herausstellte, war sie leicht zu finden, weil die Crew in der Nähe der Müllkippe ein paar große Rauchbomben hatte hochgehen lassen. Konnten den Hals nicht voll genug kriegen, nehme ich an.

Ich ließ mich von Tom absetzen. Es wurde Zeit, sich die Dinge durch den Kopf gehen zu lassen, und das war im irrwitzigen Chaos der *Blowfish* nicht möglich. Sie würden alle in Hochstimmung sein über die Aktion, sie würden viel zuviel reden wollen – und ich wollte nachdenken. Also steuerten wir den öffentlichen Strand an. Ich watete in Unterhosen ans Ufer, der einzige Badende hier, der Zigarre rauchte, und zog meine Sachen an, als ich auf dem Trockenen war. Normalerweise erregen Leute in Unterwäsche große Aufmerksamkeit, aber die Kids und die älteren Herrschaften an diesem Strand achteten nicht auf mich. Sie standen dichtgedrängt dreißig Meter weiter und starrten etwas auf dem Boden an. Ich dachte mir, da hätte vielleicht jemanden beim Baden der Schlag getroffen. Es war makaber. Trotzdem ging ich hin, um einen Blick drauf zu werfen.

Aber die Leute starrten keinen toten Menschen an, sondern einen toten Delphin.

»He, S. T., sind Sie zu uns gekommen, um dem armen Vieh zu helfen?«

Irgendein alter Knacker hatte sich an mich rangepirscht. Ich kannte ihn nicht. Er hatte mich wahrscheinlich bei der Versammlung der Bürgervereinigung gesehen, auf der ich letzten Monat gewesen war. Viele von diesen Pensionären schauen fleißig in die Glotze, lesen jeden Tag die Zeitung, gehen zu allen Versammlungen.

Es war irgendwie komisch, daß er das sagte, also schob ich mich in die erste Reihe vor und schaute es mir genauer an. Der

Delphin war noch nicht ganz tot, aber fast. Seine Schwanzflosse oszillierte müde im Sand.

»Wenn ich bloß wüßte, was ich machen soll«, murmelte ich.

Ein paar junge Simpel kamen zu dem Schluß, daß sie es ganz genau wußten. Einer von ihnen packte den Delphin beim Schwanz und wollte ihn ins Wasser zurückziehen. Statt dessen zog er die Haut ab wie eine Bananenschale. Ich drehte mich um und lief in die andere Richtung, so schnell ich konnte. Hinter mir schrien und kotzten die Leute.

»Sieht so aus wie ein neues Opfer von Na-Sie-wissen-schon«, sagte der alte Knacker. Ich blickte zur Seite. Er hielt mit mir Schritt. Da es nicht viel zu sagen gab, fragte ich ihn aus. Wir redeten über eine Blinddarmoperation von anno Tobak und eine Laparatomie, die noch nicht so lang zurücklag. Ein Probeschnitt vielleicht. Seine Bronchien schienen okay zu sein; wahrscheinlich Nichtraucher. Ich gab ihm noch fünfzehn Jahre. Wenn er in der Fabrik gearbeitet hatte, fünf Jahre.

»Ich wußte gar nicht, daß man mich hier kennt«, sagte ich.

Er grinste, schüttelte den Kopf und näherte sich mir glucksend. Das heißt, er wollte lachen, aber er verkniff es sich. Der geborene Verschwörer. »Und ob man Sie hier kennt. Die hassen Sie. Die können Sie auf den Tod nicht leiden!« Jetzt gestattete er sich ein hörbares Lachen. »Wo habt ihr euer Hauptquartier?«

Es geht mir gegen den Strich, mit solchen Informationen rauszurücken. »Da draußen«, sagte ich und deutete aufs Wasser. »Auf einem Schiff.«

»Aha. Und was machen Sie, wenn Sie jemand erreichen will?«

»Wir haben einen Wagen mit Telefon.«

»Ich verstehe. Für die Medien. Das ist schlau. Denen geben Sie Ihre Nummer.«

»Ja. Steht auf den Pressemitteilungen.«

»He! Haben Sie eine mit? Ich bin richtig süchtig auf Nachrichten.«

Ich hatte ein paar Pressemitteilungen in der Tasche – ich trage immer welche mit mir rum – und gab ihm eine.

»Wissen Sie, wo hier ein guter Eisenwarenladen ist?« fragte ich. Für ihn war das leicht zu beantworten, und für mich war es eine unbezahlbare Information.

»Was brauchen Sie denn?« fragte er interessiert. Er mußte sich vergewissern, daß er keine Perle vor die Säue warf. In Blue Kills gab es wahrscheinlich ein Dutzend mittelmäßige Eisenwarenläden, aber jede Stadt hat einen wirklich guten. Normalerweise braucht man sechs Jahre, bis man ihn findet.

»Keinen Pißkram. Ich brauche was Ausgefallenes, ich ...«

Er fiel mir ins Wort. Ich hatte gezeigt, daß ich einen guten Geschmack in Eisenwaren hatte. Er sagte mir, wo der Laden war.

Dann fuhr er mich auch noch mit seinem Cadillac Seville mit dem Freimaurerzirkel auf dem Kofferraumdeckel hin. Der Typ war, verdammt noch mal, ein Exmanager. Mit einer ziemlichen Wut im Bauch.

»Kennen Sie Red?« fragte ich.

Dave Hagenauer (so hieß er, nach der Ramschpost auf seinem Armaturenbrett zu schließen) lachte schallend und patschte mit beiden Händen aufs Lenkrad. »Red Grooten? Klar. Aber woher kennen *Sie* ihn?«

Ich tat so, als hätte ich seine Frage nicht gehört. »Sie sind alte Freunde, ja? Kennen sich vom Angeln und so?«

»Vom Angeln, von der Jagd – was Sie wollen. Wir ziehen schon seit Jahren miteinander los. Aber da wir nicht mehr die Jüngsten sind, angeln wir jetzt nur noch vom Boot aus.«

»Hoffentlich nicht in diesem Mündungsarm nördlich von Blue Kills?«

Er pfiff durch die Zähne und stierte mich mit seinen aftershaveblauen Augen an. »Nein, nein. Über *die* Ecke weiß ich Bescheid. Wir werden uns hüten, da zu angeln.«

Jetzt waren wir beim Laden. Er setzte mich auf dem Parkplatz ab. »Daß Sie mir keinen Ärger kriegen!« sagte er lachend, und er lachte immer noch, als ich die Tür zuschlug.

Die meisten meiner Kollegen gehen auf Rucksacktouren,

wenn sie nachdenken müssen. Ich gehe in einen guten Eisenwarenladen und steuere auf die schmierigste, dreckigste Ecke zu. Ich fange Gespräche mit den ältesten Verkäufern an. Wir reden über Maschinenbolzen und Plastikdübel und ob man lieber eine Muffe oder einen Doppelnippel als Fitting nehmen soll. Wenn die Leute wirklich gut sind, lassen sie mich in Ruhe. Sie lassen mich rumlaufen und nachdenken. Die jungen Verkäufer sind oft vom Größenwahn geplagt. Sie bilden sich ein, daß sie einem bei allem helfen können, und stellen eine Menge dummer Fragen. Die alten Verkäufer dagegen wissen aus leidvoller Erfahrung, daß in einem Eisenwarenladen nichts für seinen nominellen Verwendungszweck gekauft wird. Man kauft etwas, das für eine bestimmte Sache gedacht ist, und gebraucht es anderweitig.

In den ersten Minuten mußte ich also zwei allzu beflissene junge Verkäufer abwimmeln. Das fällt mir inzwischen dank Übung ganz leicht. Ich nuschle was Fachliches und verwende Begriffe, die sie nicht verstehen. Sie tun so, als wüßten sie, was ich meine, und weisen mich in einen anderen Teil des Ladens. Junge Verkäufer bedienen sich gern der Raumdeckung, alte bevorzugen die lose Manndeckung, und so kann man herumschlendern und überlegen, sich einen Armvoll Ware nehmen, die Stirn runzeln, sich umdrehen, sie zurücktun und wieder von vorn anfangen.

Ich machte das ein paarmal. Nach einer halben Stunde kam ein alter Verkäufer vorbei, teils aus Höflichkeit und teils, um sich zu vergewissern, daß ich nichts klaute. »Kann ich Ihnen irgendwie behilflich sein?« fragte er verständnisvoll.

»Oh, das ist eine lange Geschichte«, sagte ich, und das war für ihn das erlösende Stichwort. Er kehrte zu seinem Kaffee und seiner Bestandsliste zurück, und ich bog wieder in den Gang mit dem Sanitärbedarf ein. Vor meinen Augen tanzten Theta-Löcher.

Was wir hier hatten, war das klassische Hart-Weich-Dilemma. Ich brauchte einerseits etwas Weiches, das sich der sanften Krümmung des Abflußrohrs anpaßte und die Öffnung schadstoffdicht verschloß. Andererseits mußte es so stabil sein, daß es dem Druck widerstand. Zwei ausgedehnte Runden durch den besten Eisenwarenladen von Blue Kills hatten mir gezeigt, daß kein Einzelartikel diese Kriterien erfüllte. Jetzt versuchte ich das Problem in kleineren Schritten zu lösen.

Zunächst der weiche Teil. Und da war er: ringförmig, zehn Zentimeter Durchmesser, Gummi. Attraktiv klarsichtverpackt hing er vor meinen Augen wie eine Frucht am Baum.

»Wieviel von diesen Toilettendichtungen haben Sie auf Lager?!« rief ich. Die jungen Verkäufer erstarrten zu Salzsäulen, der alte nahm es ganz locker.

»Wie viele Toiletten haben Sie denn?!« rief er zurück.

»Hundertzehn.«

»Wow!« piepste der junge Verkäufer. »Muß *das* 'n Haus sein!«

»Ich bin Installationsmissionar«, erklärte ich. »Ich gehe nächste Woche nach ...« – fast hätte ich »Nicaragua« gesagt, aber ich fing mich gerade noch – »... nach Guatemala. Die einzige Möglichkeit, die Ausbreitung der furchtbaren Krankheiten da unten aufzuhalten, sind moderne sanitäre Anlagen. Deswegen brauche ich so scheißviel Toilettendichtungen.«

Natürlich glaubten sie mir nicht, aber das verlangte ja auch niemand.

»Joe, schau mal nach, wieviel da sind«, sagte der Boß. Nervös kichernd machte sich Joe auf den Weg ins Lager. Ich drehte mich um, bevor mich jemand mit Fragen löchern konnte, und stieg in Phase II ein: etwas Hartes und Rundes, das den Druck aushielt und die Dichtungen gegen das große Abflußrohr preßte. Irgendeine Scheibe. Gott steh uns bei, wenn wir hundert davon aus Sperrholz aussägen mußten. Ich sah es schon vor mir, wie wir die ganze Nacht an Deck der *Blowfish* saßen und wie uns die Sägeblätter ausgingen. Irgendwo in diesem Riesenladen mußte es doch in Massen runde, billige Dinger geben.

Machen wir's kurz: in der Haushaltswarenabteilung hatten sie Salat-Sets im Angebot. Billiges Plastik. Eine große Salatschüssel, Salatbesteck und sechs kleine Salatschalen. Ich lieh mir schnell eine aus dem Set in der Auslage, ging zum Sanitärbedarf und hielt sie gegen eine Toilettendichtung: paßte perfekt.

Jetzt brauchte ich nur noch etwas, das die Salatschalen gegen die Dichtungen drückte und die Dichtungen gegen das Abflußrohr. Ich hatte von Anfang an gewußt, daß die Querstreben über den Austrittsöffnungen als Anker geeignet waren. Im hinteren Teil des Ladens hatten sie Walzdraht am laufenden Meter. Geradezu ideal. Man schneide den Walzdraht in zwölfkommafünf Zentimeter lange Stücke, spanne diese in einen Schraubstock, mache einen Haken ans eine Ende, hake ihn über die Querstrebe, führe den Draht durch ein Loch in der Salatschale und befestige dieselbe mit einer Flügelmutter.

Ich kaufte hundertzehn Toilettendichtungen, neunzehn Salat-Sets, fünfzehn Meter Walzdraht, hundertfünfzig Flügelmuttern (wir würden bestimmt ein paar verlieren), einen Schraubstock, ein Stück Bleirohr zum Hakenbiegen, vier Metallsägen, einige Feilen, Röhrenkitt und ein paar Bohraufsätze zum Durchlöchern der Salatschalen. Zahlte bar und konnte die Leute dazu bewegen, das Ganze nach Feierabend zu liefern. Adresse: der öffentliche Bootssteg von Blue Kills Beach. Dann trat ich als freier Mann in den hellen Sonnenschein von New Jersey hinaus. Es war schon nach Mittag und Zeit für einen Hamburger.

Der Laden lag ein bißchen abseits, also suchte ich eine Telefonzelle und wählte die Nummer des Telefons in unserem Omni.

Alles, was ich hören konnte, war Joan Jett, die sehr laut davon sang, wie man mit aufgedrehtem Radio durch New Jersey fährt. Die Musik wurde leiser gestellt. Dann hörte ich das Scharren einer Hand am Telefon, das Brausen des Verkehrs, das überdeutlich durch die Alufolienwände dieser miesen kleinen Kiste drang, und das Kojotengeheul des Motors, der mit mindestens fünftausend Umdrehungen lief und sich dem roten Bereich näherte.

»Schalten!« brüllte ich. »Schalten!«

»Scheiße!« antwortete Debbie. Der Telefonhörer rutschte von

ihrer Schulter, prallte von irgendwas ab, wahrscheinlich von der Handbremse, und knallte dann gegen den Sitz, während Debbie mit schönem Gruß vom Getriebe in einen höheren Gang schaltete. Der Motor lief jetzt ruhiger. »Himmelarsch, wo ist die Hupe?« sagte Debbie dumpf, fand sie schließlich und bezeichnete jemanden als »reiches Schwein«. Dann, offenbar total eingekeilt, mußte sie wieder runterschalten. Ich suchte in meiner Tasche nach Kleingeld; das konnte noch eine Weile dauern.

»So ein Scheißwagen!« sagte Debbie. »Alles rechts – die Gangschaltung, die Stereoanlage, das Telefon. Und was ist mit dieser Scheißhupe los?«

»Der ganze mittlere Teil vom Lenkrad – das ist die Hupe.«

»Ach, s. T. Streß. Ich mag Streß. Ich *liebe* Streß.«

»Wie ist es gelaufen?«

»Echt gut. Sie haben es aufgegeben mit den Kryptonites. Dann haben sie ein paar Boote über irgendeinen Kanal geschickt, um uns aus der Richtung zu kriegen, aber Jim hat den Fluß mit der *Blowfish* blockiert, und sie sind mit einem Propeller voll gegen ein altes Ölfaß geschrammt. Wahrscheinlich eins von ihren eigenen.«

»Wunderbar. Sehr medienwirksam.«

»Wir haben keine deformierten Vögel gefunden, aber ein paar Forellen mit Dreck auf dem Rücken. Und was hast du gefunden?«

»Ein toxisches Disneyland. Hast du Lust, mich abzuholen?«

Ich blieb am Apparat und lotste Debbie auf einer Art Schnitzeljagd durch die Stadt; hängte erst ein, als die Stoßstange des Omni meine Knie berührte. Der Kühlergrill war dick mit ehemaligen Insekten überkrustet, und der Motorhaube entströmten gewaltige Hitzewellen.

Als ich nach dem Öl sah, baute sich Debbie neben mir auf und schielte skeptisch den Motor an.

»Da haben wir sie nun am *Sweetvale* den Magister in Biologie machen lassen, und sie fährt mit null Öl durch die Gegend.«

Sie konnte es nicht fassen, was für ein Arsch ich war, aber das ging in Ordnung. Ich überrasche mich manchmal selbst. »Was ist denn das für 'n Macho-Scheiß?«

»Du kannst es Macho-Scheiß nennen, aber wenn du den Motor ohne Öl heißfährst, kommt dabei Tschernobyl auf dem Garden State Parkway raus.«

Ich holte zwei Dosen Öl aus dem Omni. »Hast du mal *The Tragedy of the Commons* gelesen?«

»Ich weiß nur, daß es eine Ökosache ist.«

»Alles, was allgemein genutzt werden darf, wird zerstört. Weil jeder einen Anreiz hat, es bis zum Gehtnichtmehr zu nutzen, aber keinen, es zu erhalten. Denk an Wasser und Luft. Die Typen hier haben einen Anreiz, den Ozean zu verseuchen, aber sie sehen keinen Grund, ihn sauberzumachen. Mit dem Omni ist es dasselbe, weil ...«

»Okay, okay, ich kann da schon selbst einen Zusammenhang herstellen.«

»Rechtzeitig Öl nachfüllen ist eine andere Form von Umweltbewußtsein.«

Ich tat die Tülle in die Dose und stellte sofort einen sexuellen Zusammenhang her. Dann steckte ich die Tülle in die entsprechende Öffnung des Omni und sah Debbie an. Sie erwiderte meinen Blick.

Das Zimmermädchen des *TraveLodge* platzte herein und traf uns auf dem Teppich an, ziemlich dicht bei der Tür und damit beschäftigt, uns um den Verstand zu vögeln. Über uns wurde Debbie gerade im Fernsehen interviewt. Aus irgendeinem Grund hatten wir sämtliche Warmwasserhähne im Bad aufgedreht, und es dampfte überall wie in einer Sauna; Debbies Interview und ihre sonstigen Klangeffekte gingen halb im Blubbern des Massagestrudels in der Wanne unter. Das Zimmermädchen verließ den Raum und knallte die Tür hinter sich zu. Was erwarteten die Leute, verdammt noch mal, wenn sie uns die Flitterwochen-Suite gaben?

»Falls Sie vorhaben, länger als einen Tag zu bleiben, informieren Sie bitte die Rezeption«, sagte ich, als wir fertig waren. Debbie antwortete nicht. Sie konnte nicht vor Lachen.

9

Es war 15 Uhr. Debbie rief die Rezeption an und teilte ihr mit, daß wir vorhätten, noch einen Tag zu bleiben. Große Überraschung. Wir duschten, gingen nach unten, hievten unser CB-Funkgerät aus dem Omni und meldeten uns beim Mutterschiff. Ich sagte, ich hätte eine Idee für morgen, die ich ihnen gern vortragen würde, und machte mit ihnen aus, daß sie uns um fünf am öffentlichen Bootssteg abholten.

Debbie und ich waren uns zum ersten Mal über den Weg gelaufen, als ich wegen dieses toxischen Teichs auf dem *Sweetvale*-Campus eine Medienarie mit Vollbesetzung angeleiert hatte. Die Vorstellung, daß der Lorbeer der Hochschulen Neuenglands eher Algen glich, die auf einem rostigen Giftmüllfaß gediehen, erregte großes Interesse bei der Studentenschaft. Sie bat um mein Erscheinen im *Sweetvale*, und ich ging hin und erwartete idiotischerweise, wie ein Held empfangen zu werden.

In Wirklichkeit waren die meisten unglaublich sauer. Sie hatten irgendwie das Gefühl, die Existenz von toxischen Metallen in ihrem Boden und ihrem Teich sei eigentlich meine Schuld. Wenn ich den Mund gehalten hätte, wäre ihre Welt heil geblieben. Hätte mich an sich nicht wundern dürfen, denn die Fähigkeit, rational zu denken, ist auch an renommierten Universitäten nicht allzu verbreitet. Wir leben im Fernsehzeitalter, und die Leute denken, indem sie Bilder aneinanderstückeln. Das ist nicht immer schlecht, aber im *Sweetvale* führte es zu reichlich groteskem Scheiß, und als mich einige Studentenführer und -führerinnen in aller Öffentlichkeit zur Sau machen wollten, mußte ich sie leider, bildlich gesprochen, vor den toxischen Augen der TV-Kameras splitternackt ausziehen. Irgendwo in diesen ganzen

Ekelhaftigkeiten entdeckte Debbie etwas Anständiges an mir oder an GEA und ließ sich auf mich oder GEA oder beides ein – das weiß ich nicht so genau. Wir waren bisher noch nicht miteinander auf den Teppich gegangen, aber wir hatten es immerhin erwogen.

Eins von den New Yorker Kamerateams driftete in seinem Transporter vorbei und erinnerte mich daran, daß wir morgen eine Apokalypse für die Medien veranstalten würden und daß die Jungs es noch nicht mal wußten.

Nun, die Betroffenen auch nicht. Sie hatten einen Monat auf unser Kommen gewartet. Heute hatten wir einen ziemlichen Affentanz gemacht und sie wie Trottel aussehen lassen. Jetzt erholten sie sich, hielten Meetings mit ihren PR-Leuten, begannen den Schaden zu überblicken. Das war furchtbar, dachten sie, aber jetzt ist es vorbei, und wir können weiter Tod und Verderben ins Meer einleiten.

Hahahihihoho. Morgen würden sie beide Hände brauchen, um zu verhindern, daß ihnen die Eingeweide aus dem Leib quollen. Aber wir mußten die Medien vorbereiten.

»Sangamon Taylor? Das war echt stark. Waren Sie involviert?«

Das war einer von den lokalen Fernsehleuten, ein Granatenarschloch mit pneumatischer Frisur. Er zwinkerte mir zu, er dachte, ich sei der Mann im Raumanzug gewesen.

»Warten Sie bis morgen«, sagte ich. »Da haben wir ein paar tolle Bilder für Sie.«

»Machen Sie morgen *noch* was?«

»Ja. Kein Medienspektakel, Sie verstehen. Ich meine, was wir heute gemacht haben – es ist Ihnen sicher klar, daß das nur schrill aussehen sollte. Kein echter Nachrichtenwert.«

Entsetzen kreiselte in seinem Gesicht wie das Blaulicht eines Polizeiwagens, aber dann quälte er sich ein Grinsen ab. »Hab' ich mir gleich gedacht«, sagte er eine halbe Oktave höher. »Das haben Sie gut hingekriegt.«

»Danke, aber ich bin sicher, daß ein Journalist wie Sie versteht, daß an GEA mehr dran ist als ein paar Clowns, die in die Kamera winken. Wir leisten auch ernsthafte Arbeit. Dinge, die für eine richtige Story gut sind – nicht nur ein bißchen seichte Unterhaltung.«

Was hatte ich zu verlieren? Sein bißchen seichte Unterhaltung war bereits im Kasten und beim Sender und wartete darauf, abgefahren zu werden.

»Morgen?«

»Ja. Wir fangen sehr früh an, aber das wird eine langwierige Operation, die sich über den ganzen Tag hinzieht.«

»Wo?«

Ich sagte ihm, wie man nach Blue Kills Beach kam, und gab ihm ein Handout, das wir für die Medien vorbereitet hatten – Tips für Gebrauch und Schutz der Kamera in einem schwankenden Zodiac und so weiter. Ich warf ihm auch ein Video rüber, Standardaufnahmen von GEA-Tauchern, die Abflußrohre dichtmachten.

»Danke«, sagte er. »Ich lasse eine Kopie davon anfertigen und gebe es Ihnen dann wieder.«

»Behalten Sie's. Wir haben genug davon.«

»Oh, danke!« Er wog das Video in der Hand. Dann zwinkerte er mir listig zu und gelobte, morgen dazusein.

Im Omni hing Debbie am Telefon und sprach mit einem Reporter, der von einer New Yorker Zeitung hierhergeschickt worden war. Er würde mobiler sein als ein Kamerateam, cleverer, nicht so leicht zu manipulieren und sehr viel amüsanter.

Wir und der Reporter – ein rundlicher, angegrauter Typ namens Fisk – und die *Blowfish* und der Lieferwagen vom Eisenwarenladen und ein Lincoln mit zwei Privatdetektiven strebten alle Blue Kills Beach entgegen. Ich spielte mit dem Gedanken, unsere Einkäufe vor den Detektiven zu verstecken, aber selbst wenn sie sahen, was wir hatten, würden sie nicht ahnen, was wir planten.

Der Fahrer vom Eisenwarenladen war schwer durcheinander.

Er war sechzehn Jahre alt und machte den Job wahrscheinlich auf Teilzeitbasis, Zwischenstation auf seinem Weg zum Richtkanonier bei der Artillerie in Fort Dix. Sein Vater arbeitete wohl in der Chemiefabrik. Er hatte noch nie langhaarige Männer gesehen.

»Verstehen Sie was von Außenbordmotoren?« fragte ich ihn zwecks bandestiftender männlicher Riten. Wir fingen ein langes Gespräch darüber an, ob ich den Vergaser eines unserer Mercurys nachsehen lassen sollte oder nicht. Artemis schaltete sich ein, und der Junge war bald total relaxed. Er gestand, daß er noch nie so große Motoren an so kleinen Booten gesehen hatte, und Artemis nahm ihn auf eine Rundfahrt mit, während wir den Lieferwagen ausluden. Als er zurückkam, mit Salzwasser, Phthalaten und Hydrazinen besprüht, fand er uns echt super. Und das war okay, denn wir *sind* echt super – zumindest Artemis –, und es wäre nicht gut gewesen, wenn er mit einem falschen Eindruck weggefahren wäre. Wir machen Rundfahrten mit den Kids, während die Chemiefirmen ihre krebskranken Väter Feierschichten machen lassen, und früher oder später kommen sie von selbst drauf, wer hier die Schufte sind.

Einige Leute von der *Blowfish*-Crew wollten Wäsche waschen und in einer richtigen Badewanne baden, also gaben Debbie und ich ihnen die Schlüssel vom Omni und von der Flitterwochensuite, nachdem ich ihnen noch ein paar Worte über Ölstandsprüfung und zu hochtouriges Fahren gesagt hatte. Dann schipperten wir mit der *Blowfish* aufs Meer hinaus.

Ich setzte mich mit Fisk aufs Vordeck. Er nahm dankend eine meiner illegalen Zigarren an. Wir rauchten, tranken Bier und erzählten uns Ökogeschichten. Dann zeigte ich ihm die Bilder von den Theta-Löchern, skizzierte das Abflußrohr, umriß die Aktion.

Er war interessiert, aber nicht übermäßig. »Ich habe mir schon gedacht, daß Sie was Großes planen«, sagte er. »Aber in erster Linie bin ich darum gekommen.«

»Warum?«

»*Darum*«, sagte er und breitete die Arme aus. Und da merkte ich erst, daß wir auf dem offenen Meer unter einem goldenen Nachmittagshimmel, von einer leichten Brise befächelt und von der Sonne gewärmt, an Deck eines sehr schönen Holzschiffs lümmelten, flotte Fahrt machten und gute kubanische Zigarren rauchten.

»Ja«, sagte ich. »Das sind die kleinen Extras.«

Beim Abendessen stellte sich heraus, daß Käptn Jim heute Geburtstag hatte. Tanya hatte einen politisch nicht ganz korrekten Kuchen herbeigezaubert, der unter einer zwei Zentimeter dicken Glasur aus weißem Zucker begraben war. Debbie nutzte die Gelegenheit, um Jim etwas zu schenken, das sie ihm sowieso hatte schenken wollen.

Sie hatte immer viel Zeit in Transparente investiert. Mehr, als man sollte. Sie hatte ein sagenhaftes Talent für visuelles Denken, und das wußten wir. Eine ihrer Spitzenleistungen war ein großes, quadratisches Transparent, das wir eines duftenden Frühlingsabends an einen Wasserturm von *Fotex* gehängt hatten. Es war einfach genug: ein Totenkopf im internationalen roten Kreis mit Schrägbalken.

Wenn ich das hätte machen müssen, hätte ich ein Fünfundzwanzig-Wörter-Manifest geschrieben und ein kleines Bild in die rechte untere Ecke gesetzt. Debbie sagte dasselbe mit *einem* Bild. Ich war beeindruckt. Im Suff nannte ich das Ding die Giftpiratenflagge. Und als ich das nächste Mal zu meinem Zodiac kam, hatte jemand eine kleine Fiberglasstange am Heckspiegel montiert. Ein handgenähter Nylonwimpel flatterte daran: ein weißer Totenkopf auf schwarzem Grund im roten Kreis mit Schrägbalken. Da merkte ich, daß diese Frau mich mochte.

Und jetzt war sie auf die Idee gekommen, eine große Flagge für die *Blowfish* zu machen. Als wir sie Jim überreichten, spendeten alle Beifall für Debbie, und ich saß daneben und kam mir vor wie ein Scheißhaufen auf dem silbernen Tablett. Dann stand Jungskram auf dem Programm. Ich warf den Schiffsgenerator an und begann Schachteln aufzureißen.

Bis 11 Uhr nachts bohrten wir Löcher in Salatschalen; dann legte ich mich schlafen. Debbie und ich zwängten uns in eine Koje, die für einen gedacht war. Das ging in Ordnung, weil heute unser erstes Mal war. Aber in einer Woche würden wir ein gigantisches Wasserbett brauchen. Fisk kroch in einen Schlafsack, blieb an Deck, trank Brandy und brachte Artemis zum Lachen. Jim rollte sich vor der Ruderpinne zusammen, sah die Sterne an und dachte das, was ein fünfundvierzigjähriger Gammler der Meere so denken mag. Der Atlantik wiegte uns in den Schlaf, auch wenn er im Moment noch ein paar Delphine mehr killte. Die Giftpiratenflagge grinste auf uns alle nieder.

Und ich wachte mitten in der Nacht auf, schwitzend und keuchend wie ein Pestizidopfer. Dolmachers schlaffes Totenkopfgesicht schwebte vor mir, und er starrte mich an. *Für dich müßte das so was wie der Heilige Gral sein.*

»Was denkst du gerade?« fragte Debbie.

Ich hasse diese Scheißfrage. Gab keine Antwort.

Ein paar hundert Kilometer nördlich von uns saß Dolmacher – ich wußte, daß er noch auf war um 2 Uhr morgens –, saß im Labor und bastelte an Genen herum. Suchte den Heiligen Gral.

Ich hatte nie mit Genen rumgemacht. Würde es auch nie tun. Jedes Molekül, das komplizierter ist als Äthanol, ist mir nicht geheuer; wenn die Dinger größer sind, weiß man nie, wie sie sich verhalten. Aber Dolmacher hatte die Griffel dran. Und der Witz war: ich hatte bei Prüfungen immer mehr Punkte als er. Ich bin schlauer als Dolmacher.

10

Das war der letzte Schlaf für die nächsten vierundzwanzig Stunden. Ich stand um 4 Uhr auf, vernichtete den Rest des Kuchens und spülte mit zwei Dosen Bier nach. Legte mir eine Tauchausrüstung zurecht, schlug Krach an Deck, damit die Leute den Arsch aus der Koje hoben, stieg mit Artemis in unser bestes Zodiac, und wir zischten los. Fisk wachte in letzter Minute auf und schloß sich uns an.

Die Privatdetektive der Schweizer Schweine lauerten nahebei in einem offenen Boot. Heimlichkeit war nicht nötig, also ließen wir den Mercury warmlaufen und duldeten es, daß sie in unser Kielwasser einschwenkten. Wir waren schnell außer Sicht, und es ist schwierig, jemanden anhand von Geräuschen zu verfolgen, wenn hinter einem der eigene Motor knattert. Wir nahmen Kurs nach Norden, um die Typen in die Irre zu führen, drehten dann wieder um und hielten auf das Ende des Abflußrohrs zu.

Ich kann tauchen, wenn es sein muß, ich mag nur nicht. Aber diesmal brauchten wir mehrere Taucher, und das, was ich mir hatte einfallen lassen, mußte auf jeden Fall getestet werden. Arty bewahrte mich vor gewissen Verlegenheiten und meinem möglichen Ableben, indem sie mich darauf hinwies, daß ich die Schläuche meines Tauchgeräts falsch angeschlossen hatte. Als wir das korrigiert hatten, zwinkerte Fisk mir zu. »Von nun an«, sagte er, »bin ich gewissermaßen ein objektiver Journalist.«

»Das trifft sich gut, weil ich gewissermaßen im Begriff bin, eine strafbare Handlung zu begehen.« Und damit ließ ich mich aus dem Zodiac fallen.

Nachdem ich eine Weile ziellos rumgeschwommen war, ortete ich das Abflußrohr. Es spuckte im Moment nicht viel aus, also konnte ich nicht einfach der schwarzen Wolke folgen. Und die Strömung war wirklich stark. Ein mäßiger Taucher wie ich würde am Ende in New York landen, wenn er nicht ständig dagegen anpaddelte.

Aber ich hatte ein paar große, alte Magneten, die mit ungeheurer Kraft an Metall festbackten, und einen davon hatte ich mitgenommen. Als ich das Rohr gefunden hatte, brachte ich den Magneten an und band mich mit einem Kletterseil plus Sicherungsgurt daran fest. Auf diese Weise konnte ich mich mit den Schwimmflossen am Rohr abstützen und mich zurücklehnen, während ich arbeitete, vom Zug des Seils gehalten.

Ab da war es nur noch ein Organisationsproblem. Wieviel Löcher konnten wir pro Taucher und pro Stunde dichtmachen, und wie konnten wir den Vorgang beschleunigen? Die Lösung war die, daß wir die Salatschalen-Toilettendichtungs-Walzdraht-Flügelmutter-Vorrichtungen in den Zodiacs zusammenbauten und je nach Bedarf den Tauchern gaben.

Das Ding paßte besser, als ich's verdient hatte. Es würde noch einiges durchsickern, weil das Rohr gekrümmt war, aber seine Emissionskapazität würde tausendmal geringer als normal sein. Den Draht an der Querstrebe festzuhaken und die Mutter anzuziehen war eine Kleinigkeit. Ich schätzte ab, wie weit wir die Muttern schon in den Zodiacs anziehen konnten, damit die Taucher nicht Stunden mit dieser Arbeit verbringen mußten.

Dann schmierte ich Röhrenkitt um den Draht. Wenn alles gutging, würde er hart werden und verhindern, daß die Muttern entfernt wurden.

Nicht schlecht. Ich zog die Mutter an einer anderen Vorrichtung an, schaute auf meine Uhr, schwamm zum nächsten Loch und machte es dicht. Dauerte fünf Minuten. Fünf Minuten pro Loch gleich fünfhundert Minuten. Die Taucher würden sich die Hälfte der Zeit mit ihren Sauerstoffflaschen und anderen Hindernissen rumschlagen, also brauchten wir tausend Minuten oder um die sechzehn Taucherstunden. Wenn wir die Sache in vier Stunden durchziehen wollten, brauchten wir vier Taucher.

Als ich den Kopf aus dem Wasser steckte, befand sich unser objektiver Journalist in einem leidenschaftlichen Clinch mit Artemis, der nicht von Dauer sein würde. Selber schuld. Ich hatte extra mit meiner Stablampe rumgefuchtelt, um sie vorzuwarnen. Wenn man mit der Angehörigen eines Müsli-Kommandos der Liebe pflegt, sollte man die Augen offenhalten. Sie fuhren auseinander, und ich tat so, als würde ich in die andere Richtung blicken.

»Wir haben Glück«, sagte ich. »Wir brauchen nur vier Taucher. Und wir haben vier, mich nicht eingerechnet. Also kann ich oben bleiben. Wo ich hingehöre.«

Artemis tunkte mich für diese Worte. Dann tuckerten wir zur *Blowfish* zurück, die hell erleuchtet war und einen himmlischen Knoblauchduft übers Wasser aussandte. Jim kochte – es mußte Jim sein. Er hatte eine Passion für Knoblauch, und das war mir sehr recht.

»Ich will hier nicht militärisch klingen«, verkündete ich der tofumampfenden Menge, »aber das wird ein Volltreffer, Freunde.«

Alle sagten »okay«, und jemand erhob sein Glas Milch auf mein Wohl. Nachdem sich die Leute an mich gewöhnt hatten, konnten sie sich auch für das Projekt erwärmen. Die Aussicht, ein anderthalb Kilometer langes Abflußrohr zu demolieren – *überhaupt* etwas anderthalb Kilometer Langes zu demolieren –, war höllisch verlockend.

»Willst du die Firma gleich anrufen?« fragte Jim.

»Nein. Ich stell' mir das so vor: Nach dem Essen fahren wir rüber und fangen an. Wir haben hier zwei Taucher und zwei im *TraveLodge*. Die kommen in einer halben Stunde. Sobald alles läuft, schließen wir die Fabrik. Dürfte nicht länger dauern als eine halbe Minute am Telefon. Dann folgt der karnevalistische Teil.« Da Fisk mit dabei war, hatte ich nicht die Absicht, deutlicher zu werden.

Es ging alles ganz gut, außer daß Fisk, als die *Blowfish* die halbe Strecke zurückgelegt hatte, plötzlich gestand, er habe ein Gramm Koks in der Weste. Er beschloß zu gestehen, als er sah, wie wir unsere Kleider gegenseitig nach Dingen absuchten, die als Drogen oder Waffen interpretiert werden konnten; aus naheliegenden Gründen taten wir das immer, wenn wir damit rechnen mußten, geflöht zu werden. Und als Fisk gestanden hatte, bekam ich Schuldgefühle und gestand meinerseits, daß ich eine Winzigkeit LSD in der Brieftasche hatte, die wohl kaum entdeckt worden wäre, weil sie einem Ausweis der Bostoner Stadtbibliothek beigeklebt war. Aber was willst du machen – Schuldgefühle sind Schuldgefühle.

LSD ist ein Verstoß gegen Sangamons Prinzip. Es ist ein kompliziertes Molekül und macht mich deshalb nervös. Aber man kommt manchmal in Situationen, die so entsetzlich oder so ermüdend sind, daß nichts anderes hilft.

Also wurde der Ausweis verbrannt und seine Asche in alle Winde gestreut, und der Koks von Fisk verschwand in einigen Nasen. Nun konnten wir mit neuer Energie ans Werk gehen.

Die Taucher aus dem *TraveLodge* trafen mit Verspätung ein, und wir hetzten sie gleich an die Arbeit. Ich blieb am Strand und beobachtete, wie sich die Medien versammelten. Ich wurde beim Aufblasen eines großen Kinderplanschbeckens gefilmt. Es ist schwierig, wie jemand von einem Kommandounternehmen auszusehen, wenn man so was macht. Und wir brauchten eine Pumpe.

Wenn ich will, daß eine Aktion dieser Art einschlägt, muß ich die Gifte vom Meeresgrund raufholen und auf die Bildschirme bringen, und da das Abflußrohr so versteckt war, würde das nicht leicht sein. Ansonsten hatten wir nichts fürs Auge zu bieten als ein Grüppchen Taucher, das mit Salatschalen und Sanitärartikeln ins Wasser sprang und ohne dieselben wieder hochkam. Also fuhr ich, als die Medien in etwa vollzählig waren, mit einem Zode nach draußen und lieh mir Tom für eine Weile aus. Wir sausten zur *Blowfish*, nahmen eine tragbare Pumpe mit und kehrten zum Strand zurück. Tom schwamm zum Abflußrohr und steckte den Saugschlauch der Pumpe in eins der Löcher; ich zog das Zodiac an Land und tat den Druckschlauch ins Planschbecken. Kameras ballten sich zusammen wie Fliegen auf einem Stück Butterkuchen. Ich hatte ein Planschbecken mit hellgelbem Boden gewählt, damit der schwarze Schlamm der Schweizer Schweine schön medienwirksam zur Geltung kam.

Wir pumpten, bis das Planschbecken voll war. Neben Zodiacs und Raumanzügen gehören Planschbecken zu meinen liebsten Arbeitsmitteln. Wir hatten Glück, weil das Zeug, das aus dem Abflußrohr kam, wirklich übel aussah. Manchmal ist so was auch klar wie Wasser, und dann hat man seine liebe Not, die Leute davon zu überzeugen, daß es genauso gefährlich ist wie die dreckigste Brühe. Nach dem Planschbecken füllten wir noch ein paar 55-Gallonen-Fässer – die würden wir in einigen Tagen vor dem Eingang des Parlamentsgebäudes von New Jersey festketten –, und dann waren wir fertig mit der Pumpe. Ich ging zum Omni und hängte mich ans Telefon.

Jede große Firma hat ihr eigenes Telefon-Labyrinth mit Schleichwegen und Sackgassen, mit eiskalten Mistweibern und honigsüßen Menschheitsbeglückerinnen. Ich hatte mich durch dieses Labyrinth bereits von Boston aus durchgetastet. Also wählte ich die Nummer, unter der die Vorzimmerdame zu erreichen war, die ich brauchte, und sie stellte mich zum Betriebsleiter durch.

»Ja?« sagte er, irgendwie angeschlagen. Ich warf einen Blick auf meine Uhr. War erst halb neun.

»Hier Sangamon Taylor, GEA International. Guten Morgen.«

»Was wollen Sie?«

»Wir haben unter Wasser ein großes Abflußrohr entdeckt, aus dem in erheblichen Mengen Schadstoffe direkt ins Meer eingeleitet werden. Tatsächlich überschreiten Sie bei allen sechs Schadstoffen, für die Sie eine Einleitungsgenehmigung von der EPA haben, die gesetzliche Höchstgrenze. Da es sich hier um sehr toxische Substanzen handelt, gefährden Sie die Gesundheit aller, die in dieser Region leben. Wir machen das Abflußrohr jetzt dicht, und ich würde Ihnen aus naheliegenden Gründen empfehlen, ab sofort keine Schadstoffe mehr einzuleiten. Wenn Sie Kontakt zu uns aufnehmen wollen – Sie finden uns in Blue

Kills Beach. Ich gebe Ihnen gern die Nummer, unter der wir zu erreichen sind.«

»Hören Sie, mein Lieber. Wenn Sie meinen, daß Sie uns bluffen können, liegen Sie schief.«

Also beschrieb ich ihm ausführlich das Abflußrohr und das, was wir taten, um es dichtzumachen.

Das Fenster des Omni war inzwischen eine Art Fernsehschirm geworden, auf den sämtliche Medien wie gebannt starrten. Ich kurbelte es runter und legte das Gespräch auf Lautsprecher um, damit alle mithören konnten. Insgesamt war es ruhig und sachlich, absolut kein Theater. Ich bemühe mich bis zur Selbstverleugnung um Höflichkeit, und Typen, die mit der Leitung großer Chemiebetriebe betraut sind, nehmen sich meistens zusammen – im Gegensatz zu ihren Bossen. Wer hochgeht wie eine Rakete, das sind die PR-Leute und die Vorstände, weil sie keine Ahnung von Chemie haben. Sie können sich nicht vorstellen, daß sie unrecht haben.

Eine halbe Stunde später meldeten mir unsere Taucher, jetzt käme nichts mehr aus dem Abflußrohr.

Mittlerweile war ich Manegendirektor in einem ausgewachsenen Medienzirkus. Alle Kamerateams mußten mit dem Zodiac vor Ort gebracht werden, eine spannende Fahrt durch die Brandung erleben, Gelegenheit bekommen, unsere Taucher zu filmen, auf der *Blowfish* rumzutapern und die Schiffskatze zu streicheln. Debbie blieb unterdessen am Strand, beschwichtigte die Wartenden, gab Interviews, erzählte Witze und Anekdoten aus dem Umweltkrieg und stellte sich später der kleinen Armee entgegen, die die Firma in Marsch gesetzt hatte. Glücklicherweise war sie wie geschaffen dafür: zum Anbeißen niedlich, aber knallhart, schlagfertig und sehr, sehr clever. Nicht die wirre Extremistin, Feministin und Lesbe, auf die die Typen gehofft hatten.

Für einen großen Laden reagierten die Schweizer Schweine ziemlich schnell. Sie hatten ihre Pressemitteilungen bereits fotokopiert, und gebündelten Bockmist über Tropfen in Kesselwagen und die Segnungen der chemischen Industrie hatten sie sowieso auf Lager. Man kennt das ja: »Diese Verbindungen verteilen sich rasch und gefahrlos in einer Lösung, die aus Wasserstoff, Sauerstoff, Natriumchlorid und anderen anorganischen Salzen besteht. Klingt das bedrohlich? Durchaus nicht. Wahrscheinlich haben Sie sogar schon einmal darin gebadet – so nämlich würde ein Chemiker Meerwasser beschreiben.« Das ist die Art Klugscheißerei, die Fernsehreporter gern plagiieren und für ihre eigene ausgeben – sie versehen ihre Storys mit einem rosigen Schluß, und damit geben sie zu den strahlenden Moderatoren zurück. Ist schließlich positiver, als von Lebertumoren zu reden, und eben deshalb müssen wir immer wieder die Sache mit den Kinderplanschbecken durchziehen.

Als ich von der Spritztour mit einem lokalen Fernsehreporter zurückkam, hatten die Anzugträger voll mobil gemacht. Sie hatten vor der Kulisse ihres zauberhaft bewaldeten Geländes einen Klapptisch am Strand aufgestellt. Da hatte ich leider gepennt. Ich hätte ein schönes großes Transparent an den Zaun hängen sollen, damit sie die Bäume im Hintergrund nicht nutzen konnten. Wir hätten eine Riesenrolle Nylon im Omni gehabt. Scheiße.

Die Typen hatten das eine Ende ihres Tisches mit mehreren Bündeln Gedrucktem abgestützt, weil der Strand zum Wasser hin abfiel, wie es Strände zu tun pflegen. Es war eine zu kühne Hoffnung, daß ihn die einsetzende Flut unterspülen und zum Kippen bringen würde. Ich war in Versuchung, mit unserer Pumpe nachzuhelfen, aber das wäre kindisch gewesen und zu dicht dran am tätlichen Angriff. Der Ober-PR-Arsch der Schweizer Schweine watschelte im Sand herum, der ihm in die handgefertigten Schuhe rann. Sie hatten sogar Maskenbildnerinnen zur Betupfung seines überaus vertrauenswürdigen Gesichts zur Hand.

Wenn man beobachtet, wie eine große Firma ihre PR-Maschine anwirft, ist das schon irgendwie imponierend. Die ersten paar Male hatte ich Schiß, aber zum Glück war ich mit GEA-

Veteranen zusammen, die alte Hasen im Sabotieren von Pressekonferenzen waren. Man muß auf zwei Ebenen angreifen: in Frage stellen, was die PR-Leute sagen, und gleichzeitig die Veranstaltung als solche in Frage stellen und die TV-Faszination verwässern.

Ich winkte Artemis ans Ufer. Als der Oberarsch mit seinem auswendig gelernten Statement loslegte, nickte ich ihr zu, und sie ließ den Motor ihres Zodiac ziemlich laut laufen, wodurch er gezwungen war, die Stimme zu erheben. Das ist wichtig. Sie wollen in den Augen der Öffentlichkeit cool wirken wie J. F. Kennedy selig, und wenn man sie zum Schreien bringt, sind sie auf einmal alles andere als cool – wie unser guter alter Nixon seinerzeit.

Der PR-Arsch sang seine Arie von Tropfen in Kesselwagen. Ich sang meine von Bananenschalen auf Footballfeldern. Er laberte von Natriumchlorid und Wasserstoff und Sauerstoff, und ich konterte, daß Trinitrotoluol nicht ungefährlicher wird, wenn man es als TNT bezeichnet. Er zeigte einen Plan von der Fabrik und von Blue Kills, auf dem zu sehen war, wie das große Abflußrohr unter der Stadt verlief und an diesem Strand rauskam.

War mir nur recht. Wenn er die Leute mit der Nase drauf stoßen wollte, daß das Gift der Schweizer Schweine unter ihren Häusern durchfloß – bitte.

Ich kapierte allerdings nicht, was er sich dabei dachte. Warum strich er das so heraus? Ich blätterte eine Pressemappe der Schweizer Schweine durch und stieß auf ebendiesen Plan. Das Abflußrohr war hervorgehoben. Normalerweise gehört so was zu den Dingen, die sie den Leuten verheimlichen.

Dann überfiel mich der Drecksack aus dem Hinterhalt. Er nagelte mich fast an die Wand.

»Indem die Leute von GEA dieses Abflußrohr verstopfen, gehen sie das Risiko ein, daß das Rohr irgendwo hier platzt ...« (deutet auf eine Wohngegend) »... und die Verbindungen in den Boden gelangen. Das müßte eigentlich allen Illusionen, daß diesen Leuten am Wohl der Menschen von Blue Kills gelegen ist, den Todesstoß versetzen. Sie sind nichts weiter als Terro ...«

»Was er hier sagt«, rief ich und hielt eine Salatschale hoch, »ist folgendes. Dieses Abflußrohr, das tonnenweise Schadstoffe unter menschlichen Behausungen durchführt, ist so instabil, so lausig gearbeitet und so schlecht gewartet, daß es *schwächer* ist als eine Vorrichtung aus einer Salatschale und einer Toilettendichtung, die wir ad hoc improvisiert haben.«

Ich sah, wie der Typ klein und häßlich wurde. »Und wenn diese Verbindungen so ungefährlich sind, wie er behauptet, warum macht es ihm dann Sorgen, daß sie in den Boden gelangen könnten? Warum setzt er diese Eventualität mit Terrorismus gleich? Alldem können Sie entnehmen, wie ›ungefährlich‹ das Ganze in Wirklichkeit ist.«

Und dann schritt ich zum krönenden Abschluß, indem ich dem Typ ein randvolles Becherglas schwarze Brühe reichte und ihn freundlich ersuchte, es auszutrinken.

Manchmal tun mir PR-Leute leid.

11

Die Cops kamen. Alle möglichen Cops. Cops aus Blue Kills, Staatspolizei, Küstenwache. War nicht weiter tragisch, weil wir das Abflußrohr bereits dichtgemacht hatten.

Die Cops standen erst mal am Strand rum und diskutierten darüber, wer für was zuständig war. Dabei kam folgendes heraus: Mehrere Staatspolizisten und Cops aus Blue Kills fuhren mit einem Küstenwachboot zur *Blowfish* – die ein Staatspolizist enterte, um Flagge zu zeigen –, und dann eskortierte uns das Boot nach Norden zu einer Pier, die zu Blue Kills gehörte, nicht zu Blue Kills Beach.

Es war ein lustiger Törn. Der Wind hatte aufgefrischt, und die Cops aus Blue Kills hingen die meiste Zeit über der Reling dieses schnuckeligen Küstenwachboots und spuckten ihre Frühstückskrapfen wieder aus. Auf der *Blowfish* plauderte ich mit Dick von der Staatspolizei, einem recht netten Typ um die Vierzig. Er stellte mir eine Menge Fragen über die Fabrik und warum sie gefährlich war, und ich versuchte es ihm zu erklären.

»Krebs entsteht, wenn Zellen verrückt spielen und nicht aufhören zu wachsen. Das passiert im wesentlichen, weil ihr genetischer Code verkorkst ist.«

»Durch Nikotin und Asbest oder so.«

Ich blickte auf und sah, daß Tom Akers zu uns trat, um dem Gespräch zu lauschen.

»Ja. Nikotin und Asbest können die Gene verändern. Gene sind nichts weiter als lange, spiralige Moleküle. Wie alle Moleküle können sie chemische Reaktionen mit anderen Molekülen eingehen. Wenn das zum Beispiel Nikotinmoleküle sind, werden die Gene durch die Reaktion geschädigt. Die meiste Zeit fällt das nicht ins Gewicht. Aber wenn man Pech hat, verändern sie sich auf eine verdammt unleidliche Weise ...«

»Und man bekommt Krebs.«

»Richtig.« Ich mußte an Dolmacher denken, das größte Karzinogen der Welt, wie er in Boston saß und Gene knackte. »Der springende Punkt ist der, Dick, daß es für einen Chemiker ziemlich klar ist, wenn er sich ein Molekül ansieht, ob es Krebs verursacht oder nicht. Es gibt bestimmte Elemente – Chlor zum Beispiel –, die ungeheuer genschädigend sind. Wenn man also die Umwelt mit etwas stark Chlorhaltigem verschmutzt, muß man ein Trottel sein, um nicht zu realisieren, daß es Krebs verursacht.«

»Aber beweisen kannst du's nicht«, sagte Tom. Es hörte sich irgendwie grämlich an.

»Nein, man kann es nicht so beweisen wie einen Tatbestand vor Gericht. Deshalb kommen die Chemiefirmen ja auch mit soviel Dingen ungeschoren davon. Wenn jemand einen Tumor kriegt, ist es unmöglich, ihn auf ein bestimmtes Chloratom aus einem bestimmten Molekül zurückzuführen, das aus der oder der Firma stammt. Sind alles nur statistische Beweise.«

Dick sagte: »Also ist in dem Zeug, das aus diesem Abflußrohr kommt ...«

»Teilweise Chlor. Aber da sind auch Schwermetalle drin – Cadmium, Quecksilber und so weiter. Jedes Kind weiß, daß die giftig sind.«

»Warum erlaubt die EPA das dann?«

»Das Zeug in solchen Mengen einzuleiten? Erlaubt sie nicht.«

»Wie meinen Sie das?«

»Die EPA erlaubt es nicht. Es ist illegal.«

»Sekunde«, sagte Dick. Ich konnte sehen, wie es in seinem methodischen Polizistenhirn arbeitete, wie er eine Meldung für seinen Vorgesetzten schrieb. »Halten wir das fest. Was die da machen, ist illegal.«

»Genau.«

»Und wie kommt's, daß wir dann *Sie* verhaften?«

»Tja. Die Welt ist schnöde, Dick.«

»Also, wissen Sie ...« – er beugte sich vor, obwohl kein Mensch in Hörweite war – »... hier sind viele Leute auf Ihrer Seite. Die finden es gut, was Sie machen. Jeder weiß, daß die Bosse von der Fabrik die Gegend hier vergiften. Und die Leute haben langsam die Nase voll.« Er beugte sich noch weiter vor. »Sheri zum Beispiel. Meine siebzehnjährige Tochter. He! Da fällt's mir wieder ein. Haben Sie irgendwas an Bord?«

»Wie meinen Sie das?« Ich dachte, er spreche von Drogen.

»Och, Autoaufkleber, Poster und so. Ich soll welche für Sheri besorgen.«

Wir gingen nach unten und suchten große Poster von reizenden Säugetieren aus, mit denen Sheri ihr ganzes Zimmer tapezieren konnte.

Dann holte ich Dick einen Becher Kaffee, und wir gingen wieder an Deck und beobachteten, wie Blue Kills sich näherte und die Cops auf dem Küstenwachboot in Technicolor den Mund aufrissen. »Wie lange bleiben Sie in Jersey?« fragte Dick.

»Ein paar Tage.«

»Also, Sheri findet euch klasse. Sie würde euch gern kennenlernen. Vielleicht können Sie ja mal zum Essen zu uns kommen.« Wir redeten eine Weile hin und her – Gott bewahre, am Ende ließ ich mich mit der minderjährigen Tochter eines Staatspolizisten ein –, und dann wurden ich und die Meinen von Dick und seinen Freunden hoppgenommen und eingeknastet.

Wir durften jeder ein Telefongespräch führen. Ich bestellte eine Pizza. Wir hatten bereits das nationale Büro von GEA in Washington verständigt, und sie hatten Abigail losgeschickt, unsere Offensiv-Verteidigerin. Sie war schon unterwegs, vermutlich mit einem Kampfhubschrauber.

Als unsere Starfotos im Kasten und unsere Fingerabdrücke in der Kartei waren und wir uns mit unseren Zellengenossen bekannt gemacht hatten, war es 8 Uhr abends, und ich wollte nur noch schlafen. Aber da erschien Abby und holte uns raus.

»War eine total blödsinnige, rechtswidrige Festnahme«, erklärte sie heftig rauchend und unter energischer Befingerung ihres Alu-Aktenköfferchens. »Zuständig war die Küstenwache, weil das alles vor der Küste passiert ist. Ihr habt außerhalb von Blue Kills gearbeitet. Aber die Cops, die euch verhaftet haben, waren überwiegend aus Blue Kills. Also haben sie total Scheiße gebaut. Und die Anzeige wird aller Wahrscheinlichkeit nach sowieso zurückgezogen.«

»Anzeige wegen –«

»Sabotage einer Schadstoffe führenden Rohrleitung.«

Ich sah Abby nur an.

»Echt. Ich verarsch' dich nicht. Das ist echt ein Vergehen in New Jersey. Ich hab' das nicht eben erfunden«, sagte sie.

»Und warum glaubst du, daß die Anzeige zurückgezogen wird?«

»Weil die Firma andernfalls gezwungen wäre, vor Gericht zu gehen und auszusagen, daß durch dieses Abflußrohr Schadstoffe fließen. Sonst wäre es ja keine Schadstoffe führende Rohrleitung, nicht?«

Als ich wieder beim Omni war, klappte ich den Sitz zurück, döste eine Weile und wartete darauf, daß Debbie aus dem Frauenknast entlassen wurde. Das Telefon läutete. Ich nahm ab.

»GEA?« sagte eine alte Stimme.

»Ja?«

»Ich möchte mit S. T. sprechen.«

»Am Apparat.«

Mehr war nicht nötig. Der Mann fing an zu reden wie ein Wasserfall. Er quatschte eine Viertelstunde und machte nicht mal Pause, um sich zu vergewissern, ob ich noch dran war. Er erzählte die Story nicht sehr zusammenhängend, aber ich kapierte trotzdem recht gut, worum es ging. Er hatte zweiunddreißig Jahre in dieser Fabrik gearbeitet. Hatte gespart, damit er und seine Frau sich einen Airstream kaufen und durchs Land gondeln konnten, wenn sie sich zur Ruhe gesetzt hatten. Er sprach endlos von dem Airstream. Ich erfuhr alles über seine farbliche Gestaltung, über das Material, aus dem die Kücheneinrichtung bestand, über die Zahl der Pumpen, die zur Spülung der Toilette erforderlich waren. Ich hätte in diesem Trailer bei Dunkelheit neue Leitungen legen können, als der Mann mit seiner Beschreibung fertig war.

Und jetzt hatte er Leberkrebs.

»Angiomyosarkom in einem Lebergefäß«, sagte ich.

»Woher wissen Sie das?« fragte er. Ich deutete es ihm an.

Sein Arzt sagte, das sei eine sehr seltene Krankheit. In Blue Kills schien sie allerdings recht häufig zu sein. Der Mann kannte noch drei Leute, die daran gestorben waren. Sie hatten alle denselben Job gehabt wie er.

»Deswegen hab' ich mir gedacht, es würde Sie vielleicht interessieren«, sagte er schließlich, »daß diese Drecksäue seit dreißig Jahren Lösungsmittel in einen Abzugsgraben hinter der Fabrik kippen, und das jeden Tag. Inzwischen machen es die Kontrolleure, damit die Arbeiter nichts merken. Und ich weiß, sie scheißen sich fast in die Hose vor Angst, daß jemand wie Sie es spitzkriegt.«

Ich blickte auf und sah aus dem Fenster. Mir gegenüber stand ein Cadillac, der voll von Anzugträgern aus der Firma war. Dann versuchte ich, mir irgendwas zur Beendigung dieses Gesprächs einfallen zu lassen. Was sagt man jemandem unter solchen Umständen? Der Mann war alt und halb hinüber, und ich war neunundzwanzig, liebte Comics und flipperte gern. Er wollte Gerechtigkeit. Ich wollte ein Bier.

Der alte Knabe erzählte mir ganz genau, wie und wo man diesen Graben fand. Man mußte das Betriebsgelände nächtens betreten, hier und da und dort den Sicherheitsleuten aus dem Weg gehen, hundert Meter in diese und jene Richtung laufen und dann ein bißchen bohren. Es empfahl sich die Mitnahme einer geeigneten Sonde.

All das war etwas mehr außerhalb der Legalität, als ich's gewohnt war. Auch war dieser Graben kein Geheimnis. Die Häufung von Geburtsfehlern und seltenen Krebsvarianten in dieser Gegend war schon aufgefallen; es gab bereits Karten, mit Stecknadeln markiert, deren rote Köpfe um diesen Graben verteilt waren wie die Blutspritzer einer Schußwunde. In ein paar Monaten sollte der erste Prozeß stattfinden. Um diesen Graben würde es in den nächsten zehn Jahren einen Rechtsstreit nach dem anderen geben. Es war gut möglich, daß er die Firma eines Tages konkursreif machte.

»Hoffentlich können Sie das brauchen. Ich will nämlich, daß es an die Öffentlichkeit kommt und daß diese Drecksäue dran glauben müssen.« Und so weiter und so fort und immer ordinärer, bis ich schließlich auflegte.

Wenn ich mit Krebskranken rede, habe ich nie den Eindruck, daß ich für eine gute Sache arbeite. Es bringt mir auch keine Selbstbestätigung. Mir wird nur leicht übel dabei, und aus irgendeinem Grund habe ich Schuldgefühle. Wenn Leute wie ich den Mund halten würden, würden Leute wie er nicht mal ahnen, warum sie Krebs haben. Sie würden es auf Gott oder die Wahrscheinlichkeit schieben. Sie würden nicht voll Gift und Galle sterben.

12

Kurz darauf machten Debbie und ich ein paar Tage Urlaub in Neuschottland. Es war grausam, jedenfalls für mich.

»Wenn wir jetzt aufstehen ...«, sagte ich eines Nachts um drei mit Blick auf meine Idioten-Digitaluhr.

»... und ganz schnell unsere Zelte abbrechen«, fuhr Debbie fort, und ich war schon verlegen, aber sie ließ nicht locker, »und in den Wagen hüpfen und die ganze Nacht durchfahren, könnten wir noch die Fähre in die Staaten erreichen und binnen vierundzwanzig Stunden in Boston sein.«

»Ja.«

»Statt daß wir hier am Strand liegen, den Wellen zuhören, uns entspannen und vögeln«, sagte Debbie.

»Wir vögeln doch gar nicht«, sagte ich. Aber plötzlich taten wir's. Debbie bestand darauf, daß wir uns an den Rhythmus der Wellen hielten. Typischer Schlaffi-Sex: langsam, frustrierend, im angeblichen Einklang mit der Natur. Glücklicherweise war da draußen irgendwo ein Trawler, und als sein Kielwasser an den Strand brandete, wurden die Wellen steiler und verschmolzen zu einem schnellen, trommelnden *Wusch-wusch-wusch*. Ich sprengte den Reißverschluß meines Schlafsacks, Debbie stieß einen Becher Kakao um, und dann lagen wir eine Weile nur da, halb in den Sand gepurzelt, spürten hinten die Kälte und vorn die Wärme, und ich sagte mir, zum Teufel mit der verdammten Fähre. Dann und wann zeigt mir diese Frau, daß sie mich mag, und ich finde es – tja, ziemlich gruselig.

Schließlich machten wir uns auf den Heimweg und sahen uns dann eine Weile nicht. Es war ein schöner Sommer, und ich verbrachte mehr Zeit am Strand oder beim Flippern als mit Arbeit. Bart hatte einen Freund in Tacoma, der uns ein Paket starke Feuerwerkskörper schickte. Er hatte sie in einem Indianerreservat gekauft. Wir wurden festgenommen, als wir sie in einem Park abbrannten, und ich mußte ein paar Aktien aus meinen alten *Mass-Anal*-Beständen verkaufen, um das Bußgeld zahlen zu können. Der Typ, der uns festnahm, war wirklich gut. Er wartete, bis wir einen Heuler anzündeten – so konnten wir ihn nicht hören –, und dann fuhr er mit hohem Tempo an uns ran, Scheinwerfer aus, hielt direkt vor uns, pinnte uns gegen eine Mauer und strahlte uns plötzlich mit all seinen Lichtern an. Brillant. Ich gratulierte ihm herzlich; es war schön zu wissen, daß es auch schlaue Cops gab.

Dann lief die *Blowfish* Boston an; sie war auf dem Weg nach Buffalo. Aber erst machten wir einen Abstecher nach Spectacle Island, ein paar Kilometer von South Boston entfernt. Man hätte das Ding eigentlich Gallagher Tow Island nennen sollen, weil es eine Art Pfründe der Familie Gallagher war. Der Typ, der die Bugsierreederei Gallagher Tow gegründet hatte, hatte über fünfzig Jahre lang seine Müllbeseitigungskonzession mit Zähnen und Klauen verteidigt. Er hatte alles eingesetzt: Schmiergelder, Erpressung, Beschiß, Gewalt, Irentum, Rufmord, Vernunftehen, die katholische Kirche und schlichte Arschkriecherei. Und er hatte sich die Konzession erhalten, seine Schlepperflotte von einem auf fünfzehn ausgebaut, eine ganze gottverdammte Insel mitten im Hafen geschaffen und war schließlich, wie es sich für einen rechten Magnaten gehört, einem donnermäßigen Schlaganfall erlegen. Heute leitet sein Enkel Joe die Firma und hat den Fortschritt zu anderen Formen des Ökozids vorangetrieben. Gallagher Tow besitzt ein brandneues Monstrum, die *Extra Stout*, einen Schlepper mit 21 000 PS, der wahrscheinlich den Beacon Hill aufs Meer hinausbugsieren könnte, wenn sie nur die Stelle fänden, an der sie die Trosse befestigen müßten. Bis dahin befördern sie mit der *Extra Stout* Bohrinseln durch Siebenmeterwellen im Nordatlantik.

Die goldene Müllbeseitigungszeit der Gallaghers ist also vorbei, aber ihre Spuren sind sichtbar geblieben. Man kann buchstäblich auf ihnen wandeln. Ich bin sicher, daß eines Tages auf Spectacle Island Yuppie-Eigentumswohnungen aus dem Boden schießen werden. Die Heizkosten werden niedrig sein, weil der

Müll immer noch verrottet, und wenn man mitten im Winter eine Sonde in die Gedärme der Insel steckt, kann man feststellen, daß sie ungefähr die Temperatur von Blut hat. Ja, da liegt sie nun und fault still vor sich hin und gibt Wärme und Gase ab. Für mich ist sie eine Art Quintessenz des Bostoner Hafens.

Man kann auch ein Loch graben und Spectacle Island eine Blutprobe abnehmen. Die ganze Müllkippe ist von einer rotbraunen Flüssigkeit durchdrungen, einem Cocktail aus allem, was je dort abgeladen wurde, gut vermischt und mit Regenwasser verdünnt. Aber wenn man diese Flüssigkeit untersucht, merkt man, daß an Spectacle Island mehr dran ist als verschissene Windeln, vergammelte Sofas und Altpapier. Man findet auch Lösungsmittel und Metalle. Die Industrie war ebenfalls hier und hat ihren Abfall weggekippt.

Manchmal hatte ich den Eindruck, daß gewisse Firmen ihren Problemmüll immer noch auf Spectacle Island abluden. Das war schwer zu beweisen, es sei denn, ich zeltete hier und wartete, bis sie auftauchten. Aber ich hatte keine Lust, eine Müllkippe zu bewohnen. Roscommons Haus glich einer solchen schon zur Genüge.

Unsere Expedition mit der *Blowfish* war ein Experiment. Ich hatte von einem Bauplatz in Seattle gelesen, wo sie Häuser in der Nähe einer alten, zuplanierten Müllkippe errichtet hatten. Die Häuser begannen spontan zu explodieren, und man entdeckte, daß Methan – das bei Fäulnis entsteht – in die Keller einströmte. Also senkte die Stadt zur Ableitung des Gases Rohre in den Boden, und wenn man die anzündete, gab es hübsche Abfackelungseffekte.

Wir nahmen etliche Rohre an Bord der *Blowfish*, mieteten uns eine kleine Bohranlage und fuhren eines sonnigen Samstagvormittags hinaus. Als wir ankamen, sahen wir die obligatorische Gruppe von minderjährigen Kackern, ein halbes Dutzend vielleicht, die am übelriechenden Ufer eine Party steigen ließen. Sie standen um ein Feuer herum, weil es auf Spectacle Island keinen Platz gibt, wo man sich hinsetzen mag. Sie tranken Narragansett, das Ekelbier par excellence, was sie in einer Art altrussische Stimmung versetzte: Sobald eine Flasche leer war, ließen sie sie in tausend Scherben zerschellen. Sie tranken in großer Eile, weil es kalt und windig war, weil es überall stank und weil sie wahrscheinlich wußten, daß die ganze Tour ein Mißgriff war. Die klirrenden Explosionen erfolgten fast nonstop. Möwen zogen ihre Kreise in der Hoffnung auf eßbaren Abfall, stießen nieder und schnappten sich ein paar Scherben, die durch die Luft flogen.

Wir ankerten ein Stück vor der Insel und fuhren unsere Sachen mit dem Zodiac rüber. Die Narry-Säufer waren mit dem Boot von irgendeinem Papa gekommen, einem offenen, viersitzigen Flitzer, und hatten es am besten Landeplatz ans Ufer gezogen. Das allein konnte einem schon weh tun, weil die Unterseite seines schönen Fiberglasrumpfs jetzt wahrscheinlich lange, tiefe Kratzer hatte. Wir nahmen mit einem nicht so günstigen Landeplatz hundert Meter weiter vorlieb und begannen unsere Sachen auszuladen.

Ich hielt nicht ungern Distanz zu den Knaben. Sie trugen die Uniform des Teen-Nonkonformisten: lange Haare, Möchtegernschnurrbart, schwarzes Leder. Ich blieb bei unseren Sachen am Ufer, während Wes weiteres Gerät antransportierte. Er hatte gerade ein paar Rohre abgeladen und war auf dem Rückweg zur *Blowfish*, als er feststellte, daß die Knaben einen Stapel alte Reifen entdeckt hatten. Sie wuselten herum wie Ameisen auf Konfekt, schrien, lachten und warfen die Reifen ins Feuer.

Ich sagte mir: Ist drauf geschissen. Wegen dieser Einstellung werde ich auch nie Boß eines regionalen Büros. Wes ging da ganz anders ran.

Für mich war das bloß ein bißchen schwarzer Rauch. Etwas unästhetisch, etwas toxisch, aber im großen Zusammenhang schnurzpiepegal. Für Wes dagegen war es ein symbolschwangerer Akt, eine Umweltschändung. Es zählte nicht, daß »die Umwelt« in diesem Fall eine gigantische Müllkippe war. Noch bevor ich ihm sagen konnte, daß er sich nicht aufregen sollte, überdröhnte er mich mit seinem Außenbordmotor und sauste zu den Knaben, um einzuschreiten.

Als sie sich von ihrer ersten Überraschung erholt hatten, reagierten sie genauso, wie zu erwarten war: Sie gerieten in blinde Wut. »Verpiß dich! Verpiß dich!« – »Also, jetzt hört mal zu ...« – »Verpiß dich!« Einer von ihnen holte ein Stück Reifen aus dem Feuer, wirbelte es hoch, eine brennende Spirale, und ließ es in Wes' Richtung fliegen, der mit einem Ruder parieren mußte, bevor er überhaupt Zeit hatte, Angst zu kriegen. Er düste ab, von Flaschen umschwirrt, und dann sahen die Knaben natürlich mich.

Ich stand mit einem Fünf-Gallonen-Kanister Benzin am Ufer, dachte an Spiderman und konnte mir tausend Möglichkeiten vorstellen, diese Dussel zu verjagen. Nur gehörten sie leider zu der Sorte, der man zutrauen durfte, daß sie bewaffnet war. Wenn sie auch kein Kanönchen im Gürtel trugen, so konnte man doch drauf wetten, daß sie eins im Boot hatten. Also war ein Frontalangriff nicht das Gelbe vom Ei.

Wes glaubte, jedefrau und jedermann könne auf dem Verhandlungsweg zum Umweltbewußtsein bekehrt werden. Es hatte zwar auch in diesem Fall nicht geklappt, aber immerhin war er geistesgegenwärtig genug, um zu sehen, daß die Knaben auf mich zukamen. Wes war kein Zodiac-Experte, doch das Wasser war nur ein bißchen kabbelig, und er war mit dem Zode schneller als die Knaben im gestreckten Galopp. Unglücklicherweise hatten sie einen ziemlichen Vorsprung. Ich rannte vor ihnen weg, immer am Ufer entlang, und als Wes ungefähr mit mir gleichgezogen hatte, watete ich ins Wasser, damit er den Motor nicht abstellen mußte oder, schlimmer noch, es vergaß und irgendwo mit dem Propeller anschrammte.

Als mir das Wasser fast bis zum Oberschenkel reichte, war er bei mir, und ich machte einen letzten Schritt vorwärts. Dabei kam ich mit dem Fuß auf ein scharfes Stück Metall und spürte, wie es die Sohle meines Tennisschuhs aufschlitzte und mir ins

Fleisch drang. Dann lag ich diagonal im Zode, Zufallsfunde von Gallaghers Müllkippe klatschten hinter uns ins Wasser, und wir fuhren zur *Blowfish* zurück.

Als wir fast dort waren, kehrten wir wieder um, weil Wes feststellte, daß die Dussel die Sachen kaputtmachten, die wir am Ufer zurückgelassen hatten. Besonders interessant fanden sie das Bohrgestell. Mit den primitiven Waffen, die in greifbarer Nähe waren, begannen sie darauf einzuschlagen. Es war, als beobachtete man den Homo erectus bei der Entdeckung des Werkzeuggebrauchs.

Wes steuerte bis auf Flaschenwurfweite ans Ufer und brüllte die Knaben an. Ich glaube, sie blickten nicht mal auf.

Sie schienen jedoch das Geräusch eines zweiten Zodiac-Motors zu registrieren, der gerade auf eine beachtliche Drehzahl hochgejuckelt wurde. Wir alle sahen in die entsprechende Richtung. Artemis war mit ihrem Zodiac ans Ufer gefahren, hatte seine Heckleine am Heck des Flitzers festgemacht und ihn ins Wasser gezogen. Und nun schleppte sie ihn der offenen See entgegen.

Später entbrannte eine lange und laute und fade Diskussion darüber, ob das mit den Grundsätzen von GEA vereinbar war. Es war nicht direkt Gewalt, aber es beinhaltete eine gewisse Bereitschaft, die Knaben auf einer Müllkippe verhungern zu lassen, die Heimat vor Augen. Wie die meisten einschlägigen Diskussionen wurde auch diese nie abgeschlossen. Aber immerhin hatte das Ganze bei den Knaben eine Verhaltensänderung zur Folge. Sie ließen davon ab, auf das Bohrgestell einzudreschen, und rannten los, um Artemis mitzuteilen, daß sie eine Scheißfotze sei. Als das nichts fruchtete, hielten sie die Schnauze und beobachteten, wie ihr Boot meerwärts verschwand.

Nach fünf Minuten hatten sie alle Narrys aus der Kühlbox geschmissen, schöpften Wasser mit ihr und kippten es ins Feuer. Es ging nicht richtig aus – das haben brennende Reifen so an sich –, aber es rauchte nicht mehr.

Ich bat Wes, mich zu Artemis zu bringen. Dann enterte ich das

Boot der Knaben, hopste über Deck, hinterließ blutige Waffeleisenabdrücke und schaute ins Handschuhfach.

Die Waffe war kein kleinkalibriges Pistölchen, wie ich vermutet hatte, sondern ein dicker fetter verchromter Revolver, der in einem steifen neuen Schulterhalfter steckte. Ich brauchte eine Weile, um ihn rauszufummeln.

»Alle sechs Kammern geladen«, bemerkte Artemis. »Keine besonders gute Idee, außer du willst dir in die Achselhöhle schießen.« Ich warf ihr einen fragenden Blick zu, und sie zog die Schultern hoch. »Mein Vater hatte einen Waffenfimmel, *sooo* 'n Arsch war das.«

Sah so aus, als hätte da noch jemand einen Arsch von Vater. Ich schmiß die Kanone ins Wasser. Dann suchte ich spaßeshalber weiter herum. Wir hatten den ganzen Tag Zeit, wir waren bereits auf der kriminellen Schiene, und niemand würde uns dafür belangen. Aber wenn die Knaben noch mehr Ärger machten, wollte ich wenigstens wissen, wo sie wohnten.

Ich fand nichts, verdammt noch mal. Überhaupt nichts. Abgesehen von der Kanone gab das Boot nichts her. War geradezu unheimlich. Keine Papiere, keine Kennzeichen, keine alten Bierdosen. Die Schwimmwesten waren brandneu, und es stand nichts drauf. Als ich wieder in das Zodiac kletterte, hatte ich keine Informationen – nur eine chemische Spur. Über dem Boot hing ein Duft, und der verfolgte mich unangenehmerweise bis ins Zode. Er klebte an meiner Haut. Irgend so ein gottverdammtes Männerparfüm. Ich hatte es von dem Revolver.

Artemis hatte kein Mitleid. Sie lachte mich aus. »Mist«, sagte ich. »Ich hätte lieber PCBs an der Pfote. Die kannst du wenigstens abwaschen. Aber Parfum von anderen Leuten ist so hartnäckig wie eine Blasenentzündung.« Ich hielt die Hand ins Wasser.

Wir brachten den Kackern ihr Boot zurück, und sie fuhren ab, ohne einen Ton zu pfeifen. Der Ausdruck verletzter Würde, den sie zur Schau trugen, war sehenswert. Man hätte meinen können, wir hätten ein Kloster profaniert.

Sie schwiegen, bis sie hundert Meter weg waren, fast außer

Hörweite. Dann schauten sie wohl ins Handschuhfach. Und dann brach es nur so aus ihnen heraus. Nichts wie Fotzen, Schwänze und Säcke. Ich konnte es kaum verstehen, und ich war auch nicht scharf drauf.

Wes drehte sich mir zu. Er grinste. »Hast du das gehört?«

»Was?«

»Satan wird's euch zeigen.«

»Scheiße. Dann muß ich Tricia sagen, daß sie sich auf einen Anruf vom Fürsten der Finsternis gefaßt machen soll.«

Wir hatten nicht das Material, das wir brauchten, um die Bohranlage zu reparieren. Das ging in Ordnung, weil ich sowieso nicht glaubte, daß sie funktionieren würde. Sie war für normalen Boden gedacht, nicht für eine Müllkippe mit Massen von Metallteilen. Wir hatten etwas Zuverlässigeres: ein paar Vorschlaghämmer. Ich suchte einen vielversprechenden Platz am nördlichen Ende der Insel aus, der von South Boston und Boston Mitte aus zu sehen war, und wir begannen Rohre in die Eingeweide von Spectacle Island zu kloppen.

Es ging lächerlich langsam. Wir verbrachten ungefähr vier Stunden damit, wechselten uns ab und hatten ein Auge darauf, ob die Dussel mit dem Boot zurückkamen.

Ich hatte eine drei Zentimeter lange Wunde im Fuß, die von nicht besonders tief bis ziemlich scheißtief reinging. Auf der *Blowfish* wusch ich sie mit Wasser und Seife aus, desinfizierte sie mit etwas unglaublich Schmerzhaftem und verband sie dann. Gehen war eine Qual, also mußte ich mich, wenn ich noch ein bißchen forschen wollte, zu Wasser fortbewegen, mit dem Zodiac.

Was mich interessierte, befand sich an der nordöstlichen Ecke der Insel. Ein großer, verrosteter alter Lastkahn, ein richtiger Schrotthaufen, aber anscheinend seetüchtig. Er hatte keine Ladung an Bord. Sah so aus, als sei er gestrandet.

Im Moment war fast Ebbe, und drei Viertel des Kahns waren hoch und trocken. Er saß ziemlich weit oben. Als er die Insel gerammt hatte, mußte das Hochwasser besonders extrem gewesen sein, oder er hatte einen Affenzahn drauf gehabt, oder beides.

Vielleicht hatte man ihn auch mit Absicht an Land gesetzt. Vielleicht hatte Joe Gallagher mit dem Bug der *Extra Stout* kurz gegens Heck des Kahns gedrückt und ihn zum restlichen Abfall befördert. Das Spannende daran war, daß es neu war. Der Kahn war vor drei Monaten, als ich Spectacle Island meinen letzten Besuch abgestattet hatte, noch nicht dagewesen, und er mußte sich ganz schön tief in die Insel gegraben haben.

Die Geologen lieben Erdbeben und andere Naturereignisse dieser Art, weil sie was aufreißen und Einblick in die Geheimnisse des Planeten gewähren. Eine ähnliche Einstellung hatte ich zu diesem Kahn. Ich konnte ihn nicht von der Insel schleifen und dann in das Loch hüpfen, das er hinterlassen hatte, aber ich konnte um ihn rumgehen, Proben ziehen und sehen, was dabei rauskam.

Nur würde ich mir die Mühe wahrscheinlich nicht machen. Wenn ich eine Dissertation über Spectacle Island geschrieben hätte, wäre ich ganz wild drauf gewesen. Aber ich wußte ja, was diese Insel war: ein großer Müllhaufen. Solang es im Hafen wichtigere Probleme gab, hatte es keinen Sinn, einen Fimmel fürs Detail zu entwickeln.

Aber weil es neu und interessant war, umrundete ich den Kahn trotzdem, teils mit dem Zodiac und teils zu Fuß. War nicht viel zu sehen außer Hunderten von Quadratmetern senkrechter, rostbedeckter Bordwand. Nahe der Wasserlinie und auf dem Teil, der in den Hafen hinausragte, fanden sich etliche Graffiti. Für so was bot sich die Bordwand geradezu an, aber Spectacle Island war für den durchschnittlichen Schwachkopf mit Spraydose nicht so leicht zu erreichen. Der SMEGMA-Mann hatte es geschafft – ein Typ, der ein paar Jahre durch Boston gezogen war und überall das Wort SMEGMA aufgemalt hatte. SUPER BAD LARRY hatte es ebenfalls geschafft – war vermutlich einhändig den ganzen Weg von Roxbury hergeschwommen. Ein Mensch vom Abschlußjahrgang '87 sowie VERN + SALLY = LOVE hatten offenbar Zugang zu einem Boot gehabt. Drei Viertel der Graffiti waren allerdings in grellem Rot gehalten und stammten von *einer* Gruppe. Sie hatten ein unverwechselbares Erscheinungsbild. Die meisten Graffitiproduzenten sprayen einfach was hin und rennen weg, aber die Leute mit dem grellen Rot hatten sich der Schwarzen Magie ergeben und befleißigten sich ritueller Sorgfalt. Das wurde am deutlichsten bei den Pentagrammen, die in Kreise einbeschrieben waren. Es ist schwierig, mitten in der Nacht in einem Boot zu stehen und mit der Spraydose einen perfekten Kreis von einem Meter achtzig Durchmesser zu ziehen, aber die Satansanbeter hatten es zu wiederholten Malen getan. Dann hatten sie in die Kreise auf den Kopf gestellte fünfzackige Sterne gemalt, was in etwa ein Pentagramm ergab, und darunter ein ebenfalls auf den Kopf gestelltes Kreuz. Über dem oberen Teil des Kreises standen in Bogenform die Worte PÖYZEN BÖYZEN – eine Heavy-Metal-Band, die es sehr mit Nonnen und Kampfstieren hatte.

Die Leute waren aber noch nicht fertig mit den Umlautzeichen. Sie hatten ein weiteres in die Mitte des Pentagramms gesetzt. Wenn man zurücktrat und es richtig betrachtete, wurde aus dem Stern ein Gesicht. Das Umlautzeichen bildete zwei rote Knopfaugen, die untere Zacke des Sterns eine spitze Schnauze, die oberen Zacken bildeten zwei Hörner und die Seitenzacken zwei ziegenbockähnliche Ohren.

Der Name der Band stand noch an ein paar anderen Stellen, daneben Zauberformeln, die ich nicht kannte. Alte magische Symbole, wahrscheinlich aus einem okkulten Buch abgekupfert: Kreise und Striche und Punkte, zu strengen, aber bedeutungslosen Mustern angeordnet. Ein Nichtchemiker hätte es für Strukturformeln halten können.

Die Satansanbeter hatten weitere Spuren auf der Insel hinterlassen. Zum Beispiel ein demoliertes Klo mit aufgemaltem Kreuz und ringsherum die Überreste von fünf Feuern. Eine Altar-Travestie, nahm ich an. Ich machte das Klo vollends kaputt, indem ich es mit fußballgroßen Steinen bewarf – nicht weil ich so ein frommer Christ bin, sondern weil es mir einfach auf den Geist ging. Außerdem gibt es keinen Anreiz dafür, eine Müllkippe sauberzuhalten, was genau das Problem beim Bostoner Hafen ist. Ich scharrte mit der Schuhspitze in Ascheresten und stellte fest, daß die Leute alte, mit Schutzmitteln imprägnierte Preßspanplatten verbrannt hatten. Recht so. Wenn man diese Art Holz verbrennt, enthält der Rauch Dioxin in verblüffend hoher Konzentration. Wir wollten hoffen, daß die Pöyzen-Böyzen-Fans gern am offenen Feuer grillten.

Ein Wölkchen dieses toxischen Rauchs kräuselte sich aus der Asche empor. Das Feuer war also brandneu, wahrscheinlich von gestern nacht.

Ich hatte hier keine Boote am Ufer gesehen. Die Leute mußten alle nach Hause gefahren sein. Vielleicht war es dieselbe Gruppe, mit der wir aneinandergeraten waren. Ich ging zum Pseudostrand beim Lastkahn, suchte nach Zeichen von Aktivität, und da waren tatsächlich Fußspuren. Offenbar war das ihr Landeplatz, und die Graffiti-Dichte war hier ziemlich groß. WILLKOMMEN IN DER HÖLLE stand da unter anderem, und ein paar Meter weiter, so hoch, daß ich nicht rankam, ein kleines Pentagramm und das Wort SATAN mit einem Pfeil, der nach oben zeigte.

DER ANTICHRIST IST

DA

Deshalb fielen mir die rostfreien Stellen auf. Sie waren ziemlich weit oben, über dem SATAN. Zwei kleine Flecken wie ein silbernes Umlautzeichen. Sie waren ein bißchen mehr als dreißig Zentimeter voneinander entfernt. Erst dachte ich, es wären Farbflecken, aber dann merkte ich, daß sie in der Sonne glänzten.

Ich stellte mich genau darunter. Der Boden war hier glatter, beinah festgetreten. Da waren auch zwei kleine Dellen, ein bißchen mehr als dreißig Zentimeter voneinander entfernt. Die

Pöyzen-Böyzen-Fans hatten hier eine Leiter angelegt und waren an Bord geklettert.

Das Ding sah auf einmal nicht mehr so aus wie ein verrosteter Lastkahn. Es sah so wie eine eisenumwallte Festung, wie irgendwas von Tolkien. Weiß der Geier, was da drin vor sich ging.

Ich hatte eine recht plausible Idee: Hier trafen sich High-School-Kids, um Narry zu saufen und rumzubumsen. Vielleicht handelten sie nebenher mit Kokain oder billigeren Drogen, aber jedenfalls besaß der geistesgestörte Teil der Gruppe rote Sprühfarbe in Massen und war in irgendeinem Cambridger Buchladen mit Okkultismus-Abteilung gewesen.

Ich hatte weder Veranlassung noch Lust, ihre Ambitionen zu ergründen, also hinkte ich wieder zum Zodiac und kehrte zu unserer Rohrkloppaktion zurück.

Frank, der Größte und Stärkste von der *Blowfish*-Crew, hatte den Durchbruch geschafft. Es kam definitiv was aus dem Rohr. Wenn man die Hand drüberhielt, spürte man einen warmen, feuchten Luftzug, bei dem man eine Gänsehaut kriegte. Ich ließ alle zurücktreten, zündete eine Wunderkerze an und warf sie aus vier Meter Entfernung in Richtung Rohr. Den Rest sah ich nicht, weil ich mich instinktiv umdrehte, aber ich hörte ein ungeheures, wenn auch gedämpftes SCHAWUPP. Ein gewaltiger Gasball stieg auf. Dann kam ein leises Brausen wie von fernem Autoverkehr. Die Crew der *Blowfish* klatschte Beifall, und ich drehte mich wieder um. Eine hübsche Fackel hatten wir da, die mit großer, ausgefranster gelber Flamme brannte.

Wir verlängerten das Rohr auf drei Meter, und dann ließen wir alles so, wie es war, munter brennend. In meiner Phantasie umgab ich Spectacle Island mit einer gleißenden Korona gelber Flammen – Signalfeuer für Schiffe, Landmarke für Piloten, permanente Festbeleuchtung für die Yuppies in den neuen Eigentumswohnungen mit Meerblick. Es würde nicht allzuviel bewirken, es würde die Menschen nur erinnern: He, Leute. Da draußen ist ein Hafen. Und der ist dreckig.

13

Zu Hause wusch ich noch mal die Wunde aus, applizierte Wodka (eine Marke, die ich ausschließlich als organisches Lösungsmittel verwende) und legte einen neuen Verband an. In der Nacht hatte ich Alpträume, in denen ich vor überlebensgroßen, überparfümierten PR-Leuten mit verchromten Revolvern floh. Ich stand dreimal auf, um zu reihern, und als mein Wecker losbrüllte, konnte ich nicht mal die Hand ausstrecken und ihm eine draufhauen, weil meine sämtlichen Gelenke steif waren. Ich sah nur noch verschwommen und hatte 40 Grad Fieber. Meine Muskeln waren eine undefinierbare Masse, von der sich bloß sagen ließ, daß sie höllisch brannte. Ich lag da und stöhnte: »Neunzig Kilo vergammeltes Fleisch«, bis Bart ins Zimmer kam und mir einen Plastikbeutel brachte. Als ich genug Lachgas inhaliert hatte, um ins Bad zu gehen und ein letztes Mal zu reihern, warf ich einen Blick in den Spiegel und stellte fest, daß meine Zunge mit einem dicken weißlichbraunen Belag überzogen war.

Bart fuhr mich zu der großen Klinik in der City, wo ich Dr. J. aufsuchte, meinen alten Zimmergenossen am College. Er hatte seinen Doktor im Schnellverfahren gemacht, seine Assistenzzeit an einer unserer neuenglischen Elite-Unis absolviert, und jetzt arbeitete er in der Notaufnahme. Nichts Berühmtes, aber immerhin ein festes Gehalt mit Spielraum für Förderungsbeiträge an GEA.

Ich erklärte ihm, wie ich zu der Wunde gekommen war, und er sah mich an, als hätte mir soeben jemand die Ladung beider Läufe einer großkalibrigen Schrotflinte in den Leib gejagt.

»Da draußen im Hafen gibt es Dinge, mit denen nicht zu spaßen ist, Mann. Fäulnisbakterien und so weiter – die greifen auch deinen Körper an, S. T.«, sagte er und spritzte mir irgendeinen fabelhaften Antibiotika-Cocktail. Er gab mir das gleiche noch mal in Tablettenform mit, aber ich schluckte nur die Hälfte davon. Was für Antibiotika es auch immer sein mochten, sie pusteten die gesamte Scheiße einschließlich der natürlichen Darmflora aus meinem Organismus raus, und die Folge war ein Dauerdurchmarsch. Das Leben ist zu kurz, um es auf dem Lokus zu verbringen und sich zu fragen, ob es nicht doch ein bißchen mehr zu bieten hat, also setzte ich die Tabletten ab und überließ es meinem Immunsystem, mit der Geschichte fertigzuwerden. Richtig, und ich bekam eine Tetanusspritze.

»Ich bin zufällig ein paar Leuten begegnet, die du sicher gemocht hättest«, sagte ich zu Bart, als er mich nach Hause fuhr. »Pöyzen-Böyzen-Fans.«

Er rümpfte die Nase. Bartholomew war ein Heavy-Metal-Kenner. »Pöyzen Böyzen? Na ja. Die erste LP war nicht schlecht. Dann ist ihnen nichts mehr eingefallen – schreiben vielleicht zwei Songs im Jahr. Haben für ihre Videos einen auf Schwarze Magie gemacht. Aber das ist ausgelutscht und abgekaut.«

»Gilt das nicht für Heavy Metal überhaupt?«

»Doch. Hab' *ich* dir gesagt«, mahnte Bart. »Bei Heavy Metal kannst du nie hinter der Entwicklung herhinken.« Er sah mich an. »Was waren das für Typen? Woher weißt du, daß sie Pöyzen-Böyzen-Fans waren?«

»Intuition.« Ich erzählte von dem Lastkahn.

»Beschissen schlechte Kaufleute«, sagte Bart.

»Wie meinst du das?«

»Sie haben dem Teufel ihre Seele verkauft. Und was dafür gekriegt? Einen rostigen alten Kahn. Ich hätte da was mit 'ner guten Bar ausgehandelt. In U-Bahn-Nähe.«

Als wir zu Hause waren, ging Bart zu seinen Plattenregalen und versuchte sich darauf zu besinnen, ob er Pöyzen Böyzen unter P oder B eingeordnet hatte. Das Lämpchen am Anrufbeantworter blinkte, also spulte ich ihn zurück und hörte mir die Sache rückwärts an. Wenn man's rückwärts laufen läßt, ist es meistens nur unverständliches Geschnatter. Aber das war es nicht. Es war eine Melodie, ein Song mit hartem Beat, den der Anrufbeantworter zu einem blechernen Tack-tack-tack komprimierte. Und darüber plapperte ein hohes, dünnes Stimmchen: »Satan kommt. Satan kommt.«

Als das Band zurückgespult war, spielte ich es vorwärts ab. Heavy-Metal-Schrott. Bart kam total verblüfft ins Zimmer gerannt. »Was ist?« fragte er. »Ist das auf dem Anrufbeantworter?«

»Ja.«

»Pöyzen Böyzen, Mann. Zweite LP. Nennt sich ›Hymn‹.«

»Nett, nett.«

Sie hatten den ganzen Song überspielt. Als er zu Ende war, folgte Frauengeschrei. Etwa zehn Sekunden. Das war's.

Klang eigentlich nicht nach Debbie, aber andererseits hatte ich sie nie schreien hören. Sie war nicht der Typ. Also wählte ich ihre Nummer, und sie meldete sich. Klang so, als wäre alles in Ordnung.

Dann sagte sie: »Ich muß mit dir reden«, und jetzt wußte ich, daß ich Probleme kriegen würde.

»Sollen wir uns treffen?«

»Wenn's dir nicht allzuviel ausmacht...« Okay, also *hatte* ich bereits Probleme.

Wir gingen ins *Pearl* zum Essen. Debbie ließ mich lange zappeln, bevor sie zur Sache kam.

»Willst du mich überhaupt noch sehen?« fragte sie.

»Ja, klar. Was soll der Scheiß?«

Sie sah mich nur mit großen Augen an. War irgendwie niedlich, ihr Blick, aber von messerscharfer Intelligenz.

»Tut mir leid, daß ich dich nicht oft genug angerufen habe«, sagte ich. »Ich rufe dich nicht oft genug an, das wird mir jetzt bewußt.«

»Wie wär's, wenn ich aufhören würde, *dich* anzurufen? Würde dich das vielleicht mehr motivieren?«

»Du hast doch schon aufgehört, mich anzurufen.«

»Nein. Das heißt ja. Aber dadurch hat sich nichts geändert.«

»Da komm' ich nicht mit, Debbie. Das mußt du mir erklären.«

»Ich mag dich, S. T., und ich habe ein paarmal versucht, auf dich zuzugehen. Und jetzt bist du süchtig danach.«

»Was?«

»Du erwartest von mir, daß ich dir nachlaufe. Daß ich aufpasse, wo du bist, dich anrufe, alles organisiere, mich mit dir verabrede. Und wenn wir dann zusammen sind, bist du eklig.«

»Bin ich das?«

»Ja. Du läßt mich auf dich zugehen, und dann tust du so, als wäre es dir nicht recht. Das hab' ich mir auf der Kanadareise ein- oder zweimal bieten lassen, aber das mach' ich nicht mehr. Nie mehr. Wenn du was von mir willst, dann ruf mich an – meine Nummer hast du – und bitte mich gefälligst darum.«

Ich war total geplättet. Es erinnerte mich verdammt daran, wie dieser schlaue Cop Bart und mich an unserem Feuerwerksabend hoppgenommen hatte. Du ziehst durch die Gegend und denkst, dir kann keiner was, du bist ein anonymer Schatten, und dann stellst du fest, daß jemand deine Telefonnummer hat.

Wie die Pöyzen-Böyzen-Fans, diese Arschlöcher, die ich in Zivil wahrscheinlich nicht mal erkennen würde.

»Das bringt mich auf was«, sagte ich. »Ich werde gerade – ja, also irgendwie bedroht von einer Gruppe Satansanbeter. Ich möchte, daß du aufpaßt.«

»Das ist doch ...«, begann Debbie. Dann erhob sie sich und verließ das Lokal.

Ich aß das Fünf-Gewürze-Huhn auf, das sie hatte stehenlassen, und spielte mit meiner Idiotenuhr. Wenn irgendwas auf dem Beziehungssektor spektakulär in die Hose gegangen ist, tut es gut, etwas Technisches zu haben, an dem man rumfummeln kann. Ich programmierte den Wecker darauf, in zehn Tagen loszugehen. Wenn er losging, würde ich Debbie anrufen.

Bis dahin konnte ich eine Menge trinken, über meine Lebensunfähigkeit nachsinnen, ganz schön beschissen vereinsamen und mir Gedanken über diese Pöyzen-Böyzen-Geschichte machen. Als ich wieder zu Hause war, spielte ich das Band noch mal rückwärts ab und löschte es dann.

Für Halbmenschen reagierten sie ziemlich prompt. War ich so leicht aufzuspüren?

Die Sache war nämlich die: Kaum jemand hatte meine Telefonnummer. Vor sechs Monaten hatte ich um 3 Uhr morgens wieder so einen Scheißanruf von irgendeinem GEA-Anhänger bekommen, der gerade in Logan gelandet war, abgeholt werden und einen Freiplatz zum Schlafen haben wollte. Da reichte es mir endgültig. Ich ließ mir eine Geheimnummer geben und verriet sie nicht mal meinem Arbeitgeber. Wenn GEA mich erreichen wollte, mußten sich die Leute was einfallen lassen.

Und damit waren wir bei einem weiteren wunden Punkt. Normalerweise riefen sie Debbie an, und Debbie rief mich an, und sie hatte schon einiges darüber verlauten lassen, daß sie nicht meine Telefondame sei. Wieder ein Beziehungsverbrechen. Und noch ein Grund zum Saufen.

Aber ich wußte immer noch nicht, wie mich die Pöyzen-Böyzen-Fans aufgespürt hatten. Vielleicht arbeitete einer von ihnen bei der Telefongesellschaft. Vielleicht kannte einer von ihnen jemanden, der einen kannte, der Bart kannte.

14

Ich schickte Esmerelda eine Schachtel Pralinen, und sie ging den Index des *Boston Globe* für mich durch und überprüfte alles, was in den letzten drei Monaten unter dem Stichwort »Spectacle Island« angefallen war. Mich interessierte etwas in der Richtung »Spectacle Island; Auflaufen von aufgegebenen Lastkähnen auf«.

Esmerelda wurde fündig, und ich hätte es mir eigentlich selbst denken können. Es war der Hurrikan Alison im Verein mit einem extremen Hochwasser gewesen. Wenn es zu solchen oder ähnlichen Unbilden der Witterung kam, sei es ein Blizzard, sei es eine Hitzewelle, brachte der *Globe* immer riesenlange Artikel, »zusammengestellt aus Berichten von –«, worauf eine Liste von zwanzig Namen folgte. Die Redaktion mußte jedes Übel aufführen, das Massachusetts betroffen hatte, sonst riefen die Leute an, behaupteten, sie seien übergangen worden, und kündigten ihr Abonnement.

Eingesargt in einem dieser Artikel, fand sich ein Abschnitt über einen alten Lastkahn, der, ohnehin zur Verschrottung bestimmt, im Sturm von Winthrop abgetrieben und die ganze Nacht durch den Hafen geschlingert war. War kein allzu großes Problem gewesen, weil bei diesem Wetter keine anderen Fahrzeuge draußen waren. Als das Verschwinden des Kahns bemerkt wurde, hatte er sich bereits auf Spectacle Island in den Dreck gebohrt, wohin er ausgezeichnet paßte.

Dann ging eines Abends der Wecker los, und ich rief Debbie an und erfuhr, daß sie drei Wochen Urlaub in Arizona machte. Also investierte ich eine Menge Arbeit ins Projekt Lobster. Ich wollte das endlich abschließen, verdammt noch mal, und schließlich war Debbie nicht greifbar, und ich hatte kein Lachgas mehr und kein Geld außer für Zeitungen und ein bißchen Flippern.

All die vergammelten Hummer mußten einer recht komplizierten chemischen Analyse unterzogen werden. Dafür brauchte ich Geräte, die GEA nicht hatte, also hatte ich was mit einem Labor in einer der Bostoner Unis arrangiert. Tanya, diejenige, die in Blue Kills die Schnüffler abgehängt hatte und die seit ihrer High-School-Zeit für GEA arbeitete, studierte dort in den höheren Fachsemestern. Sie half bei diversen Projekten mit, und dafür, daß wir sie »ausbildeten«, durften wir an die schlauesten Geräte ran.

Diese Uni hatte ohnehin einen Überhang an den Dingern. Sie hatte soviel Liebe von seiten der großen Firmen an der Route 128 auf sich vereint, daß man hätte meinen können, sie hätte einen Pakt mit dem Teufel geschlossen, ausgehandelt von ihren gewieftesten Juristen. Die High-Tech-Firmen spuckten Unmengen von teuren Apparaten aus, und die Uni mußte hysterische Spendenaktionen für die Errichtung von Gebäuden veranstalten, die groß genug waren, um zu verhindern, daß diese Liebesgaben in den Regen kamen. Man konnte hier durch Kellergeschosse wandern und Analysegeräte finden, die eine halbe Million Dollar kosteten – so effizient und so auf dem neuesten Stand der Technik, daß kein Schwein sie benutzte. Als ich Zutritt zum Labor bekommen hatte, mußte ich nur noch in den Keller steigen, die Handbücher der Hersteller studieren, die Plastikhüllen abziehen und die Dinger kalibrieren.

Und dann ging's los. Tanya oder ich – meistens Tanya – brachen die Hummer auf und suchten erst mal ihre Leber. Egal, ob man ein Mensch oder ein Hummer ist, die Leber filtert die Gifte aus dem Organismus heraus, und deshalb findet man dort die wirklich üblen Sachen. Wir überprüften sie auf eindeutige Zeichen wie Tumoren oder abgestorbenes Gewebe, und den Rest besorgten die fabelhaften Apparate von der Route 128. Sie maßen die Konzentration von diversen Metallen und organischen Schadstoffen, und wir speicherten all diese Daten.

Außerdem standen wir viel herum, scheißnervös, weil Tanya mit Debbie zusammenwohnte, die inzwischen wieder aus dem Urlaub zurück war, und obwohl sie bereit war, mit mir zu arbeiten, hatte ich mir offenbar noch keine Generalabsolution verdient.

Ende August und Anfang September malochten wir zwölf bis vierzehn Stunden am Tag. Ich war mit dem Zodiac draußen und nervte meine Freunde wegen Hummernachschub, und Tanya saß im Keller und knackte die Tiere. Die Uni war nicht weit vom Charles entfernt, also kam ich ein-, zweimal täglich mit dem Zode vorbei, Tanya kam ans Wasser, und wir nahmen die Übergabe vor.

Ich war ein bißchen beunruhigt, als sie ausblieb, aber es wunderte mich nicht. Wahrscheinlich war sie mittendrin in der Arbeit. Ich hing ungefähr eine halbe Stunde im Zode herum. Warum auch nicht? Das Wasser unter mir war zwar dreckig, aber ich befand mich immerhin in einem Park. Nur hatte ich das Warten langsam satt – ich wollte dieses Projekt abschließen, wie gesagt, und deshalb wollte ich schnell damit weiterkommen. Ich vertäute das Zodiac an einem Baum, entfernte den Benzinschlauch und schleppte die Kühlbox landeinwärts. Trottete aus dem Park und auf den Campus.

Unser Labor lag am Ende eines Korridors, der noch nach frischer Farbe roch. Als ich mich dem Labor näherte, wurde der Geruch immer stärker. Es war der Geruch von Sprühfarbe. Und auf die brandneue Labortür war was in Kirschrot geschmiert, noch naß. Ein primitives Pentagramm mit dem Umlautzeichen in der Mitte, darunter das auf den Kopf gestellte Kreuz. Und darüber: SATAN SAGT: HALT DICH DA RAUS, VERDAMMT. Das Labor war dunkel.

Ich berührte nichts. Rannte nach oben in die Eingangshalle und rief bei Tanya und Debbie an.

Debbie meldete sich. Klang irgendwie angespannt, obwohl sie noch nicht wußte, daß ich dran war. »Ja?«

»Leg nicht auf, das ist sozusagen dienstlich. Ist Tanya da?«

»Die kann jetzt nicht ans Telefon kommen. Was habt ihr bloß gemacht, Mensch? Was ist mit ihr los?«

»Das wollte ich dich auch gerade fragen.«

»Warum benimmt sie sich so komisch?«

»Was tut sie denn?«

»Sie ist weinend nach Hause gekommen und gleich ins Bad gerannt. Ich habe gehört, wie sie sich übergeben hat, und jetzt steht sie seit fast einer halben Stunde unter der Dusche.«

»Klingt so, als wäre sie –«

»Nein. Sie ist nicht vergewaltigt worden.«

»Habt ihr trotzdem die Tür abgesperrt?«

»Da kannst du Gift drauf nehmen.«

Ich hängte ein und rannte wieder nach unten. Wer will, kann's total behämmert finden, aber ich habe meistens Gummihandschuhe in der Tasche, weil es zu meinem Job gehört, soviel fiese Sachen anzufassen. Ich zog sie an, bevor ich etwas in diesem Keller berührte.

Gut. Tanya war nicht so durchgedreht gewesen, daß sie vergessen hätte, die Tür abzuschließen.

Keine Kampfspuren. Der Gaschromatograph war noch an.

Ich roch organische Lösungsmittel, genau die Sorte, die zu unserem Leidwesen von den großen Firmen verwendet wird, und noch was: einen öligen, fauligen Geruch, vermischt mit dem Meeresgestank der Hummer. Einige von den Hummern, die mir Gallagher gegeben hatte, hatten so gerochen. Das war auch der Grund dafür gewesen, daß er sie mir gegegeben hatte. Sie waren groß genug zum Verkaufen, aber sie hatten zu sehr gestunken. Sie kamen von der Einfahrt zum Innenhafen.

Ich sperrte die Tür zu. Nur so. Und dachte plötzlich: Moment mal. Tanya war vor einer halben Stunde heimgekommen. Und bis nach Hause brauchte sie mindestens dreißig Minuten. Also war das, was sie so aufgeregt hatte, vor einer Stunde passiert. Aber die Sprühfarbe an der Tür war wesentlich frischer.

Ich machte die Tür wieder auf und sah mir die Geschichte noch mal an. Schludrige Arbeit. Die Graffiti an dem alten Kahn waren sorgfältig ausgeführt. Das hier hatte jemand auf die schnelle gemacht, mit einem Haufen Tropfen und Nasen.

Sprühfarbe ist eine ziemliche Sauerei. Sie erfüllt die Luft mit einem Nebel, der natürlich abwärts sinkt. Auf dem weißen Boden konnte ich einen Farbniederschlag sehen, der mit wachsender Entfernung von der Tür immer schwächer wurde. Direkt davor standen zwei weiße Ovale im Rot – Schatten von den Füßen des Sprayers. Er – es mußte ein Mann gewesen sein, denn die Schatten waren zu groß für Frauenfüße – hatte spitze Schuhe getragen.

Beim Weggehen hatte er etwas Farbe an die Sohlen gekriegt. Die Spuren zogen sich ein gutes Stück den Flur entlang. Sie waren schwach, aber sie stammten offensichtlich von feinen Schuhen.

Charmant. Die Pöyzen-Böyzen-Typen ließen jetzt Yuppies für sich arbeiten.

Was genauso wichtig war: Tanya hatte keine Spuren hinterlassen. Sie war abgehauen, bevor der Sprayer gekommen war.

Ich ging ins Labor zurück. Was hatte sie in die Flucht geschlagen? Etwas, das sie bei der Analyse gesehen hatte?

Was immer es gewesen sein mochte, man sah es nicht auf den ersten Blick. Keine doppelköpfigen Monster, keine Parasiten, die über den Tisch wimmelten. Und das hätte Tanya wohl auch kaltgelassen. Sie war Wissenschaftlerin, sie war Biochemikerin, und sie hatte einer vollständigen Aufzählung meiner Beziehungsverbrechen gelauscht. Nichts konnte sie schrecken.

Sie hatte einen von Gallaghers großen, stinkenden Hummern etwa zur Hälfte zerlegt. Sie hatte Beine und Schwanz entfernt und den Panzer aufgestemmt, um an die Leber ranzukommen. Das Tier lag auf dem Rücken, und der Gestank stieg von ihm auf wie Rauch von einem Feuer.

Hatte sie die Leber rausgenommen? Schwer zu sagen. Irgendwas stimmte hier nicht.

Nein, sie hatte die Leber nicht rausgenommen. War auch kaum eine da. Sie war nekrotisiert – ein hochfeines Wort für schlichtweg verreckt. Im Körper verrottet, und es war nichts übriggeblieben als eine Pfütze schwarzes Zeug, umgeben von gelblichen Bläschen mit irgendwas drin, das ich noch nie in einem Hummer gesehen hatte. Wohl ein Gift. Die Leber hatte sich verzweifelt bemüht, es aus dem Organismus herauszufiltern, und war dabei draufgegangen. Ich griff mir einen Kugelschreiber und stach eins der Bläschen an. Etwas Fettiges quoll heraus, und eine Wolke von dem öligen Geruch segelte hoch.

Es gab einmal eine Firma in Japan, die Reisöl herstellte. Das Reisöl mußte beim Produktionsprozeß über einen Kühler laufen. Mit anderen Worten, es floß zwischen Röhren durch, die mit einer kälteren Flüssigkeit gefüllt waren. Diese kältere Flüssigkeit war ein polychloriertes Biphenyl. Ein PCB.

Wenn jemand Ingenieur ist und mit keiner allzu hohen Intelligenz gesegnet, fällt es ihm leicht, polychlorierte Biphenyle zu lieben. Es sind billige, feste, leicht herzustellende und sehr hitzebeständige Verbindungen. Deshalb nimmt man sie für Kühler und Transformatoren. Und so gerieten sie in diese Maschine in Japan und später, als die Röhren zu lecken begannen, ins Reisöl.

Nun ist Reisöl leider für den menschlichen Verzehr gedacht, und sobald Menschen ins Spiel kommen, sehen die PCBs nicht mehr so gut aus. Wenn wir Roboter wären und in einer Roboterwelt leben würden, könnten wir sie verwenden, ohne Schaden zu nehmen, aber das Problem bei Menschen ist, daß sie viel Fett im Körper haben – und PCBs haben eine häßliche Affinität zu Fett. Sie lösen sich in Fettzellen und bleiben drin. Sie sind mit freien Chloratomen gespickt, die Chromosomenschäden verursachen. Und so geschah es, daß die Stadt Kusho, als dieser Kühler undicht wurde, den Eindruck zu machen begann, eine biblische Plage habe sie heimgesucht. Es wurden Kinder geboren, die winzig klein und am ganzen Leib dunkelbraun waren. Die Leute wurden schwach und schwächer. Sie entwickelten eine recht ekelhafte Hautkrankheit – Chlorakne – und fühlten sich sterbenselend.

Nun war die Plage über den Bostoner Hafen gekommen.

15

Vielleicht fragt sich hier jemand, warum ich, Sangamon Taylor, nicht aus dem Labor rannte und nach Hause eilte und mich wundschrubbte wie Tanya. Hatte nichts mit Männlich/Weiblich oder Mut oder irgendeinem Scheiß in der Richtung zu tun. Es hatte damit zu tun, wie wir uns sahen, sie und ich. Tanya war so rein wie der antarktische Schnee. Sie trug eine Gasmaske, wenn sie radfuhr. Sie war als Vegetarierin auf die Welt gekommen, als Kind von Hippies. Sie rauchte und trank nicht; ihr schlimmstes Laster waren Zuchtpilze aus biodynamischem Anbau. Als sie in diese PCB-Pfütze geschaut hatte, hatte sie wohl eine erste Ahnung von ihrer Sterblichkeit bekommen, und es ist anzunehmen, daß ihr das nicht gefiel.

Wir alle stehen bei unserem Körper in einer Art toxischer Schuld, und früher oder später wird sie fällig. Zigaretten oder ein Job in einer Chemiefabrik treiben diese Schuld in schwindelerregende Höhen. Und obwohl Tanya kaum eine hatte, hatte sie vielleicht, als ihr klar wurde, daß sie PCBs anstarrte, auf ihre Haut brachte und einatmete, das Gefühl, ihre ganze Vorsicht sei für die Katz gewesen. All der Tofu umsonst. Plötzlich war sie so gefährdet wie eine Fixerin.

Ich mache mir keine Illusionen über meine Reinheit. Ich meide die wirklich üblen Sachen. Ich arbeite grundsätzlich nicht mit starken Lösungsmitteln und inhaliere meine Zigarren nicht. Und ich war imstande, diese PCBs halbwegs gelassen zu betrachten und mir zu sagen: Okay, ich bin vergiftet, aber wenn ich das Rauchen aufgebe und ein bißchen mehr radfahre, kann ich diese toxische Schuld vielleicht tilgen.

Rein aus der Luft kriegt man sowieso keine PCB-Vergiftung. Man kriegt sie, wenn man das Zeug frißt.

Bei diesem Gedanken fielen mir Gallagher und seine Crew ein. Die ernährten sich von Hummern. Ich mußte sofort Kontakt zu ihnen aufnehmen. Was nicht weiter schwierig war.

Schwierig war etwas anderes, nämlich die Frage: Wo kamen die PCBs her? Spuren davon fanden sich fast überall. *Basco* hatte eine Menge PCBs in den Hafen eingeleitet. Nur hatte ich das Zeug nie zuvor *gesehen*, sondern mit hochempfindlichen Meßinstrumenten nachgewiesen. Aber dazustehen und zu beobachten, wie es, geschmolzener Butter gleich, aus den Eingeweiden eines Hummers rann – das war ein superbeschissener Alptraum. Jemand mußte das Zeug faßweise in den Hafen gekippt haben.

Aber immer eins nach dem andern. Also schützte ich mich, so gut es ging, und wickelte die Hummer in viele Bahnen aus PCB-undurchlässigem Plastik, kennzeichnete sie als Giftmüll und ließ sie fürs erste da, wo sie waren. Ich scheuerte die Arbeitsfläche, sperrte das Labor zu, ging in ein anderes und spritzte mich gründlich mit einem Schlauch ab. Schließlich kriegte ich Tanya ans Telefon; sie war flattrig wie noch mal was, aber sie lachte wieder ein bißchen. Ich versuchte ihr klarzumachen, daß alles okay war, solange sie sich nicht die Finger abgeleckt hatte, aber mit ihrem Background wußte sie darüber natürlich besser Bescheid als ich. Ich bat sie, mir Debbie zu geben.

»Ja?«

»Es ist was am Laufen. Eine wirklich große Sache. Hättest du Lust mitzumachen?«

»Sicher.«

»Und irgendwann – das heißt, wenn ich Zeit habe – würde ich dich gern, sehr gern – noch viel lieber, als ich's in einer Telefonzelle sagen kann – zum Essen einladen oder so.«

»Du hast meine Nummer«, sagte sie.

Und du meine, hätte ich sagen können, aber ich verkniff es mir. Und was jetzt? Wie sollte ich ihr diese Pöyzen-Böyzen-Geschichte erklären?

»Hast du in letzter Zeit komische Anrufe bekommen?«

»He – warst *du* das?«

»Was?«

»Hast du unseren Anrufbeantworter mit dieser gräßlichen Musik vollgespielt?«

»Nein. Das – das waren so ein paar Arschlöcher. Heavy-Metal-Fans.«

»Und was wollen die?«

Tja. War eine verdammt gute Frage. Was wollten sie? Wenn sie mir angst machen wollten – das hatte funktioniert. Aber wozu wollten sie mich damit kriegen? Psychoterroristen können so unkonkret sein.

»Sie sind wegen irgendwas sauer. Hat mit Spectacle Island zu tun. Und mit dem Labor.«

»Drogen?«

»Das wird's sein.« Spectacle Island – besonders dieser alte Kahn – war doch ideal zur Drogenherstellung. Eine herrlich gottverlassene, polizeifreie Ecke, nur ein paar Minuten von der City entfernt.

Bart hatte gesagt, PCP –Phencyclidin – sei der letzte Schrei bei den Pöyzen-Böyzen-Dusseln. Es war relativ leicht herzustellen.

Und jetzt hatten die Typen Angst, ich könnte ihnen auf die Schliche kommen durch den Geruch der Abfälle, die dabei entstanden. Kein Wunder, daß die Typen nicht wollten, daß ich auf Spectacle Island Proben zog.

»Weißt du, was passiert sein könnte?« fragte ich. »Am Ende haben diese armen Idioten irgendwie gehört, daß ich immer hinter PCBs her sei, und jetzt glauben diese Analphabeten, ich hätte es auf PCP abgesehen!«

»Toll. Dann ist also eine Bande von Sniffern hinter dir her?«

»Nein. Sie ist hinter *uns* her.«

Es wäre das beste gewesen, sie zu beruhigen, aber das tat ich nicht. Ich wollte, daß Debbie und Tanya genausoviel Schiß hatten wie ich, denn dann würden sie vorsichtig sein. »Paßt gut auf euch auf. Und jetzt muß ich was tun. Tschüs.«

Ging zu einem Geldautomaten und hob hundert Dollar ab. Rief Bartholomew an und sagte ihm, wo ich hinwollte – für alle Fälle. Und hatte eine Idee.

»Was hältst du davon, Pöyzen-Böyzen-Fan zu werden?«

»Muß ich sowieso, Amy ist einer.«

»Oh.« Amy war Barts neue Freundin. Ich war ihr noch nicht persönlich begegnet, aber ich hatte sie nachts im Zimmer nebenan gehört; die zweitlauteste Kopulateurin, die ich je vernommen hatte.

»Ja. Kennt ihr euch schon?«

»Indirekt. Dann zieh mit dem harten Kern durch die Gegend, wenn sich's machen läßt, okay? Mit den Teens, meine ich. Mann, ich bin sogar bereit, dich zu subventionieren.«

»Du kennst die Pöyzen-Böyzen-Teens nicht. Das sind Küchenschaben auf zwei Beinen.«

»Dann nimm ein gutes Insektenvertilgungsmittel mit.«

»Wir werden sehen.«

Dann machte ich mich auf den Weg zum Fenway Park. Es würde bald dämmern, der Wind frischte auf, und dahinter kündigte sich etwas Kaltes und Nasses an. Das Baseballspiel würde wahrscheinlich vor dem siebten Inning abgebrochen werden müssen. Heute abend würde es noch regnen wie der Teufel – der erste Nordoststurm dieses Herbstes.

Kurz vor dem Fenway Park kam ich wieder an einer Telefonzelle vorbei, sah die Seiten des Telefonbuchs im Wind flattern und erinnerte mich an Dolmacher, den früher bei *Basco* und gegenwärtig bei der *Basco*-Tochter *Biotronics* Beschäftigten. Er war inzwischen mein Hauptverdächtiger. »Ich stehe im Telefonbuch«, hatte er gesagt. Also schlug ich nach. Mir war verdammt klar, daß er mir nichts verraten würde, aber wenn ich ihn frontal angriff und er nicht ausfällig wurde, wußte ich, daß er nichts wußte. Wenn er dagegen in den Adrenalin-Schnellgang schaltete, wußte ich, daß *Basco* etwas mit der Sache zu tun hatte. Ich warf zehn Cent ein und ließ es zwölfmal läuten.

»Hallo?«

»Hallo Dolmacher, hier S. T.«

»*Hi!*« Er klang rasend vergnügt, und rasend vergnügt war Dolmacher fast unerträglich. Es hieß, daß seine Arbeit wie geschmiert lief. »Ich bin eben vom Job nach Hause gekommen, S. T.«

»Dolmacher, eine Frage. Warum ist der Hafengrund vor dem Castle Island Park heute abend so eine sagenhafte PCB-Kloake?«

Er lachte. »Du nimmst zuviel halluzinogene Alkaloide, Sangamon. Such dir lieber einen richtigen Job.«

Ich legte auf – er hatte keine Ahnung. Dann kaufte ich eine Karte für die unüberdachte Tribüne und rannte zur dunklen Seite des Stadions.

Ein Giftverbrechen war begangen worden. Ich hatte Zeugen, und ich kannte den Tatort. Die Zeugen saßen auf der unüberdachten Tribüne, und der Tatort war unter Wasser. Erst mußte ich die Zeugen sprechen, und es war leicht, sie zu finden. Wie Delphine kommunizieren die Hiesigen mit hohem Sonar: »Ööiii, Mark! Nach 'm Spiel schlucken wir noch ein'!«

»Mr. Gallagher«, sagte ich.

»Oi, S. T.! He, Leute, kuckt mal, wer da ist. Unser Umweltschützer!«

»Oi, S. T., wie geht's?«

»Scheißspiel, was, S. T.?«

»Hört zu, Leute. Die Hummer. Diese öligen Hummer. Die habt ihr doch nicht gegessen, oder?«

»Klar nicht. Einmal versucht, aber die schmecken so fies, daß dir's wieder hochkommt. Wann machst du da was, S. T.? Die ganze Ecke hier, die ist jetzt für 'n Arsch.«

S. T., wann stoppst du die Umweltverschmutzung? »Was für eine Ecke?«

Gallagher blickte in die Runde seiner Kumpel, und sie warfen annähernde Ortsbestimmungen aus: »Gleich da draußen.« – »Südlich vom Airport.« – »Nördlich von Spectacle Island.« – »Direkt vor Southie.«

»Seit wann?«

»Ein, zwei Monate.«

»Hören Sie, Rory. Ich muß Ihnen was sagen. Ich weiß, daß ihr manchmal denkt, ich bin nicht ganz dicht, aber diese Hummer sind gefährlich. Ich spreche nicht davon, daß ihr vielleicht in zwanzig Jahren mal Krebs kriegen könnt, ich spreche davon, daß ihr nächste Woche abkratzen könnt. Eßt diese Hummer nicht. Sagt den anderen Hummerfischern Bescheid. Sagt ihnen, daß sie da nichts mehr fangen sollen.«

Gallagher nahm mich ernst, bis ich zum Schluß meiner Rede kam. Hier wurde sein Gesicht noch röter, falls das überhaupt möglich war, und er lachte. »Mann, S. T., da fischt im Moment sowieso kein Schwein. Die haben alle gemerkt, was los ist. Aber das ist 'n großes Gebiet, und ich kann das nicht machen, daß ich den Leuten sage, da laßt die Finger von.«

Das Flutlicht im Stadion ging an. Ich wußte, daß Gallagher recht hatte. Er konnte nicht persönlich für ein Embargo des halben Hafens sorgen. Vielleicht gelang es mir, zu den Behörden durchzudringen. Letztesmal hatte ich mich dafür als Weihnachtsmann verkleiden müssen. Wie sollte ich es diesmal schaffen? Als Thanksgiving-Truthahn?

Ich stand mit dem Rücken zum Spielfeld, einen Fuß auf der

Bank. Neben mir drängelte ein Brocken von Mann, der vorbeiwollte, also trat ich zurück, und er quetschte sich durch. Noch war es heiß, und er trug kein Hemd. Das war irgendwie ungut, weil er eine Hautkrankheit hatte.

Nun haben viele Leute Hautkrankheiten. Besonders hellhäutige Typen, die sich ihr Geld damit verdienen, daß sie in der prallen Sonne auf Booten arbeiten. Dieser Mann, der sich neben Rory setzte, war mit Mitessern übersät, so dicht beieinander, daß es wie ein Fünfuhrbart aussah. Ich bemühte mich sehr, ihn nicht anzustarren, aber das hilft nichts, wenn die Person, die man anstarrt, ein bißchen empfindlich ist.

»Is was?« fragte er.

»Nee. 'tschuldigung.«

Was sollte ich machen? Mir eine genaue Untersuchung im Flutlicht ausbitten? Der Mann hatte eine Dose Bier in der Hand, und ich sah, daß er einen Ehering trug.

»Nicht vergessen, Rory«, sagte ich so laut, daß der Mann es hören konnte. »Die öligen Hummer. Die sind schieres Gift. Besonders für Kinder und Schwangere. Schmeißt sie weg und schiebt euch statt dessen einen Big Mac rein. Wenn ihr zuviel Hummer eßt, kriegt ihr überall Pickel. Fängt mit Mitessern an, und von da an geht's bergab.«

Ich drehte mich um und ging. »Was sabbelt der da?« sagte der Mann mit der Chlorakne.

Es wurde Zeit, die PR-Maschine von GEA anzuwerfen, meine Kontaktleute bei den Medien anzurufen und Krach wegen der öligen Hummer zu schlagen. Mußte auch jemanden aus dem Gesundheitswesen informieren. Vielleicht konnte Dr. J. die Botschaft bei den Medizinern verbreiten. Ich klingelte die Notaufnahme an.

»Was gibt's Neues?« fragte er.

»Chlorakne.«

»Brr!«

»Halt die Augen offen. Sag es deinen Kollegen. Fischer, Leute aus Südostasien, alle, die Fisch aus dem Hafen essen.«

»Wo kommt das her?«

»Weiß ich nicht. Aber ich werde die Schuldigen finden, und ich werde sie schlachten.«

»Gewaltfrei.«

»Natürlich. Ich muß jetzt aufhören.«

»Danke für den Tip, S. T.«

Als ich wieder beim Zodiac war, setzte ich den Benzinschlauch ein. Dann sauste ich zum MIT-Kai, machte fest und joggte zum Büro.

Kein Mensch da. Vielleicht waren sie beim Sox-Spiel – auf besseren Plätzen. Ich schnappte mir den Tauchanzug und eine Sauerstoffflasche, Probengefäße – Erdnußbuttergläser – und einen lichtstarken Prismenfeldstecher. Bis der Regen kam, mußte das Licht, das von der Stadt ausging, zur Orientierung reichen. Nahm außerdem einen großen Elektronenblitz mit, den wir einfach deswegen haben, weil er ungemein hell und irritierend ist, und auf dem Rückweg zum Zode kaufte ich zwei Portionen Gyros und einen Sechserpack Bier.

Als ich dann auf dem Wasser zwischen Spectacle Island und South Boston war, war der Himmel im Osten blau und im Westen schwarz. Ich wollte keine Zeit verschwenden. Ich war saumüde, mutterseelenallein, der Wind frischte auf, die Temperatur ging zurück, und unter mir war ein Meer von Gift. Ich zwängte mich in den Darth-Vader-Anzug, zog die Maske übers Gesicht, machte den Elektronenblitz an und tauchte.

Diese Art Arbeit ist ungemein lästig, und Proben direkt vom Meeresgrund zu nehmen ist wirklich das allerletzte Mittel. Daher Projekt Lobster. Ich hatte gehofft, daß die Hummer mir zeigen würden, wo ich meine Bemühungen konzentrieren mußte. Heute nachmittag hatte es sich ausgezahlt, und jetzt mußte ich es eben bis zu Ende durchziehen.

Es war nur schwierig, sich vorzustellen, daß der Hummer gerade hier soviel PCBs abbekommen hatte. Wenn er sich in Ufernähe aufgehalten hätte, bei einem Betrieb oder unter einem Abflußrohr von Basco, hätte ich's kapiert. Aber hier war nichts.

Als ich jedoch an den Tatort kam und ein bißchen rumleuchtete, wurde ich daran erinnert, daß »nichts« ein sehr relativer Begriff ist. Ich stand am Sockel von Spectacle Island, blickte um mich und sah so ziemlich alles, von der Cola-Dose bis zum gesunkenen Trawler. Wenn ich stundenlang den Grund absuchte, würde ich vielleicht eine Garnitur anonyme 55-Gallonen-Fässer von einer Firma entdecken, die nicht wußte, wohin mit ihren PCBS. Wenn ich es dann auch noch schaffte, diese Firma aufzuspüren, konnte ich bald ihr Logo an den Bug meines Zodiac pinseln. Da waren schon zwei, und ich war ganz wild drauf, einen Hattrick zu landen.

Aber auf fünf Meter im Umkreis standen keine Fässer herum, und dies war nicht die Zeit für eine großangelegte Suche, also nahm ich mit einem Erdnußbutterglas etwas Dreck vom Grund auf. Schraubte den Deckel zu, leuchtete die Probe an und sah ein Kondom. Mit Reservoir, genoppt und gebraucht.

Ein Fetzen Latex konnte die ganze Probe versauen. Ich kippte sie weg, zog eine neue, mit der ich mehr Glück hatte, und schwamm nach oben. Ich war seit 7 Uhr morgens unterwegs und sehnte mich nach einem bißchen stinknormaler Entspannung.

Ein Onkel von mir ist in New York aufgewachsen. Er hat mir oft vom Kondomtauchen im Hudson erzählt. Wenn man da an einer bestimmten Stelle runterschwamm, konnte man sie vom Flußbett auflesen. Sie wurden getrocknet, aufgerollt und für fünf Cent verkauft. Das war während des Krieges, und die Nachfrage war groß, weil ziemlich viele Matrosen in New York rumschwirrten.

Als Teen überlegte ich mir, wie diese Kondome in den Hudson gekommen waren. Zogen die Matrosen ihre gebrauchten Kondome ab, fuhren mit dem Bus zur West Side und schmissen sie alle an derselben Stelle ins Wasser? Nein. Als ich an meinen jetzigen Job geriet, konnte ich's mir erklären. Die Matrosen spülten ihre Kondome die Toilette runter in die Kanalisation. Die meisten von unseren älteren Städten werden nach dem

Mischverfahren entwässert – das heißt, *ein* Kanalnetz leitet menschliche Ausscheidungen, Regen und Industriedreck ab.

So ein Kanal ist ein System von Rohren, ein künstlicher Fluß mit Nebenflüssen und einer Mündung, sprich Auslaß. Und ein Rohr kann – wie ein Fluß – nur soundsoviel aufnehmen. Dann läuft es über.

Das passiert nicht bei Kanälen, die nur Haushalte oder Industriebetriebe entwässern, weil die Einleitungen konstant und vorhersagbar sind. Anders verhält es sich mit Regenabläufen. Man nehme zum Beispiel den heutigen Abend.

Als ich an die Wasseroberfläche kam, pißte es. Mein Zode schlingerte wie verrückt in zwanzig Meter Entfernung. Als ich reingeklettert war, goß es wie aus Kübeln.

Der Regen fiel über ganz Boston, strömte in die Kanalisation und auf den Hafen zu. Und wenn genug davon fiel, würden die Kanäle überlaufen.

Nach starken Niederschlägen sprudeln manchmal wahre Dreckgeysire aus den Einstiegsschächten in Boston Mitte. Das ist ein Beispiel für den Überlauf beim Mischverfahren. Normalerweise hat man das unter Kontrolle. Die Fachleute wissen, daß so was vorkommt, und deshalb gibt es auf der ganzen Länge des Ufers Notauslässe. Wenn in den Kanälen zuviel abfließt, laufen die Notauslässe direkt in den Hafen und in den Charles über. Allerdings kommt aus ihnen nicht nur Regen. Industrie- und Hausabwässer werden ja über dasselbe Netz abgeführt, also kommt alles zusammen raus. Wenn es wirklich schlimm wird und nicht mal die Notauslässe genug ausspucken können, beginnen die Einstiegsschächte zu sprudeln.

In der Nähe vom Castle Island Park war ein Notauslaß. Darum hatte ich mitten im Hafen ein Kondom gefunden. Am Hudson gab es wahrscheinlich auch so einen Notauslaß oberhalb der Kondomtauchgründe meines Onkels. Er hatte freilich keine Tauchausrüstung. Er schwamm mit offenen Augen durch die ungeklärten Abwässer. Er muß das Immunsystem von zehn Pferden gehabt haben.

Ich tuckerte durch den Regen zum Jachtclub zurück, kämpfte auf dem ganzen Weg gegen große Brecher an.

Die Sicht war bei Null. Und so war ich ziemlich überrascht, als ich, knapp hundert Meter von der Stelle entfernt, an der ich getaucht war, plötzlich etwas Großes, Glänzendes, Blaues vor mir hatte. Es war ein Boot, ein Rennboot. Still und dunkel lag es da. Ich hatte es kaum gesehen, als auch ich gesehen wurde, und schon gab es ein gewaltiges WWWRUMM, gefolgt von einem zweiten. Die Motoren wurden angeworfen, und der Sturm wurde überbrüllt vom Lärm von 1000 PS. Der Bug stieg empor wie ein Raumschiff, und das Boot verschwand in der Nacht. Keine Positionslichter. Die einzigen Beweise dafür, daß es dagewesen war, waren eine tosende, schäumende Bugwelle, die mich ein paar Sekunden durchbeutelte, und ein hochtouriges Dröhnen, das rasch verhallte.

Auf dem Rückweg ging's mir dann auf: eine Cigarette, zehn Meter lang. Dieselbe, die ich zuvor im Mystic hatte dümpeln sehen. Jawohl, ich *wurde* beobachtet. Wie der Mann in diesem blöden Witz sagt: Bloß weil ich paranoid bin, heißt das nicht, daß nicht alle hinter mir her sind.

Eine Sekunde lang wollte ich dem Boot nach, wollte feststellen, ob es irgendwelche Kennzeichen hatte. Dann wurde mir klar, warum sich die Leute die Mühe machten, hier oben im Land der Banker-Schaluppen und schlingernden Trawler ein hochfrisiertes Rennboot einzusetzen, einen Penis mobilis aus Miami. Warum sie ihm 1000 PS aufgepackt hatten, obwohl es in keiner Weise dafür gedacht war. Sie setzten diese Cigarette ein, weil sie das einzige Boot im Hafen war, das ich mit meinem Zodiac nicht einholen konnte.

Oder anders betrachtet, das einzige Boot, vor dem ich nicht abhauen konnte. Aber das ging mir erst ein paar Stunden später auf, als ich schon im Bett lag.

Im Jachtclub duschte ich, setzte mich dann nach draußen unter eine Markise, wartete darauf, daß Bart mich abholte, und beobachtete, wie der Wind die Regenschirme von Yuppies ruinierte. Ich war fix und fertig. Aber ich schaltete nicht ab. Wenn irgendwelche satansverehrenden Heavy-Metal-Freaks einem was antun oder einen killen wollten, wie würden sie dann vorgehen? Ein paar gute alte Schrotflintenschüsse würden ihnen nicht genügen. Sie würden einen irgendwohin schaffen, ein Ritual daraus machen wollen. Zum x-ten Mal in meiner sogenannten Karriere spielte ich mit dem Gedanken, mir eine Kanone zuzulegen. Aber Kanonen sind tückisch, und das Zielen ist nicht meine Stärke. Chemische Kriegsführung, das war es – etwas wirklich Abscheuliches, mit dem ich alle bremsen konnte, die hinter mir her waren.

Ich hatte schon eine Idee: 1,4-Diaminobutan, auch Putreszin genannt, jene nicht zu überriechende Duftnote, die verwesenden Leichen eigen ist. Ich konnte einen ganzen Schwung davon herstellen und immer eine Kleinigkeit bei mir tragen. Im Falle eines Falles würden es sich meine Gegner zweimal überlegen, ob sie mich angreifen sollten.

Bart fuhr vor, ließ ein Pöyzen-Böyzen-Band dröhnen, und ich praktizierte auf dem Heimweg Wechselatmung – ein halber Zug Luft, ein halber Zug Lachgas. Rief bei Debbie und Tanya an, um mich zu vergewissern, daß alles okay war. Tanyas Freund hatte sich bei ihnen einquartiert. Er übte sich in einer Kriegskunst, die irgendwas mit Samurai-Schwertern zu tun hatte, also war mir wohler. Ich duschte noch mal und fing dann an zu saufen. Bart und ich saßen im Wohnzimmer und schauten bis 2 Uhr früh die Stooges an. Dann kam, glaube ich, noch Amy rüber. Weiß es nicht genau, weil ich sie kein einziges Mal ächzen, stöhnen und kreischen hörte. Auch Roscommon kam irgendwann vorbei und streifte Barts Transporter.

Am nächsten Morgen fuhr ich mit der U-Bahn zur Uni, rannte ins Labor, sperrte die Tür zu und analysierte meine Probe. Sie strotzte nur so von PCBs. Die Konzentration war hundertmal höher als die schlimmste, die je im Bostoner Hafen gemessen worden war. Die Hummer, Gallagher, Tanya und ich hatten eine toxische Katastrophe entdeckt.

16

Ich dachte mir: Scheiße. Die Mafia. Ich hab's mit der Mafia zu tun. So eine Unverfrorenheit sähe ihr ähnlich: mit ein paar PCB-Fässern in den Hafen rausfahren und sie einfach über Bord kippen.

Ich wollte der Mafia aus zwei Gründen nicht ins Gehege kommen. Der erste liegt auf der Hand. Der zweite ist der, daß ich nichts gegen sie ausrichten kann. Ich setze große Firmen unter Druck, indem ich ihr Image ankratze. Ich lasse sie kriminell aussehen. Bei der Mafia bringt dieser Ansatz nicht so furchtbar viel. Und ansonsten haben wir bereits Cops, die sie bekämpfen. Nicht nur EPA-Bürokraten. Nein, richtige Cops mit richtigen Kanonen. Sie hatten ihre Sache in letzter Zeit recht gut gemacht, und sie brauchten meine Hilfe nicht.

Wenn es wirklich die Mafia war, ging sie ungewöhnlich zart vor. Die Typen mit der Cigarette hatten sich erst vor mir versteckt, dann waren sie abgehauen. Inzwischen hätte ich mindestens einen Pferdekopf in meinem Bett finden müssen. Warum so zimperlich?

Ich mußte wohl oder übel glauben, daß sie mich warnen würden, bevor sie mich umlegten. Wenn sie's taten, würde ich das Ganze vergessen. Vielleicht ein paar düstere Statements über Hummer aus dem Hafen machen, aber keinen Ärger. Wenn ich nichts von ihnen hörte – ja, dann wurde es interessant.

Am Anfang war GEA nicht gerade vorsichtig. Man nahm, was man kriegen konnte, und ging damit an die Öffentlichkeit. Aber ich habe leider diesen wissenschaftlichen Background und von daher ein paar Angewohnheiten, die ich nicht ablegen mag. Ich trete erst an die Medien heran, wenn ich haufenweise Informationen habe. *Ein* mit Dreck gefülltes Erdnußbutterglas genügt mir nicht.

Ich brauchte sehr viel mehr Proben und einen Überblick über die Verteilung der PCBs auf dem Hafengrund. Auch eine Menge verseuchter Hummer zum Einfrieren und zur späteren Demonstration. Aber ich konnte schon mal diskret bei den Medien vorfühlen. Also rief ich Rebecca von der *Weekly*, den Umweltreporter des *Globe* und einen freien Journalisten an, der sich seit drei Wochen von Makkaroni mit Käse ernährte.

»Ich bin ziemlich intensiv mit deinem Freund Pleshy beschäftigt«, sagte Rebecca.

»Mit Alvin?«

»Ja. Du weißt doch, er fängt gerade mit seinem Wahlkampf...«

»Scheiße! Wenn ich diesen miesen kleinen Kacker bloß...«

»Hör zu, S. T. Für dich mag er ein unbedeutender Lokalmatator sein, aber andere finden, daß er nationale Bedeutung hat. Um den wimmeln die Leute vom Secret Service in Dreierreihen herum. Du wirst ihm doch nicht auf den Pelz rücken wollen?«

»Weiß ich noch nicht. Vielleicht kann uns Boone einen Raketenwerfer leihen – ach, fast hätte ich's vergessen. Dieser Anschluß wird abgehört.«

Als mein Telefon frisch verwanzt war, unternahm ich alle möglichen Verrenkungen, um keine Reizworte wie »Munition« oder »Sprengkapsel« zu gebrauchen. Aber nach ein, zwei Jahren sagte ich mir: Ist drauf geschissen. Das arme Schwein, das sich anhören mußte, wie ich mit Esmerelda über ihre Enkelkinder plauderte, mit meinen Leuten zu Hause laut darüber nachdachte, welchen Film wir anschauen sollten, und Reportern den Unterschied zwischen Dioxin und Dioxan erklärte – das arme Schwein langweilte sich bestimmt halb tot. Also warf ich von Zeit zu Zeit eine Bemerkung über Uzis oder eine Lieferung sowjetischen Plastiksprengstoffs ein, um ein bißchen Würze in seinen Alltag zu bringen.

Es heißt, daß die Leute, die sich ihre Kohle mit dem Abhören von Anschlüssen verdienen, alle fünfunddreißig Jahre alt sind und noch bei ihrer Mami wohnen. Dieses Bild hatte ich vor Augen. Ein früh kahl werdendes, von Rettungsringen umgebenes Bleichgesicht mit Nickelbrille, das am Schreibtisch saß, mein

Leben überwachte und sich Sorgen wegen des Vergasers seines Chevette machte. Es war mir egal, was der Typ hörte, denn wenn er immer noch nicht kapiert hatte, daß ich kein Terrorist war, würde er's nie kapieren.

»Ich habe einen Vorschlag, S. T.«, sagte Rebecca. »Pleshy ist für die Demokraten die große Hoffnung mit der blütenweißen Weste, stimmt's? Aber du scheinst der Meinung zu sein, daß seine Vergangenheit in puncto Umwelt nicht ganz so blütenweiß ist.«

»Den Eindruck hast du, ja?«

»Deshalb möchte ich dich als Experten zu Wort kommen lassen. Sangamon Taylor über Alvin Pleshy. Auf der Titelseite. Wäre im wesentlichen eine Art Dossier. Du würdest seine Karriere bei *Basco* unter die Lupe nehmen, dann seine politische Karriere, und kritisieren, was er mit der Umwelt veranstaltet hat.«

»Sehr verlockend. Aber da bin ich skeptisch. Weißt du, was passieren wird?«

»Was denn?«

»Seine Karriere bei *Basco* wird, milde gesagt, etwas anrüchig sein. Die Vietnam-Phase, verstehst du, als er praktisch Staatssekretär für Napalm war. Aber das war alles in den fünfziger und sechziger Jahren. Wenn wir zum politischen Teil kommen, wird er als mustergültiger Vertreter der demokratischen Parteilinie dastehen. Da ist es dann egal, was er hinter den Kulissen bei *Basco* angestellt hat. Ich werde also sagen müssen: ›Tja, er hat für den Clean Water Act gestimmt und damit für sauberes Wasser. Das ist löblich. Und für ein echtes Naturschutzgebiet in Alaska. Das ist ebenfalls löblich.‹ Stinklangweilig, mit anderen Worten.«

»Wenn so ein Widerspruch da ist, können wir ihn doch hochspielen. Dann sagen wir: ›Er hat dann und wann für die richtigen Dinge gestimmt, aber seht euch an, was er in Vietnam gemacht hat.‹ Wie findest du das?«

»Ich versuch's mal. Aber ich hab' nicht soviel Zeit, daß ich alles recherchieren kann, was er vor dreißig Jahren gemacht hat.«

»Mußt du auch nicht, S. T. Daran arbeitet jemand für uns in der Bibliothek.«

»Aha. Dann sag ihm, er soll mal mit...«

»Esmerelda reden. Schon passiert. Aber es ist kein Er, sondern eine Sie. Eine Volontärin.«

»Dann verzeih mir meinen Sexismus. Ich muß jetzt aufhören, Rebecca.«

»Tschüs, S. T. Und vielen Dank.«

Ich ging ins Labor und synthetisierte ein paar Liter Diaminobutan. Das war mehr als genug – mit soviel Putreszin konnte man ganz Boston unbewohnbar machen. Aber ich malte mir mögliche Verwendungszwecke dafür aus. Ich synthetisierte es mit der gebotenen Umsicht in einem geschlossenen Reaktor, sonst hätte die Uni das Gebäude nach Fertigstellung der Substanz sprengen müssen. Füllte sie in Gefäße und packte sie vorerst in einen billigen Blechsafe in meinem Büro. Ich betete darum, das FBI möge hier wieder mal reinplatzen und meine Sachen durchwühlen. Dann steckte ich noch für alle Fälle ein Gläschen in meine Tasche. Wäre effektiver gewesen, wenn ich es in Barts riesengroße Wasserpistole getan hätte, die einer Uzi zum Verwechseln ähnlich sah – aber das konnte gefährlich werden.

Einer von den Tauchern aus Boston machte Urlaub in der Karibik, also rief ich beim nationalen Büro an, und sie überredeten Tom Akers dazu, noch mal herzukommen.

Ich holte ihn vom Logan Airport ab. In der Lounge entspannte ich mich zum ersten Mal seit Beginn dieser Pöyzen-Böyzen-Geschichte. Hier gab es keine Heavy-Metal-Sniffer.

Dann dachte ich an die Fußspuren auf dem Flur: feine Schuhe. Die Operation konnte nicht nur von kaputten Typen durchgeführt werden. Man brauchte Kapital für ein PCB-Labor und ein bißchen Sachkenntnis. Irgendwo im Hintergrund mußten sich höhere, anzugtragende Chargen rumdrücken. Ich konnte nur vermuten, was das für Typen waren. High-Tech-Yuppies vielleicht. Leute, die was von Chemie verstanden. Oder die Mafia.

Zu Hause setzten wir uns dann mit einem Sechserpack Bier an den Tisch. »Du kannst uns in zwei Punkten helfen«, sagte ich zu Tom. »Erstens, indem du Proben vom Grund holst.«

»Ich dachte, das hättest du schon gemacht, Mann.«

»Ich habe eine einzige Probe und ein paar ölige Hummer. Aber wenn ich den Krach schlagen möchte, den ich schlagen will, brauche ich mehr. Mindestens ein Dutzend Proben, besser noch vierzig bis fünfzig, damit ich zeigen kann, wie die PCBs verteilt sind.«

»Einmal ist genug. Ich hatte in Vietnam Chlorakne, und das reicht mir.«

»Damit komme ich zum zweiten Punkt. Du kannst als Zeuge für uns auftreten. Als Opfer derselben Vergiftung.«

Tom zog die Stirn kraus und schüttelte den Kopf. Dann trank er sein Bier auf einen Zug aus. Das Thema, das ich da zur Sprache gebracht hatte, trieb seinen Alkoholkonsum schlagartig in die Höhe. »Ist nicht dieselbe Vergiftung, Mann. Bei mir war's Agent Orange. Und du redest von PCBs.«

Für Tom und die meisten Menschen war Agent Orange tatsächlich etwas völlig anderes als PCBs. Aber das Grundproblem war das gleiche, und ich würde das in einer Pressemitteilung erklären müssen. Das Ganze wuchs sich zur Papierschlacht aus, und ich würde mehr Zeit am Schreibtisch als in meinem Zodiac verbringen müssen.

»Erklär mir das mal«, schlug Tom vor.

»Okay. Also, zuallererst: Das wirklich Üble an Agent Orange war nicht die Substanz selbst. Es war eine Verunreinigung mit Dioxin, die sich beim Produktionsprozeß eingeschlichen hat. Und genau das hattest du, eine Dioxinvergiftung. Dioxin ist eine Abkürzung. Die vollständige Bezeichnung ist 2,3,7,8-Tetrachlordibenzo-p-Dioxin. Auch unter dem Namen TCDD bekannt.«

»Das sagt mir nichts, Mann.«

»Sekunde noch. TCDD gehört zu einer Gruppe ähnlicher Verbindungen, die man als polychlorierte Dibenzodioxine bezeichnet.«

»Und die sind mit den polychlorierten Biphenylen verwandt?«

»Mehr oder weniger. In beiden Fällen hast du einen Haufen Chloratome – daher der Name ›polychloriert‹ – und eine organische Struktur, an die sie angelagert sind. Im einen Fall handelt es sich um ein Biphenyl, im andern um ein Dibenzodioxin. Weißt du, was ein Benzolring ist? Hast du ein bißchen Ahnung von Chemie?«

»Scheißwenig.«

Ich sah mich nach sechs ähnlichen Objekten um, aus denen ich einen Ring bauen konnte. Mußte nicht lange suchen. Sie standen direkt vor mir. »Ein Benzolring ist ein Sechserpack aus Kohlenstoffatomen. Der Sechserpack wird zusammengehalten von diesem kleinen Plastikring. Der ist wie ein Benzolring. Er ist stabil. Er ist stark. Der Sechserpack bleibt zusammen. Kostet dich einige Mühe, eine von den Dosen rauszuziehen. Es gibt zwei Arten davon: Benzole und Phenyle. Beides Sechserpackringe, nur daß das Phenyl ein Wasserstoffatom weniger hat.«

»Okay.«

Ich ging in die Küche und holte einen anderen Sechserpack aus dem Kühlschrank. »Wenn du zwei Sechserpacks zusammenstellst, hast du einen Zwölferpack. Wenn die Sechserpacks Phenyle sind, nennt man das ein Biphenyl. Wenn die Sechserpacks Benzole sind, nennt man es ein Dibenzodioxin – weil die Verbindung zwischen den Sechserpacks durch zwei Sauerstoffatome hergestellt wird. Aber im wesentlichen ist es einem Biphenyl ähnlich. Also sind polychlorierte Biphenyle und polychlorierte Dibenzodioxine strukturell ähnliche Verbindungen.«

»Und diese Sechserpackdinger sind das Giftige daran?«

»Nein. Das Chlor.«

»Scheiße. Das kapier' ich nicht. Dann müßtest du doch Chlorakne kriegen, wenn du in einen Swimmingpool steigst, oder? Der ist voll Chlor. Und Trinkwasser ist auch voll Chlor, Mann.«

»Ja. Deshalb trinken bei GEA fünfzig Prozent der Leute Naturbrunnen. Weil sie mal was von Chlor haben läuten hören, aber keinen Dunst von Chemie haben.«

Tom sah den Salzstreuer auf dem Tisch, lachte und ließ etwas Salz auf die Platte rieseln. »He! Natriumchlorid, stimmt's? Ist das nicht auch im Meer? Vielleicht bin ich deswegen krank geworden. War gar nicht Agent Orange, Mann, es war das Salz im Meer.«

»Okay. Du fragst mich: Warum ist Chlor in Dioxin so unglaublich giftig und in Tafelsalz nicht?«

»Ja.«

»Aus zwei Gründen. Liegt erstens an dem, womit es sich verbindet. Die Biphenyl- und die Dibenzodioxin-Struktur – die Zwölferpacks – lösen sich leicht in Fett. Wenn sie einmal in deinem Fettgewebe sind, gehen sie nie mehr raus. Das ist die erste üble Sache. Die zweite ist, daß das Chlor da drin in kovalenter Form enthalten ist. Es hat die normale Zahl von Elektronen. Im Salz dagegen ist es in ionischer Form enthalten. Es hat noch ein zusätzliches Elektron. Der Unterschied ist der, daß kovalentes Chlor leichter Verbindungen eingeht. Es hat diese großen Elektronenwolken, die deine Chromosomen versauen können. Und es kommt ungehindert durch die Zellmembranen. Ionisches Chlor nicht. Die Zellmembranen sind so konstruiert, daß sie es nicht durchlassen.«

»Also sind die Sechserpacks wie ein Kanonenboot, und das Chlor ist wie die Soldaten mit den MGs, die mitfahren.«

»Genau. Und die Elektronen sind ihre Munition. Sie fahren den Fluß rauf und runter – deinen Blutkreislauf –, schleichen sich in deine Zellen ein und ballern die Chromosomen zusammen. Der Unterschied zwischen den Sechserpacks und Salz besteht darin, daß Salz anorganisches, ionisches Chlor ist – Soldaten ohne Boot und ohne Munition – und das andere organisches, kovalentes Chlor – Soldaten mit Boot und bis an die Zähne bewaffnet.«

Tom lehnte sich zurück und zog die Augenbrauen hoch. »Also, wenn du denkst, daß ich da runtergehe – das mach' ich nicht.«

»Okay. Ich kann's dir nicht übelnehmen. Aber laß mich nur eines sagen: Ich bin selber paranoid, und ich *bin* da runtergegangen. Ich bin ziemlich sicher, daß wir das machen können, ohne uns zu vergiften.«

»Also gut, ich tauche, aber ich geh' nicht auf den Grund. Ich hab' schon genug von dem Scheiß im Körper.«

»In Ordnung.«

Ich rief Esmerelda an. Wenn das vorbei war, würden wir sie zum Ehrenmitglied von GEA ernennen müssen.

Wir führten ein sehr, sehr nettes Gespräch über das brandneue rosa Kleidchen ihrer Enkelin, für dessen Kauf etwa hundert Arbeitsstunden erforderlich gewesen waren, und dann plauderten wir übers Wetter und über die Sox. Es war, als unterhielte man sich mit einem wichtigen chinesischen Mandarin. Man mußte höflichkeitshalber ein paar Stunden wie die Katze um den heißen Brei herumschleichen, bevor man zur Sache kam.

»In der Bibliothek arbeitet doch im Moment eine Volontärin von der *Weekly*, nicht?«

»Ja. Sie hatte am Anfang ein bißchen Schwierigkeiten, die Mikrofilme ins Lesegerät zu kriegen, aber jetzt macht sie das prima.«

»Wenn mal jemand ein Lesegerät mit automatischem Einzug des Mikrofilms erfindet, wird die Hälfte der Bibliothekarinnen arbeitslos. Pardon, war nicht beleidigend gemeint.«

»Was kann ich für Sie tun, S. T.?«

»Wenn diese Frau auf etwas wirklich Interessantes stößt, könnten Sie dann für mich eine Kopie davon machen?«

»Es geht um Mr. Pleshy, ja?«

»Genau.«

»Etwas Bestimmtes?«

»Oh, das weiß ich nicht. Möglichst was mit Fotos. Das macht die Leute immer nervös. Könnten Sie das einrichten?«

»Gewiß. Sonst noch etwas?«

»Nein. Wollte nur fragen, wie's Ihnen geht.«

»Viel Spaß, S. T.« So verabschiedete sie sich immer von mir. Sie mußte merkwürdige Vorstellungen von meinem Job haben.

Am nächsten Tag organisierten wir, und am übernächsten zogen wir's durch. Ich gründelte mit einem Taucher vom Bostoner Büro und schaufelte Dreck in Probengefäße. Wir reichten sie an Tom weiter, und der brachte sie zum Zodiac, wo Debbie wartete. So mußten wir uns nicht jedesmal einer Dekompression unterziehen, wenn wir wieder einen Schwung Proben hatten. Debbie war unsere Navigatorin. Mit Hilfe von Landmarken schätzte sie unsere Position und zeichnete auf, woher die Proben kamen. Die Ergebnisse konnten wir später auswerten. Wenn die PCB-Konzentration in einer Richtung deutlich zunahm, hatten wir einen Hinweis auf den Ursprung der Sauerei.

Das höchste wäre natürlich gewesen, wenn wir Fässer gefunden hätten, in denen noch PCBS waren, und Fotos von ihnen gemacht hätten. Wir konnten die Fässer nicht selbst raufholen, aber die EPA konnte es und würde es wahrscheinlich auch tun. Und vielleicht fanden wir sogar Beweise, die genügten, um die Kriminellen zu überführen.

Ich wollte Debbie nicht allein im Zodiac sitzen lassen. Wir wußten, daß die Pöyzen-Böyzen-Leute ein Boot hatten, und sie schienen verdammt gut darüber informiert zu sein, wer wir waren und wo wir uns aufhielten. Also gingen wir unsere Spenderliste durch, pickten uns ein paar Jachtbesitzer raus und überzeugten sie davon, daß es unheimlich Spaß machen würde, einen Tag im Hafen rumzuschippern und Präsenz zu demonstrieren. Wir hißten die Giftpiratenflagge, bewegten Tanyas Lover mit dem schwarzen Gürtel zum Mitmachen und brachten ein paar Medienleute per Boot vom Castle Island Park zum Ort des Geschehens. Rebecca kam mit, ebenso der Hunger schiebende freie Journalist und der Reporter vom *Globe*.

Wir fingen ungefähr da an, wo ich die erste Probe gezogen hatte, arbeiteten uns in Richtung Atlantik vor und grasten einen guten Quadratkilometer Hafengrund ab. Das Resultat waren 36 Erdnußbuttergläser voll ungeklärten Abwässern und ein saftiger Muskelkater.

Am nächsten Tag begannen wir die Proben zu analysieren und bekamen Ergebnisse, die eine Katastrophe waren. Für mich jedenfalls. So gut wie keine PCBs. Das war unmöglich – das Gerät mußte kontaminiert sein –, und die Operation wurde zwei Tage auf Eis gelegt. Ich nahm unterdessen den Gaschromatographen Teil für Teil auseinander, reinigte jedes und baute sie wieder zusammen. Es war eine Wonne.

Dann analysierte ich die Proben noch mal. Während der zweitägigen Reinigungsarbeiten war niemand dagewesen, also machte ich's jetzt allein. Spielte keine Rolle. Ich bekam genau dieselben gottverdammten Ergebnisse. Die PCB-Werte der Proben unterschieden sich in keiner Weise von denen, die man an irgendeiner x-beliebigen Stelle des Hafens messen konnte.

Nach Süden zu, in Richtung Spectacle Island, nahm die Konzentration rapide ab – ganz und gar nicht das, was ich erwartet hatte –, und nördlich von Spectacle Island gab es überhaupt keine PCBs. Das Wasser war fast so rein wie ein unschuldiges Kindlein.

Der Müsli-James-Bond, der Toxin-Spiderman hatte Scheiße gebaut. Ich hatte übertrieben auf ein paar ölige Hummer reagiert, einen Typ mit Ekzem oder weiß Gott was gesehen und es für Chlorakne gehalten. Dann hatte ich eine wirklich wüste Probe gezogen – oder sie falsch analysiert – und die Aktion angeleiert. Nur leider zu schnell.

Es war kaum zu glauben, aber es mußte wohl so sein. Sonst gab es nur noch die Möglichkeit, daß die Täter die PCBs irgendwie abgesaugt hatten, während ich anderweitig beschäftigt war.

Aber eine solche Hollywood-Breitwand-Operation hätte Millionen gekostet.

Kommt vor, so was. Vom Labor aus betrachtet, sieht die Welt wesentlich komplizierter aus als auf den schlichten Blaupausen, die man im Kopf hat. Trotzdem ärgerte es mich wahnsinnig. Debbie hätte mir darüber weghelfen können, aber ich gab ihr keine Chance. Sauer *und* einsam – das fühlt sich einfach besser an. Nachdem ich mich also ausgeschämt, ausgehadert und ausgewütet hatte, versackte ich in abgrundtiefen Depressionen.

Es war regnerisch, zu kalt für die Jahreszeit, und ich wanderte halb besoffen durch die Gegend, bis ich auf ein Hindernis stieß: eine riesige, viel zu fein angezogene Menge auf dem Marktplatz. An einem sonnigen Wochenende wäre das nicht ungewöhnlich gewesen, aber heute war es ein bißchen unangebracht. Dann sah ich die Transparente, die Buttons, all den billigen Glitzer und Glimmer eines Wahlkampfs und hörte die Stimme des Schleimers blechern aus großen Lautsprechern scheppern.

Das hier draußen waren nur die kleinen Fische. Die großen Nummern waren drinnen, die Tonangeber von Massachusetts' sogenannter liberaler Politik. All die Leute, die da blahten, man sollte den Hafen saubermachen, bis sie entdeckten, daß Typen wie Pleshy für seine Verschmutzung verantwortlich waren.

Dieses Spektakel war mir zu widerwärtig, also kehrte ich auf der Stelle um und ging zum Government Center. Ein paar Leute vom Secret Service beobachteten mich; einer hatte an einem Stand angehalten, um eine Brezel zu kaufen, und als ich an ihm vorbeikam, nickten wir uns zu.

Von einer Telefonzelle aus rief ich den Boß an, R-Gespräch, und sagte ihm, daß ich um Gotteshimmelswillen raus müßte aus Boston, daß ich dringend Urlaub brauchte.

»Du hast es verdient«, sagte er.

»GEA hat es verdient«, sagte ich. »Ich bin schon so betriebsblind, daß ich Scheiße baue.«

Zum Glück war Projekt Lobster gelaufen, und ich konnte mich von den skeptischen Fischern verabschieden. Sonst hätten sie mir das ewig unter die Nase gerieben: in ein Spiel im Fenway Park reinplatzen, finstere Warnungen aussprechen und eine Woche später wieder aufkreuzen und alles zurücknehmen. Genau das Bild, gegen das ich immer gekämpft hatte.

»Wo fährst du denn hin?« fragte der Boß.

»Weiß ich noch nicht.«

»Wie wär's mit Buffalo?«

»*Buffalo?*«

»Ja, warum nicht?« sagte er. Klang völlig harmlos.

»Dann will ich dir mal was von Buffalo erzählen. Als ich das letzte Mal da durchgefahren bin, bin ich in einen Sturm geraten. In einen großen, filmreifen Sturm. Gut 100 km/h Windgeschwindigkeit. Eigentlich war's ein klarer Tag, aber es war soviel Staub in der Luft, daß das Licht kackbraun wurde, verstehst du? Man konnte sich nicht im Freien aufhalten, weil der Wind Steinchen aufwirbelte, kleine Kiesel, und sie zu Boden prasseln ließ wie Hagelkörner. Dann kam ich auf dem Weg zur Brücke zu dieser Stelle in einem Einschnitt. Links und rechts Böschungen und oben große petrochemische Tanks. Die Böschungen wirkten wie ein Windkanal und saugten Kohlenstaub von einer Riesenhalde am Highway an, und so fuhr ich durch eine dicke, schwarze, schweflige Wolke, es regnete Zweige und Steine gegen die Windschutzscheibe, ich war zwischen zwei Sattelschleppern eingekeilt, die Gasolin transportierten, und ich sagte mir: Scheiße, ich hab' die Ausfahrt zur Hölle erwischt.«

»Die *Blowfish* ist früher als geplant eingetroffen«, sagte der Boß, »und wir haben ein Projekt, das außer der Reihe durchgezogen werden muß.«

»Vergiß es.«

»Es handelt sich um eine Dioxin-Leitung. Die soll dichtgemacht werden.«

Ein guter Boß weiß, wie man seine Mitarbeiter ködert.

»Wir zahlen die Fahrt. Debbie macht auch mit.«

Das hieß, daß ich mit dem Zug fahren konnte, Schlafwagen, in einem Abteil mit Debbie.

Ich ging nach Hause, um zu packen, und stellte fest, daß mich eine kleine Überraschung erwartete. Jemand hatte sich Scrounger geschnappt, einen streunenden Kater aus der Nachbarschaft, der manchmal bei uns vorbeischaute, ihm den Schädel eingeschlagen, ihm einen auseinandergebogenen Kleiderbügel um den Hals gewunden und ihn vor der Tür aufgehängt.

Ich nahm Scrounger ab und tat ihn in die Mülltonne, versteckte ihn unterm Abfall, damit meinen Hausgenossen dieser Anblick erspart blieb. Auf dem Hof entdeckte ich Blutstropfen und folgte ihnen bis zur Mordwaffe, einem faustgroßen, blutbeschmierten Betonklotz.

Jemand war von hinten ins Haus eingebrochen und hatte sich dort ausgetobt. Nicht alles zu Kleinholz gemacht, aber sich immerhin redlich bemüht. Der Fernseher war eingeschlagen, der Monitor meines PC ebenfalls. Sie hatten sogar die untere Hälfte des Computers rausgezogen, eine separate Box, und waren darauf rumgetrampelt. Lebensmittel lagen kreuz und quer über dem Küchenboden verstreut, und zum Abschluß hatten die Jungs das ganze Frigen aus dem Kühlschrank auslaufen lassen.

Mafia oder nicht Mafia – ich konnte es nicht sagen. Aber ich war verdammt müde und deprimiert; ich wollte nur noch weg aus Boston. Aus meinem großen Skandal war ein schlechter Witz geworden. Und jetzt wurde auch noch jemand rabiat.

17

Ionisches Chlor ist leicht zu kriegen. Es ist in Meerwasser enthalten, wie Tom Akers sehr richtig bemerkte. Aber wenn man eine ganze stinkige Palette von Industriechemikalien produzieren will, muß man das ionische Chlor in kovalentes Chlor umwandeln. Und das macht man, indem man ein Elektron wegnimmt.

Im wesentlichen funktioniert das so: Man nimmt einen Tank voll Salzwasser und hängt nicht isolierte Elektrodrähte rein.

Zwischen die Drähte kommt eine Stromquelle, und dann fließt der Saft – ein Strom von Elektronen – durchs Wasser. Dadurch werden die Moleküle umgewandelt. Aus dem ionischen Chlor wird kovalentes Chlor, genau wie gewünscht. Das Natrium verbindet sich mit aufgelösten Wassermolekülen, und es bildet sich Natriumhydroxyd, auch Ätznatron oder Ätzalkali genannt. Dieses Verfahren bezeichnet man als Chloralkalielektrolyse.

Einfach genug. Aber um industrielle Mengen von DDT oder PCBS oder Lösungsmitteln oder was auch immer herzustellen, braucht man industrielle Mengen Chlor. Dafür wiederum braucht man eine Menge Strom. Und wenn man einen wahren Niagarafall von Chemikalien produzieren will, dann? Genau. Dann braucht man eine niagarafallgroße Energiequelle.

Daher Buffalo. Der Segen dieser Stadt, der wunderschöne Niagarafall, ist auch ihr Fluch.

Und der chemischen Industrie in Buffalo auf den Schlips zu treten hieß, *Boner Chemicals* auf den Schlips zu treten – was so ähnlich war, als würde man Enten in einem Faß schießen, während eine halbe Million Menschen um einen rumsteht und einen anfeuert. Und diesmal würde es noch einfacher sein. Wir brauchten für diese toxischen Enten keine Flinten mehr, weil uns ein Informant verraten hatte, wo *Boner* Dioxin in die Kanalisation einleitete. Und daß *Basco* im Begriff war, *Boner* aufzukaufen.

Debbie und ich hatten den Schlafwagen umsonst gebucht. Wir hatten die ganze Strecke geredet, einmal Pause gemacht, damit ich die letzten Ausgaben des *Wall Street Journal* lesen konnte, und kauten gerade das entsetzliche Thema FESTE BINDUNG durch, als wir in Buffalo einfuhren. Unsere Laune war nicht die beste.

Vor dem Bahnhof wartete ein gestifteter Wagen auf uns, ein ziemlich runtergewirtschafteter Subaru mit Lautsprechern, die halb aus den Türfüllungen hingen, und Fenstern, die fast zugepflastert waren mit Ökoaufklebern. Ich setzte Debbie bei dem Jachthafen ab, in dem die *Blowfish* lag. Sie veranstalteten eine

Party für Anhänger aus Buffalo und Umgebung, und ich konnte den bloßen Gedanken daran nicht ertragen. Manchmal ist mir wirklich danach, Spaß zu haben, so zu tun, als wäre ich charmant, meinen Anzug mit den toxischen Tennisschuhen anzuziehen, die lokalen Umweltbewußten mit Kriegsberichten zu erfreuen und das breite Spektrum des Drecks in ihrem Leitungswasser zu schildern. Aber zu anderen Zeiten – wie jetzt zum Beispiel – fahre ich lieber im Dunkeln rum und suche Ärger.

Wir würden hier ein Abflußrohr dichtmachen, soviel stand fest. Die Rohrverstöpselungstechnik ist mittlerweile ziemlich ausgereift. Für Rohre von weniger als einszwanzig Durchmesser nimmt man Zementsäcke.

Wenn das Rohr größer ist, muß man es mit einer Scheibe versuchen. Aber das ist schwierig, wenn viel Dreck aus dem Rohr sprudelt, weil er die Scheibe leicht rausdrücken kann. Also muß man einen Schmetterlingsstöpsel verwenden, eine Erfindung von einem unserer Jungs aus Boston, der später in die Computerbranche überwechselte. Man falzt die Scheibe in der Mitte und klappt die Hälften zusammen, wobei sie gegen den Strom zeigen wie Schmetterlingsflügel. Und so installiert man sie. Dann läßt man sie los. Der Druck trifft voll auf die Hälften der Scheibe. Sie gehen nach vorn und schließen hermetisch mit der Innenwandung ab.

Der Abwasserkanal, der aus dem *Boner*-Werk kam, hatte wesentlich mehr als einszwanzig Durchmesser, aber wir konnten keine Scheibe dafür verwenden. Warum nicht? Weil wir sie erst über einen Einstiegsschacht an den Kanal hätten ranbringen müssen, und dafür waren sie zu groß. Also konnten wir nur Zement in rauhen Mengen nehmen. Zement ist ohnehin was Dauerhafteres, und Dauerhaftigkeit war das Entscheidende bei dieser Aktion. Die Schmetterlingsstöpsel sind bloß ein Zuckerchen für die Medien. Man schiebt einen rein, mit dem GEA-Logo drauf, und die Kamerateams wuseln herum und filmen, wie sich Arbeiter, denen natürlich kotzübel ist, verzweifelt bemühen, das Ding rauszukriegen. Dies aber sollte sich buchstäblich im Untergrund abspielen, und darum war es witzlos, auf Showeffekte zu spekulieren. Außerdem war der Scheiß von *Boner* viel zu gefährlich. Dioxin, Mann. Dabei kannst du draufgehen.

Erst fuhr ich zum Niagarafall und sah mich nach einem Hotelzimmer um. Es ist wirklich witzig. Egal, wo ich bin – am liebsten nehme ich die Flitterwochen-Suite. Warum auch nicht, GEA zahlt's ja. Und die Flitterwochen-Suite ist der ideale Ort, um nach einem harten Tag auszuspannen. Man kann in der herzförmigen Badewanne sitzen, man kann auf dem Wasserbett knutschen. Und jetzt befand ich mich auf der Straße nach Niagara Falls, wo jedes Zimmer eine Flitterwochen-Suite war. Ich mußte mir nur noch die beste aussuchen.

Dauerte eine Weile, aber ich fand sie: Lampen, auf denen der Niagarafall fiel, Dreimeterwasserbett mit Pelz, Deckenspiegel, Ausblick auf die Schnellstraße. Die Hoteldirektorin konnte mich nicht verknusen, aber die Vorstellung, daß ich eine Weile bleiben würde, gefiel ihr. Ich bezahlte mit der Gold Card von GEA ein paar Tage im voraus, sagte der Lady, daß ich später wiederkommen würde, und fuhr nach Buffalo zurück.

Jetzt beschäftigten mich nur noch die zwei Anzugträger, die hinter mir herfuhren, seit ich den Bahnhof verlassen hatte. Sie saßen in einem Chevy Celebrity, der dank seiner Unauffälligkeit besonders auffällig war. Mein Subaru war kleiner, wendiger und wahrscheinlich ebenso schnell, wenn die Kupplung nicht auseinanderfiel. Wenn wir wieder in Buffalo waren, würde ich mich meinem Lieblingssport widmen können.

Erst tankte ich voll, prüfte den Reifendruck, entleerte meine Blase und kaufte einen Sechserpack Bier. Dann steuerte ich auf die Auffahrt zu und gab ihnen die Möglichkeit, sich hinter mir einzufädeln. Sie würden mir nicht direkt folgen, weil dies eine verdeckte Observierung war. Also bog ich in die Auffahrt ein, nagelte so wüst rauf, wie es nur ging, machte dann die Scheinwerfer aus und hielt auf dem Bankett, wobei ich die Handbremse benutzte, damit mich die Bremslichter nicht verrieten.

Ein paar Sekunden später schossen sie an mir vorbei, ihre

Bremslichter erröteten verlegen, und ich startete durch und folgte ihnen.

Und folgte ihnen. Und folgte ihnen. Vier Stunden lang fuhr ich diesen blöden Ärschen nach. Mein Subaru konnte an sich nicht so weit fahren wie ihr Celebrity, aber ich hatte ja eben getankt.

Nichts ist komischer, als jemanden zu verfolgen, der Weisung hat, dich zu verfolgen. Ich hätte es in alle Ewigkeit tun können; lässig hinter ihnen hergondeln, klassischen Rock hören und Zigarrenasche aus dem Fenster schnippen.

In den ersten zwanzig Minuten kriegten sie's nicht mal mit. Dann beschlossen sie, einen auf cool zu machen und noch eine Weile vor mir zu bleiben, bevor sie allmählich zurückfielen. Aber ich ließ sie nicht. Schließlich stoppten sie auf dem Bankett und warteten. Ich stoppte hinter ihnen und wartete ebenfalls. Sie ließen den Motor an und machten eine verbotene Wende über den Mittelstreifen. Offenbar waren sie keine Cops, denn Cops beherrschen dieses Manöver im Schlaf, und die Typen hier schienen sich das noch nie getraut zu haben. Ich tat es ihnen nach, nachdem ich ein bißchen auf dem Bankett pausiert hatte, um ihnen einen kleinen Vorsprung zu geben.

Dann traten sie in die nächste Phase ein: Sie überlegten sich, was sie jetzt machen sollten. Sie bogen bei der nächsten Ausfahrt ab, und ich folgte ihnen durch Buffalo Mitte und lauschte drei Zevon-Songs von unglücklichen Söldnern. Ich bezweifle, daß sie klassischen Rock hörten. Bei ihnen lief gerade eine große Diskussion mit wildbewegten Gesten und vielen Blicken über die Kopfstützen in meine Richtung.

Schließlich hielten sie vor einem IHOP. Ich beobachtete sie durchs Fenster, bis sie Kaffee bestellt hatten. Dann machte ich meine Wagentür auf, pinkelte auf den Asphalt und stellte den Sitz zurück, so daß ich unterm Level des Fensters war. Sie kamen nach einer Viertelstunde wieder und düsten los. Diesmal gab ich ihnen eine Minute Vorsprung, damit sie sich einbilden konnten, sie hätten es geschafft. Dann kreuzte ich wieder hinter ihnen auf.

Und jetzt wußten sie, daß sie im Arsch waren. Sie dachten:

Das ist kein Witz. Der Typ wird hinter uns herfahren, bis wir uns bei unseren Leuten melden müssen, und dann weiß er, wer wir sind.

Es folgte einiges fahrschülerhaftes Gestümper. Sie versuchten, mich abzuhängen, und schafften es nicht. Ist auch schwierig in einer gähnend leeren Innenstadt. Die Jungs hatten anscheinend vor der Glotze fahren gelernt, anhand von *Miami Vice*: Wenn unsere Reifen quietschen, müssen wir echt schnell sein.

Also waren sie definitiv keine Cops. Cops oder Leute vom FBI hätten einfach angehalten, wären zu mir gekommen und hätten gesagt: »Okay, okay, wahnsinnig lustig, und jetzt fahr nach Hause, du Arschloch.« Und von der Mafia waren sie auch nicht, sonst wäre ich längst irgendwo im Dunkeln verblutet. Wahrscheinlich billige Privatdetektive – oder Amateure.

Wenn sie aus Buffalo kamen, arbeiteten sie wohl für *Boner*. Wenn sie mir von Boston aus gefolgt waren, hatten sie vielleicht was mit dieser PCP-Geschichte zu tun. Vielleicht gab es da wirklich ein Drogenlabor, von Yuppies finanziert und von Sniffern gemanagt, und jetzt, wo wir ins Mantel-und-Degen-Genre gerutscht waren, wußten die höheren Chargen nicht, was sie machen sollten.

Die Typen vor mir realisierten zu spät, daß die meisten Tankstellen in Buffalo Mitte um 3 Uhr morgens zu sind. Das Benzin ging ihnen mitten auf der Straße aus. Ich setzte mich hinter sie, Stoßstange an Stoßstange, und wollte sie in eine Parkbucht schieben. Aber dann dachte ich an Scrounger, überlegte es mir anders und schob sie gegen einen abgestellten Wagen. Die Servobremsen des Celebrity funktionieren nicht, wenn der Motor nicht läuft.

Die Jungs waren sehr, sehr böse. Sie sprangen aus dem Wagen und wollten mir ans Leder. Ich fuhr ein Stück im Rückwärtsgang, ließ mich von ihnen verfolgen, schaute mir gründlich ihre adrenalinerhitzten amerikanischen Dutzendgesichter an, hängte sie dann ab, fuhr zur nächsten Telefonzelle und rief die Polizei an. In der Innenstadt hätte es einen Blechschaden gegeben, sagte ich, und die Missetäter hätten ihren Wagen stehenlassen und wären abgehauen, und ich hätte den Verdacht, daß der Wagen gestohlen sei. Ja, meinen Namen würde ich ihnen gern nennen. Ja, ich würde auch zur Stelle sein, um meine Aussage zu Protokoll zu geben.

Die Cops waren zwei Minuten später da. Es handelte sich um einen großen, angesäuerten Schwarzen in den Vierzigern und eine jüngere, kleinere Kollegin. Die beiden Anzugsträger standen grimmig in der Nähe, aneinandergedrängt wie Kinder im finsteren Wald. Als sie ihre Führerscheine rausrückten, konnte ich einen flüchtigen Blick über die Schulter der Politesse werfen. In Massachusetts ausgestellt. Der angesäuerte Cop hängte sich ans Funkgerät und war so nett, ihre Namen laut und deutlich auszusprechen. David Kleinhoffer und Gary Dietrich. Zwei gute deutsch-amerikanische Mietschläger.

Mehr würde ich hier nicht erfahren. Ich ging zu einer Telefonzelle und rief die Leihwagenfirma an. Ich sprach mit meiner Angestelltenstimme.

»Hier Taylor. Wir haben bei Ihnen einen Wagen gemietet«, und ich gab der Dame am anderen Ende der Leitung eine genaue Beschreibung und die Zulassungsnummer. »Der Vertrag ist leider falsch eingeordnet worden, und es scheint etwas Verwirrung hinsichtlich dessen zu bestehen, welches Konto belastet werden soll. Ich arbeite in der Buchhaltung und muß es wissen. Könnten Sie mir bitte den Abdruck der Kreditkartennummer und des Namens auf der Kopie durchgeben?«

Das konnte die Dame. Es stellte sich heraus, daß Kleinhoffer und Dietrich für eine Firma arbeiteten, die *Biotronics* hieß.

Jetzt, wo ich's wußte, machte es Sinn. Ich hätte selbst darauf kommen sollen. Zunächst Pöyzen-Böyzen, dann die Mafia, die mir Drohungen hinterlassen hatte. Und mit der Mafia war es erst losgegangen, als ich mir ihretwegen Sorgen zu machen begann.

Irgendwelche Arschlöcher mit feinen Schuhen hatten versucht, mir Angst einzujagen. Und es war ihnen recht gut gelungen. Aber das mit Scrounger ging zu weit.

Die heiße Spur war der Computer. Ein Mafia-Schläger hätte den Monitorschirm zerdeppert und sich gesagt: So, jetzt ist das Scheißding kaputt. Aber in Wirklichkeit sind Monitorschirme billig. Das Teure an der Geschichte ist die Box darunter. Wer immer sich bei uns ausgetobt hatte – das hatte er gewußt. Er hatte es gewußt, und er hatte sich darum gekümmert. Ähnlich die Sache mit dem Frigen. War schon eine verdammt raffinierte Art, eine Küche zu ruinieren – das Frigen aus dem Kühlschrank auslaufen zu lassen.

Jetzt, wo ich die Leute gesehen hatte, die versuchten, mir Angst einzujagen, hatte ich wesentlich weniger Angst. Dafür interessierte mich das Ganze um so mehr. Vielleicht produzierten sie wirklich PCP oder hatten irgendein anderes schmutziges Geheimnis. Wenn ich aus Buffalo zurück war, würde ich es rauskriegen und den Leuten nach Kräften schaden. Bis dahin mußte ich mich damit begnügen, mit Hilfe ihrer Kreditkartennummer für Tausende von Dollar Reizwäsche zu kaufen.

18

Die Geschichte mit den verschwundenen PCBs hielt mich nachts immer noch wach. Ich hatte mit das Ganze x-mal durch den Kopf gehen lassen, hatte versucht, meinen Fehler zu finden. Ich war nicht mal sicher, wann ich's vermasselt hatte – bei der ersten Probe oder bei dem Schwung, den wir später gezogen hatten.

Wenn man ein normaler Detektiv ist und eine Leiche im Keller findet, weiß man, daß ein Mord begangen worden ist; man sieht es mit eigenen Augen. Aber wenn man ein Giftdetektiv ist, tritt an die Stelle der eigenen Augen ein Gaschromatograph, und der ist nicht immer so zuverlässig. Wenn dieses mechanische Auge einem sagt, daß in der und der Probe PCBs sind, muß man sich fragen: Wie ist die Probe gezogen worden? Ist der Apparat in Ordnung? Hat jemand damit rumgepfuscht?

Einen Moment lang hatte ich eine Idee. Vielleicht hatte sich jemand in der Nacht, in der ich mit Bart vor der Glotze saß und mich besoff, an unseren Proben vergriffen? Sie hatten hinten im Omni gestanden, und High-Tech-Ganoven waren ja wohl schlau genug, um den Wagen aufzukriegen, die alten Proben verschwinden zu lassen und durch getürkte zu ersetzen.

Aber das war erstens unwahrscheinlich, und zweitens erinnerte ich mich daran, daß ich in einer der Proben etwas Rotes hatte blinken sehen – ein Stück Blech von einer Cola-Dose –, das ich am nächsten Tag auch sah. Drittens hatten die Proben, als wir die Ergebnisse auf der Karte eintrugen, ein gleichmäßiges Pattern gezeigt: abnehmende PCB-Werte, je näher wir Spectacle Island kamen. Das konnte man mit Falsifikaten nicht imitieren.

Meine nächste Idee: Vielleicht waren die PCBs extrem eng lokalisiert. Und vielleicht war ich bei meiner ersten Tauchtour aus reinem Zufall auf einen heißen Punkt gestoßen und hatte eine besonders üble Probe erwischt. Vielleicht hatte sich ein riesengroßer alter Hai jahrzehntelang im Hafen rumgetrieben, Grundfisch gefressen und ein unglaubliches PCB-Depot aufgebaut. Dann war er abgekratzt, auf Grund gesunken und unter Hinterlassung einer PCB-Pfütze vollständig verwest.

Es waren schon merkwürdigere Dinge passiert. Wenn man rational und wissenschaftlich denkt, muß man berücksichtigen, daß bizarre Ereignisse die Resultate verfälschen können. Deshalb zieht ein guter Wissenschaftler auch eine Menge Proben und kontrolliert seine Daten, bevor er an die Öffentlichkeit geht. Wenigstens konnte ich in dieser Hinsicht ein gutes Gewissen haben.

Ich besorgte mir etwas Koks auf der *Blowfish* und mietete dann bei U-Haul einen Lkw. Debbie zog los, um die Aktion am Niagarafall zu planen, während Frank, der Größte der *Blow-*

fish-Crew, und ich mit dem Laster zu einem Haus-und-Garten-Center außerhalb von Buffalo fuhren. Wir luden den Laster mit Zement- und Kiessäcken voll und kauften außerdem einen wirklich gemeinen Epoxydharzkleber. Jutesäcke hatten wir bereits.

Wir parkten den Laster einstweilen beim Jachthafen, und ich fuhr zu einem Indianerreservat in der Nähe, um einen Mann namens Jim Grandfather zu besuchen, mit dem ich schon einige Male zusammengearbeitet hatte. Er hatte eine ähnliche Figur wie ich, war in den Vierzigern, wohnte mit seiner Frau und seinen Hunden in einem Haus im Wald und fuhr einen großen Dodge-Lieferwagen mit einer Kühlerfigur in Gestalt eines Indianerkopfs, die er auf irgendeinem Schrottplatz hatte mitgehen lassen. Er war ein paar Jahre am College gewesen und fungierte als Historiker, Archivar und Bewahrer des geheimen Wissens seiner Leute. Er war auch ihr Sprecher in Umweltfragen. Ich weiß nicht, ob er eine offizielle Position in der Stammesregierung hatte und ob er durch Abstimmung oder von sich selbst zum Historiker, Archivar und so weiter ernannt worden war, aber diese Rolle spielte er jedenfalls. Als ich auftauchte, war er gerade auf dem Hof vor dem Haus beim Frisbeewerfen mit seinen beiden Hunden. Er kam mit breitem Grinsen zum Wagen.

»Wie geht's dem Müsli-James-Bond?«

»Ein bißchen mehr vergiftet als das letzte Mal, aber sonst ganz gut. Und dir?«

»Schau dir das an.« Jim machte seine Brieftasche auf und zog ein Stück Papier heraus. Es war ein Computerausdruck von einem Bluttest.

»Haben sie dich wegen Drogen oder so was angezapft?«

»Nein, nein. Cholesterin.« Jim zeigte mit einem seiner Wurstfinger auf eine Linie. »Normal. Eher niedrig.« Er trat zurück und drückte beide Hände gegen seine Seiten. »Na? Sieht das so aus wie ein Körper mit niedrigem Cholesterinspiegel?«

»Gratuliere, Jim.«

»Besten Dank.« Ich hatte Jim vor ungefähr einem Jahr zum letzten Mal gesehen und damit genervt, daß ich gesagt hatte, er esse zuviel fettes Zeug. Er gehörte zu einer Art Schweinezüchter- und Schlachterkooperative, und so schlug er bei Schinken, Speck und Wurst ganz mächtig zu. Anna, seine Frau, lag ihm ebenfalls in den Ohren deswegen. Schließlich war er zu einer Vorsorgeuntersuchung gegangen, und dabei hatte sich herausgestellt, daß sein Cholesterinspiegel erhöht war. Also konnte man das als echten Umschwung bezeichnen.

»Hast du viel Fisch gegessen?«

»Siehst du hier irgendwo das Meer?«

»Tofu?«

Jim gab ein verächtliches Schnauben von sich. »Wild, mein Lieber. Jeden Tag.«

»Und warum hast du das gemacht?«

»Damit meine Frau die Klappe hält.« Was einen falschen Eindruck erwecken könnte, denn die beiden liebten sich.

Ich parkte meinen Wagen halb auf der Straße, halb im Straßengraben und ließ mich von Jims Hunden beschnuppern. Zumindest glaubte ich, daß es Hunde waren.

»Woran erkennst du eigentlich, daß das keine Wölfe sind?« fragte ich.

»An den Halsbändern«, sagte Jim. »Keine Sorge, die checken dich nur auf Dioxin ab.«

Wir setzten uns in die Küche, und Jim machte Kaffee. »Anna ist in der Stadt, beim Einkaufen«, sagte er. »Was tut sich in Boston?«

»Weiß der Geier.« Ich erzählte ihm die PCB/PCP-Story einschließlich meiner Spekulationen. Jim schien der großen Verschwörungstheorie den Vorzug zu geben.

»Du willst dich doch hoffentlich nicht mit der Mafia anlegen, oder?«

»Nicht ums Verrecken. Glaubst du wirklich, daß es die Mafia ist, Jim?«

»Ja. Das ist ziemlich ihr Stil.«

»Ich weiß nicht recht. Dafür sind sie doch noch zu zimperlich.«

Jim dachte eine Weile nach. »Hör zu. Wenn sie hinter dir her sind und du in Schwulitäten kommst, dann hau ab und geh in die Berge, in irgendein Reservat. Da gehst du hin und bittest um Hilfe, und ich sorge dafür, daß du sie bekommst.«

»Gute Idee. Ich nehme an, sizilianische Killer fallen ziemlich dumm auf in einem Reservat.«

Jim ließ meine flapsigen Worte kommentarlos durchs Fenster segeln. »Wenn die Leute mißtrauisch sind, dann sag ihnen meinen Namen. Sie sollen mich anrufen oder sonstwas. Aber bleib nicht in Boston und laß dich zur Sau machen.«

Ich war überrascht von Jims Angebot, und geehrt fühlte ich mich auch. War nicht so, daß ich ihm übermäßig viel geholfen hätte. Aber ein Reservat war ein phantastisches Versteck.

Nach dem Kaffee liefen wir über Jims Grundstück. Ganz hinten hatte er einen Schießstand für Pfeil und Bogen und für Kanonen, und dort bubelten wir ungefähr eine Stunde herum. »So was solltest du dir anschaffen«, empfahl er und holte eine große Flinte mit einer Menge Verzierungen vom Gewehrständer. »Halbautomatik. Ich glaube, du bist der Typ dafür. Schau dir mal *das* Magazin an.«

»Was für ein Magazin?«

»Heiliger Gott, S. T. – dieses Rohr da unten, das ist das Magazin. Okay, vergiß es.« Er stellte die Flinte in den Gewehrständer zurück. »Staffieren wir dich eben mit Pfeil und Bogen aus.«

Davon hatte Jim eine ganze Menge. Er machte sie nach Nez-Percé-Art, nach Lakota-Art, nach Irokesen-Art, das komplette Register rauf und runter. Er fand, die einzige Methode zu verhindern, daß das alte Wissen in Vergessenheit geriet, sei die, es anzuwenden. Er konnte mit einem Messer in den Wald ziehen und ohne Vorlage ein Kanu aus Birkenrinde bauen. »Hab's allerdings nur einmal gemacht«, hatte er mir erzählt, »und zwei Wochen dafür gebraucht.« Klang sehr bescheiden, aber er hatte es fertig gekriegt. Es war in seiner Garage. Bug und Heck hatte er in seiner Werkstatt hergestellt und sich kein Gewissen daraus gemacht, sie mit einer Bandschleifmaschine zu bearbeiten. »Es geht darum«, sagte er, »daß ich diese Dinge im Kopf behalte, nicht daß ich wie ein Urmensch lebe.«

Ich kam mit seinen Bogen selbst dann nicht klar, wenn ich es gewollt hätte. Ich konnte sie spannen, aber nicht lang genug halten, um das Ziel richtig anzuvisieren. Außerdem war ich immer scheißnervös. Die Bogensehnen bestanden aus zusammengedrehtem Roßhaar, und ich war überzeugt davon, daß eine von ihnen mal reißen und mir mit Überschallgeschwindigkeit ins Auge fliegen würde. Jim erlegte ein paar Ballen Heu für mich, und dann kam Anna nach Hause.

19

Der Rest des Tages war eine tierische Plackerei. Wir schlugen die Ladefläche des Lkw mit Plastikplanen aus, schütteten den Zement und den Kies zu einem Haufen auf und rührten das Ganze zusammen. Dann ging ich in eine Bar. Gegen halb zwölf Uhr nachts riß ich mich vom Flippern los und ließ mich von Frank abholen. Wir fuhren mit dem Laster zu *Boner*, bogen in eine Sackgasse ein und rollten im Rückwärtsgang bis zum Einstiegsschacht, den uns unser Informant genannt hatte. Der Rest war einfach, stumpfsinnig und naheliegend. Wir hoben den Kanaldeckel vom Einstiegsschacht. Wir hatten zwar nicht das richtige Werkzeug dafür, aber ein großer starker Mann wie Frank konnte das auch mit Stemmeisen und Meißel. Wir schaufelten die Mischung aus Zement und Kies in die Jutesäcke und schichteten sie im Abflußrohr auf, bis es dicht war. Dann machten wir dasselbe noch mal – doppelt gemauert hält besser. Inzwischen war im Abflußrohr ein Stau eingetreten, und zwischen den Säcken sickerten hochprozentige Dioxinsäfte durch.

Mir wurde schlecht, weil ich beim Flippern drei Dutzend

glühheiße Hühnerflügel gegessen hatte, und ich mußte sie den Einstiegsschacht hinunterreihern.

Dann entfernten wir mit Schmirgelpapier und Feilen den Rost vom Rand des Kanaldeckels und seiner Auflage im Pflaster. Wir taten Epoxydkleber auf beides, legten den Deckel zurück und drückten ihn fest. Dann klatschten wir eine Lage nassen Zement drüber, legten eine Spanplatte drauf und stellten den Laster mit den Hinterrädern auf das Ganze. Wir ließen die Luft aus den Reifen, schraubten die Ventile ab, bauten die Verteilerkappe aus und sicherten zum krönenden Abschluß das Tor zu *Boners* Werksgelände mit einigen Kryptonite-Schlössern. Es würde drei Tage dauern, bis der Zement vollständig hart war, und wir hatten die Absicht, saubere Arbeit zu leisten. Also rollten wir hinten im Laster Schlafsäcke aus und gingen pennen, wobei wir leicht karzinogenen Zementstaub atmeten.

Um sieben kam ein Kamerateam mit Krapfen vorbei und interviewte uns für eine lokale Morgensendung. Dann kamen etliche Wichtigtuer von *Boner* und sagten uns, wir sollten das Werksgelände verlassen, widrigenfalls wir verhaftet würden, und wir sagten jedem, daß wir uns auf einer öffentlichen Straße befänden und nicht auf *Boner*schem Grund und Boden. Dann schickten sie ein paar Anwälte, die uns dasselbe noch mal erzählten, geradeso, als würde der Bote was an der Botschaft ändern. Die Cops kamen ebenfalls vorbei, und wir zeigten ihnen den amtlichen Stadtplan. Wiesen auch darauf hin, daß hier weit und breit keine Parkverbotsschilder standen. Das reichte ihnen. Kalifornische Cops hätten uns krankenhausreif geschlagen und unser Rektum nach Crack durchforstet, aber die Cops aus Buffalo hielten uns für nette, mutige Jungs.

Boner ließ uns von Wachleuten umzingeln, so gut es ging. Sie waren noch nicht auf die Sache mit dem Abflußrohr gekommen. Dachten, wir hätten hier ein Basislager für irgendeine illegale Attacke aufgeschlagen. Das wäre zwar saudumm gewesen, aber so sah man bei *Boner* eben die Welt.

Als es dunkel wurde, bauten sie Riesenscheinwerfer auf und

richteten sie auf uns. Kein Problem für die Leute, die hinten schliefen, aber äußerst irritierend für den, der Wache schob. Egal. Wir hatten Sonnenbrillen. Ich ließ Debbie mit unserem großen Elektronenblitz kommen. Wir montierten ihn auf dem Führerhaus. Man konnte das Ding noch durch eine dicke Ziegelmauer sehen. Das Licht war so grell, daß einem die Luft wegblieb. Für den Menschen im Führerhaus war es nicht so schlimm, aber für die Wachleute, die die ganze Nacht auf den Beinen waren und uns beobachteten, muß es tödlich gewesen sein. Bei Sonnenaufgang waren ihnen die Worte U-HAUL unvergänglich ins optische Gedächtnis gemeißelt.

Am zweiten Tag fingen es die *Boner*-Typen etwas schlauer an. Sie riefen die Feuerwehr. Damit hatten wir nicht gerechnet. Ein Wagen fuhr vor, einer von diesen Kombis mit Rotlicht auf dem Dach, und ein Mann stieg aus, offenbar der Branddirektor. Ein paar *Boner*-Anwälte huschten herbei und flankierten ihn, als wäre er einer der Ihren. Er wies sich aus, und ich sagte ihm, ich sei hier der Verantwortliche.

»Sieht so aus, als würden Sie einen öffentlichen Weg blockieren«, sagte er.

»Niemand benutzt ihn«, hielt ich dagegen. »Es ist eine Sackgasse.«

»Normalerweise wär's mir egal, aber hin und wieder bricht in diesem Betrieb ein Brand aus.«

»O verdammt. Muß das schwer zu löschen sein.«

»Wie?«

»All die Chemikalien. Da brauchen Sie ja ein Nachschlagewerk.«

»So ungefähr. Ich will Ihnen was sagen. Wenn wir einen Notruf von diesem Betrieb bekommen, sind wir nicht gerade glücklich.«

»Da müssen Sie den *Purple K* ausrollen, wie?«

Der Branddirektor grinste. »Genau.«

Purple K ist ein Schaumteppich, der auf Flughäfen zum Löschen von explodierenden Jumbos verwendet wird. Manchmal ist er auch bei Bränden in der chemischen Industrie nützlich.

»Wenn's hier brennt«, fuhr er fort, »müssen wir jedenfalls durch dieses Tor rein.«

»Wir sind rund um die Uhr da. Wenn's hier brennt, räumen wir die Straße.«

»Was ist mit dem Tor? Man hat mir gesagt, Sie hätten da Schlösser rangehängt.«

»Die Schlüssel sind jederzeit greifbar. Wenn was ist, haben wir das Tor in fünf Minuten auf.«

»Das ist zu langsam.«

»In dreißig Sekunden.«

»Das geht in Ordnung«, sagte der Branddirektor. Dann stieg er in seinen Kombi und fuhr davon. Eine wahre Geschichte. Die *Boner*-Anwälte standen dumm da, und ihre Aktentaschen drehten sich im Wind.

Am dritten Tag passierte nicht viel. *Boner* hatte beschlossen, die Sache mit amüsierter Nachsicht zu betrachten. Sie wußten noch nichts von den Zementsäcken. Im Betrieb stauten sich irgendwo in einem Vorhaltbecken giftige Abwässer, aber sie hatten es nicht gemerkt. Heute abend würden wir fahren, und wenn sie sehr auf Zack waren, würden sie feststellen, daß ein Einstiegsschacht verschwunden war.

Am Nachmittag zogen Debbie und ich uns in die Flitterwochensuite zurück, wo wir miteinander redeten und beinah Sex hatten. Ich saß auf dem Bett, nutzte die Möglichkeit, per Glotze einzukaufen, schaffte mit der Kreditkarte von *Biotronics* Mikrowellenherde an, ließ sie an Adressen in Roxbury gehen und trank Bier. Die drei Tage im Lkw hatten mich ziemlich alle gemacht. Jim Grandfather kam vorbei, ich stellte das Bier weg, weil der Geruch ihn störte, und dann saßen wir still da, schauten Football mit abgestelltem Ton und hörten zu, wie Debbie unter der Dusche sang.

Am Morgen badete ich, lieh mir einen Fön und trocknete meine Haare, bis ich so verweht aussah wie das Schlußlicht bei einem Moto-Cross-Rennen. Dann schlüpfte ich in meinen dezenten Dreiteiler, zog Kniestrümpfe an, streifte Plastikbeutel drüber und griff zu meinen schreiend grünen Turnschuhen, die mit diversen Toxinen besprenkelt waren. Ich bewahrte sie immer in einer kleinen Kühlbox auf. Band mir eine Krawatte um, die einer toten Forelle nachgebildet war. Jim fuhr mich mit seinem Lieferwagen in die Stadt und setzte mich dort ab. Er zog los, um einen neuen Riemen für seine Waschmaschine zu kaufen; ich betrat die Eingangshalle eines großen Bürogebäudes.

Die Typen vom Sicherheitsdienst warteten schon auf mich und brachten mich sofort in eine der obersten Etagen. Wir witschten durchs Labyrinth der Sekretärinnen, und dann wurde ich in einen schicken Konferenzsaal geleitet, in dem das Topmanagement von *Boner Chemical* versammelt war.

War alles durchchoreographiert. Ein Dutzend reiche weiße Säcke und ich. Natürlich bin ich auch weiß, aber irgendwie vergesse ich das immer. Die weißen Säcke saßen im Halbkreis, eine Art Parabolspiegel mit einem leeren Stuhl in der Mitte, damit sie ihre Blicke nach innen bündeln und ihre Gemeinheitsenergien auf mich konzentrieren konnten. Aber ich nahm in einem Sessel Platz, der ein Stück abseits unterm Fenster stand. Schuhleder knarrte, Parfümwolken und Martinifahnen segelten beziehungsweise flatterten durch den Raum, als alle sich umsetzten. Die Sessel waren klotzig, und das Ganze war mit Arbeit verbunden. Die Jungs hatten keine einheitliche Marschroute, also entwickelten sich die Dinge etwas chaotisch. Einige Manager saßen weit außen am linken und rechten Flügel, andere mußten über nadelgestreifte Schultern spähen. Alle plierten in die Sonne – ein glücklicher Zufall. Ich lehnte mich mitsamt dem Sessel gegens Fenstersims, so daß meine grünen Turnschuhe in die Luft aufstiegen. Da saß ich nun, betrachtete diese nervöse Phalanx aus Spitzen der Gesellschaft und dachte mir, was für ein besoffener Job das war. Ich verbringe meine Zeit damit, daß ich mit Leuten lebe und arbeite, die wahrscheinlich reisende Puppenspieler wären, wenn es GEA nicht gäbe. Leute, die zur Krebsverhütung Quarzkristalle unter ihr Kopfkissen legen, die das Gefühl haben, der Tag sei verloren, wenn sie keine Gelegenheit hatten, vor laufender Kamera einen neuen Sprechchor zu bringen. Ab und zu stoße ich Drohungen gegen die Vorstände großer Firmen aus. Wenn ich frei habe, gehe ich in ungeklärten Abwässern tauchen. Meine Tante fragt mich zwischendurch, ob ich jetzt einen Job habe.

Die Säcke stellten sich vor, aber ich vergaß ziemlich schnell, wie sie hießen und welchen Dienstgrad sie hatten. Vorstände tragen keine Namensschildchen an ihrem anthrazitgrauen Kammgarn. Die meisten waren von *Boner*, aber es waren auch ein paar von *Basco* dabei.

»Tut mir leid, das mit Ihrem Dioxin-Abflußrohr«, log ich, »aber seien Sie unbesorgt. Mit ein paar Zentnern Dynamit läßt sich das ohne weiteres richten.«

Der Sack mit den Brillengläsern, die so groß waren wie Bullaugen, sagte: »Sie irren sich, Mister, wenn Sie meinen, daß Sie hier einfach ein Abflußrohr dichtmachen und...«

»Ungestraft davonkommen können?« fragte ich.

»Genau.«

»Ebendies ist just passiert«, sagte ich. »Und nun zum zweiten Punkt. Wir sind mächtig sauer über Ihren versteckten Auslaß am Niagarafall. Morgen werden wir die Medien darüber aufklären.«

»Ich weiß nicht, wovon Sie sprechen«, sagte ein Vorstand, den ich Mr. Flattermann getauft hatte. »Da müssen wir erst mal mit der Technik reden.«

»Dritter Punkt: Sie werden demnächst von *Basco* aufgekauft, stimmt's?«

»Die Einzelheiten dieser Transaktion sind streng geheim«, sagte ein partiell einbalsamierter Herr mit wäßrigen Augen.

»Nicht ganz«, sagte ich.

Ein Vorstand, der einen hoch hatte, rutschte unbehaglich in seinem Sessel hin und her. »Worauf wollen Sie hinaus?«

»Insider-Geschäfte«, flötete ich. »Die Börsenaufsicht mag das gar nicht.«

Ich hatte mir das ganz spontan einfallen lassen. Aber ich wußte, daß Insider-Geschäfte im Spiel waren. Das war immer so. Und diese Leute würden sich in die Hosen machen, wenn sie befürchten mußten, daß wir ihnen die Börsenaufsicht auf den Hals hetzten.

»Mr. Taylor, ich überlege mir gerade, ob wir einen weiteren Punkt auf die Tagesordnung setzen könnten«, sagte ein viertklassiger Yuppie, der zuviel mit Gewichtsmaschinen trainiert hatte.

Er grinste mich an, was irgendwie ungewöhnlich war in diesem Ambiente, und es gab ein kleines – nicht gerade Gelächter, aber eine gewisse Entkrampfung, ein paar Momente, in denen alle frei atmen konnten.

Ich breitete die Arme aus und sagte: »Stets zu Ihren Diensten, Mr. –«

»Laughlin. Ist ein bißchen schwierig, soviel Namen zu behalten, ich weiß.«

Diese phantastische Zwanglosigkeit war natürlich Berechnung, aber hier drin würde ich alles an Zwanglosigkeit nehmen, was ich kriegen konnte. Ich ließ die Beine des Sessels in den Teppich sinken, kreuzte die meinen zur allamerikanischen Vier und hielt den Fuß so, daß der Turnschuh gut sichtbar war. Ich trank einen Schluck von *Boners* koffein-, aber nicht toxinfreiem Kaffee. Ich unterdrückte einen Furz. »Okay. Was gibt's zu meckern, Laughlin?«

Er blickte fast verwundet drein. »Nichts. Warum soll es immer was zu meckern geben? Ich will mich bloß mit Ihnen in einer –«, er machte eine ausladende Geste, die den ganzen Raum umfaßte, »– in einer weniger klaustrophobischen Umgebung unterhalten.«

»Über was?«

»Nun, zum Beispiel, ob Sam Horn, wenn er in der Klemme ist, genausoviel Glück haben wird wie Dave Henderson.«

»Die Welt ist voll von Red-Sox-Fans, Mr. Laughlin, und ich kann nicht mit allen ins Bett gehen.«

»Boing. Dann was anderes. Wir haben bei *Biotronics* etwas in Arbeit, das Sie bestimmt interessiert.«

»Sie meinen den Heiligen Gral?«

Laughlin war ein bißchen ratlos. »Also, davon ist mir nichts bekannt.«

»Das ist eine Formulierung von Dolmacher.«

»Ach ja. Er sagte mir, daß Sie ein Schwätzchen miteinander hatten.«

»Wortgefecht kommt der Sache näher. Sie arbeiten für *Biotronics*, Laughlin?«

Die Säcke gluckstεn.

»Ich bin der Vorstandsvorsitzende von *Biotronics*«, sagte Laughlin, so liebenswürdig er konnte.

Richtig. Ich hatte sein Foto vor zwei Monaten in einem Info gesehen.

Dreißig Stockwerke tiefer wartete Jim in seiner Rostlaube auf mich. Er las die Garantie seines neuen Waschmaschinenriemens.

»Ich glaub', ich träume«, sagte ich beim Einsteigen.

»Dann kneif dich ins Bein.«

»Fahren wir zum Niagarafall«, sagte ich, »und hauen wir ordentlich auf den Putz.«

»Was ist passiert?«

»Nichts weiter. Hab' mich mit einem Jungstar aus der Krebsindustrie verabredet.«

»Wozu das?«

»Um den Heiligen Gral zu suchen.«

Wir fuhren zum Niagarafall. Jim, der Bluejeans und irgendwas Indianisches trug, baute sich ziemlich weit oben auf, sah für die Kamerateams traurig und edel aus und erzählte den Printmedien schmutzige Witze. Vom Büro in Toronto war ein Häuflein GEA-Leute gekommen, um uns zu helfen, und so war die Aktion bereits am Laufen, als wir eintrafen. Ich fragte ein paarmal, wo Debbie war, und die Leute sagten immer nur »Da drüben«, bis ich schließlich zu einem Aussichtspunkt verwiesen wurde. Am

Geländer waren drei Seile festgebunden, und an einem, fast am Fuß der Wand, hing Debbie, in einem umwerfenden Overall. Sie und ihre Freunde hatten *Boners* versteckten Auslaß gefunden und dann begonnen, Kletterhaken in den Fels zu treiben. Toronto hatte ein fünfzehn Meter langes Transparent aus weißem Nylon mit einem großen roten Pfeil drauf vorbereitet. Dieses Banner nagelten sie an die Wand. Der Pfeil zeigte direkt auf den Auslaß. Sie machten es gründlich, nahmen eine Menge Haken und faßten den Rand des Transparentes mit dickem Plastikkabel ein, damit es der Wind nicht vom Fels heben konnte. Schließlich schnappte sich Debbie eine Dose orange Sprühfarbe und tat, was sie konnte, um den Auslaß für die Kameras hervorzuheben. War kein voller Erfolg, weil alles kalt und naß war – nicht gerade die idealen Bedingungen für Sprühfarbe –, aber einiges blieb hängen. Und außerdem war ja auch noch der Pfeil da.

20

Als ich wieder zu Hause war, mußte ich mich erst mal um den Mist kümmern, der nach einer Reise so anfällt. Post und hinterlassene Nachrichten. Mußte ein Geburtstagsgeschenk für Tantchen besorgen. Einen Stoß Papiere unterschreiben, damit Tanya ihre »Studien« bei GEA fortsetzen konnte. Man hatte uns das Telefon gesperrt, also setzten wir uns zusammen und gingen die unbezahlten Ferngespräche eines knappen Vierteljahres durch. Mitten in einer lebhaften Diskussion darüber, wer um 3 Uhr morgens siebenmal hintereinander in Santa Cruz angerufen habe, erhob sich Ike und verkündete, er ziehe aus. Er habe die sanitären Probleme und das komische Gequatsche auf dem Anrufbeantworter satt, sagte er. Das ging in Ordnung. Ike war sowieso ein beschissener Gärtner, und er zeterte immer, wenn ich nach Mitternacht meine Modelleisenbahn fahren ließ. Tess und Laurie, unsere lesbischen Tischlerinnen, verkündeten, die Küche gefalle ihnen besser, nachdem wir sie aufgeräumt hätten, und ob wir nicht versuchen könnten, sie in diesem Zustand zu erhalten? Ich wies darauf hin, daß ich vor meinem Aufbruch nach Buffalo drei neue Federbälle gekauft hätte – und jetzt seien sie alle weg. Wer hatte das Teflon von der großen Bratpfanne abgeschrubbt? Wessen Haare verstopften den Abfluß der Dusche am meisten? Die der Frauen, da sie mehr hatten, oder die der Männer, da ihnen mehr ausgingen? War es okay, Bratfett in den Ausguß zu kippen, wenn man gleichzeitig warmes Wasser laufen ließ? Konnte man Flaschen mit Metallringen in den Altglascontainer schmeißen? Sollten wir Feuerholz kaufen? Waren wir uns einig, daß die Nachbarn ihre Kinder mißhandelten – körperlich oder »nur« psychisch? War Insektenpulver gegen Küchenschaben, das Borsäure enthielt, ein Toxin, das sich im Organismus anreicherte? Wo war die Fahrradpumpe? Wer war damit dran, den grünen Dreck zwischen den Kacheln im Bad abzukratzen? Sie hatten sich die größten Umstände gemacht, eine Nachricht auf dem Anrufbeantworter für mich zu erhalten. Mußte mir's dreimal anhören, weil ich's nicht glauben konnte. Es war Dolmacher. Klang freundlich. Er wollte, daß ich mit ihm nach New Hampshire zum Überlebenstraining fuhr. Er würde versuchen, noch mehr Jungs aus Boston dafür zu gewinnen, sagte er, und – man höre und staune – die Leute, mit denen er zusammenarbeite, seien alle »furchtbare Trottel«.

Eins mußte man ihm lassen: Er hatte die innere Kraft, jedes Wochenende da raufzudüsen und sich mit den zottigen Inzuchtprodukten New Hampshires im Kampf zu messen. Sie schossen zwar nicht mit echten Kugeln, aber der Dreck und die Kälte waren durchaus echt.

Er hörte sich so gottverdammt glücklich an. Das Projekt Heiliger Gral mußte blendend laufen. Und dann erinnerte er mich noch an meine Verabredung mit Laughlin. Was, zum Teufel, wollten die von mir?

Scheiße, vielleicht hatten sie wirklich einen großen Coup gelandet. Vielleicht hatten sie was erfunden, mit dem man

Giftmüll entgiften konnte. Falls ja – wunderbar. Aber aus irgendeinem Grund nervte mich dieser Gedanke ungemein.

Vielleicht, weil *ich* der große Held sein wollte. Vielleicht war das mein eigentliches Problem. Wenn Dolmacher und sein grinsender, muskelbepackter Boß eine hundertprozentige Methode entwickelten, Schadstoffe unschädlich zu machen, während ich langhaarig und schmuddelig in meinem Zodiac saß und mit dem Rad zur Arbeit fuhr – wo blieb ich dann? Außen vor.

Rebecca hatte auch angerufen, etliche Male, aber das hatten meine Leute gelöscht. War immer dieselbe Leier: Ich versuche dauernd, dich zu erreichen, du Arsch, warum rufst du nicht zurück? Also klingelte ich sie an, als ich das nächste Mal im Büro war.

»Na, wie geht's dem verwundeten Krieger?«

»Wie meinst du das?«

»Stolz, S. T. Ich rede von deinem Stolz. Als ich letztesmal mit dir gesprochen habe ...«

»Ach ja. Die verschwundenen PCBs. Sicher, das tut mir immer noch ein bißchen weh. Aber es war schön in Buffalo.«

»Hast du Pleshys Wahlkampf verfolgt?«

»Da bringst du mich auf was. *Basco* kauft *Boner* auf. Große Fusion. Wahrscheinlich Insider-Geschäfte.«

»Darüber müssen wir uns unterhalten. Und über den Artikel – du erinnerst dich?«

Und so verabredeten wir uns. Ich war mir noch nicht sicher mit dem Artikel. Machte vielleicht insofern Spaß, als es ein Kinderspiel war. Aber andererseits versuchte ich mich hin und wieder an politischer Glaubwürdigkeit. Es waren schon ein paar verblüffend bekannte Lokalpolitiker zu mir gekommen, damit ich ihnen Statements über Giftmüllprobleme schrieb. Und wenn ich den Schleimer in der alternativen Presse runterputzte, wurden sie vielleicht kopfscheu.

Irgend jemand hatte mir in meiner Abwesenheit Zeitungsausschnitte über Smirnoff, dieses Granatenarschloch, auf den Tisch gelegt. Die terroristischen Jungpfadfinder hatten ihr erstes Jamboree veranstaltet und die gesamte Bostoner Presse dazu eingeladen. Ein, zwei Reporter waren auch tatsächlich gekommen. Smirnoff hatte eine Verlautbarung ausgespuckt, wirr und weitschweifig, wie nicht anders zu erwarten, und GEA teils mit Scheiße beworfen – wir seien zu konservativ –, teils unsere direkten Aktionen gelobt. Einer der Ausschnitte war mit einem Foto versehen, und ich konnte den Hinterkopf eines Jungpfadfinders erkennen, der bewundernd zu Smirnoff aufblickte. Das war definitiv Wyman, der Typ, der auf der Autobahn in den Rückwärtsgang geschaltet hatte. Also versuchte ich, ihn zu fassen zu kriegen, aber er war aus seiner alten Wohnung ausgezogen, und niemand wußte, wo er war.

»Das hält er geheim«, erklärte sein ehemaliger Zimmergenosse, »weil er vom FBI verfolgt wird.«

»Ist ja ’n Ding«, sagte ich und trat damit diesem unverfolgten Mitverschwörer gewaltig auf den nicht vorhandenen Schlips.

Den Rest des Nachmittags schrieb ich Briefe und Pressemitteilungen, in denen ich Smirnoff, sein Idol Boone und ihresgleichen anprangerte und die Unterschiede zwischen uns und ihnen erklärte. Dann schmiß ich das Zeug weg, will sagen, ich ließ es vom Computer löschen. Es würde nie gedruckt werden, weil wir über Leute wie Smirnoff nicht reden – wir ignorieren sie.

Ein bißchen Spaß hatte ich allerdings in der ersten Woche nach meiner Rückkehr. Keine großen Aktionen, keine Auftritte vor Gericht, keine kaputten Autos. Ich rührte eine Ladung Papiermaché an und bereicherte meine Modelleisenbahn mit einem neuen Berg. Ich versilberte wieder mal ein paar von meinen alten *Mass-Anal*-Aktien und kaufte eine antike Lok. Bartholomew, Debbie, Tess, Laurie und ich spielten nach der Arbeit bis zum Umfallen Federball.

Aber am meisten Spaß hatte ich, als mir Esmerelda die Kopie eines Fotos aus dem Wirtschaftsteil des *Boston Globe* vom 13. Juli 1956 schickte. Es war ein Bild von Alvin Pleshy aus seinen rührigen Tagen als Jungingenieur im Hauptwerk von *Basco* in der Alkali Lane. Ich erkannte das Gebäude an seiner

Monstrosität: Es war ihre riesige Chloralkalielektrolysefabrik. Sie produzierten eine Menge Chemikalien, also brauchten sie eine Menge Strom. Und das bedeutete gewaltige Transformatoren. Einen Haufen Transformatoren, jeder von der Größe einer Garage mit zwei Stellplätzen.

»NEUE GERÄTE FÜR BASCO. Oberingenieur Alvin Pleshy überwacht die Aufstellung von modernen Geräten im Basco-Werk in Everett. Die Geräte sollen bei der Produktion von Chemikalien für Industrie und Landwirtschaft eingesetzt werden.«

Die in wenigen Jahren über Vietnam versprüht werden, ergänzte ich. Aber die Bildunterschrift spielte keine Rolle. Ich betrachtete das Foto. Jeder, der Augen im Kopf hatte, konnte sehen, daß es sich hier nicht um irgendwelche »Geräte« handelte, sondern um Riesentransformatoren.

Daß *Basco* 1956 neue Transformatoren gekauft hatte, interessierte mich nicht. Mich interessierte, daß sie alte Transformatoren hatten ausrangieren müssen, um Platz für die neuen zu schaffen. Und die alten Transformatoren waren vermutlich voll PCBs gewesen – Hunderttausende Gallonen von dem Teufelszeug. *Basco* hatte jahrelang PCB-Probleme gehabt, aber nicht in dieser Größenordnung.

Irgendwo hatte Pleshy einen ganzen Schadstoffsee verschwinden lassen und es dreißig Jahre lang geheimgehalten. Ich fragte mich, ob er nachts manchmal daran dachte. Ich fragte mich, was die Aktionäre wohl sagen würden, wenn ich sie darüber informierte.

Angenommen, *Basco* hatte die Transformatoren einfach im Hafen versenkt. Oder auf einem firmeneigenen Grundstück eingebuddelt. Früher oder später würden sie durchrosten, und dann war der Teufel los. Es konnte eine Weile dauern – sagen wir, dreißig Jahre. Aber eines Tages würde es passieren.

Und das wußten die Leute von *Basco*. Sie warteten ab und machten sich Sorgen. Genug Sorgen vielleicht, um die Stelle, an der die alten Transformatoren versteckt waren, von Mietschlägern mit einer Cigarette bewachen zu lassen.

Reine Spekulation. Aber das erklärte vielleicht die Sache mit dem Hummer. Leider erklärte es nicht die verschwundenen PCBS.

Ich schaute mir noch mal das Foto an. Pleshy trug dieses breite strahlende Lächeln zur Schau, das seit den Fünfzigern irgendwie ausgestorben ist. Als er zwölf Jahre später von dem Reisöl in Kusho las, lächelte er garantiert nicht mehr.

Aber man lächelte reichlich bei *Biotronics*, zumindest in den ersten zehn Minuten. Laughlin schickte tatsächlich einen Wagen, der mich abholte. Er sagte, es wäre ihm arg, wenn ich mit meinem Rad auf dem Weg zu *Biotronics* überfahren würde. Entweder war er sträflich unbedacht, oder er wollte mir zu verstehen geben, daß er viel von mir wußte.

Und so war es höchste Zeit, daß ich viel von ihm wußte, und ich hatte ein paar Möglichkeiten, mich zu informieren. Die meisten würde ich allerdings erst nach dem Treffen nutzen können, also rollte ich relativ unwissend in einem dicken fetten Firmenwagen zu einem High-Tech-Bürogebäude am Fluß, nicht weit von Harvard entfernt. Fuhr mit dem Lift in den obersten Stock und fand *Biotronics* ganz leicht, indem ich den Gerüchen der Firma folgte. Sie verwendeten Lösungsmittel, größtenteils wohl zum Reinigen. Äthanol und Methanol. Irgendwas Desinfizierendes mit Duftstoffen. Wölkchen von Salzsäure. Liebliches Aceton. All das war in keiner Weise ungewöhnlich. Die elementaren Laborgerüche.

Laughlin empfing mich in der Tür, ließ seine Rechte herabstoßen wie einen Stuka-Bomber und nagelte mich mit dem Händedruck eines Sportlehrers und dem Lächeln eines Showmasters fest. Männerparfüm stach mir in die Nüstern – es war mir sozusagen vertraut.

Aber er trug kein Schulterhalfter. Und man konnte dieses Parfüm in jedem hinreichend prätentiösen Geschäft kaufen. Und wenn man einen Gaschromatographen hatte, konnte man es für ein Hundertstel des Ladenpreises selbst herstellen. Ich mußte das also ganz locker nehmen und durfte keine voreilig-paranoiden Schlüsse ziehen. Große Typen und große Kanonen wachsen nicht unbedingt auf einem Holz. Ich wischte mir die Hand diskret an meiner Jeans ab und folgte ihm dann, vorbei an den lächelnden Sekretärinnen, dem vergnügten Gefäßewäscher, der eine Rollwagenladung Gläser vor sich herschob, dem dynamischen Reparaturmechaniker, der am Kopierer rumbosselte, den gesunden und munteren Leitenden und so weiter und so fort. In solchen Büros kriege ich immer eine Gänsehaut. All die gute Laune. All die Kaschmirwolle, die aufbereitete Luft, der mittelmäßige Kaffee, die Neonröhren, Lippenstifte, Frisch-verlegter-Teppichboden-Gerüche, die ewiggleichen Scheißcartoons an der Wand. Aber irgendwo hatten sie hier ein Labor, und das machte das Ganze ein bißchen erträglicher.

Wie sich dann herausstellte, war es nichts Besonderes, das Labor. Sie hatten einen ziemlich billigen Gaschromatographen und noch ein paar Analysegeräte, und in einer Ecke des Raums hatten sie einen sehr merkwürdigen Apparat, einen sogenannten Dolmacher. Er hielt einen Computerausdruck in der Hand und bewegte die Lippen.

»S. T.!« rief er, etwas zu laut und hektisch blinzelnd, während seine Kontaktlinsen zu adaptieren versuchten. »Schade, daß wir uns am Samstag nicht gesehen haben.«

»Ich war in Buffalo. Hast du jemand zur Strecke gebracht?«

»Ja! Einen Offiziersanwärter direkt hinterm Ohr erwischt. Aus dreißig Metern Entfernung. Gott, war dem das peinlich.«

»Mhm. Hier arbeitest du also?«

»Einen Teil der Zeit.«

»Wo ist der DNS-Sequenzierapparat? Wo sind die Bakterientanks? Wo ist der Tabak, der im Dunkeln leuchtet?«

»Wir sind hier in Cambridge/Massachusetts«, sagte Laughlin und ließ ein überraschend rauhes Gelächter hören.

»Ja. Und Leute wie ich haben hier Leuten wie Ihnen in die Suppe gespuckt.«

»Heiliger Gott, S. T.«, sagte Dolmacher, nicht direkt quengelig, aber fast, »du hast uns das Leben in dieser Stadt wirklich schwergemacht. Gerade daß wir hier noch ein Büro haben dürfen.«

»Ich war's nicht«, sagte ich. »Ich hab' nichts mit Genen am Hut.« Eine andere Umweltgruppe hatte vor Jahren Gesetze durchgedrückt, die den Gentechnikern, wie Dolmacher ganz richtig bemerkte, das Leben in Cambridge schwermachten.

»Noch trifft das zu, S. T.«, sagte Laughlin, »aber es wird sich bald ändern.«

»Ja, ich habe alle möglichen dunklen Andeutungen in dieser Richtung bekommen.«

Laughlin ließ einen Moment alle Höflichkeit vermissen und machte eine ruckartige Kopfbewegung zur Tür hin. Ich nahm an, es sollte heißen, daß wir jetzt gingen. Dolmacher dackelte automatisch nach.

»Wo ist der Rest?« fragte ich auf dem Korridor, um mir die Zeit zu vertreiben.

»Leider haben wir nicht alles unter einem Dach«, sagte Laughlin. »Auf Grund diverser Umweltbestimmungen haben wir die Einrichtungen von *Biotronics* über die ganze Region verteilt. Dies ist die Zentrale. Und wie Sie gesehen haben, haben wir hier ein kleines Analyse-Labor.«

»Nur kleine Moleküle?«

»Nur kleine Moleküle«, bestätigte Laughlin. Dann fixierte er mich mit stechendem Blick. »Sangamons Prinzip.«

Ich konnte es einfach nicht glauben. Dieser Scheißkerl. Er hatte mich die ganze Zeit am Schwanz gezogen, und ich merkte es erst jetzt.

Er führte mich in ein Konferenzzimmer. Ich setzte mich mit dem Rücken zum Fenster. Er machte die Tür zu, und Dolmacher blieb stehen.

»Also, Laughlin, von allen Typen, die mich je wie die Pest gehaßt haben, sind Sie der netteste«, sagte ich.

Er lachte herzlich, das Lachen eines Mannes mit reinem Gewissen. »Das möchte ich bezweifeln«, sagte er.

Dolmacher drehte den Kopf hin und her wie ein Zuschauer beim Tennis. Ich bemühte mich, eine überstürzte Zu- oder Abhaureaktion zu vermeiden. Ich trank einen Schluck von *Biotronics'* Eiswasser – Naturbrunnen, klar – und atmete langsam, versuchte, meine Stimmbänder hübsch locker zu halten. Ich überlegte mir, ob Laughlin es getan hatte – Scrounger getötet, meine ich – oder diese beiden Saftsäcke, Kleinhoffer und Dietrich. Oder alle drei zusammen.

»Wollen wir jetzt anfangen?« röhrte Dolmacher.

»Haben Sie Kinder, Laughlin?« erkundigte ich mich.

»Ich glaube, Sie werden es interessant finden«, sagte Laughlin.

»Sollen wir ihm das mit der Geheimhaltung erklären?« fragte Dolmacher.

»Unser Projekt ist nicht allgemein bekannt«, sagte Laughlin. »Damit uns niemand dazwischenfunkt.«

»Sie meinen die Polizei?«

»Nein, die Konkurrenz. Wenn Sie gegangen sind, können Sie über dieses Treffen natürlich behaupten, was Sie wollen, aber wir werden alles dementieren. Und es wird nichts weiter dabei herauskommen, als daß die Konkurrenz ein bißchen ins Rotieren gerät.«

»Okay«, sagte ich. »Schenken Sie sich den Scheiß. Sie arbeiten also an einer genmanipulierten Bakterie, die das Problem der organischen Chlorverbindungen lösen soll.«

»Richtig«, sagte Dolmacher.

»Ich nehme an, Sie haben mit Hilfe eines Supercomputers und etwas Quantenmechanik ein Übergangsstadium zwischen kovalent und ionisch entdeckt und sich was einfallen lassen, um ein Elektron in kovalente Chlorverbindungen einzufügen und sie damit wieder ionisch zu machen. Irgendeine Reaktion, die über eine Sequenz von genetischem Material läuft, über ein – wie nennen Sie das?«

»Plasmid«, sagte Laughlin.

»Ein Plasmid, das in eine Bakterie eingebaut wird und daher

unbegrenzt reproduziert werden kann. Und jetzt wollen Sie die Genehmigung zur Verwendung dieses Dings. Um mit Schadstoffen aufzuräumen. Um all das kovalente Chlor wieder in Salz umzuwandeln.«

»Richtig«, sagte Dolmacher.

»Wollen Sie einen gutbezahlten Job, S. T.?« fragte Laughlin.

»Ich könnte einen brauchen. Muß mir einen neuen Computer kaufen. Mein alter ist kaputt.«

»Ach.«

»Ja. Die Mafia hat einen Hardware-Spezialisten bei mir vorbeigeschickt, und der hat ihn demoliert.«

Laughlin sagte ausnahmsweise nichts. Er war bloß ein bißchen nervös. Oder sauer. Dachte vielleicht, daß er da und dort Mist gebaut hatte.

»Kauf dir einen von den ganz neuen«, empfahl Dolmacher. »Mit dem 80386-Prozessor. Das ist das Schärfste, was es zur Zeit auf dem Markt gibt.«

»Ihr Sauköpfe. Ihr habt es schon gemacht, stimmt's?«

Laughlin warf einen Blick auf seine Rolex. »Schauen wir mal. Das ist jetzt zwei Wochen, drei Tage und vier Stunden her. So lang haben Sie gebraucht, um es spitzzukriegen?«

»Sie haben also Ihre Wunderbakterien im Hafen ausgesetzt. Und die haben die PCBs weggeputzt und in Salz umgewandelt.«

Laughlin zuckte die Achseln. Er hatte die Augenbrauen jetzt auf halber Höhe der Stirn, im Bereich der totalen Unschuld. »Ist das schlimm?«

»Verraten Sie mir eins. Wie lange ist es her, daß Dolmacher diese Bakterien zusammengebastelt hat? Einen Monat? Zwei Monate? Als ich im Jachtclub mit ihm geredet habe, war er jedenfalls noch nicht fertig. Er sagte, er würde an einem Projekt arbeiten, das für mich so was wie der Heilige Gral sein müßte.«

»Ein, zwei Monate – ja, das kommt ungefähr hin.«

»Mensch, S. T., jetzt reg dich ab«, sagte Dolmacher.

»Haben Sie wenigstens Tests gemacht, bevor Sie die Bakterien auf die Umwelt losgelassen haben?«

Laughlin zuckte erneut die Achseln. »War nicht nötig.«

»Ich glaube, da wäre die EPA anderer Meinung.«

»Beleidigen Sie meine Intelligenz nicht mit der Erwähnung dieses Saftladens.«

Ich schnaubte wütend. »In dem Punkt stimmen wir leider überein, Laughlin. Aber haben Sie denn nicht mal über die Risiken nachgedacht?«

Er grinste. Jetzt hatte er mich. »Was für Risiken? Die Bakterien fressen kovalente Chlorverbindungen, S. T. Wenn sie alle aufgefressen haben – wenn der Hafen absolut giftfrei ist –, verhungern sie. Ende.«

»Ich verstehe genau, was Sie sagen wollen. Wenn ich da rausfahre und versuche, ein paar von diesen Bakterien einzusammeln und Ihre Firma hochgehen zu lassen, werde ich nichts finden. Weil die Bakterien mausetot sind.«

»Und das ist doch wunderbar, oder? Schließlich wollen wir keine genmanipulierten Bakterien in der Umwelt.«

»Und PCBs auch nicht«, fügte Dolmacher hinzu.

Laughlin lächelte süffisant.

»Da habt ihr also die Umweltverschmutzung gestoppt, wie?«

»Genau. Im Hafen sind keine PCBs mehr. Und keine Bakterien. Kein Beweis, mit dem Sie uns aufs Kreuz legen können, S. T. Der einzige, der hier aufs Kreuz gelegt wird, sind Sie.«

Dolmacher wurde plötzlich fies. »Ja, du wirst ganz schön aufs Kreuz gelegt, S. T.«

»Außer im Bett«, ergänzte Laughlin.

»Laughlin, mein Lieber«, sagte ich, »es war mir nicht klar, daß es *diese* Art Fight sein würde.«

Laughlin nahm die Fäuste hoch und verpaßte der dicken Luft einen rechten Haken. »Der Fight ist vorbei«, sagte er. »K. O. in der ersten Runde. Haben Sie mal geboxt, S. T.?«

»Nein. Ich kille lieber hilflose Tiere.«

Dolmacher räusperte sich. Es klang wie Kieselsteine, die in einer Blechdose klappern. »Wir hoffen, daß wir dich auf unsere Seite bringen können, S. T.«

»So wollten wir das nicht formulieren, Dolmacher«, widersprach Laughlin. »Wir wollten sagen: ›Was wir Ihnen zu demonstrieren versuchen, ist, daß wir bereits auf ein und derselben Seite sind.‹«

»Du und wir«, fuhr Dolmacher schwungvoll fort.

»Lumpy, nimmst du deinen Boß gelegentlich zum Überlebenstraining mit?« fragte ich. »Ich könnte dir ein paar Dumdumgeschosse zustecken.«

»Dieses Training ist eine alberne Spielerei«, sagte Laughlin. Dolmacher war ein wenig gekränkt.

»Das sagt er nur, weil er keine Munition mehr hat«, sagte ich. »Sie liegt auf dem Hafengrund. In seinem verchromten Revolver.«

»Ich habe einen neuen«, sagte Laughlin, »einen noch größeren. Um mich vor Terroristen zu schützen.«

»Wie geht es Ihrem Sohn?« fragte ich. »Dem Pöyzen-Böyzen-Fan. Hat er viel mit Gewichtsmaschinen gearbeitet in letzter Zeit?«

»Christopher ist noch nicht reif genug für ein konzertiertes Aufbauprogramm«, sagte Laughlin etwas angespannt.

»Tatsächlich? Er und ich hatten einen kleinen Plausch auf dieser großen Müllkippe im Hafen, wo er mit anderen Prachtjungs rumhängt. Wie alt ist er? Vierzehn, fünfzehn?«

»Siebzehn.«

»Oh. Ich war sehr beeindruckt von ihm. Im Bierflaschenweitwurf ist er ein ganz großes Talent.«

»Danke.«

»Was will er mal werden? Müllwerker?«

Laughlin ging mit kleinen schnellen Boxerschritten auf mich los. Ich blieb einfach sitzen. Es ist schwieriger, jemandem die Fresse zu polieren, wenn er in Höhe der eigenen Gürtellinie ist.

»Denken Sie daran, daß es Anwälte gibt, Laughlin«, sagte ich. Er tat es und blieb stehen.

»Bringen wir's zu Ende«, sagte ich. »Sie wollen, daß ich,

Sangamon Taylor, das bekannte Öko-Arschloch, der Welt verkünde, Ihre PCB-fressenden Bakterien seien eine gute Sache und sollten auf schnellstem Weg dem allgemeinen Gebrauch zugeführt werden.«

»Was die reine Wahrheit ist«, sagte Dolmacher.

»Sie haben befürchtet, daß ich Ihnen das Projekt vermasseln würde, bevor Sie die Bakterien aussetzen könnten. Sie haben von Christopher gehört, daß ich auf Spectacle Island war, und Sie haben befürchtet, daß ich die alten *Basco*-Transformatoren entdecke.«

»Sprechen Sie weiter.«

»Die Transformatoren, die am Nordufer der Insel vergraben sind. Die beim Hurrikan Allison zufällig von diesem alten Lastkahn aufgerissen wurden und einen Riesenschwall PCBs in den Hafen emittiert haben. Sie haben befürchtet, ich hätte das alles rausgekriegt. Was nicht der Fall war. Wie Sie gemerkt haben dürften, bin ich manchmal ziemlich schwer von Begriff. Aber Sie haben trotzdem versucht, mir angst zu machen und meine Arbeit zu blockieren, damit Sie die Beweise vernichten konnten, bevor ich die Möglichkeit hatte, mich an die Öffentlichkeit zu wenden.«

»Und es hat funktioniert.«

»Blendend sogar. Die Frage ist nur: Haben die Bakterien wirklich alle PCBs gefressen? Auch die tief unter dem alten Kahn? Vielleicht gibt's da noch irgendwo einen heilen Transformator. Oder eine Bakterienkolonie, die noch mit ein paar Rest-PCBs zu Gange ist, Bakterien, die ich einsammeln und der Öffentlichkeit vorführen könnte. Davor haben Sie Angst. Sie wollen sich den Rücken freihalten, indem Sie mich auf Ihre Seite ziehen.«

»Und was spricht dagegen, daß du auf unserer Seite bist?« fragte Dolmacher. Er meinte es wirklich ernst. »S. T., im Bostoner Hafen gibt es keine kovalenten Chlorverbindungen mehr. Das wolltest du doch, oder?«

»Sangamons Prinzip«, sagte ich. »Dieses Plasmid, mit dem ihr rummacht, ist ein Riesenmolekül. Ihr wißt nicht, was es alles anstellen wird. Meine Antwort ist nein.«

Laughlin machte sich nicht die Mühe, mich zum Lift zu begleiten. Dolmacher folgte mir und laberte weiter vom Überlebenstraining, bis ich ihn gegen die Wand drückte. Er starrte mich mit leerem und doch irgendwie durchdringendem Blick an, und als ich nach unten fuhr, kam mir der Gedanke, daß Dolmacher selbst nichts weiter war als ein kompliziertes Riesenmolekül und daß man auch bei ihm nicht wußte, was er alles anstellen würde.

21

Rebecca kam eine halbe Stunde nach meiner Rückkehr im Büro vorbei. Wir waren verabredet, und ich hatte es total vergessen. Verdammt noch mal, ich schmorte noch in meinen Emotionen, versuchte, mir Laughlins Parfüm von der Hand zu waschen. Ich hatte keine Zeit zum Nachdenken gehabt. Wollte jemandem alles erzählen, aber erst mußte ich einen Plan machen. Ich schob die Zeitungsausschnitte auf meinem Tisch unter irgendwelchen anderen Mist, als ich draußen Rebeccas Stimme hörte. Dann trat sie ein und sagte, sie habe etwas Interessantes für mich.

Hatte sie auch, aber ich kannte es schon. Noch eine Kopie von diesem Foto. Die Volontärin hatte außerdem ein vages Artikelchen aus den späten Sechzigern ausgegraben, in dem es hieß, *Basco* habe »alte Maschinen« auf dem Hafengrund deponiert und sich mit Ausreden aus der Affäre gezogen.

»*Basco* hat damals behauptet, dieser Schrott würde ein Biotop für Meerestiere werden. Das kaufst du ihnen wahrscheinlich nicht ab?«

Die Gute verstand sich wirklich darauf, mich zum Explodieren zu bringen. »Himmelarsch, Rebecca, seit unvordenklichen Zeiten hat jede Firma, die irgendwelchen Scheiß ins Meer gekippt hat, behauptet, er würde ein Biotop für Meerestiere werden. Da alle Meerestiere im Meer leben, wird er natürlich ein Biotop für Meerestiere.«

»Du bist also der Meinung, daß dieser Schrott heute noch eine Gefahr für die Umwelt darstellt? Wie ist es, willst du den Artikel jetzt schreiben? S. T. über Pleshy?«

»Kann nicht. Noch nicht. Muß erst mal rauskriegen, was genau los ist. Vertagen wir uns also besser. Ich melde mich wieder, wenn *Basco* erledigt ist.«

Während ich bei diesem bezaubernden Gespräch mit Laughlin und Dolmacher gewesen war, hatte jemand eine Nachricht für mich hinterlassen, eine besorgte Nachricht: Gallaghers Frau. Es war noch früh genug am Tag, daß ich ihn auf seinem Boot erwischen konnte, und ich brauchte sowieso einen Vorwand, um eine Runde im Hafen zu drehen. Ich beschwatzte Rebecca, mich zum Jachtclub zu fahren, stieg in mein Zodiac und zischte zu Gallaghers Liegeplatz in Southie. Er war noch irgendwo draußen. Also bat ich eines der Boote, ihn über Funk zu rufen, und zwanzig Minuten später brüllte ich aus vollem Hals übers Wasser, um die *Scoundrel* abzufangen, die gerade aus der Bucht zurückkehrte.

Die Jungs erkannten mich schon auf Distanz, weil ich hier der einzige Mensch bin, der sich per Zodiac fortbewegt, und machten nur noch halbe Fahrt, damit ich längsseits kommen konnte.

»Großer Gott! Seid ihr durch einen Ölteppich geschwommen?« fragte ich, als ich dicht genug dran war. Vielleicht lag's am Abendlicht – jedenfalls sahen sie alle irgendwie grau aus. Sie nuschelten was Blödsinniges. Klang müde. Ich warf einem von ihnen meine Bugleine rüber, und dann halfen sie mir, an Bord zu klettern.

Sie standen da und starrten mich an, stiller denn je, kaputt, deprimiert. Ihre Haut war so dunkel, weil sie Chlorakne hatten.

»Ihr müßt eine Hummersuppe gegessen haben, die es in sich hatte«, murmelte ich, aber Gallagher, der Kapitän des Pestschiffs *Scoundrel*, hob die Hand und schnitt mir das Wort ab.

»Hör zu, S. T. Wir haben dort keine Körbe mehr runtergelassen. Wir haben keinen von den öligen Hummern angefaßt, das schwör' ich dir.«

Wann machte diese verdammte Geschichte endlich Sinn? Warum kam ich mir wie das letzte Arschloch vor? »Ihr habt *bestimmt* keine öligen Hummer gegessen?«

»Nur Billy. Der Mann, den du im Fenway-Stadion gesehen hast.«

»Wie geht es ihm?«

»Gut. Ging ihm 'n paar Tage dreckig, und da hat er sich freigenommen und keine Hummer mehr gegessen.«

Billy kam den Niedergang herauf. Er war wie neu. Ein bißchen Schorf noch von einer fast abgeheilten Chlorakne.

»Aber ihr habt Hummer gegessen, die nicht ölig waren, und seid krank geworden.«

»Ja. Deswegen sind wir auf Big Macs umgestiegen.«

»Gut.«

»Nee. Wird trotzdem immer schlimmer. Als ich heute morgen los bin, da war ich okay. Aber jetzt fühl' ich mich wie ausgekotzt.«

»Die Hummer, die ihr gegessen habt, waren nicht vielleicht doch –«

»Mann, S. T., ich erzähl' dir doch kein' Scheiß. Wir haben sie uns genau angekuckt, und sie haben nicht ölig gerochen und nicht ölig geschmeckt.«

»Wo hattet ihr sie her?«

»Aus 'm ganzen Hafen. Die meisten aus der Dorchester Bay.«

Das half mir auch nicht weiter. Die Dorchester Bay gehörte zu South Boston. Es gab dort eine Menge Notauslässe, aber wenig Industrie. Sie lag fünf oder sechs Kilometer ostsüdöstlich von der Zone, auf die ich mich konzentriert hatte.

»Habt ihr irgendwo Körbe raufgezogen, die ölig waren?«

»Ja. Wir hatten einen bei Spectacle Island runtergelassen – sollte 'n Test sein. Da siehst du mal, wir werden noch Umweltschützer. Heute morgen haben wir ihn wieder raufgezogen. Kuck ihn dir an, S. T.«

Ich wußte schon, daß es übel war, denn sie hatten das Ding einfach in eine Plastiktüte gepackt und am Heck abgestellt. Ich machte die Tüte auf und schaute. War kein Hummer drin, aber der Korb glänzte fettig. Das Öl war zum Teil von ihm abgetropft und hatte sich in einem Zipfel der Tüte gesammelt. Fettig, aber durchsichtig. Dieser Hummerkorb hatte ein PCB-Bad genommen.

Das war noch übler als der Hummer, den Tanya zerlegt hatte – der hatte nur ein paar Tropfen von dem Teufelszeug im Leib gehabt.

Hinter der Geschichte steckte mehr, aber ich hatte keine Ahnung, was. Jeder neue Beweis stand im Widerspruch zu dem davor.

Billy hatte ölige Hummer gegessen und sich eine Vergiftung geholt. Dann aß er keine mehr, und es ging ihm besser. Schön. Aber der Rest der Crew hatte nie ölige Hummer gegessen und sich trotzdem eine Vergiftung geholt. Sie aßen überhaupt keine Hummer mehr, und es half nichts. Woher kamen dann die PCBs?

»Ich kann mir höchstens vorstellen, daß ihr von solchen Körben PCBs abgekriegt habt – über die Haut oder über die Lunge«, sagte ich. »Ihr habt nicht zufällig versucht, was zu verbrennen, oder? Alte Körbe, alte Leinen?«

»Warum sollten wir?«

»Weiß ich auch nicht. Aber ich muß euch warnen: PCBs verbrennen nicht. Sie verwandeln sich bloß in Dioxin, und das verpestet dann die Luft.« Vielleicht betrieb irgend jemand in Southie eine illegale Giftmüllverbrennungsanlage. Keine Ahnung.

»Aktivkohle«, sagte ich. »Kauft euch Aquariumkohle, mahlt sie fein und eßt sie. Macht euch Einläufe damit.«

Es dauerte eine Weile, bis ich die Jungs dazu bekam, mir das zu glauben. »Ihr könnt auch Briketts nehmen. Aber nicht die Sorte, die sich selbst entzündet.«

»Schon gut, S. T. Wir sind nicht doof.«

»Entschuldigung. Wißt ihr, wie ein Aktivkohlefilter funktioniert? Der Kohlenstoff bindet organische Moleküle – alles, was reaktionsfähig ist. Er bindet sie lange genug, daß euer Körper sie ausscheiden kann.«

Gallagher lachte. »Okay. Ich sag's meiner Frau. Kohle kann man immer brauchen.«

Ich tuckerte zurück, füllte die Tanks des Zode, fuhr zum Büro, bepackte mich mit Tauchausrüstung, schaffte sie zum Jachtclub, und als ich wieder auf dem Wasser war, war es dunkel und ein bißchen neblig. Paßte. In mir war es auch dunkel und ein bißchen neblig. Ich wußte nicht, was ich suchen sollte, geschweige denn, wo.

Der ölige Hummerkorb – das war ein handgreiflicher Beweis. Da brauchte ich keinen Gaschromatographen, da tat es mein bewährter Rüssel. Das Ganze stand zwar im Widerspruch zur Analyse des Gaschromatographen in der Uni, aber mittlerweile schienen Widersprüche ja die Regel zu sein.

Ich hatte Gallagher gebeten, mir auf der Karte zu zeigen, wo er den Hummerkorb aus dem Wasser gefischt hatte. Vierhundert Meter nördlich von Spectacle Island. Da gab es eine Art Senke im Meeresboden. Ich konnte runtertauchen und nach Ölpfützen suchen. Nach Fünfundfünfzig-Gallonen-Fässern oder alten *Basco*-Transformatoren. Allerdings hatten wir in dieser Ecke bereits Proben gezogen und nichts gefunden.

Und wenn ich jetzt was fand... was würde das beweisen? Half auch nicht weiter bei den ungeklärten Fragen – warum meine Analyse so total in die Hose gegangen war, warum Gallagher Chlorakne hatte.

Vielleicht waren es gar keine PCBS. Vielleicht handelte es sich um andere organische Chlorverbindungen, die nicht ölig schmeckten und die wir bei unserer Analyse nicht erfaßt hatten. Das war die einzige plausible Erklärung dafür, daß sich die Jungs eine solche Vergiftung geholt hatten. Vielleicht hatten wir es auch mit zwei Problemen zu tun: einem kaputten Transformator, den *Basco* vor dreißig Jahren »entsorgt« hatte und der Hummerkörbe ölig machte, und irgendwelchen heimlichen Einleitungen von etwas Unbekanntem und Tückischem. An der Route 128 wurden ständig neue Technologien entwickelt, und damit fielen dauernd neue Formen von Giftmüll an. Vielleicht schaffte sich jemand den Dreck über das Notauslaßsystem vom Hals – spülte ihn bei starkem Regen einfach die Toilette runter in dem Wissen, daß er direkt in den Hafen überlaufen und in keiner Kläranlage auffallen würde. Er kam aus einem der Notauslässe an der Dorchester Bay und kontaminierte die Hummer in diesem Bereich.

Hier mußte ich ansetzen. Eine Probe aus der Dorchester Bay ziehen und sie analysieren, nach jedem gottverdammten Element und jeder gottverdammten Verbindung unter der Sonne suchen: nach Brom und Fluor und allem, was Chlorkohlenwasserstoffen ähnlich war. Wenn nichts dabei rauskam, würde es mir wenigstens helfen, die neue Hypothese zu verwerfen. Und wenn ich was fand, konnte ich es zu einem Notauslaß zurückverfolgen. Womit ich die Kriminellen beim Wickel hatte. Jeder Notauslaß entwässert eine bestimmte Anzahl von Toiletten in einem bestimmten Stadtteil. Wenn ich die richtigen Kanaldeckel aufstemmte und meinen Kanalisationsplan studierte, konnte ich der toxischen Spur bis zum Täter nachgehen.

Dieses Verfahren hatte noch einen Vorteil: Ich mußte nicht tief tauchen. Tauchen ist einfach nicht mein Ding. Unter normalen Umständen ist es schon gruselig genug, und dann noch bei Nacht, in trübem Wasser und ohne Hilfe – das war scheißblöd. Ich machte es nur, weil ich wußte, daß ich keine Ruhe haben würde, bevor ich etwas unternommen hatte. Also ankerte ich mit meinem Zodiac dreißig Meter vorm Ufer und arbeitete von dort aus.

Zunächst ging ich auf Grund und schaute mich ein bißchen um. Irgendwo vor mir mußte ein Notauslaß sein, denn hier lagen massenweise Kondome, Lokuspapier und anderer Abfall herum. Hinter mir, so vermutete ich, waren reichlich PCBs. Und dazwischen herrschte das totale Chaos: toxingesättigte Hummer, giftfreier Schlamm, sauber aussehende Hummer, von denen die Leute, die sie aßen, Chlorakne bekamen.

Direkt vor mir saß ein Hummer auf einem alten Ölfaß. Ich stupste mit meinem Messer dagegen, und es zerbröselte; da konnte nichts drin sein. Dann gingen der Hummer und ich in den Clinch. Ich stellte mir vor, es wäre Laughlin. Konnte ihn weder riechen noch schmecken, aber ihn aufbrechen und seine Leber suchen.

Er hatte keine, nur Bläschen voll Öl wie der, den Tanya zerlegt hatte. Ich tat seine Eingeweide in ein Gefäß und nahm es mit. Dann schwamm ich auf den Notauslaß zu, tauchte hin und wieder auf, um mich zu orientieren, und entdeckte ihn schließlich. Gott sei Dank regnete es nicht.

Nachdem ich unter der Austrittsöffnung eine Probe gezogen hatte, paddelte ich nach oben und prägte mir die Uferlinie ein. Ich mußte wissen, mit welchem Notauslaß ich es hier zu tun hatte. Er lag zwischen der *University of Massachusetts*, South Boston High und der Summer Street. Als ich sicher war, daß ich diesen Punkt auf meiner Karte wiederfinden würde, beschloß ich, Feierabend zu machen.

Ich steuerte auf mein Zodiac zu, als ich plötzlich leise Motorengeräusche hörte. Das irritierte mich, denn beim letzten Auftauchen hatte ich keine Positionslichter gesehen. Irgend jemand war in der Nähe, im Nebel versteckt, und ich mußte annehmen, daß er sich vor mir versteckte.

Also schwamm ich eine weite, langsame Runde, und so entdeckte ich die Cigarette. Sie lag ruhig da, Motor im Leerlauf, gerade so weit entfernt, daß ich sie vom Zode aus nicht sehen konnte. Aber die Leute konnten mich sehen, weil sie die Lichter aus hatten. Die Lichter am Zode beleuchteten nur den Nebel. Sie nicht.

Was nun? Ich konnte versuchen, sie mir aus der Nähe anzuschauen. War allerdings möglich, daß ihnen das nicht paßte. Und wenn sie beschlossen, eine fröhliche Hatz auf mich zu veranstalten, hatte ich schlechte Karten. Außerdem wurde mir die Luft knapp, und ich konnte nicht mehr lang unter Wasser bleiben.

Also war es das einzig Vernünftige, erst mal zum Zodiac zurückzuschwimmen. Aber genau das erwarteten sie ja von mir, und es macht mich rasend, wenn ich gezwungen bin, genau das zu tun, was man von mir erwartet. Pech gehabt. Wenn einem die Luft ausgeht, geht einem die Luft aus.

Heimlichkeit war die beste Strategie. Ich schwamm unter Wasser zurück, tauchte auf der anderen Seite des Zode auf – konnte ja sein, daß sie Nachtgläser hatten – und begann noch im Wasser, diverse Teile der Taucherausrüstung abzulegen. Mein einziges Zugeständnis an die Paranoia war, daß ich mich von ein paar Sachen befreite. Ich ließ die leeren Sauerstoffflaschen auf Grund sinken, weil es geräuschvoll und zeitaufwendig gewesen wäre, sie ins Zode zu hieven. Der Tauchgürtel folgte. Waren sowieso nur ein paar Stücke Blei und ein Nylonriemen.

Das Hauptproblem war, daß ich mich ins Zode wuchten mußte. Ich wog mehr als der ganze andere Scheiß zusammen. Über den Wulst kam man nicht so locker, als würde man über einen Zaun flanken. Es war eher wie ein Sumo-Ringkampf in einem Swimmingpool voll Speiseöl.

Ich versuchte, leise zu sein, und als ich aus Versehen einen grausamen Krach machte, versuchte ich eben, es schnell über die Bühne zu bringen. Gleichzeitig hörte ich, wie die Motoren der Cigarette auf Touren kamen, wie der Gang eingelegt wurde. Ich hatte die Hosen gestrichen voll und zog am Startseil, zog mindestens dreimal wie ein Irrer, aber der Motor sprang nicht an. Dann tauchte die Cigarette wie ein Gespenst aus dem Nebel auf, und ich konnte endlich einen Blick auf die Typen an Bord werfen. Sie trugen Skibrillen. Der eine steuerte, der andere beobachtete mich durch einen unnatürlich großen Feldstecher. High-Tech-Ganoven: Sie hatten ein Supernachtglas. Die Augen des Fahrers blinkten blaßblau; Kleinhoffer oder Dietrich. Der andere setzte sein Nachtglas ab und zielte mit einer Kanone auf mich.

Nachdem ich ein Leben lang ferngesehen hatte und ins Kino gegangen war, hatte ich mich bei Jim Grandfather mal im Pistolenschießen versucht und gemerkt, wie schwierig es ist, mit einer Handfeuerwaffe zu treffen. Die Typen waren auf einem kleinen Boot; ich auch. Ich glaubte kaum, daß sie es schaffen würden, mich mit *einem* Schuß zu erledigen. Was mich nicht daran hinderte, vor Angst fast zu sterben. Als ich die Kanone sah, fiel ich glatt auf den Arsch, und das Zode richtete sich auf. Die Cigarette sauste an mir vorbei und mußte für den zweiten Versuch wenden.

So kam ich dazu, die kleine Überraschung zu entdecken, mit der sie mich beglückt hatten: Ein Pfeil steckte im Wulst meines Zode, zischte mich an wie eine Schlange und strahlte ein durchscheinendes bläuliches Licht ab. Dolmacher hatte mir irgendwann davon erzählt. Es war ein Tazer-Pfeil. Wenn ich nicht umgefallen wäre, hätte er mich ins Gesicht getroffen und seine elektrische Ladung durch mein Nervensystem gejagt. Ich wäre bewußtlos geworden oder hätte es mir gewünscht, und die Typen hätten Vollgas geben und mich mit 120 Stundenkilometern umnieten können. Tut uns leid, Herr Wachtmeister, es war so neblig.

Das Zode wippte im Kielwasser der Cigarette hin und her wie ein Schaukelstuhl. Etwas Schweres rollte gegen meinen Fuß. Unser großer Elektronenblitz. Ich machte ihn an, als die Cigarette auch beim zweiten Versuch an mir vorbeisauste, hielt ihn über meinen Kopf wie einen Basketball und warf ihn rüber ins Cockpit.

»Nicht aufgeben, Jungs!« brüllte ich. Das Licht blendete mich zwar auch, aber ich mußte nicht perfekt sehen können, um den Motor anzuwerfen. Sie schon, wenn sie auf mich schießen wollten.

Zeit also für einen weiteren Versuch mit dem Motor. Diesmal machte ich's richtig, stellte den Drehgasgriff auf START und tat den Choke raus. Drei Züge am Startseil, und der Motor sprang an.

Dann soff er ab. Ich tat den Choke wieder rein und zog noch mal am Startseil. Nach ein paar Sekunden lief der Motor wie eine Eins. Ich mußte mich vorbeugen, um auf Vorwärts zu schalten, und so kam es, daß ich aus dem Zode flog.

Kleinhoffer und Dietrich hatten nicht in jeder Beziehung verloren. Während die schwarzen Punkte, die vor ihren Augen tanzten, allmählich verschwanden, konnten sie dicht an mir vorbeifahren und mich mit ihrer 1000-PS-Bugwelle durchschütteln. Der Erfolg übertraf ihre kühnsten Erwartungen. Ich hatte das Zode in den Vorwärtsgang bekommen, aber mich, als ich rausfiel, am Drehgasgriff verheddert, und so war der Motor jetzt seitlich gekippt. Das Zode tuckerte in engen kleinen Kreisen, ein bißchen schneller, als ich schwimmen konnte. Die Cigarette kam wieder, und ich mußte davon ausgehen, daß der Typ mit der Kanone durch sein Nachtglas glotzte. Wenn das Wasser glatt gewesen wäre, hätte er mich sofort gesehen, aber heute abend war es Gott sei Dank ein bißchen kabbelig.

Ich hatte ein Problem, das rasch gelöst werden mußte. Hatte den Hals und die Nase voll Wasser und wollte keine Aufmerksamkeit auf mich lenken, indem ich es aushustete und -rotzte. Also tauchte ich, prustete einen Teil davon weg und schluckte den Rest. Köstlich. Dann ging mir die Luft aus. Ich mußte nach oben und atmen.

Jetzt hatte ich eine Chance. Das Zodiac bewegte sich in Spiralen auf mich zu. Ich machte mich klein, bemühte mich, wie eine Welle auszusehen, und paddelte mit Hundstappern dem Zode entgegen. Die Cigarette sauste derweil hin und her, um meinen Kopf mit ihren Propellern zu orten.

Das ging vielleicht zehn Minuten. War schwer zu schätzen, weil ich mal nach Luft schnappte, mal versuchte, mich zu verstecken, die Tsunami-Wellen der Cigarette heil zu überstehen und näher an das Zode heranzukommen.

Die Bugleine streifte mein Bein, und ich packte sie. Wenn ich sie hinter mir herdriften ließ, würde sie sich im Propeller verfangen. Welche nützlichen Tips hatte mir Artemis sonst noch gegeben? Geh's locker an und gib nicht gleich Vollgas. Dann nämlich würde das Zode hochschnellen, und ich würde erneut ins Wasser klatschen.

Schließlich hatte ich den Bug direkt vor der Nase und wartete darauf, daß die Cigarette an mir vorbeischoß. Jetzt konnte ich mich in Windeseile hochziehen und ins Zode plumpsen. Theoretisch zumindest. Praktisch dauerte es etwas länger, und als ich auf allen vieren zum Motor kroch und aufblickte, mußte ich feststellen, daß die Cigarette parallel zu mir fuhr und die Tazer-Pistole auf mich gerichtet war.

Sie machte kein Geräusch. Ich merkte nicht mal, daß ich getroffen war, bis ich ein heißes Kribbeln am Ärmel meines Tauchanzugs spürte. Das war alles.

»Ihr Arschlöcher!« schrie ich. »Das ist ein Gummianzug!«

Artemis wäre stolz auf mich gewesen: Ich gab langsam Gas, lag ruhig im Wasser. Dann legte ich einen Zacken zu und sauste am Bug der Cigarette vorbei. Es war kabbelig, wie gesagt, aber nicht allzusehr, und ich strebte dem Zodiac-Nirwana entgegen: das Boot praktisch abgehoben bis auf die Schraube. Bei diesem Tempo hätte das Wasser auch Asphalt sein können. Die Cigarette durchpflügt es, das Zodiac brettert darüber – als würde es von vierzig tollwütigen Mustangs gezogen.

Wenn ich es schaffte, aus der Dorchester Bay rauszukommen und weiter zum Castle Island Park, konnte ich direkt die City ansteuern. Dann würde ich einen schmalen Kanal kreuzen, am Gelände der Navy vorbeifahren und anschließend die Piers von South Boston passieren. Der schwierigste Teil war der erste, weil ich da keine Deckung hatte, aber als mich die Cigarette einholte, hatte ich die Hälfte der Strecke schon hinter mir. Sie fuhren mir ohne Lichter im Zickzack nach und fanden mich kurz vor dem Castle Island Park.

Von da an war es ein Kampf zwischen Power und Wendigkeit. Sie versuchten mich zu schneiden, aber ich drehte ab, machte eine Kehre um 270 Grad, fiel fast aus dem Zode, als mich ihre Bugwelle traf, und schwenkte hinter ihnen ein. Sie fingen sich schneller, als ihnen lieb war, endeten vor mir – ähnlich wie in Buffalo –, und ich visierte ihre Arschlöcher an und gab Gas. Sie wendeten schnell, aber immer noch langsamer als ich. Wir drehten und drehten uns, ich hinter ihnen, dicht an dem kleinen unbewegten Fleck in der Mitte ihres Kielwassers.

Sie steuerten in Gegenrichtung, versuchten mich abzuhängen, und ich machte auch diese Bewegung mit, bis ich die Lichter der City vorbeiwitschen sah. Zeit, die Kurve zu kratzen. Ich änderte den Kurs.

Sie wendeten, wurden eine Weile von ihrem eigenen Kielwasser gebeutelt, brachten das Boot dann auf Touren und kamen auf mich zugerast wie eine Sidewinder-Rakete. Sie versuchten wieder, mich zu schneiden, aber diesmal wußte ich Bescheid. Scherte nach links aus, drehte nach rechts ab, passierte ihren Bug, wurde um Haaresbreite in zwei Hälften gespalten und brachte meinerseits noch mal denselben Trick: wendete und schwenkte wieder hinter ihnen ein. Sie setzten zu einer Kehre an, also hängte ich sie ab und hielt auf die Wolkenkratzer zu.

Die Arschlöcher hätten einkalkulieren müssen, daß ich einen Gummianzug trug. Trotzdem war es ein exzellenter Plan. Ich hätte mir auch so was ausgedacht, wenn ich Laughlin gewesen wäre.

UMWELTSCHÜTZER STIRBT
BEI MYSTERIÖSEM BOOTSUNFALL

Der selbsternannte Einzelgänger hatte eine fahrlässige Einstellung zu Sicherheitsbestimmungen

Ich führte sie an der Nase herum, indem ich einen Spurt zum Airport einlegte, und als sie angebissen hatten, fetzte ich eine Haarnadelkurve hin und schoß in Gegenrichtung an ihnen vorbei. Was mir genug Vorsprung gab, um zum Navy-Kanal zu kommen. Und sie verloren mich beinah wieder im Nebel.

Ja, Leute, ich hatte es zu den Piers von South Boston geschafft, und es war Ebbe. Sie würde mir das Leben retten. Denn jetzt konnte ich mich zwischen dem Pfahlwerk der Piers durchschlängeln.

Schwerer Zodiac-Mißbrauch war angesagt. Ich hielt mich auf ungefähr sechs verschiedene Arten an ihm fest, weil die Pfähle immer wieder versuchten, es unter mir wegzukicken. Ich flog mal hierhin, mal dorthin, als würde ich ein Wildpferd zureiten, und so hinterließen die Entenmuscheln an den Pfählen serienweise parallele Schnitte an meinen Händen und Armen. Ich machte mir nur Gedanken über die nächste Pfahlreihe, wedelte durch die Lücken, duckte mich ab und zu, wenn eine Querstrebe kam. Cigarettes sind nicht für diese Art Mißbrauch gebaut, also konnten die Typen nur auf derselben Höhe wie ich an den Piers entlangfahren und versuchen, mir den Weg abzuschneiden, wenn ich wieder in den Hafen hinausmußte.

Aber das war so ähnlich, als wollte ein langsamer Verteidiger einen schnellen Stürmer aufhalten. Eine Täuschung hier, eine Täuschung dort, und es ist einfach nicht zu schaffen. Ich nagelte in vier Meter Entfernung an ihnen vorbei, und dann drehte ich ab und steuerte wieder landeinwärts. Southie lag hinter mir; bis zur City waren es noch knapp hundert Meter.

Die Paranoia ist mein Way of life, und diese Fieslinge hatten mich ein paar Wochen lang mit ihrer Cigarette beschattet. Ihretwegen hatte ich Schlafstörungen gehabt, Debbie genervt und eine Menge Benzin verbraucht. Statt zu schlafen, hatte ich aufrecht im Bett gesessen und darüber nachgedacht, was ich tun würde, wenn sie mich verfolgten. Mit anderen Worten, ich war nicht ganz unvorbereitet.

Und so wußte ich genau, wie ich diese Schweine in die Kiste bringen konnte: Ich würde sie mit hoher Geschwindigkeit in den Fort-Point-Kanal locken.

Boston war früher nichts weiter als eine runde Insel am Ende einer Sandbank. Der Airport, Back Bay und ein großer Teil von Southie sind auf künstlichem Land gebaut. Die Bucht zwischen Southie und Boston Mitte wurde zugeschüttet. Nur ein Schlitz blieb ausgespart, und das ist der Fort-Point-Kanal. Keine zweihundert Meter breit und gewiß nicht der rechte Ort zum Ausfahren von Rennbooten. Er wird von mehreren Brücken überspannt und ist voll von alten, halb verrotteten Pfählen. Auf den anderthalb Kilometern, die er lang ist, hat er mehr Hindernisse und Untiefen und versteckte Gefahren aufzuweisen als der Mississippi auf hundertfünfzig. Ich wußte wie ein Mississippi-Lotse, wo der ganze Scheiß war. Ich konnte diesen Kanal im Schlaf mit Vollgas durchbrausen. Zumindest hatte ich das behauptet. Jetzt hatte ich Gelegenheit herauszufinden, ob es stimmte.

Erst kitzelte ich die Typen ein bißchen, tat so, als wollte ich Heimatkurs steuern, zum Jachtclub zurück, mimte einen verzweifelten Ausbruchsversuch zum Airport, wurde auf beiden Wegen abgefangen. Brachte die Typen dazu, in die falsche Richtung zu flitzen, drehte plötzlich um und fuhr rasant auf den Kanal zu. Jagte schließlich den Motor bis zum Gehtnichtmehr hoch – hätte nie gedacht, daß ich soviel Schiß haben könnte. Hatte vierhundert Meter Abstand, bevor sie wendeten. Ich wußte, daß der Typ mit der Kanone mit seinem Nachtglas durch den Nebel spähte und die Wärmestrahlung meines Motors anpeilte, der inzwischen leuchten mußte wie eine Supernova. Dann fand er mich, und sein Partner tat genau das Richtige: gab Gas und reizte die 1000 PS der Cigarette voll aus. Sie bogen in den Kanal, sausten unter der Northern Avenue Bridge durch, und ich fuhr ihnen durch den sicheren Teil des Kanals voraus, damit sie nicht merkten, daß sie in Lebensgefahr waren. Sie klebten mir beinah am Arsch, als ich sie auf eine Palisade aus dreißig Zentimeter dicken Pfählen in der Nähe des Tea-Party-Schiffs zulotste. Ich scherte abrupt aus, und das Zode schrammte haarscharf dran vorbei, fast auf der Seite liegend. Dann machte ich, daß ich fortkam.

Sie donnerten mit 100 Stundenkilometern gegen die Pfähle. Der schnittige Fiberglasrumpf zerkrachte wie ein Kartoffelchip im Fleischwolf. Die überdimensionalen Motoren brauchten eine

Menge Benzin, und es explodierte sofort. Einer der Motoren sauste durch den Raum wie ein Komet und zog einen Schweif von blaßblauen Flammen hinter sich her. Der Propeller drehte sich noch wie verrückt. Die Cigarette war ein großes, schnelles Boot, und es dauerte eine Weile, bis sich nichts mehr bewegte.

Ich fuhr zur Summer Street Bridge und ging an Land. Hockte eine Weile am Ufer und beobachtete, wie die Flammen vom Wasser hochzüngelten. Dann stieg ich in die zivilisierte Welt hinauf, stellte mich an die Straße und stoppte einen BMW. Er hielt ein kleines Stück vor mir, so daß ich den Aufkleber auf der hinteren Stoßstange sehen konnte: RETTET DIE WALE. Ein junger Typ im Anzug stieg aus. »Na, wo brennt's?« fragte er sehr passend. »Sind Sie okay?«

»Ja. Haben Sie zufällig Flickzeug dabei?«

»Aber sicher.« Der Typ kannte sogar meinen Namen. Wir nahmen das Flickzeug mit und überklebten die Tazer-Löcher im Zodiac. Dann stieg der Typ wieder in seinen BMW und fuhr davon. Ich sagte ihm, dieses Jahr müßte er GEA bestimmt kein Geld mehr spenden.

22

Selbst diese Wichser konnten sich nicht mehr als eine Cigarette leisten, also dachte ich mir, daß ich auf dem Wasser sicher war. Und an Land konnte ich fast überall gehen.

Ich verließ den Fort-Point-Kanal und fuhr mit dem Zode zum Aquarium-Kai, wo es eine Telefonzelle gab. Rief zu Hause an.

»Was ist?« fragte Bartholomew.

Wo sollte ich anfangen? »Tja... ich hab' eben zwei Typen gekillt.«

Bart sagte nichts, schwieg nur unbehaglich, und mir ging auf, daß das eine saudumme Gesprächseröffnung war. »Äh – wieviel Leute sind gerade da?«

»Nur ich. Roscommon hämmert im Keller rum. Hat uns das Wasser abgestellt.«

»Kannst du die anderen erreichen?«

»Vielleicht. Warum?«

»Weil sie sich eine Weile von diesem Haus fernhalten sollen. Jemand will mich umbringen.«

»Schon wieder?«

»Ja. Aber diesmal richtig.«

»Hast du den Cops Bescheid gesagt?«

Natürlich. Wenn jemand einen umbringen will, soll man den Cops Bescheid sagen. Warum hatte ich das nicht getan? »Laß niemand rein. Ich ruf' dich in einer halben Stunde wieder an.«

Dann sagte ich den Cops Bescheid. Ein Kriminalbeamter kam zum Aquarium, und wir saßen eine Weile am Robbenbecken. Ich machte meine Aussage. Ein Hafenseehund saß die ganze Zeit hinter uns und bölkte: »Rotwein! Rotwein!« Die Penner, die hier rumhingen, waren geduldige Lehrmeister. »Bissel Geld? Bissel Geld?« Aber der Kriminalbeamte war so freundlich, mir seine ungeteilte Aufmerksamkeit zu widmen. Nachdem ich nur widersprüchliche Beweise hatte, hielt ich es nicht für sinnvoll, ihm lang und breit die Geschichte von den PCBs zu erzählen. Ich sagte einfach, ich hätte im Hafen Proben genommen und diese Typen hätten versucht, mich umzubringen.

Dann rief ich Bart wieder an. Den Hintergrundgeräuschen nach zu schließen, sah er sich gerade die *Stooges* an, während Roscommon immer noch im Keller rumhämmerte.

»Ich komme mir vor wie ein Trottel. Warum habe ich keine Kanone?« fragte ich rhetorisch.

»Keine Ahnung. Ich hab' auch keine.«

In Wirklichkeit wußte ich genau, warum ich keine Kanone hatte. Weil ich dann wie ein Terrorist ausgesehen hätte. Und weil ich, verdammt noch mal, keine brauchte. »Hast du heute abend was vor?« fragte ich.

»Nichts Besonderes«, sagte Bart. »Amy ist in New York.«

»Dann kann es sein, daß ich dich bitte, mich die ganze Nacht durch die Gegend zu fahren. Ich werde zwischendurch in die Kanalisation abtauchen, und vielleicht werden wir von Amateurkillern verfolgt.«

»Wie du meinst.«

Ich zischte wieder ab, etwas langsamer jetzt, und bemühte mich, cool zu bleiben. Machte Pause beim MIT und rannte zum Büro, um den Kanaldeckelheber, einen Patronengurt voll Reagenzgläsern und einen Eimer am Seil zu holen. Dann über den Fluß und zur Uni. Ging ins Labor und analysierte die Probe, die ich vorhin unter dem Notauslaß an der Dorchester Bay gezogen hatte.

Sie strotzte nur so von organischen Chlorverbindungen. Nicht bloß PCBs. Ein ganzes Sammelsurium der Abscheulichkeiten. Um noch mal den Vergleich mit dem Boot und den Soldaten zu bringen: Wir hatten hier Soldaten mit MGs, die nicht nur mit Kanonenbooten fuhren, sondern auch mit Surfbrettern, Zodiacs, Wasserskiern und alten Schläuchen. Alle Verbindungen waren polyzyklische Aromaten – Kohlenstoffatome in Sechserpacks, Zwölferpacks und Kästen. Über diesen Notauslaß wurde definitiv Dreck in den Hafen eingeleitet.

Morgen würde es regnen – eine Sturmfront vom Atlantik war angesagt –, und die Siele würden überlaufen. Wenn sie irgendwelches Beweismaterial enthielten, wurde es ins Meer gespült. Also war jetzt die Zeit zur Jagd auf Vorstände gekommen. Ich rief Bart an und bat ihn, mich bei der Vogelscheiße abzuholen. Dann legte ich auf.

Von unserem Haus auf der Brightoner Seite des Flusses ging man eine Viertelstunde bis zum Einkaufszentrum auf der anderen Seite. Auf dem Weg dorthin kam man unter einer Highwaybrücke mit großen Stahlträgern durch. Aus irgendeinem Grund mochten die Tauben diese Träger sehr gern, und der Bürgersteig darunter war mit Scheiße vollgekleckert. Solche Ortsangaben verstand nur Bart.

Ich hatte jetzt einen angenehmen nächtlichen Törn auf dem Fluß vor mir. Der Nebel hatte sich mit dem auffrischenden Wind verzogen; die Luft war kühl und roch sauberer, als sie war. Ich konnte mich entspannen.

Der Charles war nicht so übel wie schon mal. Von hier aus wirkte er wie die Hauptstraße der Zivilisation. Hinter mir der Beacon Hill, vor mir Harvard, auf der einen Seite das MIT, auf der anderen der Fenway Park. Nach den tödlichen Videospielen im Hafen war es eine Wohltat, hier Tucketucke zu machen, den Verkehr auf den Boulevards am Fluß zu beobachten – lauter gemütliche, normale Leute in schönen Wagen, die ihr Radio dudeln ließen –, ins Licht der Unibibliotheken zu sehen und zu hören, wie die Sox-Fans einen Punktgewinn feierten.

Nach ein paar Minuten tauchte rechts Harvard auf, dunkel und alt, mit einer Neonkorona vom Harvard Square dahinter. Dann um eine Biegung, und plötzlich war der Charles ganz schmal, ein unbedeutendes, von Bäumen gesäumtes Flüßchen. An den großen Friedhöfen vorbei. Dann kam links das IHOP, und ich band mein Zodiac an einem Baum fest. Ein kurzer Fußmarsch führte mich zur Vogelscheiße, und da war er auch schon, der Transporter, ohne Licht, und von drinnen dröhnte Hardrock. Bart machte die Tür auf, was nett von ihm war, weil ich mir so nicht überlegen mußte, ob auch wirklich er im Wagen saß.

»Ist dir jemand nachgefahren?«

»Falls ja«, sagte er, »dann haben's die Leute unheimlich geschickt angestellt. Und du? Hattest du noch Ärger?«

»Nein.«

»He. Schau mal.« Er zog den Reißverschluß seiner Lederjacke auf. In seinem Gürtel steckte ein 38er-Revolver.

»Wo hast du die Kanone her, Mann?«

»Von Roscommon.«

»*Von Roscommon?*«

»Ja. Als er mal echt stinkig war, hat er mich bedroht. Sagte, er hätte 'ne Kanone im Wagen. Also bin ich nach deinem Anruf einfach rausgegangen, hab' die Scheibe eingeschlagen und mir das Ding geschnappt.«

»Wunderschön, Bart.«

Wer will, kann mich gern für einen Blödmann halten, aber ich fühlte mich jetzt wie ein richtiger Kerl. Wir fuhren zur Soldiers Field Road, parkten auf dem Streifen Gras am Fluß und holten die Tanks und den Motor des Zodiacs rauf. Wir deponierten sie im Wagen, taten das Zode aufs Dach und zurrten es fest. Dann gingen wir ins IHOP und bestellten Kaffee zum Mitnehmen. Dann drehten wir die Stereoanlage auf und machten uns auf den Weg zum Abtauchen in die Kloaken.

Für mich war das nichts Neues. Setzt mich in die Kanalisation, und ich bin in meinem Element. Die Tendenz von Bostons Sielen, direkt in den Hafen überzulaufen, kaum daß mehr als drei Tropfen Regen fallen, macht sie ideal für Firmen, die ihre Schadstoffe loswerden und sich die Peinlichkeit eines medienwirksamen Abflußrohres ersparen wollen. Manchmal entdeckte ich, daß etwas Übles aus den Notauslässen kam, und dann mußte ich auf solche Expeditionen gehen. Bart kannte das schon.

Das Prinzip ist ganz einfach. Wenn Gift aus einem Notauslaß kommt, kann man es bis zur Quelle zurückverfolgen. Es ist hilfreich, wenn man einen Kanalisationsplan hat, der zeigt, wo welche Siele münden. Ich sehe mir einen Notauslaß auf dem Kanalisationsplan an und weiß, welchen Bereich er entwässert. Wenn ich in diesem Bereich bin, sagt mir mein Plan, wo die wichtigsten Einstiegsschächte sind, und wenn ich in denen Proben ziehe, kann ich noch genauer eingrenzen, woher das Gift kommt.

Außer einem Kanaldeckelheber braucht man noch einen schnellen, einfachen Test zum Nachweis des Gifts, das man sucht. Am besten einen Test, den man gleich im Wagen machen kann. Ich hatte so was für organische Chlorverbindungen, einen kompletten Test in kleinen Reagenzgläsern. Sie waren ungefähr so groß wie Schrotpatronen, also hatte ich, als es losgegangen war mit dieser ganzen Sauerei, mehrere Dutzend Reagenzgläser vorbereitet und sie in einen Patronengurt aus Armeebeständen gesteckt. Mit dem über der Schulter und dem Kanaldeckelheber in der Hand war ich ein Toxin-Rambo, der in den Medien Feuer und Schwefel auf die bösen Buben regnen ließ.

So romantisch war es allerdings doch nicht. Ich saß hinten im Wagen mit meinem Kaffee und einer Taschenlampe, während Bart erst mal auf der Mass Pike rumgurkte und rauszukriegen versuchte, ob uns jemand nachfuhr. Ich studierte meinen Kanalisationsplan. An der Dorchester Bay gab es viele Notauslässe, und ich mußte wissen, vor welchem ich getaucht war. Meine Technik dabei war ähnlich wie die eines Pfadfinders beim Orientierungslauf. Ich war ungefähr vierhundert Meter von der Summer Street entfernt gewesen, ich hatte mir ein paar markante Punkte gemerkt, und so konnte ich ihn auf dem Plan wiederfinden.

Dieser Notauslaß war kein x-beliebiger, jedenfalls keiner, der die nähere Umgebung entwässerte. Es war nicht mal ein Bostoner Notauslaß, sondern die Austrittsöffnung eines langen Kanals, der aus Framingham kam, einem Vorort im äußersten Südwesten. Framingham hatte nichts, wo es seinen Überlauf lassen konnte, nicht mal einen Fluß, also hatte man einen unterirdischen Fluß anlegen müssen, der gut dreißig Kilometer in ostnordöstlicher Richtung zur Dorchester Bay führte. Der Überlauf aus Framingham und seiner Nachbarstadt Natick rauschte hier durch. Irgendwo auf der Strecke leitete jemand große Mengen von organischen Chlorverbindungen ein.

Ich war in Versuchung, gleich in Natick mit den Proben anzufangen. Obwohl es ein Stück von der Route 128 abliegt, sitzen dort viele Route-128-Firmen. Aber es war auch möglich, daß jemand zwischen Natick und dem Notauslaß Dreck in den Kanal beförderte. Wenn wir so weit rausfuhren, einen Test machten und nicht fündig wurden, hatten wir eine Stunde damit verplempert, hin und zurück zu gondeln. Also folgte ich dem Kanal auf dem Plan in Richtung Osten und suchte mir einen vielversprechenden Einstiegsschacht in einer Bostoner Straße aus. Dort würden wir anfangen.

»Roxbury, James«, sagte ich.

»Gleich beim Museum, Sir?«

»Wunschdenken. Anderthalb Kilometer südlich.«

»Oh. Du meinst das *richtige* Roxbury.«

»Tut mir leid, aber da ist der Kanal nun mal.«

Ich will hier, was Bart betrifft, ein paar Dinge klären: Er war nicht so bescheuert, wie er sich anhörte. Er hatte eine ironische Einstellung, die sein ganzes Leben bestimmte und es ihm unmöglich machte, seine beachtliche Intelligenz in einem ernsthaften Job einzusetzen.

Wir fuhren nie nach Roxbury. So einen schlechten Ruf hatte es. Wir wußten auch nicht, wie man hinkam, und mußten den Weg kraft dieses schlechten Rufes finden – »Also, *die* Straße dürfen Sie nicht längsfahren, da kommen Sie nach Roxbury.« Wir fuhren ein paar solche Straßen längs.

Aber schließlich fanden wir unseren Einstiegsschacht. Er war in der äußeren rechten Fahrbahn einer vierspurigen Straße. Bart rollte ein Stückchen darüber hinaus, ich machte die Hecktüren des Transporters auf, faßte den Kanaldeckel von innen mit dem Heber und zog. Es war mühsam, aber ich kriegte ihn runter. Dann kletterte ich mit dem Eimer am Seil in den Einstiegsschacht, und Bart stieß zwei, drei Meter zurück, damit man das Loch nicht sehen konnte. Er machte die Hecktüren zu und die Warnblinklichter an.

Das wichtigste war, daß wir uns nicht so verhielten wie zwei verängstigte und verlorene weiße Jungs. Bart konnte das recht gut. Mit seiner schwarzen Lederkluft und seinem schwarzen Wagen, seinen langen Haaren und seiner lauten Musik war er ganz offensichtlich kein frischgebackener Anwalt, der mit einem Platten in Roxbury liegengeblieben war.

Ich wiederum hatte meinen Teil bis zur Perfektion entwickelt. Stieg die Leiter runter, stützte mich so ab, daß ich die Hände frei hatte, ließ den Eimer am Seil in die Tiefe und nahm meine Probe. Zwanzig Sekunden. Schnell noch pissen. Dann wieder die Leiter rauf. Ich hörte das Geräusch eines Motors, sah Scheinwerfer, die sich im Unterboden des Transporters spiegelten. Jemand hielt hinter uns. Und ich saß im Einstiegsschacht fest.

Eine Tür knallte. Schritte. *Klopf, klopf, klopf.* Musik wurde leiser gestellt, ein Fenster runtergekurbelt.

»Ja, Herr Wachtmeister?«

Ich wußte nicht, wie ich das finden sollte. Cops.

»Haben Sie Probleme?« Die Stimme eines weißen Bostoner Ureinwohners. Ich hätte eine Skizze von ihm machen können, ohne ihn gesehen zu haben: fünfzigjährig, angegraute Bürstenhaare, gediegene Wampe.

»Mir ist der Motor abgesoffen, und die Batterie hat nicht mehr viel Saft drauf, deswegen kann ich ihn nicht gleich wieder anlassen. Und ich weiß, daß das 'ne üble Gegend ist hier, Herr Wachtmeister, also hab' ich einfach die Fenster hochgekurbelt und die Türen zugemacht und drauf gewartet, daß jemand von der Polizei vorbeischaut.«

»Sehr gut, junger Mann, da haben Sie genau das Richtige getan. He, Freddy! Komm mal her mit dem Wagen.«

Freddy tat wie geheißen, und sie gaben Bart Starthilfe. Ich entspannte mich. Direkt über mir war ein weiterer Beweis für Barts Intelligenz: Er hatte sich einen von diesen magnetischen Schlüsselhaltern besorgt und einen Ersatzschlüssel am Unterboden des Transporters versteckt.

»Okay, und jetzt ab durch die Mitte, junger Mann!«

»Gleich. Ich lass' nur noch ein paar Minuten den Motor laufen, damit sich die Batterie wieder aufladen kann, okay?«

»Junger Mann, es wäre mir lieber, wenn Sie sofort fahren. Wir begleiten Sie.« Wunderbare Idee, von meinem Standpunkt aus betrachtet.

»Das ist sehr nett von Ihnen, Herr Wachtmeister, aber es ist okay. Ich hab' 'ne Kanone.«

»Okay. Bis jetzt haben Sie Glück gehabt. Aber übertreiben Sie's nicht. Die Gegend hier ist nichts für Sie.«

»Noch mal vielen Dank!« Und dann wurde ich erlöst. Bart fuhr ein Stück vor, ich stieg aus dem Schacht, tat den Deckel wieder drauf, und wir machten, daß wir wegkamen. Keine einzige Gang interessierte sich für uns. Bart mußte handgreiflich daran gehindert werden, daß er bei einem Fischrestaurant hielt, um sich um 1 Uhr nachts Louisiana-Waller hinter die Kiemen zu schieben.

Ich sagte ihm, er solle in Richtung Westen fahren, nach Brookline, und machte derweil meinen Test. Organische Chlorverbindungen in einer Konzentration, die locker für eine Vergiftung reichte. Die Ganoven saßen westlich von uns. Meine Vorurteile waren durchaus berechtigt.

Um streng wissenschaftlich vorzugehen, hätte ich in jeden Schacht zwischen Roxbury und Natick steigen müssen, aber manchmal darf man das mit der Wissenschaft nicht so eng sehen. Erst kam Brookline. Nicht der lumpige Norden mit seinen Zweihunderttausend-Dollar-Eigentumswohnungen. Nein, der hübsche Teil mit den schiefergedeckten Fünfzig-Zimmer-Villen. Dann kam Newton, wo Roscommon wohnte und jede Eingangstür von griechischen Säulen flankiert war. Die Leute in Brookline und Newton beförderten keine organischen Chlorverbindungen in die Kanalisation; sie ließen höchstens welche herstellen und sie von anderen hineinbefördern.

Wir fuhren nach Newton Süd, um weitere Proben zu ziehen. Das war etwas schwierig, weil es hier eine Menge Cops gab und allein der Besitz eines schwarzen Transporters Grund genug für einmal lebenslänglich war. Aber ich hatte unter solchen Umständen schon ein paarmal mit reiner Frechheit Erfolg gehabt. »Ja, Herr Wachtmeister, ich bin Sangamon Taylor von GEA International. Wir arbeiten an einer sanktionierten Erhebung (was immer das heißen mochte) und sind illegalen Einleitungen in die Kanalisation von (nach Belieben einzusetzen) auf der Spur. Sie wohnen hier, Herr Wachtmeister? Haben Sie Kinder? Sind Ihnen in letzter Zeit irgendwelche Verhaltensänderungen oder seltsame Hautausschläge im Unterleibsbereich aufgefallen? Nein? Freut mich zu hören. Tja... sieht so aus, als wäre mein Assistent jetzt gleich fertig. Vielen Dank für Ihre Hilfe.«

Wir mußten drei Einstiegsschächte checken, bevor wir fündig wurden. Newton hat eine eigene Kanalisation mit eigenen Schächten, und das machte die Dinge ein bißchen kompliziert. Ich mußte die oben erwähnte Rede schwingen, während Bart im Schacht Nummer 2 zu Gange war. Normalerweise ist es eine Plackerei, die Cops davon zu überzeugen, daß man für eine Umweltgruppe arbeitet, aber das Zodiac auf dem Dach des Transporters mit dem GEA in orangefarbenen Buchstaben drauf ließ es durchaus plausibel erscheinen. Die Nachricht ging über Funk in die Welt hinaus, und beim Schacht Nummer 3 stand tatsächlich ein Cop und leitete den Verkehr um, während wir unsere Probe zogen.

Wieder organische Chlorverbindungen. Wir fuhren weiter nach Westen. Als wir in Wellesley waren, zogen wir öfter Proben. Das führte uns schließlich über die Stadtgrenze von Natick, und hier wurde es wirklich verzwickt. Bisher waren wir *einem* Kanal in einer Richtung gefolgt, aber jetzt kamen alle Richtungen in Frage, und wir mußten die Einstiegsschächte bei jeder Verzweigung checken.

Natick war nicht mehr auf meinem Plan, also konnten wir nur ganz primitiv vorgehen: langsam rumkurven, nach Kanaldeckeln schauen, uns am Kopf kratzen. Wir verfuhren uns prompt hinterm Lake Waban, wendeten etliche Male und zeichneten Diagramme auf alte McDonald's-Servietten aus dem Laderaum. Irgendwo mußte es hier einen Hauptast geben, der einen Teil der Naticker Siele aufnahm und in den großen Kanal mündete.

»Verdammte Scheiße, das dauert ja ewig«, sagte Bart. Inzwischen war es 3 Uhr morgens, wir hatten acht Schächte vor uns, und ein Ende war nicht abzusehen.

»Moment«, sagte ich. Fünfzig Meter weiter war ein Laden, der die ganze Nacht offen hatte. Ich taperte rüber, um einen Blick ins Telefonbuch zu werfen.

Sie hatten kein Branchenverzeichnis, also überlegte ich mir, was High-Tech-Firmen so vor ihren Namen hängen. »Electro«, »Tech«, »Dyna«, »Mega«, »Micro«. Nach knapp zehn Minuten hatte ich ein halbes Dutzend gefunden, und die letzte hatte eine interessante Adresse: TechDale 100.

Mußte eine Art High-Tech-Industriepark sein. Ich schlug nach. Ja. Da gab es eine Bauträgerfirma, TECHDALE DEVELOPMENTS, mit einer Büroadresse in Wellesley und einer weiteren in Natick.

Und dann – die Götter der Wissenschaft mögen mir verzeihen –, dann mußte ich es tun. Es war voreingenommenes Denken, aber ich konnte nicht anders. Ich schlug unter B wie *Biotronics* nach. Und siehe da, sie hatten eine Dependance in Natick: TechDale 204.

Im Laden wurden auch Pläne von Natick und Umgebung verkauft. TechDale war so neu, daß es noch nicht drauf war, aber der Verkäufer zeigte mir, wo es lag: ein paar Kilometer stadtauswärts. Man fuhr immer geradeaus auf der Cochituate Avenue, dem See gleichen Namens entgegen. Ich hatte den Plan auf dem Tresen ausgebreitet und verfolgte jetzt die Cochituate Avenue in Gegenrichtung. Sie kreuzte unseren Weg in vierhundert Meter Entfernung. Wir waren schon ein Stück auf ihr gefahren und hatten einen Einstiegsschacht entdeckt.

Ich ging wieder zum Wagen. »Wir schauen uns jetzt den Schacht in der Cochituate Avenue an«, sagte ich. »Gleich da drüben.«

»Warum das?«

»Vorurteile. Unreflektierte Vorurteile.«

Wir checkten den Schacht. Ich lag richtig. Da war Chlor.

Sagte ich mir wenigstens, weil ich müde war und die Zeit allmählich knapp wurde. In meinen Reagenzgläsern hatte ich eine Substanz, die sich rot färbte, wenn die Probe organische Chlorverbindungen enthielt. Als ich die Probe aus der Dorchester Bay und die aus Roxbury getestet hatte, hatte das Ganze wie Burgunder ausgesehen. Jetzt war es mehr wie Rosé. Wir näherten uns der Quelle, und die Konzentration nahm ab. Machte ums Verrecken keinen Sinn. Umgekehrt wäre es richtig gewesen. Mir wären zwar ein paar bizarre Hypothesen zur Erklärung dieses Phänomens eingefallen, aber die hätten sich angehört wie das Werk eines pathologischen Lügners.

Das, liebe Freunde, war beschissen deprimierend. Als wir auf der Cochituate Avenue weiter nach Westen fuhren, zogen wir neue Proben, und die Konzentration nahm weiter ab. Die Schadstoffe waren immer noch da, und die Werte lagen definitiv überm gesetzlichen Limit, aber sie spielten verrückt.

Wir machten einen Test auf der einen Seite einer Wohnanlage, und die Konzentration war hoch genug, um illegal zu sein. Wir machten einen Test auf der anderen Seite. Null Chlor.

»Also leiten sie das Zeug nicht auf dem Betriebsgelände ein. Sie füllen es in Tanklastwagen. Die fahren hierher. Dann rollen sie die Straßen entlang und lassen den Dreck in die Gullys laufen«, vermutete ich.

Wir fuhren sämtliche Straßen dieser gottverdammten Wohnanlage ab und sahen keine Tanklastwagen. Wir checkten sämtliche Einstiegsschächte und fanden nichts.

»Erklär mir das, Himmelarsch!« schrie ich Bart an. »Oberhalb von den Häusern kein Chlor. Unterhalb Chlor. Wir sehen uns die Stelle an, wo die Scheiße aus den Häusern in die Kanalisation geht. Auch kein Chlor. Wo kommt es dann her, zum Teufel?«

Bart starrte bloß durch die Windschutzscheibe und trommelte im Takt der Radiomusik aufs Lenkrad. Er war müde.

»Schauen wir, was die Cochituate Avenue noch zu bieten hat«, sagte ich. Bart legte wortlos den Gang ein. Wir fuhren noch mal anderthalb Kilometer und kamen zu TechDale.

Die Dinger kannte ich. Sie sahen so aus wie vorstädtische Wohnanlagen, hatten dasselbe irritierende Labyrinth von kurvenreichen Straßen, aber statt Häusern große, schachtelförmige Industriebauten und statt Rasenflächen betonierte Parkplätze. Wir hielten an und lasen die Firmennamen an den Gebäuden. Auf der Hälfte von ihnen stand das gleiche: *Biotronics*.

»Ich werd' verrückt«, sagte Bart.

»Ich bin's schon«, murmelte ich und beobachtete, wie sich der Horizont überlegte, ob er die Sonne hochlassen sollte.

Statt um 4 Uhr morgens mit unserem ramponierten schwarzen Transporter samt dem Zodiac auf dem Dach durch diese sterile Anlage zu gondeln, fuhren wir ein paar hundert Meter weiter zu einer Tankstelle mit Café an der Route 9. Wir tankten den Transporter auf, füllten die Kanister des Zodiac mit 50:1-Gemisch und zahlten mit der Gold Card von GEA. Dann gingen wir nach drinnen und tranken Kaffee. Und weil sowieso alles scheißegal war, verschlangen wir ein gigantisches Frühstück und ließen die Jukebox ein, zwei Nummern plärren. Redeten nett mit unserer Bedienung, Marlene. Fragten sie nach dem Industriepark, und sie ratterte die Namen der Firmen runter.

»... und dann noch *Biotronics*. Aber von denen sehen wir nicht viel.«

»Warum? Was ist so anders an *Biotronics*?«

»Die Sicherheitsbestimmungen. Die Leute müssen jeden Morgen duschen, wenn sie reingehen, und wenn sie rausgehen, noch mal. Ist also ganz schön umständlich für sie, zum Mittagessen hierherzukommen.«

»Willst du da rein, bevor es hell wird?« fragte Bart, als Marlene verschwunden war.

»Nein. Wenn sie uns erwischen würden, hätten wir nichts gegen sie in der Hand. Kacke! Ich kann's nicht glauben. Ich wollte schon meine Medienkontakte anrufen. Ist derselbe Mist wie mit den PCBs in den Hummern. Ich habe einen knallharten Beweis, dann gehe ich der Sache nach, und es zerrinnt mir wie Sand zwischen den Fingern.«

»Ruf sie trotzdem an, deine Medienkontakte. Mach Zoff.«

»Geht nicht. Glaubwürdigkeit, Mann. Die hab' ich mir über Jahre weg langsam aufgebaut. Wenn ich jetzt was Falsches sage, ist sie im Arsch.«

Ich spielte mit dem Gedanken, hierzubleiben und zu warten, bis Dolmacher vorbeirauschte, aber das war zuviel Aufwand für zuwenig Befriedigung. Klar hätte ich gern sein Gesicht beim Anblick unseres Transporters gesehen, der in der Nähe seiner Gralfabrik stand wie der Streitwagen des Sensenmanns. Nur hatte ich nichts, mit dem ich meiner Drohung Nachdruck verleihen konnte. Es wurde Zeit, den Hintern zu lüpfen und nach Hause zu fahren, bevor die Rush-hour begann.

23

Was wir auch taten. Wo Bart in Roscommons Wagen eingebrochen war, lag ein netter blauer Haufen zerdeppertes Sicherheitsglas. Tess' Auto stand nicht da. Gut so. Sie riskierte keinen Ärger, sie hielt sich vom Haus fern.

Ich hatte ein bißchen Angst, daß wir drinnen eine Bombe finden würden, aber das war paranoid. Wir hatten alle Fenster und Türen zusätzlich verstärkt und damit Einbrüche erschwert. Wer unbedingt wollte, konnte natürlich trotzdem einbrechen, aber er hätte einiges kaputtschlagen müssen, und davon war nichts zu sehen. Also gingen wir rein und füllten zwei Plastikbeutel mit Lachgas. Das Lämpchen am Anrufbeantworter blinkte. Wir standen mit unseren Plastikbeuteln davor, inhalierten, lauschten und machten mit synchronen Lippenbewegungen die Stimmen nach.

»Hallo S. T., hier Tess. Was ist los, zum Kuckuck? Ruf mich bitte bei Sal an. Die Nummer steht hinten auf dem Telefonbuch.«

Fiieep.

»Äh ... Roscommon. Ich hasse diese Anrufbeantworter. Gehen Sie nicht in den Keller. Das ist jetzt, äh ... etwas gefährlich – ein paar elektrische Leitungen liegen frei, und auf dem Boden steht Wasser. Deswegen habe ich die Tür zugenagelt. Versuchen Sie nicht, sich gewaltsam Zutritt zu verschaffen, ja? Sonst fliegen Sie raus. Ist das klar?«

Fiieep.

»*Domino's*, guten Abend. Ist Bart da? Er hat 'ne Pizza bestellt, und wir wollten nachfragen, ob es dabei bleibt.«

Fiieep.

»Hier Debbie. Es ist jetzt 1 Uhr nachts. Hör zu. Ich hab' mir den Omni geliehen und bin damit zu einer Party gefahren und dann nach Hause, und jemand hat ihn geklaut. Ich kapier's nicht. Ich hab' draußen was gehört, bin ans Fenster, und da war so ein großer Kerl im Anzug, war aus einem Riesenschlitten gestiegen – der stand noch da –, und er hat den Omni nicht aufgebrochen, sondern aufgeschlossen. Dann ist er eingestiegen und abgedüst. Der hatte fertige Schlüssel.«

Fiieep.

»Bei euch ist 'ne dicke Bombe im Keller. Haut bloß ab.«

Fiieep.

»Hi, hier spricht Dolmacher...« Den Rest kriegte ich nicht mehr mit, weil Bart das Fenster aufriß und raussprang.

Zehn Sekunden später ging meine Modelleisenbahn feinverteilt über ganz Brighton nieder. Wir lagen auf dem größten Hinterhof von Boston hinter einem von Roscommons Schutthaufen. Ein paar Stücke von seiner dämlichen PVC-Seitenwandung fielen uns auf den Rücken, und damit war die Sache gelaufen. Als Einser-Chemiker wußte ich, daß das keine Gasexplosion war. Sondern hochbrisanter Sprengstoff. Am Abend zuvor in den Keller geschmuggelt. Was bedeutete, daß es mit Roscommons Hilfe passiert sein mußte. Aber warum hatte er sich darauf eingelassen? Weil die Leute mächtig waren. Weil eine Organisation von *Bascos* Kaliber genug Mittel hatte, um ihm ein unwiderstehliches Angebot zu machen, und weil er das Haus sowieso loswerden wollte.

BOMBENFABRIK IN BRIGHTON EXPLODIERT / ZWEI TOTE

FBI: TAYLOR WAR IN WIRKLICHKEIT EIN TERRORIST

»Direkte Aktionen« ein Deckmantel für Gewalt?

Bart drehte sich auf den Rücken. »Echt stark«, sagte er.

Ich riß den Revolver aus seinem Gürtel und zog ihn Bart über den Schädel. Dann schnappte ich mir seine Schlüssel und rannte zum Transporter.

SCHOCKIERTER HAUSGENOSSE:
»ICH DACHTE, S. T. WÄRE EIN MANN DES FRIEDENS«
GEA-TERRORIST FLIEHT KOPFLOS VOM EXPLOSIONSORT
Sangamon Taylor eine Jekyll-&-Hyde-Persönlichkeit?

Während ich durch die Stadt fuhr, begann es zu regnen. In der City gab es einen Park am Wasser, und dort machte ich das Zodiac startklar. Draußen im Hafen bugsierte ein Küstenwachboot ein dreißig Meter langes Lustschloß aus einem Jachtclub dem offenen Meer entgegen.

GEA-WAGEN UNWEIT EINES JACHTCLUBS GEFUNDEN
ZUSAMMENHANG MIT VERSUCHTEM BOMBENANSCHLAG?

Ich kannte die Jacht; Alvin Pleshy fuhr gern zum Angeln damit, und an Deck wimmelte es von Cops.

PLESHYS HORRORFAHRT
S. T. VERMINT JACHT DES PRÄSIDENTSCHAFTSKANDIDATEN
»Er haßte Pleshy von Anfang an«

Ich startete ganz locker und gab erst Vollgas, als ich am Airport vorbei war. Und dann sauste ich dahin, bis ich nur noch Wellen sah und Regen, Regen, Regen – ein Nordoststurm, der von Grönland runtergefegt kam. Eine dicke, dunkelviolette, fiese Suppe. Wir hatten Ölzeug an Bord. Ich stieg rein. Dann zwängte ich mich wieder in meine Jeans, damit ich nicht von Kopf bis Fuß so beschissen orange war. Ich steuerte Nordkurs, direkt auf die Wogen, die Sturmwolken zu. Da konnte mich nichts und niemand finden. Keine Cigarette, kein Küstenwachboot, kein Helikopter und kein Satellit.

Dachte ich zumindest, bis der Kampfhubschrauber hinter mir auftauchte.

War eins von den neuen Dingern mit dem unglaublich schmalen Rumpf, in dem die Crew praktisch übereinandersaß. Einer oben, der es steuerte; einer unten, der die Bordgeschütze, Wasserbomben und Raketen bediente.

Sie konnten ja wohl nicht durch diese Suppe fliegen wollen. Ein Wolkenbruch rauschte gerade nieder, und wir hatten irren Gegenwind. Aber ich erinnerte mich an eine Rettungsaktion im Frühling. Da waren ein paar Sowjets bei ähnlich miserablem Wetter von einem Stückgutfrachter geholt worden.

Der Frachter hatte natürlich null Fahrt gemacht. Was man von mir weiß Gott nicht behaupten konnte. Ich hatte schon lange aufgehört, die Wellen zu durchpflügen; ich spielte jetzt Wellenreiten. Der Ablauf ist bekannt. Wenn du in einem Zodiac sitzt und in einen Zehnmeterbrecher rauschst wie den, den ich gerade vor mir hatte, geht's erst mal rauf. Und dann runter, praktisch im freien Fall. Sobald du im Wellental bist, drückt dich die Beschleunigung gegen den Boden, und schon bist du wieder auf dem Weg nach oben, wobei dein Magen irgendwo zwischen den Testikeln hängenbleibt. Wenn dein Boot so stabil ist, daß es all diese Fallkräfte aushält, ist es okay. Wenn nicht, wird es unter Wasser gedrückt und bricht auseinander. Das konnte mir mit dem Zodiac nicht passieren.

Erst dachte ich, ein roter Blitz hätte eingeschlagen, aber in Wirklichkeit war es der Feuerstrom eines MGs, der ein Loch in die Welle vor mir schlug – oder über mir? Wenn man keinen Horizont sieht, ist so was schwer zu sagen. Man nennt das Schuß vor den Bug. Eine Warnung, wie man weiß.

Aber es war zuviel der Ehre, das Ganze als Feuerstrom zu bezeichnen. Waren eher Spritzer zur Probe, mal hierhin, mal dorthin, so ähnlich wie meine erste Ejakulation. Einer von diesen Spritzern landete etwa zehn Meter hinter oder unter mir, und deshalb dachte ich, daß es vielleicht doch keine Warnung war. Sondern nur schlecht gezielt.

Ich versuchte spaßeshalber, den Helikopter über meinen Zeigefinger anzuvisieren. Es war unmöglich. Ich schaukelte viel zu wild. Die Drecksäcke konnten also nicht gezielt auf mich schießen. Sie hatten keine Chance.

Dann flog ich voll in die Luft, einer flüssigen Steilküste entgegen. Oben erfaßte mich eine gewaltige Bö und brachte das Zode fast zum Kentern. Von diesem günstigen Aussichtspunkt aus sah ich eine schwarze Regenwand. Und dann nur noch die nächste Welle. Sie war größer als die zuvor. Der Hubschrauber war ein paar Meter von mir entfernt, und ich konnte den Drecksäcken direkt in die Schutzbrillen blicken. Dann war er hoch über mir und wurde von einer Turbulenz durchgeschüttelt. Ich verlor ihn fast aus den Augen. Was bedeutete, daß sie mich auch aus den Augen verlieren konnten. Also versuchte ich, schräg von ihnen abzuhalten.

Wäre nicht mal nötig gewesen, denn sie konnten mich nicht treffen. Nicht in dieser Suppe. Und so zeigte ich ihnen den Vogel und nahm Kurs auf Maine. Ich hatte volle Tanks, und mit denen kam ich an die hundert Kilometer weit. Alle Regentropfen vereinigten sich plötzlich zur Sturzflut. Der Hubschrauber verschwand, und ich sah ihn nicht wieder.

Gegen Mittag ging mir das Benzin aus, knapp einen Kilometer vor der Küste. Zeit für meine Notration LSD. Ich war seit mehr als vierundzwanzig Stunden auf den Beinen, alles tat mir weh, ich hatte mir beim Reißen am Startseil fast die Arme ausgekugelt, und jetzt mußte ich mit dem Zode durch einen weiteren Wolkenbruch paddeln. Zum Glück waren die Wellen nicht mehr so hoch. Keine zwei Meter. Ich hatte das LSD in meiner Brieftasche, auf einem Blatt Löschpapier, auf das ich zur Tarnung eine Kartenskizze gemalt hatte. Es steckte hinter einem Foto von Debbie. Ich zog das Löschpapier raus, starrte dann das Foto an und fing an zu heulen. Ein armer ausgeschmierter, ausgestoßener Schlaffi, der im Atlantik schaukelte, naß bis aufs T-Shirt, und sich die Augen nach seiner Freundin ausweinte.

Das ging etwa zehn Minuten. Dann schob ich ein Eckchen Löschpapier in den Mund, lehnte mich zurück und wartete. Nach zwanzig Minuten konnte ich paddeln, ohne vor Schmerz zu winseln. Nach dreißig Minuten spürte ich nichts mehr. Nach vierzig Minuten machte es mir fast soviel Spaß wie das letztemal mit dieser Frau im Bett, also warf ich noch ein Eckchen ein. Nach einer Stunde war ich bereit, es mit einer Cigarette aufzunehmen. Die Zähne taten mir weh, weil ich sie im kalten Regen zu einem breiten Leckt-mich-doch-alle-am-Arsch-Grinsen gebleckt hatte. Dachte trotzdem daran, jede Stunde auf den Kompaß zu schauen und mich zu vergewissern, daß ich wirklich auf Land zusteuerte.

Es ist reichlich dämlich, wenn ein flüchtiger Terrorist zu einer Tankstelle geht, aber um flüchtig zu sein, muß man flüchten, und das ist schwierig ohne Benzin. Und so ließ ich meine Kanister vollaufen. Der Typ, dem die Tankstelle gehörte, war Spiro Agnew wie aus dem Gesicht geschnitten, und ich kriegte mich nicht mehr ein vor Lachen. Er wurde sauer und sagte, ich sollte in den Wind schießen. Was ich gern tat. Am Ende begegnete ich hier noch Nixon, und dann bepißte ich mich garantiert.

Da ich zu dieser Tankstelle gegangen war, mußte ich's an Land geschafft haben, stimmt's? Denn ebendort pflegen sich Tankstellen zu befinden. Also war ich glücklich nach Maine gepaddelt. Und jetzt mußte ich landeinwärts, um mein neues Gewerbe als Flüchtiger auf Süßwasser zu betreiben. Wie die Wikinger, denen es der geringe Tiefgang ihrer Schiffe ermöglicht hatte, in seichten Flüssen aufwärts zu wallen und sich befestigte Städte zu krallen – das reimte sich –, die bis dahin als uneinnehmbar für Seestreitkräfte gegolten hatten. Das Zode war das moderne Pendant zum Wikingerschiff. Irgendwann würde ich an seinem Bug einen Drachen anbringen. Und o Gott, o Gott, da war er schon! Oder war's eine Möwe?

Vor mir lag irgendwas, zu dem ein See gehörte. Durch ihn kam ich zu einem Fluß, und der trug mich in einen anderen, kleineren See, wo mir das Benzin wieder ausging. Ich ließ die Luft aus dem Zodiac und versenkte es; sein Motor reichte als Beschwerung. Schmiß die Kanone hinterher – hatte nichts gebracht. Dann war ich in den Weißen Bergen. Durchirrte sie vierzig Tage und vierzig Nächte. Bis die Indianer mich fanden.

24

Meine Strafe: Träume von einem silbernen Indianer, der mit Tomahawk-Gesicht in einiger Entfernung stand und mir jeden Blickkontakt verweigerte. Dann wachte ich in einem Wohnmobil auf, hundeelend und schlaff wie ein Händedruck von Pleshy. Als ich die Versuche, mich aufzusetzen, bleiben ließ und mich einfach wieder hinlegte, sah ich durch einen Spalt im Vorhang Jim Grandfathers Lieferwagen mit der Indianer-Kühlerfigur. Er parkte direkt vor dem Fenster.

Sie ließen mich eine Woche lang keine richtige Zeitung lesen. Sie hatten hier nur *USA Today*, für die das Thema inzwischen gestorben war, und ein Lokalblättchen, für das Boston keine große Rolle spielte. Ich verbrachte eine Menge Zeit damit, mein Ölzeug anzustarren, das zerfetzt an der Wand hing. Jim mußte mir nicht extra sagen, daß es mir das Leben gerettet hatte.

Ich wurde von der Familie Singletary gepflegt – und indirekt vom ganzen Stamm, zu dem sie gehörte. Entweder wußten die Leute nicht, wie tückisch die US-Regierung werden konnte, wenn sie den Terrorismus zu bekämpfen glaubte, oder es war ihnen schnuppe.

Wahrscheinlich letzteres. Was konnte ihnen die Regierung schon tun? Ihnen ihr Land wegnehmen? Sie mit Pocken infizieren? Sie ins Reservat jagen?

Die ersten zwei Tage wandte ich meine ganze Energie ans trockene Kotzen. Dann arbeiteten wir uns zu Wasser vor, dann zu Sprite, dann zu Entensuppe und schließlich zu Fisch. Hin und wieder wachte ich auf, und immer saß Jim da, über einen Schuhkarton gebeugt, und machte Pfeilspitzen. *Tick, tick, tick.* Obsidiansplitter flogen.

»Geh doch wieder zu Anna«, sagte ich eines Nachmittags. »Mit mir verplemperst du nur deine Zeit. Ich bin im Moment nichts weiter als Giftmüll.«

»Na, dann paßt du ja zu uns.«

»Waren sie hier? Haben sie mich gesucht?«

»Sie glauben, daß du in Kanada bist.«

»Das glaube ich auch.«

»Nein. Du bist immer noch in Wenn's-dir-hier-nicht-paßt-dann-hau-doch-ab. Theoretisch. Praktisch bist du in...« Er ratterte einen zwanzigsilbigen indianischen Namen runter.

»Wunderbar, Jim. Kann ich hier Feuerwerkskörper kaufen?«

Als es mir gelungen war, einen Big Mac einen ganzen Vormittag bei mir zu behalten, erklärten sie mich für gesund. Jim unterzog mich noch einer Sonderprüfung, zu der eine Zigarre gehörte. Als ich sie bestanden hatte, zeigte er mir die Zeitungsausschnitte.

Die Presse hatte sich psychoanalytisch sehr bemüht. Ich erfuhr viele interessante Dinge über mich. Bekam auch mein High-School-Abschlußfoto zu Gesicht, auf dem ich wirklich wie ein blühender Psychopath aussah. Es schien, daß ich, Sangamon Taylor, ein Mann mit großen Problemen war. Man debattierte darüber, ob diese Probleme rein psychischer Natur oder auf hirnorganische Defekte zurückzuführen waren, hervorgerufen durch meinen Umgang mit Toxinen. Wie auch immer, ihre Wurzeln reichten in meine unglückliche Kindheit zurück – die vielen Umzüge in frühen Jahren, die mir mein Vater, Mädchen für alles bei einer chemotechnischen Firma, zugemutet hatte, und dann die instabile häusliche Situation in meiner Zeit als Teen. Meine Eltern hatten sich getrennt und mich zu Verwandten abgeschoben, die mich zu anderen Verwandten abschoben, die ein Gleiches taten, bis ich schließlich bei einer Tante gelandet war.

Dies, so die Zeitungen, hatte im Verein mit meinen Kämpfen an Schule und Hochschule ein tiefes Ressentiment gegen jede Form von Autorität in mir geweckt. Als ich bei der Aufnahmeprüfung fürs College um die 1500 Punkte machte – was bewies, daß ich fast die Intelligenz eines Genies besaß –, verstärkte sich mein Ressentiment. Die verdammten Lehrer hatten mich nicht hochkommen lassen. Nie würde ich jemanden respektieren, der eine Krawatte trug. Mein Studium an der B. U. war eine jahrelange Auseinandersetzung mit der autokratischen Administration gewesen. Mein einziges Ventil: Betätigung als Hacker im Computersystem der B. U., was ich »mit einer Art vandalischer Brillanz« gemacht hatte. Die Formulierung gefiel mir irgendwie.

GEA hatte mir schließlich die Möglichkeit geboten, auf die chemische Industrie einzuschlagen, die ich bewußt oder unbewußt für das Scheitern der Ehe meiner Eltern und den Tod meiner Mutter an einem Angiomyosarkom in der Leber verantwortlich machte. Doch selbst das reichte mir nicht. Ich ächzte unter den Restriktionen von GEAs gewaltfreier Politik. Ich war ein Einzelgänger, ein Rabauke. Ich wollte superdirekte Aktionen.

Die genannten Faktoren wirkten zusammen bei meinem irrationalen, glühenden Haß gegen *eine* Person: den ehemals mit einem Regierungsamt betrauten und nunmehr die Präsidentschaft anstrebenden Alvin Pleshy. Als Privilegierter, als Autoritätsfigur, die mich an meine Kindheit erinnerte, und als maßgeblicher Mann der chemischen Industrie vereinigte er alles in sich, was ich haßte. Ich versuchte auf jede erdenkliche Weise, ihm einen Giftskandal anzuhängen, aber ich schaffte es einfach nicht. Ein paar Wochen vor der »großen Explosion« hatte ich einen Medienfeldzug gegen ihn starten wollen, ihn jedoch abblasen müssen, weil es mit den Beweisen haperte. Und nun hatte ein anderer Plan in meinem Kopf Gestalt angenommen: Ich wollte mich der Techniken des Ökoterroristen Boone bedienen (den ich insgeheim bewunderte), eine Mine an Pleshys Privatjacht anbringen und ihn in die Luft jagen. Also hatte ich ein Sprengstofflabor im Keller meines Hauses eingerichtet. Dieses Material hatte ich – Ironie des Schicksals – bei *Basco*-Töchtern erworben; sie besaßen Unterlagen, die das belegten, und hatten sich unverzüglich bereit erklärt, sie dem FBI zu überlassen. Ich baute in meinem Keller eine hochbrisante Mine und beförderte sie mit einem GEA-Zodiac in den Hafen. Als ich sie an Pleshys Jacht anbringen wollte, wurde ich von zwei Wachleuten bemerkt, die mit einer Cigarette Streife fuhren. Meine bei Kommandounternehmen erworbenen Fähigkeiten nutzend, enterte ich das Boot und ließ es nach der Ermordung der beiden Männer im Fort-Point-Kanal in Flammen aufgehen, um meine Spuren zu verwischen. Ich war, so zumindest die Regenbogenpresse, derart kalt und berechnend, daß ich die Polizei verständigte und ihr eine Darstellung des »Unfalls« gab.

Leider flog das Komplott auf, als die äußerst instabilen Chemikalien, die ich in meinem Keller gelagert hatte, durch Selbstentzündung explodierten. Bartholomew, mein Hausgenosse, den mein seltsames Verhalten mehr und mehr befremdet hatte, versuchte mich festzunehmen, was nach amerikanischem Recht auch eine Zivilperson kann, aber ich schlug ihn nieder und stahl seinen Transporter. Dann floh ich, wahrscheinlich zunächst nach Kanada und anschließend mit Hilfe von in den Untergrund abgetauchten Öko-Extremisten, die aus den Tagen der Robbenbaby-Kampagnen übriggeblieben waren, nach Skandinavien, wo ich jetzt, gedeckt von Boones Geheimorganisation, unter falschem Namen lebte.

Die Zeitungsausschnitte zeigten mir, daß Bart das Ganze cool wie eine Gurke abzog. Hätte ich mir ja denken können. So, wie er diese Cops in Roxbury eingeseift hatte ... Er gab ein Interview nach dem anderen, klang schmerzlich berührt und schockiert und irgendwie traurig, und den Medien ging es runter wie Öl. Sie stellten ihn als eine Art nachgeborenes Blumenkind in schwarzem Leder dar. Der Mann konnte alles überleben.

»Ich muß weg von hier«, sagte ich zu Jim.

»Warum?«

»Weil sie mich früher oder später finden werden. Ich meine – ich bin doch jetzt ein hochoffizieller Terrorist, oder?«

»Mit Brief und Siegel der US-Regierung.«

»Richtig. Und sie können eine Menge im Namen der nationalen Sicherheit tun. Sie können auf die Verfassung pfeifen. Sie können Schnüffler einsetzen, Green Berets, Bundespolizei, Secret-Service-Leute, Special Forces. Früher oder später werden sie mein Zode finden. Und dann riegeln sie die Berge einfach ab, und ich kann nicht mehr raus.«

»Sie riegeln die Berge ab? Beleidige mich nicht.«

»Jedenfalls werden sie das Zode finden.«

»Schauen wir mal«, sagte Jim.

Aber erst standen andere Dinge auf dem Programm. Ich rasierte meinen Bart ab und schnitt mir die Haare. Ich hatte fast zehn Kilo abgenommen, was ebenfalls hilfreich war. Jim besorgte mir neue Kleider. Die Sonne schien, also konnte ich mit gutem Recht eine Sonnenbrille tragen. Wir liehen uns ein Boot mit Anhänger und fuhren zu dem kleinen See, in dem ich das Zode unter einer überhängenden Krüppelkiefer versenkt hatte. Wir suchten eine Stelle, an der wir das Boot zu Wasser lassen konnten, und ruderten auf die Kiefer zu.

Der See war hier nur sieben Meter tief, und wir konnten fast bis auf den Grund sehen. Nichts. Jim ging mit Taucherbrille und Schnorchel runter. Nichts.

»*So* stoned war ich nicht«, sagte ich. »Ich habe das Zode hier versenkt, weil ich mich an der Kiefer orientieren konnte. So eine gibt es nicht noch mal, die vergißt man nicht.«

»Aber da ist nichts, verdammt noch mal«, sagte Jim.

Schließlich tauchte ich selbst. Jim war dagegen, aber ich fühlte mich inzwischen stark genug für einen kurzen Unterwasserausflug. Zwar war mir die meiste Zeit schlecht dabei, aber wenn einen die Panik schüttelt, kommt man so ziemlich über alles weg. Und Jim hatte recht. Das Zode war verschwunden. Fast hätte ich mir eingeredet, daß wir an der falschen Stelle gesucht hatten, da sah ich einen schwarzen Klecks auf dem Grund. Ich ging ganz runter: Roscommons Revolver.

»Wenn die Cops es gefunden hätten, wären sie mit ein paar bewaffneten Sonderkommandos zur Bergung angerückt, stimmt's? Dann hätten wir Fußspuren und Kippen am Ufer gesehen.«

Es war aber nichts am Ufer. »Außer da drüben, wo du versucht hast, deine Spuren zu verwischen«, sagte Jim.

»Okay. Laß mich einen Moment nachdenken.«

Schließlich überzeugte mich Jim davon, daß es wirklich nichts zu sehen gab. »Vielleicht hat einer von den Winnepesaukees das Zode gefunden. Das ist Gold wert. Wenn ich es gefunden hätte, hätte ich es mir auch unter den Nagel gerissen.«

»Das ist ein Verwirrspiel. Ich weiß nicht, ob wir zurückkönnen. Vielleicht warten die Cops schon auf uns.«

»Ausgeschlossen, S. T. So raffiniert sind die nicht. Das würdest *du* vielleicht machen.«

Er hatte recht. Aber ich hatte es nicht gemacht, also half mir das nicht weiter. Und hier am Ende der Welt konnten auch nicht so furchtbar viel Koordinatoren für direkte Aktionen rumlaufen.

Jim versicherte mir, daß ich nicht zu erkennen war, daß wir ohne weiteres in die Stadt fahren und eine Tasse Kaffee trinken konnten. Ich wollte keinen Kaffee, weil ich so einen verdammt nervösen Magen hatte. Trank Milch statt dessen. Wir saßen da und beobachteten, wie der Verkehr vorbeitröpfelte. Jim zupfte plötzlich an meinem Ärmel und zeigte auf den Fernseher in der Ecke.

Mein Zodiac. Kieloben. In Neuschottland angeschwemmt. Keine Fußspuren.

Dann Schnitt und eine Karte mit der Legende »Geplante Fluchtroute«. Sie führte von Boston nordwärts an der Küste entlang auf Maine zu und knickte auf halbem Weg nach Osten ab, in Richtung Neuschottland. Auf dem dritten Viertel dieser Etappe kam eine Unterbrechung, markiert von einem Fragezeichen und einer Sturmwolke. Es folgten die obligatorischen Bilder von Hubschraubern der Küstenwache, die das Meer absuchten, von Küstenwachbooten, die am Ufer kreuzten und Ausschau nach Leichen hielten, über Bord geworfene Reservekanister auflasen, angeschwemmte Luftkissen inspizierten.

»Einen Tag, nachdem wir dich gefunden hatten, gab's einen wüsten Sturm«, sagte Jim. »Wahrscheinlich ist das Zodiac da gekentert, und du bist ersoffen.«

»Sieh mir in die Augen, Jim, und schwör mir, daß du nichts damit zu tun hast.«

Das machte er, und wir fuhren zum Reservat zurück.

»Eben fällt mir was ein«, sagte Jim, als wir fast da waren. »Aber das bringt wohl nicht viel. Ist nur ungewöhnlich. Als wir dich gefunden hatten, sind zwei von unseren Leuten zum Fluß gegangen, um ihre Feldflaschen aufzufüllen. Sie begegneten ein paar Rucksacktouristen, die am Ufer hockten und Kaffee tranken. Langhaarig, bärtig – richtige Müsli-Typen. Kann sein, daß sie mit Akzent sprachen. Jedenfalls sagten sie, daß sie über den Fluß wollten. Sie fragten, ob sie hier irgendwo ein Schlauchboot kriegen könnten, ob wir in letzter Zeit eins gesehen hätten.«

»Komisch. Warum haben sie nicht einfach die nächste Brücke gesucht?«

»Genau. Doppelt komisch, weil du in der Gegend warst – mit einem Schlauchboot. Aber unsere Leute haben dichtgehalten.«

»Special Forces, Mann. Die können so langhaarig sein, wie sie wollen. Scheiße.« Ich sagte »Scheiße« nicht aus Angst vor den Cops, obwohl ich welche hatte. Ich sagte es, weil ich Magenkrämpfe bekam.

Als wir wieder beim Wohnmobil der Singletarys waren, mußte ich noch eine Weile vor dem Wagen sitzen bleiben, bis die Krämpfe nachließen. Dann gingen wir nach drinnen.

Am Küchentisch saß ein Weißer und wärmte seine Hände an einer Tasse Tee. Er hatte ein längliches Gesicht, rote Locken, einen kurzgestutzten, dichten roten Bart und unwahrscheinlich blaue Augen. Sah ganz gelassen, ganz konzentriert aus, fast so wie jemand, der meditiert. Als ich reinkam, schaute er mich an und lächelte, ohne die Zähne zu zeigen. Ich nickte ihm zu.

»Wer ... du kennst ihn?« fragte Jim.

»Ja. Das ist Hank Boone.«

»Schön, daß ich dich endlich mal kennenlerne«, sagte Boone.

»Ich freu' mich auch. Wie habt ihr mein Zodiac gefunden?«

»Wir haben dich zufällig gesehen und sind einfach deiner Ölspur gefolgt.«

»Meinen Schadstoffen, mit anderen Worten. Nett, nett.«
»Oh«, sagte Jim, der es jetzt kapiert hatte. »*Der* Boone.«
Boone lachte. »Ja.«

25

»Wir mußten ein bißchen dran drehen, um den richtigen Effekt zu kriegen«, erklärte Boone. »Mit den Tanks, die das Zode hatte, wärst du nicht nach Neuschottland gekommen. Also haben wir vor der Küste noch ein paar Reservekanister verteilt und sie anschwemmen lassen, damit es so aussah, als wären sie unterwegs verbraucht und über Bord geschmissen worden.« Boone kicherte. »Eine tolle Flucht, die du da hingelegt hast.«

Er war ein merkwürdiger Typ. Ich hatte ihn nie persönlich kennengelernt, nur Fotos von ihm gesehen und von den alten Hasen von GEA Geschichten über ihn gehört. Sie waren sich einig: Boone wollte mit dem Kopf durch die Wand, Boone war nicht ganz dicht. Aber der Typ, der vor mir saß, war ganz anders. Er sprach langsam und leise, mit singendem Bariton, machte mitten im Satz Pause, um das richtige Wort zu finden. Aber ein Schlaffi war er nicht. Und war er nun ein Terrorist? Er erklärte es mir. Okay, er hatte mal ein Walfangschiff versenkt, weil die Leute ihm ans Leder wollten. Doch dann hatten die Besitzer von anderen Walfängern ihre alten, aber hochversicherten Pötte serienweise auf Grund gesetzt und behauptet, der notorische Schiffeversenker sei es gewesen. Und so war er in den Ruf eines Terroristen gekommen, obwohl er seit langem nur noch gewaltfreie Aktionen mit einer kleinen Gruppe machte. Seine Leute waren schon wieder fort, und er war geblieben, um zu hören, ob wir nicht mal zusammenarbeiten könnten.

Wir unterhielten uns noch lange an diesem Abend. Schließlich brach Boone auf und verschwand im Wald, wo er sein Camp hatte, und ich fiel hundemüde ins Bett. Es ging mir nicht gut, und ich mußte erst mal alles überschlafen.

Als ich wieder aufwachte, ging es mir nicht unbedingt besser. Es juckte mich überall, und ich versuchte mich darauf zu besinnen, wann ich das letzte Mal geduscht hatte. War eine Weile her. Und so stolperte ich mit halbgeschlossenen Augen ins Bad und stellte mich unter die Dusche. Wusch meine kurzen Haare, spürte zum ersten Mal Seife auf meinen bartfreien Wangen, begann meinen Oberkörper zu waschen und entdeckte, daß er sich irgendwie hubbelig anfühlte. Giftsumach vielleicht – ich war ja durch die Wälder geflohen.

Aber als ich mich dann im Spiegel betrachtete, sah ich, daß es etwas anderes war. Lauter kleine schwarze Mitesser, die zu einem dunklen Schatten verschmolzen. Chlorakne.

Ich frühstückte Holzkohle und durchwühlte die Tiefkühltruhe der Singletarys, schaute mir den Fisch an, von dem sie mir zu essen gegeben hatten. Alles Süßwasserfische, hier in der Gegend gefangen. Die Singletarys aßen mehr davon als ich, und sie hatten keine Probleme. Ich hatte das Gift selbst mitgebracht. Was unmöglich war, weil ich in Boston seit Monaten keinen Seefisch mehr gegessen hatte. Wie war das Gift also in meinen Körper gekommen?

Auf dieselbe Weise wie bei Gallagher und seinen Leuten? Sie hatten mir hoch und heilig versichert, daß sie keinen kontaminierten Hummer gegessen hatten. Ich hatte es nicht geglaubt, aber jetzt mußte ich es wohl glauben.

War es bei meiner Tauchtour zum Notauslaß passiert? Ein Toxin, das durch die Haut aufgenommen wurde? Aber es schien verzögert zu wirken, denn es hatte erst eine Woche später durchgeschlagen.

Ich mußte an den Abwasserkanal von Natick zur Dorchester Bay denken.

Da gab es eine Ähnlichkeit. Ich hatte gedacht, das Chlor käme von *Biotronics*, aber es war nicht gleich nachweisbar. Die Werte stiegen, je weiter es von der Quelle entfernt war. Verzögerte Toxizität.

Was hatte *Biotronics* da produziert? Auf jeden Fall etwas

Neues und Seltsames. Und am Ende hatte Dolmacher versucht, Kontakt zu mir aufzunehmen.

Ich war wirklich behämmert. Meine Identität mochte den Bach runtergegangen beziehungsweise im Atlantik abgesoffen sein, aber mein Körper lebte weiter, mit einer toxischen Kette an Boston und *Biotronics*, an Dolmacher und Pleshy gebunden.

Ich machte mich auf den Weg in den Wald. Boone saß vor seinem Zelt und briet sich eine Forelle. Als er mich sah, grinste er so unverschämt breit, wie ich es selten bei jemandem erlebt habe – er strahlte über alle vier Backen. »Ich hatte ganz vergessen, wie es hier ist, S. T. Vor zehn Minuten habe ich den Fisch aus einem Bach geholt, der so blitzsauber ist, daß man draus trinken kann. Und wie weit sind wir von Boston weg? Zwei, drei Stunden?«

»Ja. Du fühlst dich also wieder zu Hause. Herzlich willkommen. Wir arbeiten zusammen.«

»Das heißt, du mit mir?«

»Nein. Umgekehrt, wenn ich nicht völlig schiefliege.«

Ich setzte mich zu ihm und erzählte ihm alles. Wollte ihm schon die Chlorakne zeigen, aber was sollte es – das kannte er aus Vietnam. Er stellte mir genau die richtigen Fragen. Erkannte alle Sackgassen. Der einzige Weg, der keine Sackgasse war, führte nach Boston. Er führte zu Pleshy, dem Schleimer.

26

Ich wollte Jim Grandfather nicht mit dabeihaben. Ich wollte, daß er zu Anna zurückging. Aber er klappte die Ohren zu, und schließlich chauffierte er uns mit seinem Lieferwagen.

Bevor wir das Reservat verließen, färbten wir uns die Haare. Ich nahm Kastanienbraun, Boone Dunkelbraun. Jim stand derweil vor dem Bad herum und fragte, ob er sich blondieren sollte.

Wir kamen gegen 17 Uhr in Boston an. Auf der letzten Hälfte der Fahrt kriegten wir Bostoner Sender rein, und Boone drehte durch. Es war, als hätte er auf einer einsamen Insel gelebt. Der Mann war ein Motown-Freak. Er hatte beide Hände am Radio, jagte alle Frequenzen rauf und runter, suchte seine Musik.

Zwischendurch mußte er sich mit Nachrichtensendungen abfinden. Seit meinem Tod sprach man nicht mehr viel von mir. GEA tauchte noch in den Meldungen auf, distanzierte sich von meinen Aktionen, hielt sich bedeckt. Das ging in Ordnung, das mußten sie. Aber Debbie, diese Superfrau, war an die Öffentlichkeit gegangen, hatte auf diverse Schwachstellen in der Story des FBI hingewiesen und Zweifel angemeldet, ob ich wirklich der Terrorist sei, als den man mich hinzustellen versuchte. Pleshy war auf Stimmenfang, besuchte tausend Organisationen in New Hampshire und tat, was er immer tat: schleimte. Und dann noch der übliche Scheiß: Südafrika-Demos in Boston Mitte, Mord und Totschlag und irgendein Irrer, der rezeptpflichtige Medikamente aus Apotheken klaute. Sein Markenzeichen war eine Tazer-Pistole. Wenn die elektrisierten Apotheker wieder aufwachten, waren ihre Regale geplündert.

Zuallererst wollte ich Bart etwas ausrichten lassen, also schrieb ich's auf und gab es Boone. Wir setzten ihn beim *Pearl* ab, fuhren dann auf das Sträßchen dahinter und warteten. Er würde den Zettel Hoa geben und darum bitten, daß er ihn an Bart weiterreichte, wenn er das nächste Mal vorbeischaute, was wahrscheinlich, so, wie ich Bart kannte, keine zwölf Stunden dauern würde. Die Mitteilung war ziemlich vage gehalten. Hoa würde sie nicht verstehen. Aber Bart.

Während wir warteten und beobachteten, wie Vietnamesen an die Hintertür kamen, um billigen Reis zu kaufen, hielt ein Motorroller neben dem Müllcontainer. Aus den Augenwinkeln sah ich, wie sich der Fahrer vorbeugte, und dachte mir, er würde das Schloß absperren. Dann stach mir der Geruch von Kotze in die Nase. Ich linste rüber. Es war Hoas Hilfskellner. Zusammengekrümmt reiherte er auf den Asphalt.

Ich konnte nicht hinstarren, sonst hätte er mich vielleicht erkannt. Also ließ ich mich in den Sitz zurücksinken und drehte mich weg. »Jim, der Typ da auf dem Motorroller – kannst du mal schauen, ob er einen Hautausschlag hat oder so was?«

»Er ist angezogen, s. t. Im Gesicht hat er jedenfalls nichts.«

Boone kam aus der Hintertür und bemerkte ihn. Der Hilfskellner stieg langsam von seinem Roller ab. Er war blaß um die Nase und sah so aus, als hätte er alles satt. Boone sprach ihn an. Dann kam er zu uns.

»Er hat's«, sagte Boone. Mehr brauchten wir nicht.

Ein neuer Toxinschub also. Die Geschichte wurde immer mysteriöser. Der Notauslaß an der Dorchester Bay konnte ja wohl nicht das Wasser bei der Fischerpier kontaminieren. Er war viel zu weit weg.

Ich hatte genug Spurensuche betrieben, um eine Idee zu haben. Wenn es in der Nähe dieser Pier einen anderen Notauslaß gab, aus dem organisches Chlor kam, dann mußte es irgendwo im Norden eingeleitet worden sein.

Wir fuhren an einer Telefonzelle vorbei, und ich dachte zum x-ten Mal an Dolmacher. *»Das müßte für dich so was wie der Heilige Gral sein ... ich stehe im Telefonbuch.«* Ich hatte seine Nummer schon mal nachgeschlagen und wußte, wo er wohnte: irgendwo im Norden. Ein sehr vager Zusammenhang, aber auf meiner Prioritätenliste stand sowieso ein Besuch bei dem armen Irren. Wir hielten bei der Telefonzelle, ich notierte mir seine Adresse, und dann fuhren wir über den Fluß.

Jim setzte Boone und mich an verschiedenen Punkten ab, parkte dann irgendwo, und wir näherten uns dem Haus auf getrennten Wegen. Bei Dolmacher brannte kein Licht; dies war nicht die Art Gegend, in der man es anlassen mußte, wenn man wegging. Nicht daß sie feudal war, nur nett, ein bißchen weitab vom Schuß und sehr gemütlich. Wir waren hier die einzigen Kriminellen.

Was man der Tatsache entnehmen kann, daß wir durch ein Kellerfenster in Dolmachers Haus einbrachen. Ich trug Gummihandschuhe, und die anderen faßten nichts an. Wir wollten kein Licht anmachen, und es sieht verdächtig aus, wenn man mit

Taschenlampen in einem leeren Haus rumgeistert, also stolperten wir beim matten Schein meines Feuerzeugs durch die Räume.

Der Keller paßte genau ins Bild: Auf der Tischtennisplatte war ein großes Kriegsspiel aufgebaut. Die Vereinigten Staaten wurden via Kanada angegriffen, und Dolmacher schlug die roten Teufel mit rauschendem Erfolg zurück.

Wir gingen nach oben, um einen Blick auf seine Sammlung von elektronischem Spielzeug sowie seine Waffen- und Militärbücher zu werfen. Jim bemerkte ein Nachtlicht im Bad und sah schnell mal nach. Boone und ich schauten uns im Wohnzimmer um, das in Dolmacher-Postmoderne eingerichtet und außerdem mit leeren Pizzakartons und gebrauchten Papierservietten übersät war.

»Heilige Scheiße, das gibt's doch nicht«, sagte Jim im Bad, und wir strömten hin. Unterwegs stolperte ich über etwas, das umkippte und seinen Inhalt auf den Boden spuckte: ein halbvoller Sack Aquariumkohle. Es versteht sich von selbst, daß Dolmacher kein Aquarium hatte.

Dann beäugten wir das Bad im braunen Gefunzel des Nachtlichts. Hier stank es zum Himmel. Das nächste, was mir auffiel, war ein halbes Dutzend gebrauchter Spritzen auf der großen Waschbeckenablage. Dann die Flaschen. Viele, viele Pillenflaschen. Ich las die Etiketten. Alles Antibiotika. Das ganze Bad roch nach Tod und Chlor; auf der Toilette stand eine halbvolle Plastikflasche mit Wäschebleiche, und im Abfalleimer lag eine leere. Ich beugte mich vor – was tut man nicht alles für die Wissenschaft – und beschnupperte Dolmachers Klo. Er hatte Wäschebleiche reingekippt. Das war anorganisches Chlor, die harmlose Variante, nicht das kovalente Teufelszeug, das wir suchten. Er desinfizierte seinen Lokus damit.

Dolmacher war krank, wirklich krank. Er hatte Probleme mit irgendwelchen Bakterien im Verdauungstrakt. Er wußte, daß er Probleme hatte, und versuchte verzweifelt, damit fertig zu werden.

Vielleicht hatte ich dieselben Probleme. Ich ging Dolmachers Bestände durch und schluckte ein paar Pillen.

Boone und Jim standen über die Badewanne gebeugt und murmelten was. »... vielleicht auch Rehposten«, sagte Boone.

»Nein, nein, Semi«, sagte Jim.

»Was...«, begann ich, und jetzt sah ich erst den Toten. Er trug einen Anzug.

»Dein Freund ist ein guter Hausmann«, sagte Jim. »Legt seine Kadaver zum Abtropfen in die Wanne.«

»Den Geruch hätte ich gleich erkennen müssen«, sagte ich. »Putreszin.«

»Puh-was?«

»Putreszin. Die chemische Substanz, die verwesende Leichen abgeben.«

Dolmacher hatte die Brieftasche des Typs bereits gefilzt und auf seine Brust geworfen. Da ich hier der einzige mit Handschuhen war, filzte ich sie noch mal. BASCO SECURITY.

»Sauber gemacht«, bemerkte Jim. Der Tote hatte sechs Löcher in der Brust, die je zwei Zentimeter voneinander entfernt waren.

Boone und ich holten Bier aus dem Kühlschrank, Jim nahm sich ein Wasser, und wir setzten uns ins Wohnzimmer. Ich dachte nach.

»Versteht ihr was von Quantenmechanik?«

Sie sagten nichts, also dachte ich laut weiter. »Jede Reaktion, die in eine Richtung geht, kann auch in die andere gehen.«

»Und?«

»Okay. Zuerst das, was wir wissen: *Basco* hat vor dreißig Jahren ein paar Riesentransformatoren auf der Nordseite von Spectacle Island abgeladen, Dreck drübergetan und sie vergessen.

Um '68 herum begannen sie sich Gedanken zu machen, weil sie wußten, daß in diesen Transformatoren eine Menge Schadstoffe waren. Aber bis vor kurzem konnten sie nichts dran ändern – bis das Zeitalter der Gentechnik anbrach. Sie kauften den besten und schlauesten Laden der Branche in der Region Boston auf und sagten den Jungs, sie sollten eine PCB-fressende Bakterie erfinden.

Das taten die Jungs. Bauten irgendwelche chlorverarbeitenden Plasmide zusammen und implantierten sie in eine Bakterie namens *Escherichia coli*. Die gehört zur natürlichen Darmflora des Menschen und hilft bei der Verdauung mit. Ist gutartig, genau erforscht und ideal für solche Zwecke. Alle Gentechniker arbeiten damit.

Und es funktionierte. Aber fast zu spät. Ein alter Lastkahn strandete auf der Insel und riß die Transformatoren auf. Also mußten sie die Bakterien aussetzen, ohne sie getestet zu haben, damit sie die Schweinerei beseitigten, bevor ich draufkam. Und auch das funktionierte. Die PCBs verschwanden.

Das wissen wir. Was jetzt kommt, ist meine Theorie. Wie gesagt, jede Reaktion, die in eine Richtung geht, kann auch in die andere gehen. Als die Jungs versuchten, ein Plasmid zu entwickeln, das kovalentes Chlor in ionisches Chlor umwandelt, mußten sie sich auch mit der Möglichkeit befassen, es in der anderen Richtung arbeiten zu lassen. Aus ionischem Chlor wie im Meerwasser kovalentes Chlor wie im Abwasser zu machen.«

»Ach du liebe Scheiße«, sagte Boone.

»Nachdem sie sich damit befaßt hatten, blieben sie natürlich am Ball. Denn ein ganzer Industriezweig – der größte Teil der chemischen Industrie – basiert auf einer einzigen Reaktion: der Umwandlung von Salzwasser in kovalentes Chlor durch Chloralkalielektrolyse. Das ist ein ziemlich altes Verfahren, bei dem Unmengen von Strom verbraucht werden. Und dieser Industriezweig ist seit Jahrzehnten auf dem absteigenden Ast. Aber wenn man eine Bakterie züchten kann, die dieselbe Reaktion auslöst, nur ohne Strom, dann überlegt euch mal, was für eine grandiose Innovationsspritze das für *Basco* und *Boner* und all die anderen alten, abnibbelnden Firmen wäre. Plötzlich wäre alles, was sie produzieren wollen, zehnmal billiger. Die Umweltgesetze würden keine Rolle mehr spielen. Sie würden sich eine derart goldene Nase verdienen ...«

»Okay, wir verstehen, warum sie so eine Bakterie haben wollen«, sagte Jim. »Und du meinst, sie haben sie?«

»Ja, sie haben sie. Im doppelten Sinn des Wortes. Sie besitzen sie, und sie sind mit ihr infiziert. Jemand hat Scheiße gebaut. Jemand hat zur Unzeit gepopelt oder vergessen, sich die Fingernägel zu bürsten oder sonstwas, und die Wunderbakterie, die Salzwasser in toxisches Chlor verwandelt, ist in den falschen Tank gekommen.«

»Und wie ist sie dann in diesem Abwasserkanal gelandet?« fragte Boone.

»Stell dir vor, du bist Pleshy oder Laughlin. Du hast einiges dazugelernt seit 1956, als du deine Transformatoren einfach auf Spectacle Island verscharrt hast. Diesmal bist du raffinierter. Wenn es Zeit wird, die PCBS auf dem Hafengrund zu beseitigen, fährst du nicht mit großen Fässern voll Bakterien raus und kippst sie am hellichten Tag ins Wasser. Du fährst überhaupt nicht raus. Du läßt das Ganze von der vorsintflutlichen Bostoner Kanalisation besorgen. In der wimmelt es sowieso schon von Kolibakterien. Du spülst deine Bakterien da, wo sie gemacht worden sind, den Lokus runter – in Natick. Du suchst dir einen Abend aus, an dem es in Strömen regnet. Deine Bakterien flutschen in diesem dreißig Kilometer langen Abwasserkanal unter der Stadt durch und werden durch einen Notauslaß an der Dorchester Bay in den Hafen geschwemmt – einen Notauslaß in der Nähe von Spectacle Island.

Die Bakterien gehen zum größten Teil an PCB-Mangel ein. Aber einige finden den Weg zum PCB-See. Was du geplant hast, gelingt. Glänzend sogar. Die PCBS verschwinden. Der Typ von GEA gibt auf.

Dann beginnt der Chlor-Level zu steigen. Die kovalente Variante. Du leitest keine PCBS ein, aber der Level steigt trotzdem. Das ist unmöglich, das macht keinen Sinn. Aber nach ein paar einfachen Tests kriegt einer deiner Gentechniker raus, was los ist. Deine PCB-Fresser-Tanks waren mit einer geringen Anzahl von Bakterien kontaminiert, die genau das Gegenteil tun. Sie sind mit den anderen in die Kanalisation gekommen. Zunächst haben sie nicht viel angestellt. War eine winzige Kolonie im Vergleich zu der der PCB-Fresser. Aber nach ein paar Wochen haben sie sich sprunghaft vermehrt. Sie können sich nach Belieben vermehren. Genug Nahrung haben sie ja – alles Salz der sieben Meere.«

Ich trank mein Bier und ließ die beiden über diesen Hammer nachdenken.

»Alles Salz im Meer könnte in organisches Chlor umgewandelt werden?« fragte Boone. Klang irgendwie ein bißchen atemlos.

»Darüber wollen wir uns jetzt keine Gedanken machen«, sagte ich. Boone und Jim lachten nervös.

»Über einen Atomkrieg macht man sich ja auch keine Gedanken«, sagte ich. »Wir werden uns daran gewöhnen.«

»Und wie ist das mit dem Wannenmann gekommen?« fragte Jim.

»Tja, dir wird klar, daß du in der Scheiße sitzt. Der Typ von GEA taucht wieder auf, entdeckt die neuen PCBs und verfolgt sie zu deinem Notauslaß zurück. Er blickt noch nicht voll durch, aber du willst kein Risiko eingehen. Also versuchst du, ihn umzulegen.

Gleichzeitig ziehst du Plan B durch. Du hast die ganze Zeit gewußt, daß dein Verbrechen eines Tages ans Licht kommen kann. Aber du bist darauf vorbereitet. Deswegen hast du schon mal die Kanalisation benutzt. Du pickst dir einen deiner Angestellten raus, von dem du weißt, daß er ein Arbeitstier ist, ein Fan dieses Projekts, und tust ihm ein paar von den Bakterien ins Essen. Sie nisten sich in seinem Verdauungstrakt ein. Jedesmal, wenn er scheißt, schickt er eine neue Ladung Bakterien in den Hafen. Falls also ruchbar wird, daß deine Firma die Dinger produziert, sagst du ganz einfach: ›Dieser Angestellte hat es mit seiner Begeisterung etwas übertrieben und unsere extrem strengen Sicherheitsbestimmungen mißachtet. Auf Grund dessen hat er sich infiziert und jedesmal, wenn er seine Toilette benutzte, Bakterien in die Kanalisation und in den Hafen gespült.«

»Und derweil wandeln die Bakterien das Salz in der Nahrung dieses Typs ...«

»In Toxine um. Er kriegt Chlorakne und merkt sofort, was los ist. Er wird von innen heraus vergiftet. Genauso wie die Leute, die Hummer oder Fisch aus den kontaminierten Zonen des Hafens gegessen haben. Oder die so dämlich waren, in der Nähe des Notauslasses an der Dorchester Bay ein Mäulchenvoll Wasser zu schlucken – wie ich. Sie kriegen alle eine Chlorvergiftung, sie kriegen alle Chlorakne.«

»Moment mal«, sagte Boone. »Ich bin kein Chemiker, aber um Salz in organisches Chlor umzuwandeln, braucht es doch Energie, oder?«

»Ja.«

»Und woher bekommen die Bakterien – die bösartigen Bakterien – diese Energie?«

»Versuchen wir's mit einer Hypothese«, sagte ich. »Das ganze Zeug, das ich in meinen Proben hatte, war polyzyklisch. Kohlenstoffringe in verschiedener Zahl und verschiedenen Kombinationen. Wenn unsere Bakterien darauf programmiert sind, solche Ringe zu bauen, bekommen sie eine Menge Energie. Du brauchst Energie, um einen Sechserpack Kohlenstoff aufzubrechen, stimmt's? Was bedeutet, daß du einiges an Energie gewinnst, wenn du einen Sechserpack zusammensetzt. Und wenn du diese Energie dazu verwendest, organisches Chlor herzustellen und an den Sechserpack anzulagern, hast du eine nützliche, aber toxische Chemikalie. Genau das habe ich vor dem Notauslaß gefunden – alle möglichen polyzyklischen Chlorverbindungen.

Wie auch immer, du bist Laughlin, der Typ, der diesen Laden leitet. Du hast es nicht geschafft, den Umweltschützer umzulegen. Er ist dir entwischt und wird Gott und die Welt verrückt machen. Die Nachricht von dem Toxin wird sich ausbreiten wie ein Lauffeuer. Du kannst sie nicht unterdrücken. Du siehst nur noch eine Möglichkeit, den Typ unglaubwürdig zu machen. Du mußt ihm irgendwas anhängen. Und was ist das Schlimmste, das du zur Zeit jemand anhängen kannst? Daß er ein Terrorist ist. Also jagst du sein Haus in die Luft und sagst, es sei eine Bombenfabrik gewesen. Du verminst Pleshys Jacht, klaust den Wagen des Typs, stellst ihn in der Nähe ab und sagst, er hätte Alvin den Großen ermorden wollen. Selbst wenn der Typ überlebt, wird ihm kein Schwein mehr glauben.

Und jetzt sagen wir mal, du bist der infizierte Angestellte, der Gentechnik-Fan. Dolmacher. Du bist clever, du weißt genau, was los ist, weil du dir deswegen schon Sorgen gemacht hast. Du teilst deiner Firma mit, daß du infiziert bist, und sie sagen dir: ›Bleiben Sie zu Hause, Dolmacher, wir schicken Ihnen Antibiotika.‹ Was sie auch tun. Aber irgendwie scheinen die Antibiotika nicht zu wirken. Und die Firma läßt einen Tag nach dem anderen vergehen, ohne die Öffentlichkeit über die ungeheure Gefahr zu informieren, die ihr droht. Du realisierst, daß du geleimt worden bist. Sie haben dir Placebos geschickt. Sie lassen dich einfach verrecken. Und wenn sie so weit gehen, schrecken sie wohl auch vor einem Mord nicht zurück. Du wirst paranoid, du hast ständig eine Waffe griffbereit. Ein Typ von der Firma schaut bei dir vorbei – weiß der Geier, warum –, und irgendwas läuft schief. Er macht den Fehler, dir zu drohen, und eine Sekunde später hat er sechs Löcher in der Brust. Und du ziehst los. Nimmst deine Tazer-Kanone mit, überfällst Apotheken und klaust Antibiotika in rauhen Mengen.«

»Und was machst du dann?« fragte Jim. Hörte sich so an, als wüßte er es bereits.

»Das, liebe Freunde, ist die große Preisfrage, und ich bin nicht so genial, daß ich sie beantworten kann.«

»Der Typ hat's mit der Gewalt«, sagte Boone.

Ich stimmte zu und berichtete den beiden von Dolmachers Fimmel fürs Überlebenstraining.

»In New Hampshire, ja?« sagte Jim. »Da schleicht er rum und

ballert auf seine Mitmenschen? Habt ihr geschnallt, daß Pleshy im Moment auf Wahlkampfreise in New Hampshire ist?«

Wir saßen geplättet da.

»Na, dann wollen wir mal«, sagte Boone.

27

Dolmacher war nicht der Typ, der Tupperware besaß, aber er hatte einen großen Topf Margarinesurrogat in seinem Kühlschrank stehen. Ich kratzte die Substanz heraus, tat sie auf Dolmachers Küchentresen, wusch den Topf mit warmem Wasser aus, klatschte etwas Wäschebleiche rein und wusch ihn noch mal aus. Dann ließ ich meine Jeans runter, ging über dem Ding in die Hocke, setzte eine Probe ab und tat den Deckel drauf.

Lieh mir eine Rasierklinge von Dolmacher, sterilisierte sie und legte einen kleinen Schnitt in eine meiner Zehen. Wir fuhren auf eine Durchgangsstraße und folgten den ersten KRANKENHAUS-Schildern, die wir sahen – direkt bis zur Notaufnahme. Ich ließ mich von Jim und Boone reintragen. Wir warteten eine halbe Stunde. Dann kam die medizinische Belegschaft zu mir.

»Heute morgen haben wir in Cambridge Fußball gespielt, am Charles River, und da ist der Ball ins Wasser geflogen, und ich bin ihm nach und hab' mich am Fuß geschnitten«, sagte ich. »Habe versucht, die Wunde sauberzuhalten, hab' sie sterilisiert und alles, aber jetzt muß ich mich dauernd übergeben, hab' Schüttelfrost, alles tut mir weh, Durchfall ...«

Sie stopften mir das Maul, indem sie ein Thermometer reinschoben. Die Schwester ließ mich eine Weile allein, und so konnte ich das Thermometer auf die Dampfheizung legen, bis die Temperatur im letalen Bereich war. Dann schüttelte ich es auf 39 Grad runter.

Wie gehabt: Sie spritzten mir mörderische Antibiotika und gaben mir das gleiche noch mal in Tablettenform mit. Wir gingen zum Wagen, und ich schluckte ein paar. Ich hatte einen

Rollgriff in Dolmachers derzeitige Grundnahrungsmittel getan: Aquariumkohle und Abführmittel. Nahm von beidem einen Schwung und zog mich in den Laderaum des Lieferwagens zurück, um mich auszu... aber lassen wir das. Wir fuhren zu Kelvins Haus in Belmont, einem kleinen Vorort westlich von Cambridge.

Kelvin ist schwer zu beschreiben. Wir sind zusammen aufs College gegangen. Sozusagen. Denn er besuchte die Kurse nur sporadisch. Ich wußte nicht mal, ob er eingeschrieben war. Ihm war das schnuppe, weil er nicht den Ehrgeiz hatte, einen akademischen Grad zu erwerben. Er interessierte sich nur für die Wissenschaft. Wenn ihn eine Vorlesung langweilte, ging er einfach raus, durchwanderte die Korridore und landete schließlich in den hinteren Reihen eines Astrophysikseminars.

Später fand ich heraus, daß er ein Stipendium hatte, das die Verwaltung der B. U. ausgeschrieben hatte, um die Studenten anzulocken, die normalerweise Harvard oder das MIT besucht hätten. Die B. U. verzichtete auf alle Gebühren und stellte den Stipendiaten ein eigenes Wohnheim zur Verfügung. Das Programm war nicht allzu teuer, weil die Verwaltung die Stipendiaten nicht finanziell unterstützte, sondern nur kein Geld von ihnen nahm. Was nicht mal ein Verlust war, denn ohne das Stipendium hätten diese Studenten die B. U. sowieso nicht besucht.

Kelvin ließ sich nur sehen, wenn es ihm paßte. Er stieg im ersten Jahr des Programms ein, in der Phase, in der noch ein paar Defekte im System zu beseitigen waren. Die Verwaltung kam zu dem Schluß, daß Kelvin zu diesen Defekten gehörte. Also zog sie nach dem ersten Jahr die Daumenschrauben an. Sie bestand darauf, daß er diverse Grundkurse belegte und sie mit guten Noten abschloß. Kelvin belegte die Grundkurse, wandte eine Wochenstunde daran und brachte sie mit strahlendem Erfolg hinter sich. Den Rest der Zeit saß er in Astrophysikseminaren.

Im nächsten Jahr bestand die Verwaltung darauf, daß er kontinuierliche Fortschritte im Hinblick auf die Erlangung eines akademischen Grades vorwies. Das war Kelvins letztes Jahr an der B. U. Er stieg aus, gründete eine kleine Firma und konnte recht gut davon leben. Er wohnte mit seiner Frau, seiner Schwester und mehreren Kindern – ich wußte nie genau, welche von wem waren – in einem hübschen Haus in Belmont, schrieb anspruchsvolle Software für PCs und half mir dann und wann bei einem Problem.

Es war kurz nach elf, als wir ankamen, und das Haus war zum größten Teil dunkel, aber wir konnten Kelvin im zweiten Stock in seinem Büro sehen, einer Art verglastem Balkon. Er hörte, wie wie vorfuhren; ich stieg aus und winkte, weil ich nicht klingeln und das Haus in Aufruhr versetzen wollte. Kelvin kam runter und machte die Tür auf.

»S. T.«, sagte er, »das ist aber schön.« Ganz natürlich, ganz echt – wie immer. Einer seiner Köter tappte nach draußen und beschnupperte mich. Ich wollte schon durch die Tür gehen, als mir bewußt wurde, daß hier Kinder wohnten.

»Ich weiß nicht, ob ich reinkommen soll, Kelvin. Ich bin mit genmanipulierten Bakterien infiziert.«

Kelvin war der einzige Mensch auf der Welt, dem ich so was sagen konnte, ohne vorauszuschicken, daß wir in wenigen Sekunden den Bereich des Bizarren betreten würden.

»Mit denen von Dolmacher?« fragte er.

Natürlich. Dolmacher hätte – und hatte – das auch getan: sich an Kelvin gewandt.

»Es sind Kolibakterien mit PCB-metabolisierenden Plasmiden, nicht?« fuhr er fort.

»Muß wohl.«

»Und was rieche ich da?«

»Ich habe einen Teil davon hinten im Lieferwagen deponiert. In einem Eimer.«

»Sekunde.« Kelvin ging in seine Garage und kehrte mit einem Benzinkanister zurück. Er holte den mit Scheiße gefüllten Eimer aus dem Lieferwagen, goß Benzin dazu, trat drei Meter zurück und warf ein Streichholz rein. Wir standen um den Eimer herum, beobachteten das Ganze ein paar Minuten und sagten nicht viel. Die Feuerwehr kam; der alte Knacker von gegenüber, der mit dem Alzheimer, hatte sie alarmiert: ein Zimmerbrand. Wir sagten, es handle sich um ein chemisches Experiment, und sie zogen wieder ab.

»Ich lass' euch durch die Hintertür rein. Wir können im Keller reden«, sagte Kelvin, als der Inhalt des Eimers zu Asche verbrannt war.

Wir gingen in seinen Keller, der voll von elektrischem und elektronischem Gerät war. Wir nahmen auf Hockern Platz, und ich stellte den Margarinetopf auf Kelvins Werkbank. Darüber hing eine nackte Glühbirne, die den Topf mit gelbem Licht illuminierte; der toxische Scheißhaufen warf einen schwachen Schatten gegen die blümchengemusterte Rundung des Dings.

»Gut. Dolmacher hat mir auch eine Probe gebracht, aber die war schon ziemlich durch Antibiotika verwässert.«

»Wie willst du wissen, daß die hier nicht verwässert ist?«

»Die feste Form spricht dafür. Wenn du Antibiotika genommen hättest, die gegen Kolibakterien wirken, hättest du Durchfall gehabt.«

Boone und Jim grinsten. »Sieht so aus, als wären wir hier an der richtigen Adresse«, sagte Boone.

Und er hatte recht. Wenn ich mich über die reine Wissenschaft ausließ, verstanden Boone und Jim nur Bahnhof. Aber Kelvin war mir mindestens so weit voraus wie ich ihnen.

»Tut mir leid, daß ich dich zu nachtschlafender Zeit störe«, sagte ich, »aber – verbessere mich, wenn ich danebenhaue –, aber wir haben es hier doch mit dem drohenden Weltuntergang zu tun, oder?«

»Genau das habe ich Dolmacher auch gefragt. Er hat gesagt, da sei er nicht sicher. Es ist vielleicht etwas zu schlicht gedacht, wenn man von der extremsten Annahme ausgeht – daß die Bakterien alles Salz im Meer in polychlorierte Biphenyle umwandeln werden.«

»Weiß Dolmacher, wie man die Bakterien killt?«

Kelvin lächelte. »Wahrscheinlich. Aber er hat leider nicht in vollständigen Sätzen gesprochen. Er hatte relativ frisches Blut an der Hose.«

»Verdammt noch mal, Kelvin, du hättest ihn zum Reden zwingen sollen.«

»Er war bewaffnet«, sagte Kelvin, »und er ist mitten in Tommys Geburtstagsparty reingeplatzt.«

»Oh.«

»Alles kann gekillt werden. Zum Beispiel könnte man massenweise Toxine in den Hafen kippen und den Bakterien auf diese Weise den Garaus machen. Aber die Sache hat einen bösen Haken. Wenn du nicht *Basco* bist, hast du nicht die Mittel für ein solches Riesenprojekt. Und wenn du *Basco* bist, willst du keine so auffälligen Maßnahmen ergreifen – weil es Leute wie dich gibt, S. T.«

»Danke. Es geht mir schon viel besser.«

»Da du jetzt tot bist, kann es allerdings sein, daß *Basco* ein bißchen unvorsichtiger wird.«

»Warum ist Dolmacher zu dir gekommen? Nur um dich zu warnen?«

»Ja. Und er hat mich vor zwei Tagen nach einem Apothekenüberfall angerufen. Er ist auf ein paar Fläschchen Trimethoprim gestoßen, und das scheint die Bakterien recht zuverlässig zu killen.«

»Warum kippen wir dann nicht einfach eine Ladung von dem Zeug in den Hafen?« fragte Jim.

»Weil wir keine genügend große Ladung haben«, sagte Kelvin. »Ich glaube auch nicht, daß Antibiotika die Lösung sind. Das sind große, komplizierte Moleküle. Ein eklatanter Verstoß gegen Sangamons Prinzip.«

»Ich fühle mich zutiefst geehrt, Kelvin.«

»Es ist schwierig, große, komplizierte Moleküle in Mengen zu produzieren, die für den Hafen reichen. Das geht nur mit Gentechnik – indem man aus Bakterien Chemiefabriken macht. Wir kämpfen hier gegen eine Armee von kleinen Giftfabriken, aber wir haben keine Gegenarmee. Es gibt keine Bakterien, die Trimethoprim produzieren. Also müssen wir ein Äquivalent zur Atombombe finden. Etwas Einfaches und Verheerendes.«

An diesem Punkt schien Kelvin seinen eigenen Worten nachzulauschen. »Das ist tatsächlich eine Idee«, sagte er. »Wenn die Sache total außer Kontrolle gerät, müssen wir die Welt vielleicht damit retten, daß wir eine Atombombe im Hafen zünden. Wir würden Boston verlieren, aber das müßten wir in Kauf nehmen.«

Jim und Boone hatten sich mittlerweile aus dem Gespräch ausgeklinkt und beobachteten Kelvins Darbietung nur noch mit offenem Mund. Wir hörten über uns Holzklappern auf dem Parkett, und dann fiel Licht auf die Treppe, die vom Wohnzimmer in den Keller führte.

»Kelvin?« sagte eine Kinderstimme. »Kann ich Preiselhim haben?«

»Ja, mein Schatz. Tu ihn dir selbst in deinen Becher«, sagte Kelvin.

»Preiselhim?« fragte Boone.

»Preiselbeer- und Himbeersaft«, erklärte Kelvin. »Ich hänge an diesem Haus, also wollen wir nicht gleich so schweres Geschütz auffahren. Das mit der Atombombe sollte nur eine Analogie sein. Wir müssen die chemische Achillesferse der Bakterien finden. Und deine Probe hier, S. T., dürfte uns das wesentlich erleichtern. Ich wollte nur, ich hätte ein besseres Labor.«

Ich sagte Kelvin, wie er mit Tanya und Debbie in Kontakt kommen konnte. Sie würden ihm sicher Zugang zu den phantastischen Unilabors verschaffen. Und nun stieg Kelvins fünfjähriger Sohn mit seinem Becher in der Hand die Treppe runter. Kelvin nahm ihn auf den Schoß. Er hielt den Becher vors Gesicht wie eine Gasmaske, beobachtete uns über den Rand hinweg und schlürfte seinen Saft.

»Wissen die beiden, daß du noch lebst?« fragte Kelvin.

»Wahrscheinlich nicht. Hast du's gewußt? Du warst nicht besonders überrascht, als du mich gesehen hast.«

Kelvin runzelte die Stirn. »Ich habe mich gefragt, wann deine Leiche angeschwemmt wird. Ich habe nicht geglaubt, daß du so idiotisch bist, ohne Ölzeug aufs Meer hinauszufahren.«

»Danke.«

»Soll ich Tanya und Debbie sagen, daß du noch lebst?«

»Solang du's nicht telefonisch machst oder im Auto oder bei ihnen zu Hause oder im Labor...«

»Wenn du Angst vor elektronischer Überwachung hast, dann sag's ruhig.«

»Na schön. Ich *habe* Angst.«

»Okay. Dann gebe ich es ihnen schriftlich.«

»Kelvin, du bist so –«, ich wollte ›gottverdammt‹ sagen, aber das Kind sah mich an, »– so ungemein praktisch.«

»Magst du mir bei dem Projekt helfen?«

»Mögen ja, aber ich kann nicht ins Labor. Ich bin in dem Sträßchen hinter dem *Pearl* fast erkannt worden.«

»Du bist paranoid, S. T.«, sagte Jim.

»Deswegen lebe ich auch noch«, sagte ich.

»Diese neuen Spezies...«, begann Kelvin.

»Willst du damit sagen, daß es nicht nur eine Art ist?«

»Ja. Es sind zwei. Die eine bindet den Sauerstoff im Wasser und stellt eine anaerobe Umgebung her. Die andere produziert Benzole und Phenyle, frißt Salz und läßt toxische Pupse. Die zweite ist ein Parasit der ersten.«

»Wenn ich's mir recht überlege, ist Dolmacher eigentlich gar kein solcher Stinkstiefel. Wir brauchen ihn.«

»Dolmacher hat sich leider abgesetzt.«

»Wir glauben, daß wir ihn finden können. Und wenn wir das schaffen, kriegen wir ihn vielleicht dazu, daß er mit uns zusammen die Bakterien killt.«

Kelvin brachte uns nach draußen. »Noch was«, sagte er. »Warst du das, der vorige Woche dieses Rennboot in die Luft gejagt hat?«

»Ja.«

Er lächelte. »Das dachte ich mir.«

»Wieso?«

»Weil es neben dem Tea-Party-Schiff war. Der Wiege der direkten Aktionen.«

»Viel Glück, Kelvin.«

»Gute Jagd.«

Wir fuhren los. Kelvin und sein Sohn winkten uns nach.

28

Dieser Dolmacher hatte nicht das geringste Verantwortungsgefühl. Wir brauchten ihn, verdammt noch mal. Hätte mir nie träumen lassen, daß ich das von Dolmacher sagen würde, aber es war so. Er hatte diese Scheißbakterien erfunden, er hatte sie aufgepäppelt, er wußte alles über ihren Lebenszyklus, über das, was sie brauchten – welche Nahrung, welche Temperatur, welche pH-Werte. Wenn wir ihn dazu kriegten, daß er sich abregte, und ihn anschließend ausquetschten, konnten wir eine einfache Methode finden, die Bakterien zu killen. Aber nein. Er mußte ins Land der Baseballkappen ziehen, um sich an Pleshy zu rächen. Und dabei würde er wahrscheinlich draufgehen.

Wir fuhren nach Norden. Es war die Nacht von Freitag auf Samstag, 1 Uhr. Nach zwei Stunden hatten wir die zentrale Leitstelle des Überlebenstrainings gefunden, eine ziemlich neue Blockhütte vor einem privaten Waldstück. Als wir auf den Parkplatz bogen, strichen unsere Scheinwerfer durch die Kabinen mehrerer abgestellter Wagen, hauptsächlich Schlitten aus den Siebzigern, und wir sahen Silhouetten von Männern mit Baseballkappen, die sich aufsetzten, um uns anzustarren. Jim und ich rollten Schlafsäcke auf der Erde aus und legten uns pennen. Boone fuhr noch mal los. Er wollte Zeitungen besorgen und sehen, ob er rauskriegen konnte, was für Termine Pleshy in den nächsten zwei Tagen hatte.

Ich schlief nicht eine Sekunde. Jim tat eine halbe Stunde so als ob. Dann ging er zum Telefon an der Wand der Blockhütte und rief Anna an.

»Wie geht es ihr?« fragte ich, als er zurück war.

»Ich hab' mir schon gedacht, daß du nicht schläfst«, sagte er.

»Kann nicht. Boones Schlafsack riecht nach Arnikasalbe und Schwefelwasserstoff, und ich überlege mir die ganze Zeit, was das für eine Aktion war, bei der er sich einen satten Muskelkater geholt hat und mit diesem Gas in Berührung gekommen ist. Und ich warte auf die nächste Meldung von meinem geliebten Dickdarm.«

»Anna geht es gut«, sagte Jim. »Sie ist heute nach Rochester gefahren und hat sich Tapeten angeschaut.«

»Renoviert ihr?«

»Kleckerweise.«

»Dann frage ich dich, warum du hier bist und nicht dort.«

»Keine Ahnung. Wenn Weiße je Mist gebaut haben, dann bei dieser Geschichte. Aber du hast mir mal geholfen, und jetzt muß ich dir helfen.«

»Ich entpflichte dich hiermit.«

»So einfach ist das nicht. Das ist eine innere Angelegenheit – ich meine, das spielt sich in mir ab. Ich muß noch eine Weile dabeibleiben, sonst kann ich mich selbst nicht mehr achten. Außerdem macht's irgendwie Spaß.«

Boone kam kurz vor der Dämmerung zurück. Er hatte alle Cafés im Umkreis von dreißig Kilometern abgegrast, Kaffee getrunken und etliche herrenlose Zeitungen mitgehen lassen.

»Pleshy ist beim Holzfällerfestival«, sagte er. »Nördlich von hier, nicht mal 'ne Stunde.«

»Ist er da den ganzen Tag?«

»Den ganzen Vormittag. Später ist er in Nashua. Besichtigt High-Tech-Firmen. Gemeinsam mit deinem Freund Laughlin.«

»Wie passend.« Ich blätterte die verdammten Zeitungen durch, als hätte ich Windmühlenflügel statt Arme. »Du Arsch, warum hast du die Comics nicht mitgebracht?«

Boone wollte sofort zum Holzfällerfestival, aber Jim überzeugte ihn davon, daß wir nicht viel machen konnten, solange es dunkel war. Ich fand es interessant, daß die Überlebenstrainees am Abend zuvor hierhergekommen waren und auf dem Parkplatz übernachtet hatten – das Spiel begann wohl vor Sonnenaufgang.

Und tatsächlich rollte gegen 5 Uhr ein Geländewagen auf den einen Stellplatz, der mit RESERVIERT gekennzeichnet war. Er war groß und schwarz und mit allem ausgestattet, was man braucht, um durch einen Blizzard oder einen Atomkrieg zu fahren. Ein Typ stieg aus: nicht der drahtige, hohläugige Vietnamveteran, den ich erwartet hatte, sondern ein breiter, stämmiger älterer Mann, mehr Korea-Generation. Ich hörte, wie die Leute in den anderen Wagen munter wurden.

Jim und ich standen hinter dem Typ, als er die drei Schlösser an der Tür der Blockhütte aufsperrte. »Morgen«, sagte er. Nicht zu mir – mich ignorierte er –, sondern zu Jim, für den er sich offenbar sehr interessierte. Das hatte ich gewußt. Darum hatte ich Jim auch bequatscht, aus seinem warmen Schlafsack zu steigen und mit mir zu kommen.

»Morgen«, sagten wir, und ich fügte hinzu: »Sie fangen aber früh an.«

Er strahlte. Manche Leute sind genetisch darauf programmiert, um 4 Uhr aufzustehen und den Rest der Menschheit zu wecken. Normalerweise werden sie Gruppenführer bei den Pfadfindern oder Campingplatzwarte. »Interessieren Sie sich fürs Überlebenstraining?«

»Ich hab' einen Freund, der hat mir davon erzählt. Er heißt Dolmacher«, sagte ich.

»Dolmacher! *Das* ist ein Teufelskerl! Wundert mich, daß er noch nicht da ist.« Der Typ führte uns in die Hütte, machte Licht und zündete einen Kerosin-Heizstrahler an. Dann knipste er den Schalter seiner Kaffeemaschine an. Ich ertappte Jim dabei, wie er hinter dem Rücken des Typs grinste. Das war die Art Mann, die schon am Abend den gemahlenen Kaffee und das Wasser ins

Maschinchen tut, damit es am Morgen nur noch angeknipst werden muß. Der geborene Führer.

»Also, Dolmacher ist ganz gut bei dem Spiel?« fragte Jim harmlos.

Der Typ lachte. »Hören Sie, Sir, wenn es dafür einen schwarzen Gürtel geben würde, dann hätte er den fünften oder sechsten Dan. Der Mann hat mich total verblüfft.« Der Typ musterte Jim und nickte ihm anerkennend zu. »Kann natürlich sein, daß Sie noch mehr bringen. Haben Sie so was schon mal gemacht?«

»Nein, nur ab und zu mit Pfeil und Bogen gejagt«, sagte Jim.

»Wir benutzen hier Luftpistolen. Da ist die Reichweite ähnlich klein wie bei Pfeil und Bogen. Sie müßten also gut zurechtkommen. Vorausgesetzt, Sie sind nicht nur geschickt, sondern auch clever. Wie Dolmacher.«

Der Typ sperrte einen Waffenschrank voll Pistolen auf. Er zeigte uns, wo das Magazin reinkam, und dann zeigte er uns die Munition: einen quabbligen, murmelgroßen Gummiball, in dem rote Farbe war.

»Das Ding trifft dich, und FLATSCH! bist du gezeichnet. Total gewaltfrei, wie Sie sehen. Es ist ein strategisches Spiel. Und deswegen ist Dolmacher da so gut. Er ist ein Meisterstratege.«

Wir sagten dem Typ, daß wir wieder auf ihn zukommen würden. Gingen zum Parkplatz zurück, wo Boone in einem Halbkreis tiefbeeindruckter Überlebenstrainees stand und darlegte, wie man einen Dobermann im Zweikampf besiegt, ohne ihm allzu weh zu tun.

»Schön zu sehen, daß du wieder der alte bist«, sagte ich, als wir ihn schließlich zum Lieferwagen schleiften.

»Diese Typen sind so primitiv, das glaubst du nicht«, sagte er. »Die haben für alles nur eine Lösung: eine dicke Kanone.«

»Vielleicht sollten wir ein Institut für gewaltfreien Terrorismus gründen.«

»Terror ohne Gewalt – das ist schwierig.«

»Das find' ich gar nicht! Du kannst schon ganz schön Terror

machen, indem du die Leute bloß mit ihren Sünden konfrontierst.«

»Unsinn! Den Leuten sind ihre Sünden doch scheißegal. Oder glaubst du vielleicht, die Bosse von der chemischen Industrie kratzt so was?«

»Sie haben Menschen vergiftet, sie haben Gesetze übertreten, und wenn ich sie in den Medien vorführe, dann kratzt sie das ganz gewaltig.«

»Ja, aber nur weil es schlecht fürs Geschäft ist. Richtig schuldig fühlen sich die Typen nicht.«

Jim hatte uns derweil auf den Highway chauffiert. Er wandte die Adlernase des silbernen Indianers nach Norden und stieg aufs Gas.

»Oder glaubst du vielleicht, daß Pleshy sich schuldig fühlt?« fuhr Boone fort. »Meinst du, daß er auch nur Angst hat? Quatsch.«

»Er ist immerhin ein Mensch, Boone. Ich mache jede Wette, daß er die Hosen gestrichen voll hat. Schließlich hat er eine Katastrophe auf dem Gewissen.«

»Ja, alle Symptome sprechen dafür, daß er vor Angst wie gelähmt ist«, sagte Boone und blätterte in einer seiner Zeitungen. »Schauen wir mal. Zehn Uhr: Axtwerfen. Um 10 Uhr 30 ist er Oberkampfrichter beim Log-rolling. Da stehen zwei Typen auf einem schwimmenden Baumstamm und versuchen, das Ding so zu drehen, daß der andere ins Wasser klatscht, falls du's nicht weißt. Aber du hast recht – er hat die Hosen gestrichen voll.«

»Was erwartest du denn? Daß er sich in Boston verkriecht? Der Typ ist aalglatt, Boone. Der läßt seine Hiwis an dem Problem arbeiten. Es ist sein Job, sich überall zu zeigen und einen auf stark zu machen. Aber wenn ihn jemand angehen würde, direkt vor den Fernsehkameras ...«

Boone und ich sahen uns fünfhundert Meter lang stumm in die Augen, bis Jim nervös wurde und zu uns rüberschielte. »Ihr spinnt, Leute«, sagte er. »Ihr werdet sofort verhaftet. Oder abgeknallt.«

»Aber er würde doch wenigstens ins Flattern kommen«, sagte ich. »Und wir könnten die Sache publik machen.«

»Da müßtet ihr aber wirklich nah ran«, sagte Jim. »Und ob der Secret Service da mitspielt...«

Wir fanden Dolmachers Wagen ohne Mühe. Das Holzfällerfestival stieg in einem der zahlreichen handtuchgroßen Staatsparks von New Hampshire, und die haben nicht unbegrenzt viele Zufahrtswege. Wir wußten, daß er seinen Wagen nicht auffällig abstellen würde oder da, wo's verboten war. Er würde ihn so parken wie ein ganz normaler Bostoner Naturspanner und dann im Wald verschwinden. Und genau das hatte er getan. Der Wagen stand auf einem Camping- und Picknickplatz an der Straße, ein paar hundert Meter vom Anfang eines Wanderwegs entfernt.

»Schlau, schlau«, sagte Jim. »Hier würde ihn niemand vermuten.«

Ich warf einen Blick in den Wagen, sah aber nicht viel. Ein Pillenfläschchen, halb unter den Sitz gerollt. Kein Patronengürtel, keine offenen Tarnfarbtuben. Dolmacher packte sein hirnrissiges Vorhaben bemerkenswert behutsam an.

Vielleicht konnten die Bakterien das Hirn schädigen. Aber Dolmacher hatte sich nicht zum flotten Manischen gewandelt. Er ging mehr so vor wie die Psychotiker, von denen man in der Zeitung liest: ruhig, überlegt, unauffällig.

Jim saß im Lieferwagen und fummelte mit irgendwas rum, und Boone beobachtete ihn gespannt. Ich stellte mich aufs Trittbrett und schaute. Jim hatte einen seiner selbstgemachten Bogen hinterm Sitz vorgeholt.

»Das ist das Nez-Percé-Modell«, erklärte er. »Der Bogen ist mit einer Membran aus dem Innern eines Widderhorns verstärkt. Früher hat man dafür Dickhornschafe genommen, ich muß mich mit Hausschafen begnügen.«

»Was hast du vor, verdammt noch mal, Jim?«

»Was hast *du* vor, verdammt noch mal, S. T., wenn du Dolmacher zu fassen kriegst? Deine Kanone liegt in diesem See, hast du das vergessen?«

»Ich hatte nicht vor, auf ihn zu schießen.«

»Du bist ein Riesenroß, weißt du das? Was meinst du wohl, was wir hier machen? Wenn ich das richtig verstanden habe, sind wir hinter einem Beschallerten mit Kanone her.«

»Aber nur, weil wir wissen müssen, was er weiß. Und das können wir vergessen, wenn wir ihn mit Pfeilen spicken.«

»Du unterschätzt mich, S. T.« Jim zog einen Bund Pfeile hinterm Sitz vor. Sie waren gefiedert wie üblich, aber sie hatten keine Spitzen. Ganz vorn war ein kleiner Widerhaken, sieben Zentimeter dahinter, am Schaft, ein kurzes Querholz. »Ein Jagdpfeil mit großer Spitze tötet, weil er einen Haufen Adern zerfetzt. Das Tier verblutet. Aber der hier bleibt in einem großen Tier nur stecken und ist ihm lästig.«

Wahrscheinlich blickte ich immer noch skeptisch drein.

»Der Typ vorhin hat gesagt, Dolmacher hätte im Überlebenstraining so was wie den schwarzen Gürtel. Du glaubst doch nicht, er läßt uns so nah ran, daß wir ihm die Kanone aus der Hand nehmen können, oder?« sagte Jim.

»Okay. Aber wenn uns der Secret Service kaschen will, mußt du den Scheiß in die Büsche werfen.«

»Logisch. Dabei ist das für einen Mord gar nicht geeignet. Es ist so was ähnliches wie eine Luftpistole mit Farbkugeln.«

29

Boone wollte es machen. Er bestand darauf. »Mann, für den Rest der Welt hast du vor einer Woche versucht, den Typ in die Luft zu pusten«, sagte er. »Dein Gesicht ist ein Fahndungsplakat in 3-D. Die verhaften dich sofort. Aber mich haben sie alle vergessen. Außer Pleshy ist stiller Teilhaber in der Walfangbranche.«

Dagegen konnte ich nichts sagen. Wir verblieben so, daß Jim

und ich den Weg zu Fuß gingen und Boone mit dem Lieferwagen fahren würde. Er würde sich auf dem Holzfällerfestival umtun und erst mal die Lage sondieren. Hatte keinen Sinn, das bis ins letzte zu planen, weil alles vom Zufall abhing. Wenn er an Pleshy rankam, würde er ihm gegenübertreten, unsere Sache vortragen und das Scheinwerferlicht der Medien auf seine Reaktion lenken. Wenn er nicht an ihn rankam, würde er's lassen, die hinteren Zuschauerreihen ansteuern und nach einem großen, blassen, halbverrückten Trottel mit der Hand in der Jacke Ausschau halten.

Schließlich setzte uns Boone beim Wanderweg ab und fuhr außen rum zum Festival.

Im Wald war ich restlos inkompetent, also lief ich einfach Jim hinterher. Er trug einen weiten, zerlumpten Umhang, den er immer im Wagen hatte – für Ölwechsel und so. Darunter hatte er den Bogen. Sah irgendwie idiotisch aus, war aber tausendmal besser, als wenn er in Secret-Service-Nähe eine primitive Waffe geschwungen hätte. Er lief schnell und geduckt den Weg entlang, den Kopf immer leicht zur Seite gewandt. Ich war froh, daß er bogenschießen konnte. Das würde uns helfen. Aber ich mußte auch an Dolmachers imaginären schwarzen Gürtel denken und fragte mich, wie clever und wie paranoid er nun wirklich war. Bis zum Festival waren es nur ein- bis zweieinhalb Kilometer: immer durch den Wald, erst ebenes Gelände, dann einen Bergkamm rauf und auf der anderen Seite wieder runter. Dolmacher hatte viel Zeit. War es da nicht sinnvoll, wenn er sich hin und wieder in die Büsche schlug, um zu sehen, ob ihm jemand folgte?

Aber wer sollte ihm folgen? Und warum sollte er sich deshalb Gedanken machen?

Weil er Apotheken ausgeraubt hatte. Vielleicht hatte sich jemand sein Kennzeichen gemerkt. Vielleicht war der zufällig hier in der Gegend, hatte seinen abgestellten Wagen gesehen und die Cops alarmiert.

Wie würden die Cops vorgehen? Frontalangriff. Dutzende

von Leuten, ein paar Meter auseinander, die das ganze Gelände durchkämmten. Er konnte sie nicht alle wegputzen.

Oder vielleicht doch. Wenn er eine Waffe mit Schalldämpfer hatte. Und ich schloß nicht aus, daß er eine besaß oder gar eine MP. Schließlich hatte er schon am College diesen Fimmel für Uzis und MAC-10s und den ganzen Scheiß gehabt, und nun, Gott steh uns bei, verdiente er so viel, daß er sich ein komplettes Arsenal leisten konnte.

Armer Dolmacher. All das unbezahlbare Wissen, die Informationen über die Bakterie, die die Welt retten konnten, in Personalunion mit einem Psychokrüppel. Wenn wir ihn stoppen konnten – nicht *wenn*, verdammt noch mal, wir *würden* ihn stoppen –, mußten wir uns ein paar Tage mit diesem schrägen Charakter auseinandersetzen. So oder so trübe Aussichten.

Nächste Frage: Was würde er machen, wenn zwei liebe Mitmenschen hinter ihm herschnüffelten? Erstens würden sie ihn ohne Hund gar nicht finden. Und wenn die zwei ihn doch fanden, waren sie in Gefahr. Siehe Wannenmann.

Wo war Jim eigentlich, zum Teufel? Ich hatte den Blick eine Sekunde von seinem Rücken abgewandt, und schon war er verschwunden. Ich ging noch ein paar Meter weiter, blieb stehen. Wäre nicht das schlaueste gewesen, nach ihm zu rufen. Im Blattwerk am Wegrand war eine Lücke. Ich schlüpfte durch, wanderte ein Stück in den Wald, und da stand er und pißte gegen einen Baum.

»Wahrscheinlich ist er hier langgegangen«, sagte Jim.

»Woher weißt du das?«

Er zuckte die Achseln und fuhr mit dem fort, was sich als episch breites Gepisse erwies. »Ich weiß es nicht hundertprozentig. Aber das Festival ist in dieser Richtung. Zwischen den Bäumen ist eine Art Schneise. Ist wohl der direkteste Weg. Außerdem sind hier ein paar Spuren, die recht frisch aussehen.«

Er zeigte mit dem Kopf, und ich schaute. Der Boden war naß, auch ein bißchen maddrig. Hier war definitiv jemand mit Schuhgröße 52 durchgelatscht. Nicht daß Dolmacher ein Schrank war. Er hatte Handgelenke und Knöchel wie Besenstiele. Aber seine Pfoten und Füße waren die eines Profibasketballspielers. Wer immer es gewesen sein mochte, er hatte diese Superlaufschuhe mit elastischer Sohle getragen, die sich geldige Leute heutzutage statt tonnenschweren Waffeleisentretern kaufen. Gute Bodenhaftung im Verein mit leichtem Gewicht.

Und entweder war es ihm schnuppe, ob er verfolgt wurde, oder er *wollte*, daß wir seine Spuren fanden. Ich schaute mich um, gaffte in den Wald, und plötzlich sah alles gefährlich aus. Das Unterholz war nicht besonders dicht. Wenn man hier in die Hocke ging und sich versteckte, konnte man hundert Meter weit sehen, aber selbst erst auf zehn gesehen werden. Das war nicht fair.

»Neue Überlegung«, sagte ich. »Was ist, wenn Dolmacher uns auflauert?«

»Keine Ahnung. Du kennst ihn. Ich nicht.«

»Er ist der Typ für so was. Wäre ihm nicht kompliziert genug, einfach durch den Wald zu rennen und Pleshy ein paar Löcher in den Bauch zu ballern. Er würde ein Kriegsspiel draus machen wollen.«

»Und? Du hast doch gesagt, du bist schlauer als er.«

»Tausend Dank, Jim. Mir kommen gleich die Tränen.«

Jim zuckte die Achseln.

»Okay«, sagte ich, »gehen wir einfach zum Festival. Aber nicht auf dem direkten Weg. Wir müssen nicht rauskriegen, wohin der Typ will, wir wissen es schon, und wenn wir seinen Spuren folgen, tappen wir garantiert in die Falle.«

»Wir können einen Schlenker machen und den Berg umgehen«, sagte Jim.

»Dann kommen wir auf die Straße.«

Jim seufzte. »Oder wir steigen da drüben hoch.«

»Schaffen wir das?«

»Wir müssen uns eben beeilen.«

Man verliert das Zeitgefühl, wenn man im Wald ist und es eilig hat. Was man für zwei Stunden hält, ist in Wirklichkeit eine.

Wenn man also zu einer bestimmten Zeit wo sein will, ist man immer unter Druck. Und meistens viel zu früh da.

Sagte ich mir jedenfalls. Besser fühlte ich mich nicht deswegen. Als wir endlich zu der Stelle kamen, wo das Gelände von der Horizontalen fast in die Vertikale überging, sahen wir schon ziemlich alt aus. Mir war schlecht, und ich bekam Magenkrämpfe; Jim war in ein Loch getreten und hatte sich den Fuß umgeknickt.

Ich wollte gerade den Mund aufmachen, um zu sagen, daß wir umkehren und zum Festival trampen sollten, als ich etwas rascheln hörte. Jim öffnete ein Stanniolpäckchen, das er aus der Tasche gezogen hatte.

»Schau mal, was ich mitgebracht habe.« Er schob etwas Trockenes, Braunes in den Mund – eine Ladung halluzinogener Pilze. Dann gab er mir auch was ab.

Die Dinger halfen nicht viel bei der ersten Etappe, aber bei der letzten wirkten sie Wunder. Wir fühlten uns noch immer miserabel, nur dachten wir nicht mehr daran. Alles wurde sehr hell – klar, wir gewannen an Höhe, und der Wald wurde lichter –, und wir glaubten, daß unsere Sinne schärfer wurden. Wir verloren das Zeitgefühl. Aber wie ich bereits sagte, passiert das sowieso, wenn man im Wald ist und es eilig hat. Besonders wenn man immer wieder im Zickzack laufen und Hindernisse umgehen muß. Dann hatten wir's nach oben geschafft, und alles war uns plötzlich scheiß-, kack- und pißegal. Ohne Droge wäre ich vor Angst wie gelähmt gewesen. Mit Droge fingen wir einfach an zu rennen. Wenn es zu steil bergab ging, stemmten wir die Füße gegen den Boden und rutschten durch alte, nasse Blätter. Dann und wann kamen Strecken mit nackter Erde, und die sausten wir auf dem Hintern runter.

Schließlich wurde das Gelände wieder eben, der Wald wieder dichter, und wir stellten fest, daß wir uns verirrt hatten. Wir blieben eine Weile stehen, um Luft zu schnappen. Bald hörten wir gedämpften Straßenlärm. Wir bestimmten die Richtung, aus der er kam, zogen eine Karte zu Rat, checkten den Sonnenstand und peilten so annähernd den Ort an, wo die Holzfäller ihre Äxte schmissen. Dann entfernten wir uns knapp vierzig Meter voneinander und versuchten, uns leise vorwärts zu bewegen.

Was ein Witz ist, wenn man knietief im Laub vom letzten Jahr watet. Der Wind rauschte in den Wipfeln und übertönte den Krach, den wir machten – ein bißchen wenigstens –, aber ich kam mir trotzdem so trampelhaft vor, als würde ich mit einem Panzer durch den Wald rattern. Immerhin waren die Bäume schmalstämmig und standen ziemlich weit auseinander, also würde sich Dolmacher wohl nicht gerade hier versteckt haben, um plötzlich mit seiner Kanone vor mir zu stehen und abzudrükken. Ich wollte nicht, daß dies das letzte war, was ich im Leben sah.

Dann wurde es vor uns heller. Das war eine Lichtung. Wir hörten eine Menschenmenge, hörten die Kasse eines Getränkestandes klingeln. Dolmacher mußte irgendwo zwischen uns und der Lichtung sein. Das Unterholz wurde dichter, und ich kam zu einer kleinen Erdschlucht, durch die ein Bach floß. Konnte nicht rüberspringen. Mußte auf der einen Seite runterglitschen und auf der anderen wieder hochkrabbeln, hilflos und dämlich.

Der erste Halt, den ich fand, war trügerisch, und ich rutschte halbwegs kontrolliert in die Schlucht zurück. Verharrte mit Erde beschmiert, mit Blättern bedeckt und naß in knöcheltiefem Schlamm. Stapfte ein paar Meter bachabwärts in die Richtung, in der ich Jim vermutete. Hatte zehn Minuten nichts von ihm gesehen und gehört. Schließlich flachte der Hang etwas ab. Da konnte ich raus.

Und Dolmacher war vor mir hiergewesen. Einen Augenblick war ich geplättet vor Überraschung, dann verfolgte ich seine Spuren. Ganz oben ragte ein Waldhimbeerzweig in seinen Weg hinein. Er zitterte noch.

Irgend jemand trieb sich da rum. Ich hörte ihn über das Raunen der Menge und das Leiern des Ansagers hinweg. Entweder Jim oder Dolmacher – oder beide. Dann gingen alle Geräusche im Beifall der Menge unter.

Ich betrachtete das als gute Möglichkeit, mich aus der Schlucht hochzuarbeiten. Stieg nicht gerade leise den Hang rauf und legte mich oben platt auf den Bauch. Hatte keine Lust, mich zu exponieren; wenn Dolmacher wußte, daß ich direkt hinter ihm war, würde er mich schon erwarten.

Aber er wußte es nicht. Ich sah den Mistkerl, wie er langsam und vorsichtig auf die Lichtung zuging, keine zwanzig Meter von mir entfernt. Zwischen den Bäumen konnte ich ein grobgezimmertes Podium und die unvermeidliche amerikanische Flagge erkennen. Und als ich mich auf die Beine stellte, hatte ich auch den Parkplatz im Blick. Daran erinnere ich mich besonders deutlich, denn wenn man sich eine Weile durch Laub und Dreck geackert hat, sieht nichts so seltsam aus wie eine Menge Autos, die im Sonnenlicht blinken.

Wo war Jim? Hatte Dolmacher ihn schon erledigt? Ich drehte mich um und schaute die Schlucht entlang. Keine Spur von Jim. Er war drüben. Er mußte rechts von Dolmacher sein.

Der Schleimer sülzte irgendwas. Dann schien es ein bißchen Zoff zu geben. Dolmacher drehte sich um und duckte sich hinter einen Baum. Ich sah, wie am Rand der Lichtung plötzlich ein Mann im Trenchcoat auftauchte und zum Podium rannte.

Dolmacher sah es ebenfalls. Er sprang auf und spurtete mit Weltrekordtempo auf die Lichtung zu. Er wußte, das war seine Chance. Er konnte mindestens eine Minute lang Krach machen – es ging im Gebrüll unter, das jetzt aus den Lautsprechern dröhnte.

»Lassen Sie den Mann reden! Moment, Moment, hören wir uns doch an, was er zu sagen hat!« schrie Pleshy. »Umweltmäßig habe ich ein ab-so-lut reines Gewissen.«

Es war Boone. Er hatte es geschafft. Er zog Pleshy in ein Wortgefecht. Und der war so doof, daß er sich drauf einließ. Aber ein Mann mit Pleshys Instinkten und seinem Ruf, ein Schlappschwanz zu sein, mußte einfach in Boones Herausforderung *die* Gelegenheit erblicken, im bundesweiten TV einen auf schlagfertig und gewieft zu machen.

Ich rannte los, rannte wie der Teufel. Sah so aus, als würde Dolmacher durchziehen, was er vorhatte, aber als er fast auf der Lichtung war, bremste er und duckte sich wieder. Wenn er sich jetzt umdrehte, war ich im Arsch, weil ich auf alle Vorsicht gepfiffen hatte und ohne Deckung meines Wegs keuchte, vielleicht zehn Meter hinter ihm.

Er drehte sich um. Ich blieb wie angewurzelt stehen. Er sah mich.

Und tat genau das, was ich erwartet hatte: langte in seine Jacke, holte die Kanone raus und zielte auf mich. Ich warf mich zu Boden. Aber leider kann man sich selbst nicht so werfen wie einen Baseball zum Beispiel. Man kann nur die Füße lüpfen, sich fallen lassen und darauf warten, daß einen die Schwerkraft abwärts zieht mit neunkommaachteins Meter pro Sekunde hoch zwei. Wenn man von einer Brücke plumpst, kommt einem das ziemlich schnell vor. Aber wenn man versucht, einer Kugel auszuweichen, bringt es nicht viel.

Zum Glück kriegte Dolmacher an diesem Punkt einen Pfeil zwischen die kurzen Rippen; er ging sieben Zentimeter rein und blieb stecken. Dolmacher zuckte zusammen, als hätte ihm jemand einen Tritt verpaßt, aber er wußte offenbar nicht genau, um was es sich handelte. Er drehte sich um – der Pfeil knatterte gegen ein paar Birkenstämme –, trat ruhig und zielbewußt auf die Lichtung hinaus und nahm all das Wissen von den toxischen Bakterien mit, gespeichert in seiner ungeschützten Birne.

Der Trenchcoat, der seine Stellung verlassen hatte, als Boone aufs Podium gestiegen war, war auf dem Rückweg. Dolmacher mähte ihn mit der Tazer-Pistole um, entkoordinierte sein Nervensystem und ließ ihn lautlos zappelnd auf dem Boden zurück. Verlangsamte nicht mal seinen Schritt. Stieg in den hinteren Reihen auf einen der Klappstühle, die fürs Publikum aufgestellt worden waren.

»Das ist ein Science-fiction-Wahngebilde«, sagte Pleshy gerade. »Genmanipulierte Bakterien auf die Umwelt loszulassen – ich bitte Sie, das ist doch gesetzlich verboten!«

Jim Grandfather nahm mir die Sicht, weil er sich vor mich schob und auf Dolmacher zielte. Der Pfeil zischte in dem Moment, in dem Dolmacher abdrückte, in seine linke Niere.

Im Fernsehen ist es einfach verblüffend. Pleshy steht da und glotzt wie ein Stinktier, das sich auf die Autobahn verirrt hat. Seine Augen sind weit aufgerissen, seine Brillengläser blitzen im Scheinwerferlicht, Schweiß bricht durch den Puder auf seiner Stirn. Boone steht zwei Meter von ihm entfernt und redet ruhig und geduldig auf ihn ein wie eine Kindergärtnerin auf ein ungebärdiges Balg. Sie sprechen beide gleichzeitig über genmanipulierte Bakterien. Im Hintergrund herrscht zunehmende Unruhe, und plötzlich macht die Kamera einen besoffenen Schwenk. Das passiert justament, als Pleshy sagt: »Ich bitte Sie, das ist doch gesetzlich verboten!« Eine Sekunde lang ist alles trüb und grau, weil die Scheinwerfer nicht auf unseren Freund gerichtet sind, aber dann gleicht die Kameraelektronik das aus, und da haben wir Dolmacher, bleich und gerecht auf einem Klappstuhl stehend und gelassen auf Pleshy zielend.

Wenn die TV-Leute auf dieser Kamera bleiben, kann man noch sehen, wie der Pfeil kommt. Wenn sie zur Kamera auf dem Podium gehen, sieht man, wie Pleshy ins Leere starrt – er hat Dolmacher überhaupt nicht bemerkt –, und man sieht, wie Boone, zunächst verwirrt, den Blick auf den Mann mit der Kanone einstellt. Er denkt eine Sekunde lang nach. Das ist das Erstaunliche: Man *sieht*, wie er nachdenkt. Dann tritt er vor und streckt Pleshy mit einem glatten Schlag nieder. Pleshy fällt um wie eine Blechente in der Schießbude, und Boone hebt fast triumphierend die Arme. Gerade als er sich Dolmacher zudreht, verschwindet sein Gesicht. An dessen Stelle tritt eine Eruption in Rot. Es spritzt überall hin – auf Pleshys Spickzettel, auf die Kameralinse, auf Pleshys albernen Plaidmantel.

Zurück zur anderen Kamera, und wir sehen, wie sich Dolmacher, in dessen Oberkörper immer noch zwei Pfeile schlenkern, ergibt und von Trenchcoats überwältigt wird, so daß eigentlich nichts zu sehen ist. Dann wieder zum Podium, wo Boone blind umhertaumelt, beide Hände vors Gesicht geschlagen, und alle dort oben stehen mit dem Ausdruck des einsetzenden Schocks da, den man immer bei abgefilmten Mordszenen sieht – Augenbrauen wölben sich empor und rücken aneinander, Hände lösen sich von Hosennähten, Münder bilden ein großes rundes O, aber der Körper ist noch starr und kann noch nicht reagieren. Um Boone scheint es geschehen zu sein. Er ist völlig außer Kontrolle. Dann schüttelt er den Kopf, stützt sich auf einen Cop, der aufs Podium geklettert ist, um ihm zu helfen, und bittet ihn um ein Taschentuch. Eine Kugel voll roter Farbe hat ihn gerade ins Gesicht getroffen, und das Zeug brennt so hundsgemein in den Augen.

30

Jim und ich drehten uns um und ergriffen die Flucht. Erst rannten wir in panischer Angst, aber als wir dann merkten, daß uns niemand verfolgte, fingen wir an zu hüpfen und zu springen, kreischten vor Vergnügen, lachten wie blöd, wie High-School-Kids, die gerade das Haus des Direktors mit faulen Eiern beworfen haben. Wir hatten es Pleshy gezeigt! Dafür hatten wir zwar Dolmacher verloren, und Gott allein wußte, wie wir nun mit der Bakteriengeschichte weiterkommen sollten, aber im Augenblick waren wir viel zu aufgekratzt, weil wir die Sache heil überstanden hatten und Boone noch lebte, als daß wir uns davon unsere Freude hätten verderben lassen.

Schließlich drosselten wir das Tempo. Und als wir am Anfang des Wanderwegs ankamen, wartete Boone auf uns. In einem Helikopter.

Es war ein Nachrichtenhubschrauber von einem Bostoner Sender. Boone hatte sich bereit erklärt, den Leuten ein Exklusivinterview zu geben, wenn sie uns mit nach Boston nahmen.

»Das war's«, sagte Jim. »Jetzt will ich nichts mehr mit dem Scheiß zu tun haben.«

Er ging zu seinem Lieferwagen, lehnte sich dagegen und keuchte sich aus. Ich beugte mich vor, Hände auf den Knien, und tat es ihm nach.

»Also, zehn Sekunden lang«, sagte ich, »zehn Sekunden lang war ich sicher, daß du mir das Leben gerettet hast.«

»Ich auch.«

»Sagen wir einfach, du *hast* mir das Leben gerettet.«

»Meinetwegen.«

»Eine Frage noch«, sagte ich. »Wenn du einen richtigen Pfeil dabeigehabt hättest, einen für die Jagd auf große Tiere – hättest du ihn benutzt?«

Jim reckte sich und zuckte die Achseln. Der Umhang rutschte von seinen Schultern, und ein Köcher fiel heraus. Die Fischpfeile waren aufgebraucht, aber es steckten noch drei mit breiten, rasiermesserscharfen Spitzen drin. »Nein«, sagte Jim. »Zu gefährlich.«

Ich kicherte, weil ich dachte, das sollte ein Witz sein. War aber keiner.

»Wenn ich so einen Pfeil genommen hätte, wäre er durch Dolmacher glatt durchgeflutscht und hätte noch ein, zwei Leute umgelegt.«

Jim und ich umarmten uns, dann stieg Boone aus dem Hubschrauber, und sie schüttelten sich die Hand. Jim setzte sich in seinen Lieferwagen und düste ab. Der Rotor des Hubschraubers begann sich zu drehen.

»Was hast du gewußt?« fragte ich Boone. »Und wann hast du's gewußt?«

Boone fiel erst mal der Unterkiefer runter. Dann lachte er. »Ach du liebe Scheiße, du glaubst doch nicht etwa, daß ich den Kugelfang für Pleshy spielen wollte?«

Jetzt lachten wir beide. Aber ich war mir nicht sicher. Ich war nicht hundertprozentig davon überzeugt, daß er Dolmachers Kanone so schnell als das hatte erkennen können, was sie wirklich war.

Wir kletterten in den Hubschrauber, und Boone gab ein

langes, einsilbiges Alles-nur-halb-so-wild-Interview darüber, warum er sein Leben hinter dem eines anderen zurückgestellt hatte. Er behauptete, ein Bostoner Umweltschützer namens Daniel Winchester zu sein. Ich nutzte die Gelegenheit zu einem Nickerchen bis Boston. Wir landeten in Logan.

Das war Glück, weil wir mit der Blauen Linie direkt zum Aquarium fahren konnten. Ich wollte feststellen, ob Wes das andere Zodiac zu unserem Liegeplatz gebracht hatte – würde es wahrscheinlich bald brauchen –, aber im Jachtclub kannte man mein Gesicht zu gut. Also ließ ich Boone dort vorbeischlendern, während ich in einem *McDonald's* wartete. Ich trank einen von diesen Milchshakes, die aus gesüßtem Weißbrotteig angerührt und von einer pneumatischen Maschine stranggepreßt werden. Das würde vielleicht als Puffer gegen den Giftmüll in meinem Körper wirken.

Als Boone wiederauftauchte, grinste er. Das Zodiac war da, hatte aber nur einen mickrigen 10-PS-Motor, und ein paar entscheidende Teile fehlten. Darauf stellten wir uns erst mal ein, bevor wir was anderes unternahmen. In einem Bootsbedarfgeschäft auf einem der Piers kauften wir einen Benzinschlauch, Zündkerzen und weitere wichtige Kleinigkeiten, die Wes vielleicht entfernt hatte, um das Zode gegen Diebstahl zu sichern. Boone zahlte und protzte mit seinem Kreditkartenstapel.

Dann fuhren wir mit der Grünen Linie zum Kenmore Square und stiegen in den Bus zum Watertown Square. Von dort waren es noch drei Kilometer Fußmarsch zu Kelvin. Meine Hosenbeine hatten sich durch den getrockneten Dreck in steife Röhren verwandelt, und zwischendrin mußte ich schnell eine Böschung runter und hinter verdorrten Sträuchern und zersplittertem Glas in die Hocke gehen. Dabei sah ich meine Brieftasche durch, und mir wurde bewußt, daß all meine Kreditkarten einem Toten gehörten. Meine Verwandlung zum Paria war fast komplett. Jim hatte mich während dieser bösen Woche in New Hampshire finanziell unterstützt, aber jetzt war ich wieder in Boston und hatte nichts als einen hartnäckigen Durchfall.

»Du solltest aussteigen«, sagte ich zu Boone, als wir weitergingen. »Das ist deine Chance, Mann. Du bist ein Held der Nation. Du kannst dich rehabilitieren, deine Geschichte erzählen – die wahre Geschichte.«

»Daran hab' ich auch schon gedacht«, gestand Boone.

»Dann tu's. Ich komm' auch ohne dich klar.«

»Ich weiß. Aber das hier ist interessanter.«

»Wie du meinst.« Diese nützliche Wendung hatte ich von Bart entlehnt.

»Ich bleib' noch eine Weile dabei und sehe, was passiert.«

»Wie du meinst.«

Ich hatte eine Menge Abführmittel genommen, damit meine Gedärme tüchtig durchgeputzt wurden. Es schien zu funktionieren. Die Übelkeit und die Krämpfe hatten nachgelassen. Vielleicht konnte ich mir bald einen Big Mac reinschieben. Oder, wenn wir zu Hoa kamen, Reis mit Gemüse essen.

Wir schneiten bei Kelvin exakt zwölf Stunden nach unserem ersten Besuch rein. Da es Tag war, gingen wir durch die Vordertür und erlebten eine vollständige Familienbegrüßung: Hunde, die mit ihren Nasen unsere Eier knufften; Kinder, die uns ihr neues Spielzeug zeigten; Kelvins Frau, Charlotte, die uns randvolle Riesenbecher Preiselhim brachte. Die Kinder liefen entweder nackt oder in Windelhöschen rum, und ich tat es ihnen bald gleich, weil mich Charlotte nicht aus dem Flur ließ, bevor ich meine Jeans ausgezogen hatte. Ich durfte nur meine Unterhose – bunt, zum Glück – und mein T-Shirt anbehalten. Boone mußte seine Socken und sein Hemd rausrücken. Alles kam sofort in die Wäsche. Halbnackt stiegen wir in den Keller.

Charlottes Schwester hatte Kelvins Büro im zweiten Stock genau nach seinen Wünschen eingerichtet – ergonomische Möbel, Stereoanlage, Kaffeemaschine, gemütliche Wandtäfelung. Da ging er ungefähr eine Stunde pro Woche rauf, um an seine Mutter zu schreiben und sich einen Überblick über die Familienfinanzen zu verschaffen. Hundert Stunden pro Woche verbrachte er in diesem feuchten, dunklen, mit Sperrmüll vollgestopften Keller. In der Ecke eine Werkbank, an der er dies und das herstellte. In der Mitte ein Poolbillardtisch, an dem er sich entspannte. An der einen Wand ein alter Wäschetrog aus Beton, den er als Pißbecken benutzte. An zwei weiteren alte Schultafeln, die er auf dem Flohmarkt gekauft hatte. Denn er konnte nur an einer Tafel und im Stehen denken. Manchmal arbeitete er an langen, schweißtreibenden algebraischen Gleichungen, manchmal an Flußdiagrammen aus dem Softwarebereich. Heute standen Fünf- und Sechsecke an der Tafel. Kelvin war mit organischer Chemie beschäftigt, malte Strukturformeln von polyzyklischen Verbindungen. Wahrscheinlich versuchte er, das Energiegleichgewicht der Bakterien auszutüfteln.

»Habt ihr's schon gesteckt?« fragte er, ohne sich umzudrehen.

»Nein«, sagte ich. »Wir haben ihn gefunden. Aber dann ist er uns blöderweise doch durch die Lappen gegangen. Die Cops haben ihn in die Klauen bekommen.«

»Was machen wir jetzt?« fragte Boone. »Ohne Dolmacher sind wir genauso klug wie zuvor. Wie sollen wir diese gottverdammten Bakterien wieder aus dem Meer kriegen?«

Kelvin blickte uns eine Weile nachdenklich an, dann lächelte er. »Macht euch keine Gedanken«, sagte er und zeigte mit ausladender Handbewegung auf die beiden Tafeln. »Ich bin inzwischen ein bißchen weitergekommen und habe schon ein paar Ideen.«

»Im Ernst?«

»Ja. Aber erst eine Frage. Habt ihr die Nachrichten verfolgt?«

»Du bist gut«, sagte ich. »Hast du nichts von der Sache mit Pleshy gehört?«

»Wir haben für die Nachrichten *gesorgt*«, sagte Boone.

»Ich meine die Bostoner Nachrichten.« Kelvin schnappte sich den *Herald*, der auf dem Billardtisch lag, und zeigte uns die ganzseitige Schlagzeile.

TODESHAFEN!

MIT-Professor: Gift kann alles Leben vernichten

Dazu das Foto eines bulligen Weißen mit nacktem Oberkörper und einer wüsten Chlorakne.

»Sie wissen also über die Bakterien Bescheid«, sagte ich.

»Nicht ganz«, sagte Kelvin. »Einige Leute wissen Bescheid, aber davon steht nichts im *Herald*. Und im *Globe* wird es eher am Rande erwähnt, als ziemlich weithergeholte Spekulation. Die Allgemeinheit glaubt, es sei nichts weiter als eine illegale Einleitung.«

»Warum schreiben sie dann im *Globe*, das Gift könnte alles Leben vernichten?«

»Damit er sich besser verkauft. Wenn du den Artikel liest, wirst du feststellen, daß das Zitat aus dem Zusammenhang gerissen ist. Der Prof hat gesagt, das Gift könne alle Lebewesen im Hafen vernichten, die große Mengen davon mit der Nahrung aufnehmen.«

»Exzellent«, sagte Boone. »Ich meine, von unserem Standpunkt aus betrachtet. Wir müssen die Medien nicht anflehen, die Story zu bringen. Sie haben sie schon gebracht.«

Kelvin stimmte zu. »Es ist nur noch eine Frage der Zeit, bis alles aufgedeckt wird.«

»Das ist nicht das Entscheidende«, sagte ich. »Die Katastrophe schreitet fort. Darüber sollten wir uns Gedanken machen. Publizität killt die Bakterien nicht.«

»Hast das wirklich du gesagt?« fragte Boone. »Wie killen wir die Bakterien, Kelvin?«

»Die chlorumwandelnde Bakterie ist anaerob«, sagte Kelvin und fügte dann zu Boones besserem Verständnis hinzu: »Das heißt, sie braucht eine Umwelt, in der es keine Luft gibt.«

»Unmöglich«, sagte ich. »Im Wasser ist Sauerstoff enthalten. Da kann sie nicht leben.«

»Genau. Deshalb haben sie nicht nur eine Bakterie produziert, sondern zwei. Die eine ist aerob – sie braucht ein bißchen Luft. Ihr Metabolismus tut niemandem was. Sie verbraucht nur Sauerstoff und schafft auf diese Weise lokal begrenzte sauerstoffarme Zonen, in denen ihr salzfressender Kumpel existieren kann. Die Killerbakterie ist ein Parasit der aeroben Bakterie. Oder sie lebt in Symbiose mit ihr – ich hasse diese biologischen Begriffe.«

»Ich bin kein Experte«, sagte Boone, »aber jeder Umweltschützer weiß doch, daß es eine Menge Wasser gibt, aus dem die Luft raus ist. Stimmt's? Verdrecktes Wasser, in dem Müll oder Scheiße drin ist, enthält keine Luft.«

»Richtig«, sagte Kelvin, »weil die Organismen, die das Zeug abbauen, die ganze Luft verbrauchen. Je mehr Dreck im Wasser ist – je höher der BOD ist, der biochemische Sauerstoffbedarf –, desto weniger Sauerstoff ist da. Als Dolmacher und seine Freunde diese Bakterien entwickelt haben, haben sie eine ozeanische Umwelt simuliert. Wahrscheinlich haben sie ein Aquarium mit sauerstoffangereichertem Meerwasser dafür genommen oder irgendwas in der Richtung. Und da funktionierte die Symbiose auch ganz prächtig.

Aber sie haben nicht bedacht, daß ihre Bakterien mal in einer Umwelt landen könnten, in der es keinen Sauerstoff gibt. Wahrscheinlich hatten sie nicht vor, sie völlig unkontrolliert einzusetzen, in ungeklärten Abwässern zum Beispiel – und falls doch, haben sie den BOD vergessen. Aber selbst wenn sie sich des Problems bewußt waren, spielte das keine Rolle, weil sich das Management die Bakterien unter den Nagel gerissen hat, bevor sie sie unter diesen Bedingungen testen konnten. Und so wurden die Dinger im Hafen ausgesetzt.«

»In einem Teil des Hafens, in dem es keinen Sauerstoff gibt – wegen der ungeklärten Abwässer«, sagte ich.

»Und wegen Spectacle Island. Das muß ein richtiger Sauerstofffresser sein«, sagte Boone.

Kelvin nickte. »Was bedeutet, daß in den stark verschmutzten Teilen des Hafens die meisten aeroben Bakterien tot sind. Die Chlorbakterien dagegen sind prächtig gediehen, weil sie die aeroben in dieser speziellen Situation nicht brauchen. Aber wenn man nun in ihre Umgebung viel Sauerstoff pumpen würde, würden sie alle eingehen.«

»Und wie willst du so große Flächen des Hafengrunds mit Sauerstoff anreichern? Mit Hunderttausenden von diesen Aquarium-Blubberdingern?« fragte ich. Ich war müde, und ich war happy. Ich war stocksauer, und ich hätte vor Freude an die Decke springen können. Kelvin stand ganz gelassen da.

»Ozon. Das nehmen sie auch in den Kläranlagen. Boote werden mit Ozoncontainern bestückt. An die Container werden Rohrleitungen angeschlossen, die zum Hafengrund führen. Und der bekommt eine Ozondusche verpaßt. Das kann GEA natürlich nicht machen, da muß sich der Staat reinknien. Trotzdem – es ist machbar. Der Hafen wird ein paar Wochen wie ein Plumpsklo stinken, aber dann sind die Bakterien weg.«

Wir genossen einen Augenblick goldenen Schweigens. Dann sagte Boone: »Da gibt's für uns nicht mehr viel zu tun, wie?«

Kelvin zuckte die Achseln. »Wahrscheinlich nicht. In diesem Fall könnte der Staatsapparat tatsächlich mal funktionieren.«

Boone und ich schauten uns an und lachten.

»Mensch, Kelvin«, sagte Boone, »die schaffen es doch nicht mal, die Bostoner Abwässer aufzubereiten.«

»Ich habe eben beim *Center for Disease Control* in Atlanta angerufen«, sagte Kelvin, »und denen die ganze Geschichte mit den genmanipulierten Bakterien erzählt. Ich glaube, sie haben's kapiert. Und mit denen im Rücken werden wir auch die Regierungsstellen auf Trab kriegen.«

Ich bin ein Arschloch, bin es von Beruf, und deshalb sollte das folgende niemand wundern: Irgendwie nahm ich's Kelvin krumm. Er hatte alles vor mir gewußt. Und er hatte das richtige Telefonat geführt. Ich wäre nie auf die Idee gekommen, das Bundesgesundheitsamt anzurufen. Kelvin hatte wahrscheinlich eine Menge Leute gerettet. Und der eigentliche Grund dafür, daß ich es ihm krummnahm, war wohl der: Ich hatte keine Chance mehr, der große Enthüller, der Aufklärer und Informant der Medien, der Ökoprophet zu sein.

31

Boone und ich setzten uns in eine stille Ecke und warteten darauf, daß unsere Wäsche aus dem Trockner kam. Charlotte ging Kaffee holen, und als sie wieder in den Raum trat, schliefen wir so fest wie zwei Besoffene. Wachten ungefähr vier Stunden später auf. Boone fühlte sich pudelwohl, ich fühlte mich wie jemand, dem man eine ranzige Zitrone in den Mund gesteckt und mit einer Strahltrosse ein paar übergezogen hat.

Kelvin fuhr uns nach Allston. Als wir ins *Pearl* kamen, starrte mich Hoa eine Minute lang an, sagte aber nichts. Ich nehme an, ein Vietnam-Flüchtling hat alles gesehen, was es zu sehen gibt. Er erkannte auch Boone wieder – als den Herrn, der gestern den Zettel vorbeigebracht hatte. Bart hatte ihn bekommen und eine Antwort hinterlassen: Treffen wir uns irgendwann nach Feierabend im *Arsenal*.

Jetzt war es nach Feierabend. Ich fragte Hoa, ob ich schnell mal sein Telefon benutzen dürfte, rief im *Arsenal* an und erkundigte mich nach dem langhaarigen, mit Reifenstaub bedeckten Typ. Der Barmann wußte genau, von wem ich sprach. »Der ist eben gegangen«, sagte er. »Er war mit seiner Frau da. Ich glaube, die wollten ins Konzert. Sie waren echt schrill angezogen. Ganz in Leder.« Das hatte nicht viel zu bedeuten. Sie waren immer ganz in Leder.

Dann war es Zeit, sich wieder Zeitungen zu besorgen und zu schauen, was sich inzwischen so alles getan hatte. Also machte ich mich auf den Weg zum nächsten Straßenverkaufsautomaten. Irgendwie hatte ich Pfeffer im Arsch, darum joggte ich hin und kam nach etwa hundert Metern zu dem Schluß, daß ich nicht krank war, sondern nur steifbeinig und müde. Der Ausflug zur Notaufnahme hatte sich wirklich gelohnt.

Als ich in meinen Taschen nach Kleingeld suchte, fand ich achtzig Dollar. Kelvin und Charlotte hatten dem nationalen Terrorismusfonds eine milde Gabe zukommen lassen. Aber es war kein einziges 25-Cent-Stück dabei, also joggte ich noch hundert Meter weiter zu einem Kramladen und kaufte die Zeitungen dort.

Hinterm Tresen stand eine Glotze, in der gerade die 7-Uhr-Nachrichten liefen, und das war die erste Gelegenheit, bei der ich Boones großen TV-Auftritt bewundern konnte. Das Ding war so leise gestellt, daß ich nichts hörte, aber als Boones Bild über der Schulter der Moderatorin auftauchte, sah ich, daß es mit »Winchester« beschriftet war. Also hatte ihn niemand erkannt. Sie hatten es eine Weile mit Boone und Pleshy. Dann gingen sie zu Dolmacher über, zeigten den Polizeikordon um sein Haus und eine Nahaufnahme vom Abtransport des Wannenmanns im Leichensack.

Dann erschien Dolmachers Bild hinter der Moderatorin. Ich forderte den Neandertaler hinterm Tresen auf, das Gerät lauter zu stellen.

»... eine große Anzahl von Fotografien und Dokumenten bei Dolmacher gefunden, die gegenwärtig von der Polizei und dem FBI untersucht werden. Offiziell wurde noch nichts bekanntgegeben, aus gewöhnlich gutunterrichteter Quelle verlautet jedoch, daß diese Unterlagen möglicherweise einen Versuch von seiten Dolmachers darstellen, seinen bizarren Anschlag zu rechtfertigen.«

Der Rest der Sendung handelte von Chlorakne, und das mußte ich wirklich nicht sehen. Ich brachte Boone den *Globe* und den *Herald* mit. Er hatte unterdessen Bier bestellt. Ich nahm mir den *Globe* vor, er sich den *Herald*, und während wir die Spalten überflogen und uns das kalte Bier reingossen, erzählte ich ihm von den Nachrichten und von Dolmachers mutmaßlichem Vorhaben.

Boone war entzückt. »Du machst den Typ immer schlecht, S. T., aber der ist schlauer, als du denkst.«

»Quatsch. Die Idee hat er doch von mir. Ich meine, von dir und mir. Der hat genau verfolgt, wie ich arbeite, da kannst du Gift drauf nehmen. Wenn du etwas in die Medien kriegen willst, mußt du das Schrillste machen, was drin ist. Dann hast du dein Forum.«

»Reichlich komisch, es *so* zu machen.«

»Wohl wahr. Aber was anderes ist bei Dolmacher eben nicht drin. Der hat ja noch nicht mal ein Zodiac.«

»Dann ist er vielleicht gar nicht verrückt.«

»Er ist nicht irrational, sagen wir so. Ich mache jede Wette, daß er nicht einen Tag im Knast sitzt.«

»Vielleicht hatte er alle entscheidenden Informationen bei sich. Wie man die Bakterien killt und so weiter.«

»Glaubst du? Lieber Gott, was für ein Gedanke! Meinst du wirklich, daß Dolmacher so super ist?«

»Nein.«

»Ich auch nicht.«

»Aber Kelvin ist super.«

»Kelvin ja. Kelvin kümmert sich um die Bakterien. Und wir müssen uns um Pleshy kümmern. Die Leute müssen über sein Verbrechen informiert werden.«

»Was hast du vor?«

»Spectacle Island. Heute abend. Wetten, daß unter dem Lastkahn noch PCBs sind? Und eine Menge Bakterien außerdem.«

»Dann müssen wir uns nur noch einen Zeppelin mieten, der den Kahn von den Beweisen lüpft«, sagte Boone.

»Wir müssen bloß den Schiffsboden durchschweißen oder so was. Schauen wir mal. Das Ding läuft uns ja nicht weg. Ich frage mich nur, was Laughlin da gemacht hat.«

»Du hast ihn nie auf Spectacle Island gesehen, oder?«

»Nein. Aber er hat dieses brandneue Boot. Und auf dem hatte er eine Kanone. Und er wußte über die Connection zwischen Pöyzen Böyzen, dem alten Kahn und Spectacle Island Bescheid. Ich bin sicher, daß Laughlin regelmäßig dort war.«

»Warum? Der kann den Kahn doch auch nicht mit links wegschieben.«

»*Basco* hat ihn aus einem einzigen Grund zum Boß von *Biotronics* gemacht: damit er die Beweise unter diesem Kahn beseitigt. Und wenn er was tut, dann gründlich. Also hat er vielleicht einen Weg gefunden, an den Scheiß unterm Kahn ranzukommen.«

Wir tranken ein paar Gläser Bier, bevor wir uns die Speisekarte vornahmen. Ich hatte oft genug im *Pearl* gegessen, um mir dieses Privileg zu verdienen, und Hoa schien Spaß daran zu haben, zur Abwechslung mal nur Getränke zu servieren. Das heißt, soviel Spaß er halt an allem hatte. Er war immer vergnügt, aber ich wußte nie, ob er glücklich war. Nun ist Glück natürlich ein amerikanisch-wohlgenährtes Konzept. Den Einwanderern der ersten Generation scheint es ziemlich egal zu sein. Gesundheit, ein bißchen Geld und nicht allzuviel Maloche, das ja, aber Glück – das gehört wohl zu den Dingen, über die sich erst ihre Kinder Gedanken machen.

Nachdem wir bestellt hatten, blätterten wir weiter in der Zeitung und planten unseren Wiedereintritt in die unfeine Gesellschaft. Wichtig war, daß alles in der richtigen Reihenfolge geschah. Wir mußten uns besaufen, ich mußte Kontakt zu Debbie aufnehmen, wir mußten ein paar noch offene Probleme bei der PCB-Geschichte lösen, und dann konnten wir Krach schlagen.

Comics sind Unterhaltung, und so hatte ich den Unterhaltungsteil des *Globe* vor mir. Dort stand auch eine kleine Notiz über eine Heavy-Metal-Band, die heute abend im Garden ein Konzert geben würde: Pöyzen Böyzen. Zu Boones und meinem Pech war es schon ausverkauft. Also kein satanischer Rock für uns, aber sicher für Bart und Amy.

Boone ging den Wirtschaftsteil durch. »He«, sagte er plötzlich, »erinnerst du dich an die *Basco Explorer*?«

»Ich hatte nie das Vergnügen. Aber ich weiß Bescheid.«

»Ein großer alter Frachter«, sagte Boone nachdenklich. »Mit dem fahren sie ihren Müll aufs Meer.«

»Ich weiß.«

»Wir haben mal vor den Grand Banks versucht, das Ding aufzuhalten, und sie haben ein Riesenfaß voll schwarzem Dreck in mein Zode geschmissen. Volltreffer – es war hin. Das war, bevor sie mich zum Terroristen aufgeblasen haben.«

»Als du noch jung und schön warst. Boone, was ist der Grund für diese seligen Erinnerungen an die *Basco Explorer*?«

Er zeigte mir die letzte Seite des Wirtschaftsteils, die mit den Devisenkursen. Da gibt es auch eine Spalte, in der aufgelistet ist, welche Schiffe gerade im Hafen liegen, welche ankommen und welche auslaufen. Die *Basco Explorer* wurde heute abend in Everett erwartet. Sie kam vom *Basco*-Werk in New Jersey und würde wohl das Hauptwerk anlaufen.

»Reine Routine«, sagte ich. »Die fährt immer irgendwelchen Scheiß hin und her.«

»Du glaubst nicht, daß das was mit den Bakterien zu tun hat?«

»Nein. Außer sie ist voll Trimethoprim. Ich meine, was nützt ihnen das Schiff hier? Soll Pleshy das vielleicht als Fluchtfahrzeug nehmen?«

Boone zuckte die Achseln. »Ich fand es nur einen interessanten Zufall.«

Hoa brachte uns das Essen. Wir fielen ächzend vor Wonne drüber her. Als Hoa sah, wie wir zuschlugen, wandte er sich ab und blieb verschwunden, bis wir das letzte Reiskorn aufgepickt hatten.

Während wir aßen, unterhielten wir uns noch mal über Pleshy und die Ereignisse der letzten Stunden. Boone hatte Pleshy heute vormittag ein bißchen geschwächt; aber wir hatten ihn noch lange nicht erledigt. Deshalb mußten wir ihm heute nacht den Pfahl durchs Herz treiben, sonst erholte er sich, wurde Präsident, ernannte Laughlin zum Innenminister und verwendete Dolmachers Wunderbakterie dazu, uns alle mit kovalentem Chlor zu vergiften.

Bei dem Gedanken an sein ruhmloses Ende konnte einem Pleshy fast schon wieder leid tun. »Ich glaube«, sagte ich daher in einem Anfall von Mitgefühl, »daß Pleshy persönlich gar nicht mal so fies ist.«

»Stimmt«, meinte Boone. »Persönlich ist er eher ein Schlaffi.«

»Was hat er eigentlich zu dir gesagt? Ich hab's nicht mitgekriegt.«

»Oh, er hat große Töne gespuckt. ›Die Bakterien, von denen Sie sprechen, gibt es nicht‹, hat er gesagt. ›Untersuchen Sie den Hafen. Stellen Sie mich auf die Probe. Sie werden nichts finden.‹«

»Und was schließt du daraus?«

»Daß er von seinen Hiwis im ungewissen gelassen worden ist. Daß er nicht gewußt hat, was läuft.«

»Wie freundlich von dir.«

Ich ging davon aus, daß Bart seinen Transporter während des Konzerts nicht brauchen würde, und so nahmen wir ein Taxi zum Boston Garden und suchten die Parkplätze ab, bis wir ihn gefunden hatten. Ich rutschte unter den Wagen und holte mir den Reserveschlüssel. Wir stiegen ein und inhalierten ein bißchen Lachgas. Dann fuhren wir zu Debbies Wohnung in Cambridge. Sie war nicht da, also warf ich ihr einen Zettel in den Briefkasten: Wir seien nachher im Hafen, und wenn sie mich sehen wolle, solle sie zum Castle Island Park kommen und ein Feuer machen oder so was, und wir würden sie dann abholen.

Dann fuhren wir zum GEA-Büro. Rafften alles zusammen, was nützlich sein konnte – Tauchgerät, Probengefäße, Magneten, Elektronenblitze, Seenotraketen, Walkie-talkies –, luden es in den Transporter und kehrten zum Garden zurück. Wir kamen genau in dem Moment an, als sich die Türen öffneten und einen Schwall schwarzgekleideter Pöyzen-Böyzen-Fans auf die Straßen des Nordends erbrachen.

In Barts Parklücke stand jetzt ein anderer Wagen, also drehten wir ein paar Runden und nervten die Leute, bis er mit einer ziemlich schrägen Frau aufkreuzte.

»He, S. T.«, sagte er, »tausend Dank dafür, daß du mich mit Roscommons Kanone ausgeknockt hast.«

»Tut mir leid, Bart, aber ...«

»Das ist Amy.«

»Nett, dich endlich mal persönlich kennenzulernen.«

»Hi, S. T.«, sagte Amy und ließ ihren Kaugummi mit explosivem Knall platzen.

»Steigt ein«, sagte ich.

Boone stellte sich vor. Die beiden nahmen kaum Notiz von ihm. Amy fragte, wohin wir wollten.

»Wir wollen nach Spectacle Island«, sagte ich. Mit »wir« meinte ich eigentlich Boone und mich, aber Bart und Amy faßten es wesentlich allgemeiner auf.

»Okay«, sagte Bart. »Das wird echt brutal.«

»Das fürchte ich auch«, sagte ich. »Sind da viele Pöyzen-Böyzen-Fans draußen?«

»Heute ja, Mann. Wir machen die Nacht durch. Ich kenn' jemand, der hat ein Boot.«

»Christopher Laughlin?«

»Ja. Woher weißt du das?«

»Ist doch egal. Wir haben auch ein Boot.«

32

»Ziemlich verboten, die Crew hier«, bemerkte Bart, als wir über die Piers zum GEA-Liegeplatz gingen.

Da hatte er nicht ganz unrecht. Wir trugen weder Segeltuchschuhe noch Schiffermützen. Und statt Brie und Baguettes hatten wir Walkie-talkies und Silikonschutzmittel dabei. Wenn in der Region noch ein Cop frei gewesen wäre, hätte er uns sofort verhaftet. Aber zum Glück waren sie alle auf den Straßen von Boston und spritzten die Pöyzen-Böyzen-Fans mit Feuerwehrschläuchen naß.

Amy fand es ungeheuer spannend, über die Strickleiter in das Zode zu klettern. Bart mußte ihr helfen, wobei er sich einiger Griffe bediente, die er als High-School-Ringer in Oklahoma gelernt hatte. Unterdessen waren Boone und ich mit dem 10-PS-Motor beschäftigt. Wes hatte die Zündkerzen ausgebaut. Wir wußten nicht, was für Zündkerzen das Ding brauchte, also hatten wir vorsichtshalber alle handelsüblichen Fabrikate gekauft, und sieh da, die passenden waren darunter. Jetzt mußten wir nur noch den Abstand der Elektroden bestimmen und sie dementsprechend biegen.

Das Resultat war, daß der Motor beim ersten Versuch ansprang. Inzwischen hatte sich Amy am Bug etabliert wie eine Sado-Maso-Galionsfigur. Bart wieselte die Strickleiter rauf und runter und lud unser Kriegsgerät ein. Dazu gehörte auch Proviant: Bier sowie etliche Big Macs und Pseudo-Milchshakes, die wir bei *McDonald's* gekauft hatten. War schließlich nicht abzusehen, wie lang wir unterwegs sein würden. Ich schaltete in den Vorwärtsgang, und Boone machte ein Guinness auf. Bart lehnte sich zwischen Amys Schenkeln zurück und zog die Hand durchs schwarze Wasser. Aus irgendeinem Grund fühlte ich mich ungeheuer stark.

Mit diesem lumpigen Motor dauerte die Fahrt von Boston Mitte bis Spectacle Island fast eine Stunde. Ich erwartete, daß Amy sich langweilte und quengelig oder zumindest seekrank wurde, aber ich hatte sie unterschätzt. Es gefiel ihr hier draußen. Wie die meisten Leute hatte sie Boston noch nie vom Wasser aus gesehen, also verbrachten wir die Hälfte der Zeit damit, ihr zu erklären, wo was war. Die Jumbos schwebten schnell und in dichter Folge in Logan ein, und das war schon ein tolles Bild. Bart hatte einen Walkman mit anschließbaren Mini-Stereolautsprechern dabei, und so hörten wir uns ein altes Led-Zeppelin-Band an und später im Radio die Übertragung eines Sox-Spiels aus Kalifornien. Boone erzählte eine endlose Geschichte vom Kampf mit einem kanadischen Hubschrauber in Labrador. Ich behielt den Castle Island Park im Auge, hoffte, daß Debbie auftauchen und mir ein Zeichen geben würde, aber das tat sie nicht.

Spectacle Island war trotz Dunkelheit leicht zu finden, weil die halbe Insel in Flammen stand. Wenn ich den Motor abstellte, konnten wir die Musik auf fünf Kilometer hören. Wir hatten das langsamste Fahrzeug im ganzen Hafen, und alle anderen kamen vor uns an. Hin und wieder kreuzten kleine Boote unseren Weg und zeichneten sich als Silhouetten gegen den Schein der Flammen ab.

Irgendwie bezweifelte ich, daß die Leute alle Feuerholz mitgebracht hatten. Wahrscheinlich verbrannten sie das, was gerade rumlag. Heute abend mußten phantastische Toxine in der Luft sein. Bald rochen wir sie – ein übler, fauliger Mief, der uns mit südöstlichen Winden in die Nase wehte.

»Ich glaube, wir haben uns den falschen Tag ausgesucht«, sagte ich.

Amy konnte es nicht fassen. Sie meinte, ich wäre nicht genügend beeindruckt von der Party. Bart mußte es ihr schließlich verklickern: »Die wollen gar nicht zur Party. Sie wollen –«, er wandte sich mir zu und schaute mich an, »– was wollt ihr eigentlich, verdammte Scheiße?«

»Hat dir Chris Laughlin mal von seinem Dad erzählt?«

»Von der alten Sau hat er mir echt alles erzählt.«

»Und was macht man mit Säuen?«

»Man schlachtet sie.«

»Genau. Das in etwa werden wir mit Chris Laughlins Dad veranstalten.«

»Und wie wollt ihr das machen?«

»Weiß ich noch nicht. Muß mich erst mal mit Boone auf der Insel umtun.«

»Genug Licht habt ihr ja.«

Amy war vorübergehend deprimiert, weil wir nur eine wissenschaftliche Hypothese prüfen wollten, aber sie kam drüber weg. Unterdessen hatte ich etwas Interessantes bemerkt, nämlich einen großen Schatten, der uns die Sicht auf Spectacle Island zu fast 50 Prozent versperrte. Dann konnten wir Positionslichter erkennen, und schließlich hielten Boone und ich unsere Taschenlampen gegen den Schatten und sahen ihn uns mit dem Feldstecher an. Ich hatte schon eine Idee. Und er wohl auch, denn wir richteten den Lampenstrahl auf dieselbe Stelle oben im Bug, an der man den Schiffsnamen findet. Und da stand er auch in schönem rostfleckigem Weiß: *Basco Explorer*.

»Die fährt nicht«, sagte Boone. Und als wir noch etwas näher kamen, konnten wir definitiv die Ankerketten im Wasser verschwinden sehen. Die *Basco Explorer*, das toxische Todesschiff, lag knapp achthundert Meter vor Spectacle Island.

»Pöyzen-Böyzen-Fans«, sagte Bart.

Wir gaben keine Antwort. Boone stellte das Radio ab, und ich schaltete auf Leerlauf.

»Sprühfarbe«, sagte ich.

Boone wühlte in einer unserer Tüten und zog eine Dose schwarzes Rostschutzmittel heraus. Bart schüttelte sie und übersprühte die Buchstaben GEA auf beiden Seiten des Zode.

Die meisten Boote, die unterwegs waren, hielten auf Spectacle Island zu oder kamen von dort. Als wir eins bemerkten, das in Richtung *Basco Explorer* steuerte, gab ich Gas, damit wir nicht so verdächtig langsam fuhren. Wir schwirrten in hundert Meter Abstand am Bug des Schiffs vorbei und checkten die andere Seite, die im Widerschein der Feuer auf der Insel matt rötlich glühte. Wir mußten sie ein, zwei Minuten fixieren, dann hatten sich unsere Augen an das Licht gewöhnt. Wir sagten Bart und Amy, sie sollten in die andere Richtung schauen, weil es jeden Menschen nervös machen kann, wenn ihn vier Leute gleichzeitig anglotzen.

Ein großes Motorboot dümpelte längsseits. Von einem der Davits der *Basco Explorer* wurde ein Faß runtergelassen.

»Wie früher«, sagte Boone. »Bis auf das Boot.«

Daß es die Pöyzen-Böyzen-Fans auf Spectacle Island aushielten, war erstaunlich. Es konnte einem kotzübel werden von dem Gestank. Aber vielleicht stieg der Rauch so von der Insel auf, daß sie ihn gar nicht rochen, wurde vom Wind verweht, traf auf eine Inversionsschicht und breitete sich dann dicht überm Wasser aus.

Bart zupfte an meinem Ärmel und zeigte in Gegenrichtung, aufs Festland. Ein Blitzlicht blinkerte im Castle Island Park.

Ich drehte der *Basco Explorer* den Rücken und beugte mich über unser Walkie-talkie. War nur ein Versuchsballon, weil ich Debbie nicht gesagt hatte, daß sie ein Walkie-talkie mitnehmen sollte. Aber vielleicht hatte sie's doch getan. Ich stellte den Kanal ein, auf dem wir in Blue Kills gesendet hatten, und drückte die Sprechtaste.

»Tainted Meat an Modern Girl«, sagte ich. »Tainted Meat an Modern Girl. Bist du da, Schatz?«

»Hier Modern Girl«, sagte Debbie.

»Schön, dich zu hören, Modern Girl.«

»Wunderschön, dich zu hören, Tainted Meat. Wo bist du? Knattert da nicht der kleine Mercury?«

»Direkt gegenüber von dir. Fährst du das, was ich vermute?«

»Ja.«

»Wie hast du ihn angekriegt?«

»Der Typ, der ihn gestohlen hat, hat eine neue Verteilerkappe eingesetzt.«

Das war ein weiterer Grund, Laughlin zu schlachten. Es stand ihm nicht zu, so viel von mir zu wissen.

»Mal Öl nachgeschaut?«

»Gerade Ölwechsel gemacht, Arschloch.«

»Hör zu.« Das wurde jetzt etwas kompliziert. Wenn *Basco* diese Frequenz abhörte, wurden sie sicher mißtrauisch. »Viel los in deiner Ecke? Große Motorboote vielleicht?«

»Ich verstehe.«

Das war wunderbar, aber ich wußte nicht, wieviel sie genau verstand.

»Wird noch 'ne Weile dauern, bis wir dich abholen können. Meinst du, daß du dich in der Zwischenzeit allein amüsieren kannst? Vielleicht fährst du ein bißchen rum und hörst dir ein paar Kassetten an?«

»Ja. Vielleicht mach' ich auch Fotos. Boston bei Nacht.«

Phantastisch. Sie hatte eine Kamera dabei.

»Okay, Modern Girl. Wir holen dich später ab. Fahr vorsichtig.«

»Tu' ich doch immer. Tschüs, Tainted Meat.«

Die Vorstellung, Debbie allein und bei Nacht loszuschicken, damit sie irgendwelche *Basco*-Schläger verfolgte und fotografierte, war mir etwas unbehaglich. Aber sie hatte bei einigen ziemlich wüsten Aktionen mitgemacht und sich immer gut gehalten. Außerdem liebte sie Streß.

Wir hatten die *Basco Explorer* hinter uns gelassen. Boone schaute in die Flammen. Amy blickte zurück und sagte uns Bescheid, als das Boot ablegte und aufs Festland zuhielt. Spectacle Island kam näher, die Flammenwand löste sich in einzelne Feuer auf, und die Musik ließ uns fast die Trommelfelle platzen.

Das letzte Stück ging alles andere als glatt. Immer wieder geriet uns irgendwelcher Dreck in den Propeller. Zum Glück war das Zeug weich, also wurde es zersäbelt. Der Propeller kam nur ein bißchen ins Stottern. Boone beugte sich gerade über den Motor und sah nach, ob alles okay war, als er durch den Anprall der Bugwelle eines anderen Bootes fast aus dem Zode gehoben wurde. Ein paar spätpubertäre Onanisten waren soeben in einem kleinen Flitzer mit großem Motor an uns vorbeigesaust, und jetzt wendeten sie für den nächsten Durchgang.

»He!« schrie Amy. »He, Chris!«

»Chris ist zu jung für dich«, sagte Bart. »Außerdem ist er ein Vollidiot.«

Zwei- oder dreimal im Jahr mußte ich miterleben, wie eine von Barts Beziehungen in die Binsen ging.

»Oder du bist zu alt für mich«, sagte Amy.

Ich beobachtete den Flitzer. Eine Sekunde lang hatte ich Angst, daß Laughlin senior am Steuer saß. Aber das Erzeugerarschloch hatte heute abend sicher andere Punkte auf dem Programm; das bezaubernde Produkt seiner Lenden hatte uns selbsttätig aufgestöbert.

Er hatte ein paar Kumpel mit, vielleicht dieselben, denen wir schon mal begegnet waren. Lauter noch als ihr Motor dröhnte das Gelächter, mit dem sie sahen, wie wir in ihrem Kielwasser schlingerten. Das war so rasend lustig, daß sie's noch mal machen mußten. Und noch mal und noch mal. Ich konnte mir allerhand Möglichkeiten vorstellen, ihnen eins draufzugeben. Zum Beispiel den schnellen, harten Wurf in Baseball-Manier: Ich nahm eine leere Guinness-Flasche – wir hatten mehrere davon –, holte aus und zielte auf Chris' Kopf. Aber Boone fiel mir in den Arm.

»Warum willst du ihnen Altglas nachwerfen«, sagte er, »wo wir doch ihren Motor klauen können?«

Fünf Minuten später waren wir am jauchigen Gestade und taten es. Laughlin hatte sich einen wirklich schönen Motor zugelegt, einen Johnson 50 PS, und außerdem spendierte er uns zwei volle Reservekanister. Mit dieser Ausstattung konnten wir flott über die Wellen rutschen. Wir hängten den Motor ans Zode und legten unseren 10-PS-Witz in Laughlins Flitzer. Die Jungs hatten vergessen, Ruder mitzunehmen. Ich hätte Papa nur zu gern auf dieser einsamen Müllinsel ausgesetzt, aber dem Sohnemann kam – eben wegen Papa – ein gewisses Mitgefühl zu.

Wir arbeiteten ohne Taschenlampen, weil wir keine Aufmerksamkeit auf uns lenken wollten. Und deshalb merkte ich zwar, als ich bis zu den Oberschenkeln im Wasser stand und unseren alten Motor vom Heckspiegel nahm, daß seine untere Hälfte glitschig war, wußte aber nicht, warum. Als wir ihn dann in Laughlins Flitzer taten, leuchtete Boone ihn mit seiner Taschenlampe an und pfiff durch die Zähne.

Er war mit Blut bespritzt, das der Propeller aufgewirbelt hatte. Mit Wasser verdünntes, fischig riechendes Blut.

Wir warfen den neuen Motor an, brachten das Zode zu einem verlassenen Uferstreifen und zogen es dort an Land. Dann gingen wir ein Stück am Wasser entlang und richteten die Taschenlampen darauf. Es war voll von toten Fischen.

TODESHAFEN. Machte Sinn. Die Fische hatten PCB-Bakterien abgekriegt, nicht anders als die Menschen, und sie waren genauso krank geworden und schließlich verreckt.

Boone und ich liefen quer über die Insel zum Nordufer, in Richtung Party. Bart und Amy waren schon da. Unmöglich, sie wiederzufinden, aber das ging in Ordnung. Bart war ein Überlebenskünstler. Eine Rückfahrmöglichkeit nach Boston zu finden würde ihm so leicht fallen wie das Strullen am Morgen.

Wir gingen langsam; auf Spectacle Island weiß man nie, was sich einem durch die Schuhsohle bohrt. Aber schließlich erklommen wir einen Müllberggrat mit rauchig-feuriger Korona und blickten auf das Fest hinab.

Ungefähr dreihundert Leute, zwanzig Feuer und ein Dutzend Fässer. Es fand auch eine Müll-Surprise-Party statt: Irgend jemand hatte eine Abfalltonne mitgebracht, und die Leute hatten da alles Hochprozentige reingetan, was sie bei sich hatten, und einen wundersamen Cocktail produziert. Und eine Brandgefahr.

Endlich bekam ich die Satansanbeter zu Gesicht. Ein Dutzend etwa. Ihr schwarzes Leder war ein bißchen teurer und extravaganter als das der Durchschnittsfans. Sie standen im Kreis am Hang und zelebrierten ein Ritual, zu dem Fackeln und lange Messer gehörten.

Die Messer waren keine allzu große Gefahr, verglichen mit den billigen Revolvern, die wahrscheinlich die Hälfte der Typen im Gürtel hatte, und ein paar Beschwörungen und Zaubersprüche machten mir weniger Kopfschmerzen als die *Basco Explorer*. Trotzdem gingen wir den Leuten aus dem Weg. Wer PCP im Näschen hat, kann verdammt unleidlich werden.

Wie auch immer – wir mußten zur *Basco Explorer*! Wenn ich unter diesem alten Lastkahn einen Beweis fand, hatte ich das fehlende Glied in der Ereigniskette, und dann konnte ich *Basco* an den Kragen. Möglich, daß es *Basco* nicht ruinierte – aber vielleicht Alvin Pleshy. Und Laughlin würde unwiderruflich im Arsch sein.

33

Boone und ich wanderten schnellstens durch die Party zu dem alten Lastkahn rüber. Als wir dort waren, kickte Boone ein paar tote Fische weg, um einen festen Stand zu haben. Dann stieg ich auf seine Schultern und zog mich an der Bordwand hoch. Anschließend half ich Boone rauf.

Gab nicht viel zu sehen. Der Kahn war für irgendwelches Schüttgut gebaut – Kohle oder Getreide – und bestand aus garagengroßen Abteilungen mit Stegen über den Trennwänden. Die Satansanbeter waren mit ihren gottverdammten Spraydosen hiergewesen und hatten das Ganze mit diversem Blödsinn beschriftet. Da stand zum Beispiel HIMMEL mit einem Pfeil, der zum Bug zeigte, und dort HÖLLE mit einem Pfeil, der zum Heck zeigte. Wir waren genau in der Mitte, und hier stand ERDE. Mehrere Abteilungen waren nach Dämonen benannt, und in einigen waren kleine Altäre aus Hausmüll, den die Satansanbeter auf der Insel aufgelesen hatten.

ERDE oder HÖLLE – da mußten wir suchen. Ich glaubte kaum, daß die Transformatoren unterm HIMMEL waren. Als *Basco* sie '56 hier abgeladen hatte, hatten die Leute keinen Grund gehabt, sie irgendeinen Hang raufzuziehen. Sie hatten sie wahrscheinlich knapp über der Wasserlinie deponiert und notdürftig zugebuddelt. Durch den Aufprall des Kahns waren ein paar von ihnen vielleicht ein Stück höhergerutscht, aber nicht weit.

Wir verschafften uns erst mal einen groben Überblick, gingen all die Stege entlang und leuchteten mit unseren Taschenlampen in die Abteilungen. Wenn wir Glück hatten, würden wir was finden, das gleich ins Auge sprang. Die Anhänger des Pöyzen-Böyzen-Kults hatten hier einiges durcheinandergebracht, aber der Kult war klein, und das Schiff war groß, und sie konnten nicht alles auf den Kopf gestellt haben.

Ein kühler Wind strich von Norden herein und brachte den grauenhaften Gestank mit. Seit wir an Land gegangen waren, hatte ich nichts mehr davon gemerkt. Anscheinend kam er gar nicht von der Insel. Vielleicht war er die Folge der Reaktionen, die gerade im Hafen abliefen: verrottender Fisch als Zugabe zu seinen sonstigen Delikatessen. Ich roch eine starke Beimischung von Putreszin, die mir bisher entgangen war.

Aber bei genauerem Schnuppern kam diese Duftnote nicht vom Meer, sondern aus der Abteilung unter mir, wo drei verstümmelte Leichen auf dem Boden lagen.

Sie lagen bereits ein paar Tage dort. Das Blut war schwarzbraun, und sie sahen ein bißchen aufgedunsen aus, kurz davor, aus den Nähten ihrer schwarzen Lederklamotten zu platzen.

»Boone!« rief ich. Nach drei Sekunden war er bei mir. Wir gingen in die Hocke wie Archäologen, die in ein Grab linsen, und betrachteten die Leichen rüde und fasziniert. Dann leuchtete Boone die Wände der Abteilung mit seiner Taschenlampe an.

»Mit 'ner Granate gekillt«, sagte er. »Schau.«

Unzählige Metallteilchen waren gegen die Wände geprasselt. Die Aufschlagpunkte funkelten im Rost wie Sterne an einem kackbraunen Himmel. »Schrapnellgranaten«, fuhr Boone fort. »Vielleicht auch Claymore-Minen.«

Wir ließen die Lichtkegel unserer Taschenlampen über den Plunder gleiten, mit dem der Boden übersät war. Das war kein x-beliebiger Müll. Das glitzerte und war bunt. Die Überreste eines Altars. Und über einer der Leichen lag ein zwei Meter langes, blankes Stahlrohr.

»Das Rohr ist irgendwie komisch«, sagte ich.

»Auf dieser Insel gibt es allen möglichen Schrott«, sagte Boone. »Sieh dir *das* an.«

Er leuchtete mit seiner Taschenlampe vor den Füßen einer Leiche herum. Ein Draht blinkte auf, an dessen Ende ein Metallring hing.

»Granate.«

Ab jetzt ging Boone voran. Er durchsuchte den Kahn systematisch, eine Abteilung nach der anderen, und ich taperte ihm nach, um sicherzustellen, daß er keine ausließ. Als er »Scheiße«

sagte, ließ ich mich auf den Steg fallen. Er lachte, und ich stand wieder auf.

Wir waren ein paar Meter über die Uferlinie raus, in der HÖLLE. Die Abteilung unter uns war einer dämonischen Kraft namens Aschtoret geweiht. Ich hatte sie mir schon flüchtig angeschaut. Hier war ein Altar, beziehungsweise ein kleines Müllsortiment: die obligatorische Kloschüssel, Puppenköpfe, eine Art Glockenspiel aus alten Bremstrommeln, Kandelaber aus rostigen Fahrradfelgen. Boone hatte etwas bemerkt, das mir entgangen war. Der Altar war um eine Achse gebaut, ein Rohr, das aus dem Boden der Abteilung ragte. Es war brandneu und oben mit einem Absperrhahn versehen. An dem wiederum hing ein Vorhängeschloß.

»Laughlin hat geschürft«, sagte ich. »Sich zu den PCB-Lagerstätten vorgegraben. Die Pöyzen-Böyzen-Fans haben Altäre um die Rohre herumgebaut. Vielleicht hat Laughlin sie auch selbst zusammengewichst – zur Tarnung. Und dann hat er Granaten ausgelegt.«

»Weil er Angst vor dir hatte.«

»Vielleicht weiß er, daß ich nicht tot bin?«

»Nein«, sagte Boone. »Du bist vor einer Woche gestorben. Diese Leichen sind mindestens eine Woche alt.«

»Okay, ich glaub's dir. Jetzt weiß ich, warum er sich Sorgen gemacht hat. Das ist ein toller Beweis, Mann.«

»Ja. Der haut dich echt um.«

Als wir uns vergewissert hatten, daß nirgendwo Stolperdrähte waren, stiegen wir in die Abteilung runter. Dann betrachteten wir den Müllhaufen aus sicherer Entfernung, sahen die Granaten, ums Rohr gebündelt wie Kokosnüsse an einer Palme, sahen die Drähte.

Jemand landete auf meinem Rücken. Ich drehte den Kopf zur Seite, so daß ich, als mein Gesicht auf den Boden klatschte, mit der Backe aufkam und nicht mit den Zähnen. Der Springer war besoffen, und einen Moment lagen wir aneinandergeschmiegt da wie zwei Löffel im Besteckkasten. Dann rollte ich mich rum, um ihn unterzumangeln, weil ich das Gefühl hatte, daß er leichter war als ich.

Das traf zu. Aber der zweite Typ, der gegrätscht über mir stand, das zeremonielle Messer in der Pfote, war schwerer als ich. Genauer gesagt, er war fett. Sein bodenlanger Lederumhang war weit ausgestellt, wie der von Batman.

Ich konnte nicht viel machen, weil ich außer Atem war. Ich keuchte und ächzte, gab meiner Lunge jede erdenkliche Starthilfe, aber dadurch verschwand der Typ mit dem Messer nicht.

Boone, in der Ecke gegenüber, wurde mit seinen Angreifern besser fertig. Eine Frau hatte damit begonnen, daß sie ihm eine Flasche auf dem Schädel zertrümmerte. Sie hatte eine Menge ferngesehen in ihrem Leben und meinte wohl, er müßte jetzt zu Boden gehen. Statt dessen wurde er nur stocksauer und schlug ihr ein paar Zähne aus. Jetzt kreischte sie wie eine schlecht geschmierte Bremse und wirbelte durch die Abteilung wie ein zu hoch geschlagener Golfball. Ein Typ hatte Boone in den Schwitzkasten genommen und ein Stück vom Boden gehoben, was ihm die Möglichkeit gab, mit beiden Füßen zu treten – normalerweise kann man das ja nicht –, und so brachte er dem dritten Angreifer diverse innere Verletzungen bei. Ich hörte Rippen knacken. Aber das merkte Boone nicht mehr. Der Typ, der ihn festhielt, wirbelte ihn herum und knallte sein Gesicht etwa sechsmal gegen die rostige Wand. Der Typ mit den gebrochenen Rippen hüpfte auf und nieder, brüllte unartikuliert und stach mit seinem Messer in die Luft.

Ich schaute ihn rein zufällig in dem Moment an, in dem die Hälfte seines Hirns gegen die Wand der Abteilung spritzte. Der Fettsack, der über mir stand, richtete sich steil auf, und ich verpaßte ihm einen Tritt in die Eier. Dann traf ihn eine Kugel ins Kreuz, und es regnete Blut auf mich.

Er torkelte zur Seite, bumste gegen den Altar, rammte ihn wie ein Traktor einen Weihnachtsbaum, und danach hörte ich ein leises *Klingelingeling*, was wahrscheinlich der Sicherungsstift einer Granate war, der eine Pirouette auf dem Boden drehte.

Als ich auf dem Steg war, stieß ich mit Bart zusammen und zog ihn mit; wir landeten unsanft auf dem Boden der nächsten Abteilung. Ich begann gerade daran zu denken, daß mir der Rücken weh tat, als die Granate explodierte. Es war wie ein Heavy-Metal-Gongschlag. Die Schrapnelladung prasselte gegen die Wand, und dann war ich so gut wie taub.

Boone war bei uns, wischte sich Blut aus dem Gesicht und versuchte, seinen drohenden Blackout abzuwenden. Bart fuchtelte besorgniserregend mit seinem Revolver herum. »Den nimmt jetzt besser jemand von euch«, sagte er. »Ich bin nämlich sturzbesoffen.«

»Ein Glück, daß es keine Claymore war«, sagte Boone. »Sonst wären wir nicht mehr rausgekommen.«

»Die hier hat ungefähr dreißig Sekunden gebraucht«, sagte ich.

»Eher fünf.«

Die Abteilung, in der die Granate explodiert war, sah so aus, wie ich es erwartet hatte. Das Stahlrohr war auf halber Höhe durchgerissen. Oben quoll eine goldfarbene Flüssigkeit heraus und rann auf den Boden. Es erübrigte sich, sie zu analysieren.

Wir wußten nicht, was wir mit den Leichen machen sollten. Wenn wir vor Gericht kamen, konnten wir uns eindeutig mit Notwehr verteidigen. Aber man soll Tote ja begraben oder eine Plane über sie tun oder sonstwas. Jedenfalls soll man sie nicht in der Abteilung eines Lastkahns liegenlassen, die sich langsam mit Giftbrühe füllt.

»Andererseits – warum nicht?« sagte Bart. »Für die muß das doch so sein, als wären sie in 'ner Kirche begraben.«

»Gutes Argument«, sagte Boone und joggte über den Steg davon. Nach einer Nanosekunde intensiven Nachdenkens folgte ich ihm.

Wir gingen, für den Fall, daß die Satansanbeter beschlossen hatten, mit Verstärkung nachzurücken, auf der anderen Seite des Kahns von Bord. Als wir unten waren, watete ich ins Wasser und leuchtete mit meiner Taschenlampe. Kurz bevor Boone und ich in die Abteilung mit dem Altar gestiegen waren, hatte sich mir ein Verdacht aufgedrängt.

Der Gestank, der uns unterwegs aufgefallen war, kam nicht von der Insel. Er ging vom Wasser aus. Aber in den anderen Zonen des Hafens hatten wir nichts gerochen. Nur in der Ecke nördlich von Spectacle Island – wo die *Basco Explorer* lag.

Ich angelte ein halbes Dutzend toter Fische aus der Brandung und warf sie auf den Boden. Wir gingen in die Hocke und schauten sie uns an.

Wenn der Gestank daher kam, daß der Hafen verreckte, wenn diese Fische an einer Infektion mit den PCB-Bakterien gestorben waren, dann wären sie zu verschiedenen Zeiten gestorben. Einige wären schon verrottet gewesen, andere noch ziemlich frisch. Aber wenn man mir einen weiteren ekligen Gedanken verzeiht – die Fische hier sahen alle so appetitlich aus, daß man sie hätte essen können. Sie waren in den letzten ein, zwei Stunden gestorben.

»Da ist irgendwas Neues im Hafen«, sagte ich. »Etwas, das verboten stinkt und unglaublich toxisch ist. Und am schlimmsten stinkt es um die *Basco Explorer* herum.«

»Die leiten was ein«, sagte Boone.

»Davon haben wir nichts gesehen.«

»Klar nicht. Als wir vor Jahren angefangen haben zu filmen, wie sie Fässer ins Wasser gekippt haben, sind sie kopfscheu geworden und haben ein neues System entwickelt. Sie haben Tanks eingebaut, die von oben gefüllt werden. Durch den Schiffsboden gehen Rohre durch, und das Zeug wird während der Fahrt verklappt.«

»Was hat Pleshy heute vormittag noch mal zu dir gesagt?«

»Stellen Sie mich auf die Probe!« rief Bart. »Stand im *Herald*.«

»Folgendes«, sagte Boone. »›Die Bakterien, von denen Sie sprechen, gibt es nicht. Untersuchen Sie den Hafen. Untersuchen Sie die Kanalisation. Stellen Sie mich auf die Probe. Sie werden nichts finden.‹«

»Sagen wir mal, sie haben die Tanks mit irgendeiner hochtoxischen, hochkonzentrierten Substanz gefüllt, einem Organophosphat vermutlich, und wollen das Zeug heute nacht in den Hafen blubbern lassen«, sagte ich. »Natürlich ankern sie vor Spectacle Island – ist ja der Infektionsherd. Natürlich leiten sie es direkt ins Wasser ein. Alles, was dort lebt, stirbt. Kein Mensch wird es besonders bemerkenswert finden, daß Fische krepieren, schließlich hat der *Herald* vom Todeshafen gesprochen. Und im mikroskopischen Bereich gehen eben auch die PCB-Bakterien ein.«

»Genau wie Kelvin gesagt hat«, kommentierte Boone. »Wenn's wirklich schlimm wird, müssen wir vielleicht eine Atombombe im Hafen zünden.«

»Heiliger Gott«, sagte Bart, »ist das nicht ein bißchen overkillerig?«

»Nein. Überleg dir folgendes. Vor vierundzwanzig Stunden waren die Jungs im Arsch. Sie hatten illegal eine genmanipulierte Bakterie auf die Umwelt losgelassen, und das führte zu einer toxischen Katastrophe. Sie hatten jemand als Sündenbock aufgebaut – Dolmacher –, aber der spielte nicht mit.

Jetzt ist alles anders. *Basco* zündet die Bombe. Killt den Hafen. Und die Kanalisation muß auch dran glauben. Diese Fässer, die sie vorhin in das Boot geladen haben – da war wohl dasselbe Zeug drin. Wahrscheinlich kippen sie es gerade in die Gullys. Vernichten die Bakterien, verwischen ihre Spuren.«

»Ganz schön riskant«, sagte Bart.

»Überhaupt nicht«, sagte Boone. »*Basco* hat hier Heimvorteil. Sie sind alte Hasen im Wasservergiften. Und sie sind allemal ungestraft davongekommen.«

»Es kann nicht zum Schiff zurückverfolgt werden, und es kann nicht durch die Siele zurückverfolgt werden«, sagte ich.

»Den Schweinen wird nichts passieren«, knurrte Boone.

»Sieht ganz so aus«, sagte Bart.

»Wir müssen aufs Schiff.« Boone war wie in Trance. Er starrte die Zauberformeln am Lastkahn an, ohne sie zu sehen.

»Bevor sie die Beweise beseitigen. Wir müssen das Schiff entern und die Tanks finden.«

»Und was dann?« fragte Bart. »Bloß aufs Schiff kommen und die Tanks finden – das bringt doch nichts.«

»Wir müssen die Medien an Bord kriegen«, sagte Boone.

»Geht nicht, außer sie machen irgendwo fest«, sagte ich. »Und wenn sie wo festmachen, dann an einer *Basco*-Pier, und du kannst dich drauf verlassen, daß sie da die schärfsten Sicherheitsvorkehrungen treffen. Wir kommen da nicht so weit ran, daß wir was machen können, es sei denn, wir betreten unbefugt ihr Gelände. Und dann werden wir sofort hoppgenommen.«

»Dann ziehen wir irgendwas an Bord ab, das die Kamerateams auch auf Distanz filmen können.«

»Die Gifttanks sind im Schiffsinneren. Wir können sie nicht auf Distanz sichtbar machen, außer wir sprengen das Ding.«

»Dann nehmen wir Videokameras mit, filmen selbst und verteilen die Bänder an die Medien.«

»Das ist die eine Möglichkeit«, sagte ich.

»Soll das heißen, daß du noch eine andere weißt?« fragte Boone.

»Ja.«

»Und? Das Schiff sprengen?«

»Nein, um Gottes willen. Das ist doch eine gewaltfreie Aktion.«

»Was dann?«

»Ganz einfach. Das Schiff klauen.«

»Wow!« sagte Bart.

Aus Boones blauen Augen kam ein Blitz wie aus einer Tazer-Kanone.

»Das Scheißschiff einfach klauen, ja?« fragte er, als wüßte er nicht, was ich meinte.

»Genau. Das Scheißschiff einfach klauen, bevor sie die Beweise verschwinden lassen können. Das heißt, noch heute nacht. In den Innenhafen fahren, wo die Medien auf uns warten. Oder besser noch, Spectacle Island anlaufen. Die Medien da zusammentrommeln. Und dann geben wir bis morgen früh eine rauschende Party für die Kamerateams.«

»Das ist eine Superidee, Mann«, sagte Boone. »Das machen wir. Wird Zeit, die Typen aufzumischen.«

34

Bart ging zur Party, um Amy zu holen; Boone und ich liefen zum Zodiac. Wir überlegten uns, wie wir die *Basco Explorer* klauen konnten, aber wir hatten keine genaue Strategie. Wir hatten nur eine Chance, solange sie in offenen Gewässern lag. Wenn sie erst an einer Pier festgemacht hatte, würden bewaffnete Posten an Bord sein und im Zweifelsfall auch schießen. Und so beschlossen wir, daß Boone das Schiff jetzt entern würde. Ich würde nicht mitkommen, sondern später eine Strategie für das weitere Vorgehen nachliefern. Boone war optimistisch; er wisse, daß mir was einfallen würde, sagte er. Der hatte gut reden. Er würde ein Walkie-talkie mitnehmen, und wir würden vielleicht Kontakt zu ihm aufnehmen können.

Wir setzten uns ins Zodiac, fuhren ein Stück vom Ufer weg und packten zwei von meinen großen alten Magneten aus. Ich umwickelte sie mit Isolierband, damit sie nicht so laut aneinanderklackten. Dann knotete ich aus Seilen zwei Halteschlaufen zusammen. Boone schmierte sich mit Silikon ein und stieg in einen Trockentauchanzug. Er war schwarz, die passende Farbe für gemäßigten Terrorismus in der Abendstunde, und würde alles schützen außer Boones Gesicht.

Ich schnappte mir ein-, zweimal das andere Walkie-talkie und fragte, ob da irgendwo Modern Girl sei, bekam aber keine richtige Antwort. Ein Walkie-talkie ist kein Telefon; man hat keine Leitung für sich, sondern einen wüsten Geräuschsalat, aus dem man sich was rauszupicken versucht. Ich bemühte mich sehr und kriegte nur eine Andeutung von Debbies Stimme rein – so ähnlich wie ein Parfümwölkchen in einem Hurrikan.

Bart kam nach zwanzig Minuten. Allein. Wir fuhren ans Ufer und nahmen ihn an Bord.

»Wo hast du Amy gelassen?« fragte ich.

»Wir haben Schluß gemacht«, sagte Bart. »Sie war sauer, weil ich sie bei Quincy gelassen habe, als ich losgezogen bin und diese Typen abgeknipst habe. Dabei hab' ich sie nur bei Quincy gelassen, damit ihr nichts passieren kann.«

»Wer ist Quincy?«

»Der Typ, dem ich den Revolver geklaut habe.«

»Und wo ist Amy jetzt?«

»Bei Quincy.«

Boone sagte nichts. Er reichte Bart nur ein Guinness. Dunkles Bier gegen dunkle Gedanken.

Wir legten ab. Ich versuchte es noch mal mit dem Walkie-talkie, und plötzlich kriegte ich Debbie rein.

»Hier Modern Girl. Ich glaube, wir können den großen Anzug hochgehen lassen – wegen Pissen in der Öffentlichkeit.«

Der große Anzug – das mußte Laughlin sein. Sie war ihm nicht vorgestellt worden, aber sie hatte ihn gesehen, als er den Omni geklaut hatte.

»Er macht es beim *Amazing*«, fuhr Debbie fort. »Ist in westlicher Richtung unterwegs.«

Pissen in der Öffentlichkeit hieß wohl, daß Laughlin was in die Gullys kippte. Genau wie wir es uns vorgestellt hatten: Der Hafen war tot, und jetzt nahm er sich die Kanalisation vor. Das *Amazing* mußte das *Amazing Chinese Restaurant* in Brighton West sein. Er war auf der Route 9 zum Lake Cochituate unterwegs, in Richtung TechDale. Die ganze Strecke zwischen Natick und dem Hafen würde heute nacht noch bakterienfrei sein.

»Kannst du das beweisen, Modern Girl?«

»Kann ich. Ich versteh' dich so schlecht, Tainted Meat.«

Und dann wurde der Kontakt von einem Fernfahrer auf dem Fitzgerald Expressway unterbrochen, der alle Frequenzen nach einer Frau durchröhrte, die ihm einen blies.

Boone steckte ein Walkie-talkie, ein paar Big Macs und ein

Luftkissen in einen Plastikbeutel. Die beiden Magneten hängte er an seinen Gürtel. Das Kissen würde das Gewicht der Magneten ausgleichen, so daß er sich über Wasser halten und sich aufs Schwimmen konzentrieren konnte.

Mit drei Leuten und einer Menge Gerät war das Zode am Rand seiner Belastbarkeit, aber die 50 PS machten das recht gut wett. Da wir im Dunkeln mit dem offenen Fahrzeug unterwegs waren, mußte ich ans Radeln in Brighton denken und verfiel prompt wieder in meine alte paranoide Masche. Statt direkt auf die *Basco Explorer* zuzusteuern, fuhr ich ums südliche Ende der Insel herum, machte einen kilometerweiten Bogen nach Osten und näherte mich dem Schiff von hinten.

Boone sagte etwas, das ich nicht verstand, ließ sich aus dem Zode fallen und war weg. Wir wurden ein paar Knoten schneller und tuckerten einfach weiter geradeaus. Jetzt hatten wir nichts mehr zu verbergen, also fuhren wir dicht an die *Basco Explorer* heran und begafften sie wie zwei Pöyzen-Böyzen-Fans vom platten Land, die noch nie einen Frachter gesehen haben.

War nicht viel los an Bord. Blaues Licht flimmerte hinter den Fenstern der Brücke; da hingen Leute vor der Glotze und sahen wahrscheinlich, wie Boone ihren obersten Boß zu Boden schickte. Natürlich ahnten sie nicht, daß sich ebendieser Typ gerade von achtern an sie ranmachte. Wir hörten zwei Männer an der Reling miteinander sprechen.

»He! Ahoooiii!« schrie Bart. »Was macht ihr da, Jungs?«

Ich konnte es nicht fassen. »Himmelarsch, Bart. Halt die Schnauze. Wir wollen doch nicht mit denen reden!«

»Boone hat gesagt, wir sollen sie ablenken, hast du das nicht mitgekriegt?« Bart legte die Hände um den Mund und grölte: »He! Ist da jemand?« Ich wiederum schlug die Hände vors Gesicht und versuchte tief durchzuatmen.

Die Leute beendeten ihren Schwatz, und einer beugte sich vor, um uns zu begutachten: ein junger Typ, kein leitender Angestellter und kein Schiffsoffizier, sondern ein einfacher Matrose, der an der Reling stand und eine qualmte. Bei der Fracht, die die

Explorer an Bord hatte, war es wahrscheinlich verboten, unter Deck zu rauchen.

»He! Wie schnell marschiert 'n das Ding?!« rief Bart.

»Zwanzig Knoten an 'nem guten Tag«, sagte der Matrose.

»Knoten? Was ist das?«

»Eine Seemeile, bißchen mehr als einskommaacht Kilometer.«

»Dann fährt das Ding – was, sechsunddreißig Kilometer am Tag? Das ist aber nicht viel, Mann.«

Mein Hausgenosse hatte mich zur Untätigkeit vergattert. Ich lehnte mich zurück und spielte den Zuschauer. Genaugenommen war er nicht mehr mein Hausgenosse, weil unser Haus von seinem Besitzer in die Luft gejagt worden war. Das hieß wohl, daß wir jetzt Freunde waren; irgendwie furchterregend.

»Nein, nein, sechsunddreißig Kilometer in der Stunde«, erklärte der Matrose. »Sogar noch 'n Tick mehr, wenn man genau rechnet. He, fahrt ihr zu der Party da drüben?«

Bart war schon im Begriff, »Klar« zu sagen, aber ich stellte mir vor, daß der Matrose dann mitkommen wollte und ich ein paar Stunden warten mußte, bis sie sich auf den Grund der Schnapsmülltonne durchgesoffen hatten. Also sagte ich: »Nee. Die Cops sind gerade aufgekreuzt und sprengen sie.«

»Schiet.«

»He, mach dir nichts draus«, sagte Bart, »wir haben 'n paar Flaschen Guinness dabei. Könnten wir raufkommen und uns deinen Kahn mal ansehen?«

Der Matrose überlegte eine Weile. »Ich glaub' nicht, daß der Käptn da was gegen hat«, sagte er schließlich. »Wenn wir an der Pier sind, wird das unheimlich streng mit der Sicherheit. Wegen Terroristen. Aber jetzt sind wir ja noch nicht an der Pier.«

Wenn Bart auf Spectacle Island vorgeschlagen hätte, daß wir auf diese Weise versuchen sollten, an Bord zu kommen, hätte ich ihn ausgelacht. Aber das war eben seine besondere

Magie. Der Matrose rollte eine Strickleiter aus, und wir kletterten rauf.

»Auf deine krumme Art traust du dich viel mehr als ich«, sagte ich auf dem Weg nach oben. Bart zuckte nur die Achseln.

Der Matrose hieß Tom. Wir gaben ihm ein Guinness und machten mit ihm einen kleinen Rundgang an Deck, staunten die Ankerketten und die Rettungsboote und die Luken zum toxischen Laderaum wie Weltwunder an. Auf dem ganzen Schiff roch es penetrant nach organischen Lösungsmitteln.

»Das Scheißwasser stinkt aber heute abend, Mann«, bemerkte Bart. Ich verpaßte ihm einen Tritt gegens Schienbein.

»Ja, aber da darfst du mich nicht nach fragen«, kicherte Tom.

Nachdem wir uns auch das hintere Ende des Schiffs einschließlich des großen Ladekrans angeschaut hatten, liefen Tom und Bart zum Bug, und ich konnte der Versuchung nicht widerstehen, über die Reling zu linsen und Boone mit einem Kaugummi zu bewerfen. War er überhaupt da? Ja, obwohl ich ihn nicht gesehen hätte, wenn ich mich nicht angestrengt hätte. Er war total schwarz, Lichter gab's hier keine, und als er jemanden über sich bemerkte, drückte er sich gegens Heck und erstarrte. Ich verfehlte ihn um dreißig Zentimeter.

Dann zog ich meine Taschenlampe raus und leuchtete einen Moment mein Gesicht an. Anschließend sein Gesicht. Er guckte so dumm aus der Wäsche, wie ich's noch nie bei ihm erlebt hatte – war irgendwie befriedigend. Dann drehte ich mich um und ging. Er hatte seine Sache recht gut gemacht; er war schon halb oben.

Tom zeigte uns die Brücke und den Aufenthaltsraum, in dem der Rest der Crew saß, sich eine Spielshow reinzog – *Wheel of Fortune* – und Rolling Rock trank.

Sie sagten alle schnell Hallo und glotzten sofort wieder in die Röhre. Wir waren in einer der klassisch engen, aber gemütlichen Kajüten mit Holzimitat-Täfelung über stählernen Spanten, ein paar Borde, Stereoanlage und Fotos von Miezen mit

Riesentitten. In der Ecke brabbelte ein CB-Funkgerät zwecks Hintergrundberieselung.

Wir sahen eine Weile fern, gluckerten unser Bier, führten stereotype Männergespräche über die wilden Vorgänge auf Spectacle Island und die Tatsache, daß da Frauen waren, auch hübsche. Ich überließ das größtenteils Bart; an der Wand hing eine Blaupause von der *Basco Explorer*, und ich versuchte, sie mir in allen Einzelheiten einzuprägen.

Das Leben ist komisch. Da planst du, dich auf einem Schiff einzuschleichen, und deine Paranoia treibt die schönsten Blüten; du stellst dir vor, daß du sofort entdeckt wirst, weil an der Reling alle sechs, sieben Meter Wachleute stehen. Aber als ich diese Typen in der Kajüte sah, die mieses Bier tranken und in die Glotze plierten, umgeben von totaler Dunkelheit, wußte ich, daß sie keine Chance hatten, Boone zu entdecken. Wir hätten ihn ebensogut mit einem Hubschrauber an Deck absetzen können. Ich hoffte nur, daß er ein ungiftiges Versteck fand.

Es heißt, Eltern könnten das Schreien ihres Babys aus dem größten Tumult raushören. Vielleicht ist das wahr. Jedenfalls schien ein solches elterliches Schaltsystem in mein Hirn eingebaut zu sein, denn ich nahm in dieser Kajüte plötzlich Debbies Stimme wahr.

Mein Herz klopfte dermaßen, daß ich fast vom Stuhl fiel. Ich dachte, sie sei irgendwo an Bord. Ich dachte, die Typen hätten sie geschnappt. Dann ging mir auf, woher ihre Stimme kam: aus dem CB-Funkgerät in der Ecke.

Durch den Geräuschsalat dröhnte was Starkes. Ich hörte einen Außenbordmotor, das Rauschen von Wellen und einen aufgeregten, gestreßten Mann: »*Explorer*, bitte kommen. *Explorer*, bitte kommen.« Debbies Stimme war im Hintergrund. Ich konnte nicht alles verstehen, aber sie stieß Morddrohungen aus. Und sie hatte Angst.

Ich trank einen Schluck Guinness, um mich zu entspannen, holte tief Luft und sagte: »He, ich glaube, da ruft euch jemand.«

Das weckte den Kapitän, einen kartoffelgesichtigen Iren, der bis dahin auf einer Kunstlederbank gelegen und nach sechsunddreißig anstrengenden Stunden ein bißchen gedöst hatte – wahrscheinlich hatten sie ihn aus einer Bar in New Jersey rausgeholt und zu einer Schnellfahrt nach Boston abkommandiert. Er schlurfte zum Funkgerät und schnappte sich das Mikro. »*Explorer.*«

Am anderen Ende sprach eine neue Stimme. »Hier Laughlin. Ich komme jetzt«, sagte er laut, nervös und herrisch.

»Scheißwichser!« schrie Debbie im Hintergrund.

Der Kapitän verzog angewidert das Gesicht; er sollte auf seinem Schiff plötzlich nichts mehr zu melden haben. Das größte Arschloch der Welt führte jetzt Regie. »Na, dann kommen Sie«, sagte er.

Die Crew drehte sich von der Glotze weg und lachte.

»Wir müssen eine Spezialladung an Bord bringen, und zwar schnell und unauffällig«, sagte Laughlin. »Wahrscheinlich werden wir den Kran brauchen – und ein Netz.«

Ich überlegte mir, ob es irgendein gewaltfreies Verfahren gab, mit dem man Laughlin zu Tode foltern konnte.

»Ich glaub', ihr geht jetzt besser«, sagte Tom.

»Okay«, sagte ich, »mir ist sowieso ein bißchen schlecht.«

Bart zuckte die Achseln. Er wußte nicht, was los war, aber er verhielt sich kooperativ. Wir verließen die Kajüte. In letzter Minute dachte ich noch daran, mich umzudrehen und nachzuschauen, auf welchem Kanal sie sprachen: Kanal 11.

Auf der Strickleiter wollte ich schon ins Wasser springen, um schneller wegzukommen. Dann fiel mir wieder ein, was die *Basco Explorer* in den Hafen pumpte. Also ging ich's ganz normal an; wenn man in Eile ist, dauert es ewig, eine Strickleiter runterzusteigen. Als Bart unten war, hatte ich schon den Motor an; als sich Tom über die Reling beugte, um uns nachzuwinken, waren wir schon dreißig Meter vom Schiff entfernt und legten Tempo zu.

Die nächste Herausforderung: das Boot finden, auf dem Debbie festgehalten wurde. Das nächstliegende war natürlich, bei der *Basco Explorer* zu bleiben und zu warten. Aber dann dachte ich: Was ist, wenn Laughlin es sich anders überlegt und Debbie irgendwo ins Wasser schmeißt? Ich schnappte mir das Walkie-talkie, um mal reinzuhören, und stellte fest, daß wir Kanal 11 nicht damit empfangen konnten.

Sie mußten vom Festland kommen, klar. Wir wußten, daß sie mit ihren Booten an der Dorchester Bay festgemacht hatten. Also mußten wir noch eine ziemliche Strecke hinter uns bringen, aber mit dem 50-PS-Motor war das Zodiac ein geölter Blitz. Ich gab Vollgas und hielt im Zickzack auf Southie zu. Sagte Bart, was wir suchten: ein Boot mit Debbie und ein paar Schlägertypen an Bord.

Die Schweine fuhren ohne Positionslichter; wir stießen fast mit ihnen zusammen. Bart entdeckte sie. Er packte mich beim Arm, und jetzt sah ich den Bootsrumpf, weißes Fiberglas mit einem Logo in Form einer Harpune, genau quer zu uns. Ich kippte den Motor zur Seite, brachte das Zode fast zum Kentern und sprühte einen sieben Meter langen Hahnenschwanz aus toxischem Schmuddelwasser über ihren Heckspiegel.

Ich erwartete, daß sie abzischen würden wie die gesengten Säue, aber sie blieben, wo sie waren, machten keine Fahrt und schienen ihre Taschenlampen zu suchen. Bart richtete den Lichtkegel von seiner rüber und blendete ein paar von den Schlägertypen, aber keine Spur von Debbie. Sie mußte uns gesehen haben und über Bord gesprungen sein, und jetzt konnte sie nicht um Hilfe rufen, weil die anderen sie auch gehört hätten. Entweder das – oder sie war unter Wasser.

Ich nahm ein Luftkissen und warf es in die Richtung, in der ich Debbie vermutete, wechselte dann den Platz und fuchtelte mit meiner Taschenlampe rum. »Da drüben ist sie!« schrie ich, laut genug, daß die Typen es verstehen konnten, gab Gas und steuerte ins Leere. Es dauerte keine fünf Sekunden, da hörte ich sie hinter mir. Ich drehte bei und leuchtete das Wasser an, während sie mit allen PS, die sie hatten, auf uns zurasten.

Als ich wußte, daß sie an uns vorbeinageln würden, gab ich

wieder Gas, wirbelte das Zode herum und kehrte zu der Stelle zurück, an der ich das Luftkissen ausgeworfen hatte.

Es war noch da, tanzte wie ein Korken in den aufeinanderprallenden Bugwellen der Boote, und Debbie hing dran.

Laughlin hatte keine Chance. Debbie wog nicht mal hundert Pfund, und hier waren zwei Männer, die vor Angst die Hosen voll hatten und sie darum extrem beschleunigt ins Zodiac hievten. Wir drosselten nicht mal das Tempo. Dann pflügten wir eine tiefe Furche in den gemordeten Hafen und hielten auf die Lichter der City zu.

35

Hinter uns ballerte das Arschloch frustriert seinen dicken fetten Revolver leer – *blamm blamm blamm.*

Debbie zappelte in Barts Armen. Ich hätte nur zu gern mit ihm getauscht, aber wenn er meinen Platz am Steuer eingenommen hätte, hätten wir alle nach zwei Sekunden schwimmen müssen. Debbie schaffte es, den Kopf über den Wulst des Zode zu halten, und kotzte dann ein paarmal. Hatte wahrscheinlich eine satte Portion von der Giftbrühe geschluckt.

Als sie sich auf den Rücken drehte, blinkte was an ihren Handgelenken, und ich sah, daß Laughlin sie mit Handschellen gefesselt hatte. Ich spürte, wie sich mein Sack zusammenzog, und dann wurde mir schwarz vor Augen. Man kann sich in einen Besoffenenzorn reinsteigern, ohne besoffen zu sein, und man kann aus Emotion wegtreten bis zum totalen Blackout. Ich saß da wie blind und achtete nicht darauf, wohin ich fuhr. Ich kümmerte mich nicht mal um Debbie, was ich natürlich hätte tun sollen. Zum Glück war ich nicht so weggetreten, daß ich das machte, wozu ich gute Lust hatte: umdrehen, bevor Laughlin nachgeladen hatte, und im Sturm die Titelseite des *Herald* erobern: VIER TOTE BEI BLUTBAD IM HAFEN.

Dann wurde alles etwas verwirrend. Debbie lehnte sich zwischen meinen Beinen zurück, und ich küßte sie. Bart griff ab und zu nach meiner Hand, damit ich den Kurs korrigierte. Ich hatte vergessen, wohin wir wollten. Jedenfalls nicht zur University of Massachusetts, die wir gerade ansteuerten. Wir beschlossen, auf die Wolkenkratzer zuzuhalten, vielleicht auf den Kai beim Aquarium. Die Leute mußten sowieso gewarnt werden, weil die Fische dort ihr Wasser zum großen Teil aus dem Hafen bekamen.

»Die Typen haben die Fässer auf Lastwagen geladen«, sagte Debbie. Sie schien in keiner Weise sauer darüber zu sein, daß sie gekidnappt, mit Handschellen gefesselt und fast gekillt worden war. Sie war völlig gelassen. Logisch. Sie hatte es geschafft – sie hatte überlebt. »Ich bin einem Lastwagen nachgefahren, nach Westen, durch Roxbury und Brookline und Newton. Sie sind immer wieder mal am Rinnstein stehengeblieben. Ich hab' mir gedacht, daß sie was in die Gullys einleiten. Der Lastwagen hatte unten ein Rohr, aus dem das Zeug rausfloß.«

»Hast du ...«

»Ja, ich habe Proben gezogen. Aus dem Rinnstein. Stank echt penetrant. Die haben sie jetzt natürlich. Und die Kamera auch.«

»Wie haben sie dich gekriegt?«

»Das Autotelefon hat geläutet. Ich habe gestoppt, um zu reden, und sie sind von hinten gekommen, haben mit ihren Kanonen rumgefuchtelt und mich zum Aussteigen gezwungen.«

Das war das Dümmste, was ich je gehört hatte. Dachte ich zumindest ein paar Sekunden. »Wer hat da angerufen, verdammt noch mal? Warum hast du ihm nicht gesagt, er soll sich später noch mal melden?«

»Ging nicht. Es war Wyman.«

»Wyman?! Was wollte der blöde Arsch denn von dir?«

»Er wollte uns warnen. Er hat gesagt, daß Smirnoff heute nacht was vorhat.«

»Scheiße.«

»Er will in Everett ein großes Schiff in die Luft jagen. Er hat Plastiksprengstoff.«

»Ein Schiff von *Basco*?«

»Ja.«

Wasser strömte über Debbies Gesicht, obwohl der Wind sie inzwischen trockengepustet haben mußte. Sie schwitzte und fröstelte gleichzeitig. Im matten, grauen Licht, das von der Stadt abstrahlte, sah ich, daß Speichel aus ihrem Mundwinkel rann und zum Ohr hinunterlief.

»Er hat einen Mann, der mal bei der Navy war«, hauchte Debbie.

»Du«, sagte ich, »hast du was von dieser Brühe geschluckt?«

Sie gab keine Antwort.

»Ich liebe dich, Debbie«, sagte ich, weil es vielleicht das letzte war, was sie in ihrem Leben hören würde.

Wir fuhren nicht besonders schnell. Ich gab Gas und sagte Bart, er solle Debbie den Finger in den Hals stecken. War aber nicht nötig, weil sie von selbst reiherte. Als wir in der Charles-River-Schleuse waren, nördlich von der City, hatte sich der Geruch von Scheiße und Urin mit dem von Kotze und Galle vermischt, und Debbie blutete an den Handgelenken, weil ihre gefesselten Hände konvulsivisch zuckten.

Das Zode brachte uns bis auf knapp hundert Meter an das beste Krankenhaus der Welt heran, und dann packte ich mir Debbie über die Schultern wie ein Feuerwehrmann und rannte los. Bart lief auf den Storrow Drive und stoppte den Verkehr. Die Tür der Notaufnahme näherte sich, ein Rechteck aus kaltem, bläulichem Licht, dann spürten die Sensoren, daß jemand kam, und sie ging auf.

Das Wartezimmer war gerammelt voll. Alle Bänke und der halbe Boden waren von Sniffern besetzt, teils mit Handschellen gefesselt, teils von Krämpfen geschüttelt. Irgend jemand hatte beim Pöyzen-Böyzen-Konzert nicht ganz sauberes PCP unter die Leute gebracht.

In Debbies Nervensystem gab es einen Kurzschluß nach dem anderen, sie schlug um sich wie eine von Aschtoret Besessene – so wild, daß Bart und ich sie kaum halten konnten.

»Organophosphatvergiftung!« brüllte ich. »Cholinesterase-Inhibitor.«

»Folge von Drogenmißbrauch«, sagte die eiskalte Schwester an der Anmeldung. »Da werden Sie warten müssen wie alle anderen.« Aber wir sausten an ihr vorbei auf den Flur.

Wir schleppten Debbie von Raum zu Raum, verfolgt von einem Rattenschwanz von Schwestern, bis ich den richtigen fand und die Tür aufstieß.

Dr. J. drehte sich um und war geplättet: »Hallo, S. T.! Du hast dich neu gestylt! Nett, daß du wieder mal vorbeischaust, Mann! Ich hab' im Moment ein bißchen zu tun, aber...«

»Jerry! Atropin! Sofort!« schrie ich. Und da Dr. J. nicht umsonst Dr. J. war, jagte er Debbie binnen fünfzehn Sekunden eine Atropin-Spritze in den Arm. Sie fiel zusammen wie ein Kuchen ohne Backpulver. Wir breiteten sie auf dem Boden aus, weil auf dem Behandlungstisch ein zwei Zentner schwerer Pöyzen-Böyzen-Fan lag. Dr. J. begann sie zu untersuchen. Auf dem Flur hatte sich eine lynchbereite Schwesternschar versammelt.

»STUS«, sagte Dr. J.

»Was?«

»STUS. Speichelfluß, Tränensekretion, Urinabsonderung, Stuhlgang. Symptome eines Cholinesterase-Inhibitors. Gehst du neuerdings mit Nervengas um, S. T.? Arbeitest du für die Iraker oder was?«

»Gegen *die* Typen sind die Iraker Waisenknaben«, sagte ich.

»Mist. Aber deiner Freundin geht es bald wieder gut. Körperlich jedenfalls.«

»Körperlich?«

»Wir müssen noch ihre Hirnfunktionen abchecken«, sagte er. »Ich muß sie an einen Kollegen weiterreichen.«

Bald kamen sie mit einer Bahre auf Rädern und karrten Debbie in eine Abteilung, in die ich nicht mitdurfte. »Wir kriegen ziemlich schnell Bescheid«, sagte Dr. J. »Also reg dich erst mal ab.«

Er wandte sich wieder dem Pöyzen-Böyzen-Fan zu. Trotz

seines Umfangs und seiner PCP-Überdosis hatte er sich relativ ruhig verhalten. Was hauptsächlich daran lag, daß er mit Sechspunktlederriemen auf dem Tisch festgeschnallt war. Es war nicht so, daß er uns nicht gern gekillt hätte.

»He, seht euch das an!« Dr. J. zog diverse Papiere aus der zierbenagelten Lederjacke des Typs. »Eintrittskarten zu einer Privatparty, Mann! Genau drei Stück. Also, ich bin in 'ner Viertelstunde weg. Kommt ihr mit?«

Der Patient protestierte auf die ihm einzig mögliche Weise, indem er den Rücken wölbte und seinen Pferdearsch wieder und wieder auf den Tisch donnern ließ.

»Wetten, daß seine Alte schon da ist? Wetten, daß sie so scharf ist wie ein Skalpell?«

Der Typ fand einen Weg, auf präverbalem Level von seinen Stimmbändern Gebrauch zu machen, und Dr. J. mußte schreien, um gehört zu werden.

»Könnt ihr euch vorstellen, daß ich dem Jungen schon fünfundzwanzig Milliliter Haldol verpaßt habe? PCP ist *der* Stoff überhaupt, Mann!«

»Dr. J.!« rief eine Schwester. »Wir haben auch noch andere Patienten!«

»Da ist seine Schlüsselkette, Mann«, sagte Dr. J. und zeigte auf ein großes Kettenknäuel, das aus der Tasche des Typs hing. »Schnappen wir sie uns, dann können wir seine Harley zu Schrott fahren.«

Und nun war es so laut im Raum, daß wir auf den Korridor flohen. »Ich hasse diese Sniffer«, sagte Dr. J.

Eine Schwester mit Klemmbrett näherte sich. Ich dachte an die bürokratischen Probleme, die auf mich zukamen. Welches Formular füllt man aus, wenn ein toter Terrorist eine mit Handschellen gefesselte, STUsende, an akuter Organophosphatvergiftung leidende Frau ins Krankenhaus einliefert? Wieviel Stunden würden wir damit verbringen, diese Frage durchzuackern? Also sagte ich der Schwester, Debbie hätte eine Krankenversicherungskarte in der Brieftasche, und verzog mich. Sobald wir einen sicheren Abstand zwischen uns und die Notaufnahme gelegt hatten, rief ich Tanya an und teilte ihr mit, sie solle es weitersagen: Debbie sei im Krankenhaus und könne Besuch brauchen. Und ein paar Gorillas.

Dann hängte ich ein. Es war 3 Uhr morgens. Bart und ich standen auf dem Parkplatz des Charles-River-Einkaufszentrums, auf allen Seiten von toxischem Wasser umgeben. Boone war an Bord eines Schiffs, das in Kürze Everett anlaufen würde. Wenn es dort war, würde Smirnoff, mein Lieblingsumweltschützer, es sprengen. Laughlin und die anderen Schurken würden draufgehen. Das war gut. Unser Freund Tom, der Kapitän und Boone würden ebenfalls draufgehen. Das war weniger gut. Der Beweis, den wir so dringend brauchten, der Tank voll konzentrierten Organophosphaten im Schiffsbauch, würde zu kleinen Splittern zerfetzt werden. Die PCB-Bakterien würden verschwunden sein – unmöglich, *Basco* etwas nachzuweisen. Pleshy würde Präsident der Vereinigten Staaten werden, und achtjährige Schulkinder würden ihm schreiben. Meine Tante würde mir erzählen, was für ein großer Mann das sei, und Militärkapellen würden ihm auf all seinen Wegen voranschreiten.

So sah es aus, zumindest im Moment. Kann sein, daß ich dies und das übertrieb, aber eines war verdammt sicher: Wir mußten Smirnoff stoppen.

»Bin ich ein Workaholic?« fragte ich, als wir durchs Nordend trabten, Barts Transporter entgegen, und ein paar Benzedrin-Kapseln kauten. »Ich meine, jeder anständige Mensch würde doch an Debbies Bett sitzen und ihr die Hand halten, wenn sie aufwacht.«

»Hm«, sagte Bart.

»Am liebsten würde ich sie jetzt küssen. Aber statt dessen wird sie nachher aufwachen und sagen: ›Wo ist der Mistkerl, der behauptet, daß er mich liebt?‹ Der ist bei der Arbeit, ganz einfach. Ich bin jetzt – wie lang bin ich jetzt schon dran? Sechsundneunzig Stunden am Stück?«

»Achtundvierzig vielleicht.«

»Und da kann ich nicht ein bißchen Zeit abzweigen, um einer kranken Frau die Hand zu halten? Ich bin wirklich ein Workaholic.«

»Gleich haut das Speed durch«, sagte Bart. »Dann geht's dir besser.«

Wir fanden den Transporter, wo er ihn abgestellt hatte, aber irgend jemand hatte das Ding aufgebrochen und die Stereoanlage mitgehen lassen. »Wenn wir doch bloß die Stereoanlage hätten«, sagte Bart.

Wir fuhren in Richtung Süden, über die Commercial Street, an all den Piers vorbei, und als wir nach Osten schauten, sahen wir, wie die *Basco Explorer* nordwärts tuckerte und das Gift im Hafen verklappte. Da draußen, direkt vor der City, wurde ein Schwerverbrechen begangen, und es gab keinen einzigen Zeugen. Umweltkriminelle haben's leicht.

Schließlich stoppten wir vor Rory Gallaghers Haus in Southie. Er war aus dem City Hospital zurück und immerhin so wohlauf, daß er uns Prügel anbot, weil wir ihn zu dieser unchristlichen Zeit überfielen. Es gelang uns, ihn zu beruhigen, und wir fragten ihn, wie wir mit dem anderen Zweig der Familie, den Charlestown-Gallaghers, in Kontakt treten konnten.

Hier wäre es nun möglich, die Iren mit rassistischem Schmutz zu bewerfen und zu behaupten, sie hätten einen angeborenen Hang zu Terrorakten. Aber es ist fairer, wenn man sagt, daß ihnen übel mitgespielt worden ist und daß sie das nicht gerade toll finden. Gallagher liebte Kennedy und Tip O'Neill, aber er hatte Pleshy immer mißtraut, stammte er doch aus alteingesessener neuenglischer Familie und machte sich fast ins Hemd, wenn er über Fischer und Fischerei sprach. Als ich Rory erzählte, wie *Basco* und Pleshy ihn und viele andere vergiftet hatten, wurde er rot wie ein frischgekochter Hummer und reagierte auf die einzig richtige Weise. Er reagierte, als wäre er genotzüchtigt worden.

»Aber wir haben Druck gemacht«, sagte ich, »haben sie zur Verzweiflung getrieben, haben sie gezwungen, zur Vertuschung der alten Verbrechen noch größere Verbrechen zu begehen. Darum brauchen wir Ihren Cousin.«

Und so bekamen wir Joe an die Strippe. Ich ließ Rory eine Weile mit ihm kabbeln, damit er hellwach war, wenn ich mit meinem Sermon loslegte. Dann konfiszierte ich das Telefon. »Mr. Gallagher, Sie erinnern sich an den vielen Müll, den Ihr Großvater in den Hafen gekippt hat?«

»Also, von *dem* Scheiß will ich so früh am Morgen nichts hören ...«

»Wachen Sie auf, Joe. Der Tag der Buße ist gekommen.«

Ich wußte, daß Rorys Telefon nicht verwanzt war, also führten wir alle möglichen Gespräche. Ich rief eine Frau vom Aquarium an, die ich kannte, und warnte sie vor der toxischen Gefahr. Rief sämtliche Medienleute an, deren Nummer ich im Kopf hatte, und holte sie aus ihren warmen Betten. Rief Dr. J. an und erkundigte mich nach Debbie; es ging ihr den Umständen entsprechend gut. Die Gallaghers telefonierten ebenfalls mit ein paar Leuten und mobilisierten unbeabsichtigt fünfzig Prozent des heiligen Zorns in ganz Southie und halb Charlestown. Als wir aus Rorys Tür traten, um in den Transporter zu steigen, fanden wir auf dem Hof einen Priester mit Chlorakne, eine Feuerspritze, ein Kamerateam und fünf Jugendliche mit Baseballschlägern vor.

Wir nahmen die beiden größten Kids mit und fuhren durch die Stadt nach Cambridge. Unterwegs gab ich Bart einen Schnellkurs im wahren Umgang mit dem Zodiac, und dann setzte ich sie alle an der Promenade beim *Mass General* ab.

Anschließend fuhr ich zum GEA-Büro. Der Impala von Gomez parkte davor, und ich begegnete ihm auf der Treppe. »Danke für die Warnung«, sagte ich. Hatte eine Menge Zeit gehabt, über die Stimme auf meinem Anrufbeantworter nachzudenken: »Bei euch ist 'ne Bombe im Keller. Haut bloß ab.«

»Tut mir leid«, sagte er.

»Wahrscheinlich sind sie echt nett auf dich zugekommen«, sagte ich. »Laughlin hat so einen anständigen Eindruck gemacht. Und sie wollten ja nur ein paar Informationen. Würden keinem Menschen ein Haar krümmen.«

»Scheiße, Mann, du hast mich um einen Job gebracht. Aber ich wollte trotzdem nicht, daß du gekillt wirst.«

»Darüber unterhalten wir uns später, Gomez. Ich hab' jetzt zu tun, und ich will nicht, daß du was davon mitkriegst.«

»Ich geh' ja schon.«

Er verschwand, und ich blieb im Dunkeln stehen, bis ich hörte, wie er wegfuhr.

Nun war die Zeit für die fürchterlichste Waffe aus meinem Arsenal gekommen, eine Waffe von so verheerender Kraft, daß ich ihren Einsatz nie ernstlich erwogen hatte. In einem billigen Blechsafe in meinem Büro, dessen Kombination nur ich kannte, standen zwölf Flaschen voll 99prozentigem Diaminobutan. Der reine und unverfälschte Todesgestank, destilliert und konzentriert dank der Zauberkunst Chemie.

Auf der Fahrt hierher hatte ich mich gefragt, ob es wirklich eine gute Idee war, ob das Zeug wirklich so schlimm war, wie ich dachte. Jeder Zweifel schwand, als ich die Tür des Safes öffnete. Keine der Flaschen war undicht, aber als ich sie vor einem Monat gefüllt hatte, hatte ich ein paar Tröpfchen auf den Deckeln verschmiert, und all die Putreszinmoleküle hatten sich seither im Safe getummelt und auf Nüstern gewartet, in die sie springen konnten. Als sie in meine sprangen, wußte ich, daß es eine gute Idee war.

Ich packte die Flaschen in eine Schachtel und tat zerknülltes Zeitungspapier dazwischen, um Glasbruch zu vermeiden. Plastik wäre sicherer gewesen, aber das Zeug wäre durch die Wände gedrungen.

Dann schnappte ich mir mein Tauchgerät. Ich würde unter Wasser arbeiten müssen, und wenn das Putreszin auf die Menschheit losgelassen wurde, brauchte ich sowieso Frischluft in Flaschen. Ich holte den Darth-Vader-Anzug. Ich klaute jemands SoHo-Kräuterlimonade aus dem Kühlschrank und goß sie bedenkenlos runter. Sie bestand aus natürlichen Zutaten.

36

Einfach so, aus einem Gefühl heraus, fuhr ich den längeren Weg zu *Basco*. Auf der Route 1 nach Chelsea, dann auf den Revere Beach Parkway, der mitten durch Everett verläuft und die Südgrenze des Reichs von *Basco* berührt. Als ich die Everett River Bridge vor mir sah, nahm ich das Gas weg und machte das Fernlicht an. Ein einsamer Transporter parkte auf dem Bankett, genau an der Stelle, wo Gomez und ich unseren alten Transporter ausgeschlachtet hatten, nachdem Wyman, der bekloppte Terrorist, ihn einfach hatte stehenlassen.

Von hier konnte man auf die Autobahn kommen oder durch eine toxische Schlammzone stapfen und sich mit einer Drahtschere den Weg ins *Basco*-Gelände freischneiden oder fünfzig Schritt am Straßenrand laufen, unter der Brücke verschwinden und eine amphibische Operation gegen *Bascos* Hafenanlagen starten. Ich schaute über die Schlammzone weg direkt auf die *Basco Explorer*, die jetzt im Schatten des Hauptwerks lag. Waren keine fünfhundert Meter. Wenn man hier einen Wagen auf dem Bankett abstellte, hatte man einen guten Kommandoposten für einen Angriff auf *Basco*.

Was hatte Wyman im Sinn gehabt, als er unseren Transporter an dieser Stelle ruinierte? War es eine Generalprobe gewesen oder eine in die Hose gegangene Aktion? Oder ein echter Unfall, der den Keim zu einer wirklich brisanten Idee gelegt hatte?

Ich würde hier bestimmt nicht parken. Rollte über die Brücke, bis ich für *Bascos* Leute außer Sicht war, stellte den Transporter auf dem Bankett ab, kletterte die Böschung runter, unter die Brücke, wobei ich mein halbes Körpergewicht in Form von diversem Kram mit mir schleppte. Bart und seine Freunde aus Southie waren schon da und rauchten eine Marihuanazigarette. Ein paar schwarze Obdachlose, die offenbar unter der Brücke hausten, waren zu ihnen gestoßen. Bart hatte unsere restlichen Big Macs an sie verteilt.

»Habt ihr nichts von der Drogenkampagne der Regierung der Vereinigten Staaten gehört, Jungs?« fragte ich. »JUST SAY NO!« Sie fuhren zusammen.

»Willst du 'n Zug?« krächzte Bart, den Reefer in der Hand und mit dem Versuch beschäftigt, die Luft anzuhalten, während er sprach.

»Nein«, sagte ich. Grass macht mich immer noch paranoider, als ich schon bin. »Was gesehen?«

»Große Pleite da drüben«, sagte Bart und zeigte in Richtung Schlammzone. »Da sind vorhin die Cops aufgekreuzt und haben ein paar Typen verhaftet. Dann ist ein Streifenwagen im Schlamm steckengeblieben.«

»War super«, sagte einer der Obdachlosen. »Die Cops haben die Typen bitten müssen, daß sie aussteigen und schieben helfen.«

»Also müssen wir uns wegen Smirnoff wohl keine Gedanken mehr machen«, sagte Bart.

»Das war ein Ablenkungsmanöver«, sagte ich. »Smirnoff ist ein Granatenarschloch, aber er ist nicht doof. Er hat ein paar unbewaffnete Leute mit Drahtscheren losgeschickt, ganz plump und direkt. Derweil schwimmt irgendwo im Fluß ein Taucher mit dem Sprengstoff. Ein Mann mit Navy-Erfahrung.«

Ich fragte mich, ob der Typ ein ehemaliger Kampfschwimmer war. Falls ja – viel Vergnügen. Was für Chancen hatte ich im Unterwasserclinch mit einem Kampfschwimmer? Keine. Die einzige Möglichkeit war die, ihm auszuweichen, die Mine zu finden und sie zu entfernen. Wenn Smirnoff sie selbst gebastelt hatte, mußte es was ziemlich Schlichtes und Auffälliges sein, wahrscheinlich mit einer Kinderarmbanduhr als Zeitgeber. Bart hatte den Werkzeugkasten aus seinem Wagen mitgebracht, und ich schnappte mir ein paar Drahtschneider und ein Brecheisen.

»Hast du Boone reingekriegt?« fragte ich und deutete auf das Walkie-talkie.

»Ich hab's versucht. Hab' Winchester gerufen, wie du gesagt hast, aber er hat sich nicht gemeldet.«

»Das geht in Ordnung. Er wird sich denken können, was los ist. Ist sowieso zu gefährlich, über Funk zu quatschen.« Ich stellte die Schachtel mit dem Putreszin auf den Boden und klappte den Deckel hoch. »Hier ist unser Kampfstoff. Vorsicht – stinkt.«

Ich tat zwei Flaschen zu meinen Sachen. Der Rest kam ins Zodiac. Wir hockten am Ufer und gingen die Operation ein letztes Mal durch, und dann blendete ich mich aus der Kommunikation aus, indem ich die Sauerstoffzufuhr anstellte und mir die Tauchmaske über den Kopf zog. Die anderen sahen zu, ein Obdachloser bewegte die Lippen, und sie lachten alle. Ich watete ins Wasser. Es roch nach Organophosphaten, nicht annähernd so penetrant wie zuvor, aber sie vergifteten wohl sicherheitshalber auch diesen Fluß, weil er direkt zum Hauptwerk von *Basco* führte.

Erst schwamm ich rüber und schaute mir das andere Ufer an. Eindeutig Spuren im Dreck. Große, dreieckige, flossenförmige Spuren. Dann begann ich auf die *Basco Explorer* zuzupaddeln.

Rein theoretisch schwamm ich hier gegen den Strom, aber die Strömungsgeschwindigkeit war gleich Null.

Manchmal begreife ich selbst nicht, was für einen Scheiß ich für meinen Job mache. Aber wenn ich es schaffte, diese Operation durchzuziehen, hatte ich guten Grund, mir ein paar Tage freizunehmen. Debbie und ich konnten es uns irgendwo gemütlich machen, uns erholen, eine Woche lang im Bett bleiben ... Vielleicht fuhren wir nach Buffalo, mieteten uns wieder in der Flitterwochensuite ein, kauften eine Wagenladung Krapfen und die Sonntagsausgabe der *L. A. Times* ...

Ich dachte zehn Sekunden in diesem Sinn weiter, bekam eine Erektion und hatte ein dösiges und dämliches Gefühl. Hatte nicht genug Speed genommen. Ich checkte das Ventil am Tank, um sicherzugehen, daß ich wenigstens genug Sauerstoff bekam. Mußte wach bleiben, mußte Ausschau nach dem Kampfschwimmer halten. Aber es war so langweilig, ohne Licht durchs Schwarze und Trübe zu schwimmen. Da kriegte man es leicht mit der Angst, da war es ganz natürlich, paranoid und verzweifelt zu werden. Dann und wann tauchte ich auf, um festzustellen, ob die Richtung stimmte, und um zu sehen, wie dicht ich an der *Basco Explorer* dran war. Erst war sie viel zu weit weg, dann plötzlich viel zu nah.

Wenn ich ein Terrorist gewesen wäre, wo hätte ich dann meine Mine angebracht? Wahrscheinlich mittschiffs, unterhalb von den großen Dieselmotoren. Selbst wenn das Schiff nicht sank, würde sie dort den größten Schaden anrichten.

Die Hafenanlagen hier waren ziemlich klein. *Basco* besaß das Ende des Everett River, und das Werksgelände umgab den Fluß in U-Form. Auf der einen Seite lag eine Pier, die andere war unbebaut bis auf einen Gleisanschluß, der nach Everett führte. Wenn hier Wachleute waren, dann bei der Pier. Also blieb ich in der rechten, östlichen Hälfte des Flusses und glitt langsam an den Bug der *Basco Explorer* heran.

Als ich mich die ersten Meter über den Buckel mit dem Sonar vortastete, hatte ich den Kopf über Wasser. Dann mußte ich der Tatsache ins Auge blicken, daß der Kampfschwimmer, wenn ich oben blieb, lautlos von unten kommen und mich aufschlitzen konnte wie einen Thunfisch.

Also tauchte ich. Schwamm direkt zum Grund, der nur drei Meter unterm Kiel der *Basco Explorer* war.

Durchs Wasser drang ein lautes metallisches Geräusch. Unmöglich zu sagen, woher es kam, aber offenbar hatte irgendwas mit ziemlicher Wucht das Schiff berührt. Vielleicht die Magneten von Smirnoffs Mine. Wenn ich mich duckte, so tat, als wäre ich ein Stück Giftmüll, und wartete, würde der Taucher wegschwimmen, und dann konnte ich die Drähte durchschneiden. Fragte sich nur, wann das Scheißding losging. Aber das dauerte wohl noch eine Weile. Der Taucher mußte sich erst in Sicherheit bringen; die Druckwelle konnte einen noch auf Distanz töten. Womit ich etwas Zeit hatte. Sehr beruhigend.

Durch den Sauerstoff war ich ein bißchen leichter als das Wasser und konnte mich kaum auf dem Grund halten. Also ließ ich mich aufwärts treiben, bis ich, alle viere von mir gestreckt, am Schiffsboden hing, Gesicht nach unten.

Wieder ein metallisches Geräusch, sehr nah; so nah, daß ich die Schwingungen durch die Sauerstoffflaschen auf meinem Rücken spürte. Dann kam ein Licht auf mich zu. Man konnte in diesen verschissenen Gewässern keine drei Meter weit sehen. Plötzlich war es weg.

Unter mir kam noch eins. War nach oben gerichtet.

Zwei Taucher also. Der eine schwamm auf meiner Höhe; sein Tank klingelte gegen das Schiff. Der andere huschte über den Grund. Der auf meiner Höhe hatte sein Licht ausgemacht, um nicht gesehen zu werden. Der andere verfolgte ihn.

Und nun war der Gejagte Auge in Auge mit mir. Wir sahen uns eine Sekunde an. Verdattert. Er trug einen Trockentauchanzug mit Helm, für toxische Gewässer geeignet.

Wie das? Smirnoff konnte nichts von dem Gift wissen, das die *Basco Explorer* verklappte. Er hatte die Aktion schon vor Monaten geplant. Aber dieser Taucher war offenbar informiert. Arbeitete er für *Basco*?

Er sank von mir weg, weil ihn der andere Taucher beim Knöchel packte und abwärts zog. Er trat und schlug um sich, aber das ist schwierig unter Wasser. Stahl blinkte, und dann schien das Licht durch eine rote Wolke.

Was sollte ich machen? Ich konnte nur hoffen, daß mich der Killer mit dem Messer nicht gesehen hatte. Anders würde ich ihm nicht entkommen. Wenn einer von den Typen ein Kampfschwimmer war, dann der, der noch lebte.

Das Opfer hatte ihm im Todeskampf die Stablampe aus der Hand gekickt, und der Lichtstrahl rotierte langsam, während sie sank. Sie trudelte am Kopf des Killers vorbei, und ich sah ein weißes Gesicht ohne Helm, lange braune Haare, blaue Augen.

Tom Akers arbeitete für Smirnoff.

Was bedeutete, daß der andere tatsächlich ein Taucher von *Basco* war. Also würde Tom mich vielleicht nicht abstechen. Ich stieß mich vom Schiffsboden ab und ließ mich nach unten sinken. Tom schnappte sich die Stablampe, nagelte mich mit dem Lichtstrahl fest, blendete mich, stellte fest, wer ich war. Der Rest lag bei ihm.

Ich nahm undeutlich wahr, daß das Licht schwächer wurde. Er hatte es woandershin gerichtet. Als ich wieder klar sehen konnte, wünschte ich mir, ich hätte nichts gesehen. Tom hatte sich wie ein Fötus zusammengekrümmt, reiherte, tastete hektisch nach seinem rausgeflogenen Mundstück.

Ich schwamm zu ihm und schob es zurück, aber er spuckte es mit einem gelben Schwall Kotze wieder aus. Er zitterte in meinen Armen, schnappte nach Luft, schluckte literweise die entsetzliche schwarze Brühe. Dann sah er mich mit anomal geweiteten Pupillen an und hielt zwei Finger hoch. Was zwei oder Frieden oder Sieg bedeuten konnte.

Als ich ihn östlich vom Schiff, auf der Seite, die nicht beobachtet wurde, nach oben gehievt hatte, war er tot. Ich ließ ihn im Wasser liegen und tauchte wieder, um die Mine zu suchen.

Und ich fand sie – kein Problem, ich mußte mir ja keine Gedanken mehr wegen der anderen Taucher machen –, aber sie war nicht das, was ich erwartet hatte. Das war eine echte Mine. Ein grundsolides Stück aus US-Navy-Beständen, am Schiffsboden haftend, nicht ganz am richtigen Ort, sondern zehn Meter vom Maschinenraum entfernt.

Vielleicht hatte mir Tom sagen wollen, daß da zwei Minen waren. Würde Sinn machen. Zwei Taucher, zwei Minen. Ich schwamm weiter und fand die andere genau unterm Maschinenraum. Sie war mit einem Mülltonnenboden ummantelt. Zwei große Magneten hielten sie fest.

Sie abzustemmen und die Drähte zu finden, die zum Zeitgeber führten, war einfach genug. Ich knipste sie durch und ließ die Mine auf Grund sinken.

Und nun die zweite. Ich schwamm zurück, um sie mir genauer anzusehen, und bemerkte etwas, das mir auf den ersten Blick entgangen war: Sie saß zwischen zwei Stutzen am Schiffsboden. Da kam wohl das Gift raus. Diese Mine hatte ein Taucher von

Basco angebracht – im Schutzanzug, weil er wußte, daß das Wasser toxisch war.

Laughlin war ein säuisches Genie, das mußte man ihm lassen. Vergifte den Hafen, kill die PCB-Bakterien, versenk die Beweise, schaff dir einen alten, verrosteten Kahn vom Hals, streich die Versicherungssumme ein und schieb das Ganze auf die bösen Terroristen.

Ich versuchte, die Mine abzukriegen, aber sie war widerspenstig. Ihre Magneten waren größer und stärker als die von Smirnoffs Hausmacherprodukt. Ich schob Barts Brecheisen darunter, aber wie schon Archimedes sagte, braucht man, um was aus den Angeln zu heben, einen Platz, an dem man stehen kann. Ich mußte mich umdrehen und die Füße gegen den Schiffsboden stemmen. Drei Taucher waren heute hier unten – die drei Stooges stoppen die Umweltverschmutzung –, und zwei von ihnen waren tot, also blieb nur noch ich, um die Sache über die Bühne zu bringen. Sah wahrscheinlich verdammt nach Slapstick aus, aber schließlich ging die Mine ab und sank auf Grund.

Nächste Frage: Wieviel konnte sie da anrichten? Ich schwamm runter, mein letzter bedeutender Selbstmordversuch für heute, und schleifte sie fünfzehn Meter vom Schiff weg. Wenn sie da hochging, würde es die *Basco Explorer*, stabiler alter Pott, der sie war, eben abwettern müssen.

Als ich müde von der Mine fortpaddelte, hörte ich Dieselmotoren. Gewaltige Dieselmotoren. Mußte nicht nachsehen, was das war. Schwamm unterm Schiff durch, tauchte unter der *Basco*-Pier auf, kletterte ein Stück am Pfahlwerk hoch und lobbte eine Flasche Putreszin nach oben.

Kotzfontänen auf dem Pier waren das Signal für Bart. Er stieß mit dem Zodiac vor, die *Basco Explorer* zwischen sich und den Wachleuten, und warf mit seinen Assistenten das restliche Putreszin aufs Schiff.

War das Gewalt? Den Sinnesorganen mit etwas unerträglich Ekelhaftem zuzusetzen?

Ich konnte nur die Bordwand der *Basco Explorer* und die

Unterseite des Piers sehen. Mußte den Kampf anhand von Geräuschen verfolgen. Eine grausige Mischung aus Kotze und Putreszin tropfte durch die Ritzen, regnete um mich nieder, und als Bart und die Seinen ihren Angriff vortrugen, hörte ich es über mir trampeln und trappeln – einer von den Wachleuten verließ die Pier und stolperte auf ein Gebäude in der Nähe zu.

Auch an Deck waren Wachleute, aber sie blieben nicht lange. Bald würde sich die Putreszinwolke unter Deck ausbreiten. Die Crew war vermutlich an Land und ließ sich vollaufen, aber vielleicht war Laughlin noch an Bord und legte letzte Hand an den Untergang der *Basco Explorer*.

Eine Alarmglocke schrillte. Zeit, hier wegzukommen. Meine Flossen hatte ich schon abgestrampelt, und jetzt hangelte ich mich zu einer Leiter und stieg so weit rauf, daß ich den Pier überblicken konnte.

Drei Wachleute waren zusammengeklappt und zappelten auf den Planken.

Es sah nicht so aus, als würden die Typen auf mich schießen, aber um ganz sicherzugehen, nahm ich ihre MPs an mich und warf sie in den Fluß. Dann rannte ich zur Laufplanke, meine letzte Flasche Putreszin in der Hand wie eine Granate. »Laufplanke« ist ein etwas zu primitives Wort; es handelte sich um eine regelrechte Fußgängerbrücke aus Aluminium, mit Geländer und rutschfestem Boden. Und ich war genau in der Mitte des Dings, als die Luke vor mir aufging und Laughlin erschien.

Der verchromte Revolver, den er sich zum Schutz vor Terroristen zugelegt hatte, sah ein bißchen billig aus neben seiner goldenen Rolex, aber das haben Revolver nun mal so an sich. In der anderen Pfote hatte er ein Aktenköfferchen – Manager bis zuletzt. Und als er sah, daß ich ihm den Weg versperrte, tat er etwas wirklich Komisches. Er hielt das Köfferchen hoch wie einen Schild und linste mich über die Oberkante an. Ich machte ein paar Schritte auf ihn zu. Er ließ das Köfferchen fallen.

Ich ging weiter und fragte mich, wann ich kneifen und ins Wasser springen würde.

Die Luken von Schiffen sind meistens eng, und so kam es, daß Laughlins rechte Schulter ein bißchen blockiert war. Als er versuchte, den Arm zu heben, geriet er aus Versehen gegen den Abzug – hatte ihn gerade gespannt, der Typ war ein geborener Killer – und jagte eine Kugel unter den Pier.

Ich holte aus und warf die Flasche mit schwacher Hand in seine Richtung. Sie beschrieb eine säuberlich-stinkige Parabel, prallte von seinem Kopf ab und zerklirrte neben ihm. Er feuerte noch mal und brachte dem Hauptwerk von *Basco* eine schwere Schußwunde bei. Ich fiel vor Angst auf die Schnauze.

Inzwischen mußte Laughlin in einem Putreszin-See stehen, aber er merkte es nicht. Für so was hat ein guter Yuppie keinen Riecher. Sein nächster Schuß traf eine Geländerstrebe neben mir. Metallsplitter flogen. Ein paar blieben in meinem Fleisch stecken, einer zerschlug die Scheibe meiner Tauchermaske. Laughlin verringerte den Abstand zum Ziel, wobei er den Fehler machte, aus der Luke zu treten, und da erwischte ihn Boone mit dem Schaum eines Feuerlöschers volles Rohr am Ohr. Er kippte um.

Mehrere kotzende Gartenzwerge in Blaumännern verließen das stinkende Schiff, stolperten über den sich windenden Laughlin und hatten nur einen Gedanken: nichts wie weg. Boone hatte sich Laughlins Revolver geschnappt, und sie bekackten sich fast deswegen.

Ich zog die Maske vom Mund. »Nehmt ihn mit!« schrie ich und zeigte auf Laughlin. »Weg mit dem Scheißkerl. Nehmt ihn mit.«

Wenn wir das Schiff mit Menschen an Bord klauten, war es Kidnapping, also ein Kapitalverbrechen. Wir mußten Laughlin loswerden. Aber wenn wir ihn eigenhändig an Land brachten, war es vielleicht auch Kidnapping.

Die Arbeiter packten Laughlin und schleiften ihn die Gangway runter. Das Schiff war leer. Boone hatte sich eine Sauerstoffmaske aufgesetzt, die er aus irgendeinem Erste-Hilfe-Kasten geholt hatte.

Er zeigte auf Laughlins Aktenköfferchen. Verpaßte ihm einen Tritt, so daß es ein paar Meter weit rutschte, und feuerte darauf. Die Kugel grub einen Krater in das schöne Saffianleder und blieb dann stecken. Das Köfferchen war mit Kevlar verstärkt. Antiterroristisches Gepäck für den paranoiden Manager.

Zum ersten Mal kam ich dazu, flußabwärts zu schauen, in Richtung Mystic River und Meer. Die *Extra Stout*, der Superschlepper, näherte sich langsam im blauen Frühlicht, sah aus wie ein Kraftwerk auf einem kufenlosen Schlitten, nahm den ganzen Fluß ein und stieß Galaxien von schwarzem Rauch aus. 21 000 irische PS bewegten sich ärschlings und ließen Himmel und Erde erbeben. Der Krach überdröhnte fast den ungeheuren Platscher, mit dem wir die Gangway im Everett River deponierten.

Wir mußten das verdammte Schiff vom Pier losmachen. Es war mit einer Bugleine, einer Heckleine und zwei Springleinen vertäut. Etwas Großes, Schweres klatschte in meine Hand. Boone hatte mir eine Axt besorgt. Er hatte schon eine.

»Das ist unsere erste und letzte Warnung«, sagte eine Lautsprecherstimme. »Hände hoch, oder wir schießen.«

Unsere erste und letzte Warnung. Ich nahm an, daß wir, bevor die Schüsse fielen, jeder wenigstens eine Leine durchkriegen konnten. Wir gingen zum Heck.

Schon mal Holz gehackt, Leser(in)? Wenn du blind drauflosshaust, kommst du nicht weiter, aber wenn du zwei-, dreimal konzentriert das Beil schwingst, klappt es. Ich versuchte es bei der Springleine mit beiden Techniken und kriegte sie nicht durch. Immerhin konnte ich sie auf ein paar Fäden reduzieren, die garantiert reißen würden. Boone durchtrennte die Heckleine mit vier sauberen Schlägen.

Die Typen mit den Kanonen hatten ein sehr wesentliches Problem. Das Deck war ein paar Meter höher als der Pier. Wenn wir auf dem Bauch lagen, konnten sie uns nicht sehen. Also zogen wir den Rest der Aktion auf dem Bauch durch.

Boone hatte weniger Bauch als ich, und er konnte GI-mäßig robben, darum war er etwa doppelt so schnell wie ich. Er riß sich die Sauerstoffmaske vom Gesicht und schmiß sie ins Wasser.

Als ich's zum Bug geschafft hatte – Laughlins Aktenköfferchen immer vor mir –, war Boone schon da und schob ein Tau in eins der Klüsenrohre – das sind die Dinger, durch die die Ankerketten rasseln. Bart wartete unten im Zodiac. Er würde das Tau zur *Extra Stout* bringen, die jetzt nur noch fünfundzwanzig Meter entfernt war; die Leute von der *Extra Stout* würden es an eine Trosse binden, und wir würden die Trosse auf die *Basco Explorer* hieven und dort festmachen. Ich lag ein Stück hinter Boone und sägte mit meinem Schweizer Armeemesser die Leinen am Bug durch.

Dann drehte ich den Kopf und sah in dreihundert Metern Entfernung einen Wasserturm von *Basco*. Sah auch, daß da drei Typen raufstiegen.

Wenig später schwirrte etwas über unsere Köpfe weg, und wir hörten ein fernes *Krack-krack-krack*. Es kam vom Wasserturm.

»Scharfschützen«, sagte Boone.

Ich schob ihm das Köfferchen rüber. »Bin schon fertig«, erklärte er und ließ es zurückschlittern.

Sägemehl stob, und ein kleiner Graben fräste sich einen Meter neben mir ins Deck.

Dann explodierten meine Sauerstoffflaschen, und ich spürte einen Stich im Rücken. Es gellte mächtig in meinen Ohren. Ich brüllte, aber das war nicht nur ich. Es war das Signalhorn der *Extra Stout*, die uns das Zeichen gab, Tau und Trosse an Bord zu hieven. Da würde ich Boones Hilfe brauchen, also stellte ich das Köfferchen zwischen mein Gesicht und den Wasserturm und rutschte auf die Klüse zu.

Ich grabschte nach dem Tau. Begann zu ziehen. Boone half mir nicht. Ich zog und zog, bis es endlich einen kleinen Ruck gab.

Joe Gallagher hatte gesagt, daß ich mich nach dem Bugsierpoller umsehen sollte. Wenn ich die Trosse um irgendwas anderes legte, würde die *Extra Stout* es nur abreißen. Ich fand den Poller und rollte rüber, versuchte, das Köfferchen bei mir zu behalten, zog weiter am Tau. Wenn ich dranblieb, würde Gallaghers Trosse auftauchen. Eine Trosse aus Kevlar, dem Wundermaterial. Nie war es so nützlich wie heute. Ein Spitzenprodukt der chemischen Industrie der Vereinigten Staaten. Aber schwer war das Ding, verdammt noch mal. Ich legte eine Windung im Tau um den Poller, damit es nicht zurückglitschte, und zog weiter.

Das Aktenköfferchen machte einen Satz. Es hatte eine flotte Salve abgekriegt und landete außerhalb meiner Reichweite auf den Decksplanken. Ich schätzte gerade die Entfernung, als alles in Lärm und Licht ersoff. Vielleicht hatte *Basco* ein paar Leuchtbomben gezündet und mit der Beschießung durch schwere Artillerie begonnen.

Zeit zu kapitulieren. Ich rutschte vom Poller weg, fuchtelte mit den Händen in der Luft herum. Befreite mich von den Überresten der Sauerstoffflaschen, aber es fühlte sich immer noch so an, als würde jemand mit Schlittschuhen auf meinem Rücken stehen. Nun konnte ich mich umdrehen, Bauch nach oben wie all die Fische im Hafen, und in den nahezu unverschmutzten Himmel blicken. Aber die Aussicht war blockiert. Zwanzig Meter über mir glotzte ein symbolischer Augapfel aus einem Halogentornado nieder: ein Nachrichtenhubschrauber von CBS.

Sie würden uns ja wohl nicht im bundesweiten TV wegputzen, oder? Nein, das war zu schrill. Falls sie immer noch ballerten, ballerten sie daneben. Ich zog wieder am Tau. Boone half mir nicht, weil es ihn böse erwischt hatte.

Es dauerte eine Ewigkeit. Das konnte CBS nicht in voller Länge bringen. Das Publikum verharrte tatenlos und sah zu, wie ich an diesem Scheißtau zog. Und zog und zog und zog. CBS sah zu, die Scharfschützen und die Wachleute sahen zu, Gallaghers Crew sah zu, Boone sah zu. Niemand sagte was.

Und schließlich hielt ich eine dicke fette Schlinge in der Hand. Das Ende der Kevlar-Trosse. Das Ende, das um den

Poller gelegt wird. Also schmiß ich's drüber, kroch zum Bug, rappelte mich auf und hob den Daumen für die *Extra Stout*: Alles klar.

Die Navy-Mine explodierte und jagte eine Fontäne samt Druckwelle hoch, die den Hubschrauber fast aus der Luft holte. Das Schiff bekam Schlagseite – oder war das ich? Ich schaute auf, um den Scharfschützen Lebewohl zu winken, aber der Wasserturm war verschwunden. Die Everett River Bridge war über mir. Und unten standen die Obdachlosen, tranken mit Pseudo-Milchshakes von *McDonald's* auf mein Wohl, jubelten mir zu. Waffenbrüder.

37

Joe Gallagher bugsierte uns den Fluß hinunter, einem strahlenden Medienmorgen entgegen. Alle, alle waren da. Tanya kam als erste an Bord; Bart und sie stiegen auf die Brücke und hißten die Giftpiratenflagge. Das Putreszin war definitiv ein Problem, aber Journalisten, die sich darauf verstanden, sich die Nase zuzuhalten, konnten in den Bauch der *Basco Explorer* steigen und Unglaubliches finden.

War alles rasend illegal, und die Beweise wären vor Gericht nie zugelassen worden – wenn wir Cops gewesen wären. Aber wir waren keine. Und wenn ein Nichtcop Beweise beschafft, sei es auch durch einen kriminellen Akt, können sie zum Zweck der Strafverfolgung verwendet werden.

Natürlich müssen Firmen, selbst wenn man ganz legale Beweise hat, nur selten bluten in diesem Land. Man denke an die Großlieferanten des Pentagons oder der NASA. Die kommen auch mit Mord ungestraft davon.

Bei den Medien allerdings nicht. Wir können Firmenvorstände vielleicht nicht einknasten, aber wir können sie aus der zivilisierten Gesellschaft ausstoßen, sie unerträglichem emotionalem Druck aussetzen, und das ist fast ebenso wirksam. Und so flogen Pleshy und Laughlin per TV und Presse aus der zivilisierten Gesellschaft, Boone und ich dagegen per Rettungshubschrauber zum City Hospital.

Ich hatte nichts weiter als ein paar nässende Fleischwunden. Diesen enttäuschenden Befund teilte mir Dr. J. mit. Boone hatte eine puckernde Brustwunde, was mir entgangen war, weil ich sie nicht gehört hatte. Er hatte sich auf den Rücken drehen und den Unterarm gegen die Wunde drücken können. Das schloß sie nicht ganz ab, sondern es kam zusätzlich noch etwas Luft in die Lunge, und deshalb war er nicht völlig weggetreten. Ein halber Lungenflügel und ein gutes Stück seiner Leber mußten entfernt werden. Keine große Affäre, weil sich so eine Leber regeneriert, wenn man sie nicht kaputtsäuft.

Als ich aufwachte, saß Debbie im Morgenrock an meinem Bett und hielt meine Hand.

Ja, wir sprachen von Schuld. Von Schuld und Glück. Es ging ihr gut. Organophosphate reichern sich nicht im Organismus an. Wenn man die Dosis überlebt, werden sie abgebaut, und man ist wieder gesund.

Durch die Explosion der Mine wurde Tom Akers aus dem Wasser und über den Gleisanschluß hinausgeschleudert. Man entdeckte ihn erst am nächsten Tag. Eine Autopsie wurde vorgenommen, weil es mehrere mögliche Todesursachen gab, und die Pathologen stellten fest, daß er total verkrebst war. Wir setzten uns mit seinem Hausarzt in Seattle in Verbindung und fanden heraus, daß Tom seit zwei Monaten Bescheid gewußt hatte; lange genug, so denke ich, um einen recht intensiven Haß gegen Alvin Pleshy zu entwickeln.

Die juristischen Fragen sind noch nicht geklärt. Vielleicht lande ich im Gefängnis – keine Ahnung. Jedenfalls müßten die Leute von *Basco*, wenn sie mich wirklich in die Enge treiben wollten, eine Menge Geld für Anwälte ausgeben, und so meldeten sie einfach Konkurs an.

Was befriedigend klingt, aber nicht ist, weil der Konkurs nur ein Trick ist, ein Weg, aus den Tarifverträgen rauszukommen und die Firma zu einer verschlankten, hundsgemeinen, prozessierenden Maschine umzubauen.

Andererseits haben sie wirklich Probleme, und letzten Endes werden sie bezahlen müssen. Dolmachers Material wurde ein paar Tage unterdrückt, aber jetzt ist es freigegeben, und die Medien kriegen sich überhaupt nicht mehr ein. Der Generalstaatsanwalt hat angekündigt, daß alle Vorstandsärsche, die an der Vergiftung von Dolmacher beteiligt waren, wegen Mordversuchs angeklagt werden. Wie ich höre, gibt es auch im Staatsgefängnis Gewichtsmaschinen.

Letzten Endes wird *Basco* Scheiße fressen und verrecken. Und so klaute ich, als ich aus dem Krankenhaus entlassen wurde, einen Magic Marker, ging zum Jachtclub und malte *Bascos* Logo auf den Bug unseres neuen Zodiac, das die Angestellten einer Softwarefirma an der Route 128 gestiftet hatten.

Dann brach ich zu einer kleinen Hafenrundfahrt auf. Auf dem Weg aus dem Club kam ich an einer hübschen Jacht vorbei, die gerade zu einem Nachmittagstörn auslief. All die fein angezogenen Leute mit den Drinks in der Hand lächelten, deuteten auf mich, machten Prösterchen. Ich lächelte zurück, zeigte ihnen, wohin sie sich den Finger stecken konnten, und gab Gas.

Danksagung

Eine bloße Danksagung wird dem Beitrag, den Marco Paul Johann Kaltofen geleistet hat, nicht ganz gerecht; ein Platz auf der Titelseite wäre weitaus passender.

Was die Kategorie der guten alten, aber verdienten Danksagungen betrifft, so muß hier erwähnt werden, daß mir die ausgefuchste Prosa von James Crumley bei diesem Buch eine große Anregung war; wer es mag, sollte auch seine Bücher lesen. Joe King brachte mich mit einer gut getimten Empfehlung auf den besten Dreh. Jackson Schmidt hat das Manuskript mit einer Aufmerksamkeit fürs Detail gelesen und korrigiert, die ich nicht einmal erwartet hätte, wenn ich ihn dafür bezahlt hätte. Meine Agentinnen – Liz Darhansoff, Abby Thomas und Lynn Pleshette – gaben nützliche Hinweise und versengten dann die Erde mit ihrem Eifer, obwohl sie mir eine plötzliche Aversion gegen Hummer und das Baden im Hudson zur Last legen. Gary Fisketjon hat das Manuskript sorgfältig und intelligent redigiert und wieder einmal seine mehr als beiläufige Vertrautheit mit dem Roman, einer zweihundertfünfzigjährigen Kunstform, unter Beweis gestellt.

Jon Owens, Jon Halper, Jackson Schmidt, Steve Horst und Chris Doolan sagten oder taten Dinge, die hier Eingang fanden. Meine Frau, Dr. Ellen Lackermann, half bei den medizinischen Recherchen und nimmt Abstand davon, allzu sehr darüber zu verzweifeln, daß ich acht bis sechzehn Stunden pro Tag nicht von meinem PC loszueisen bin. Und schließlich hat Heather Matheson das Manuskript gelesen und mir gesagt, die Hauptfigur sei ein Arschloch – womit sie bestätigte, daß ich auf dem richtigen Weg war.